「베아트리체」 Beatrice 배경 지도

『베아트리체』 Beatrice 인물 관계도

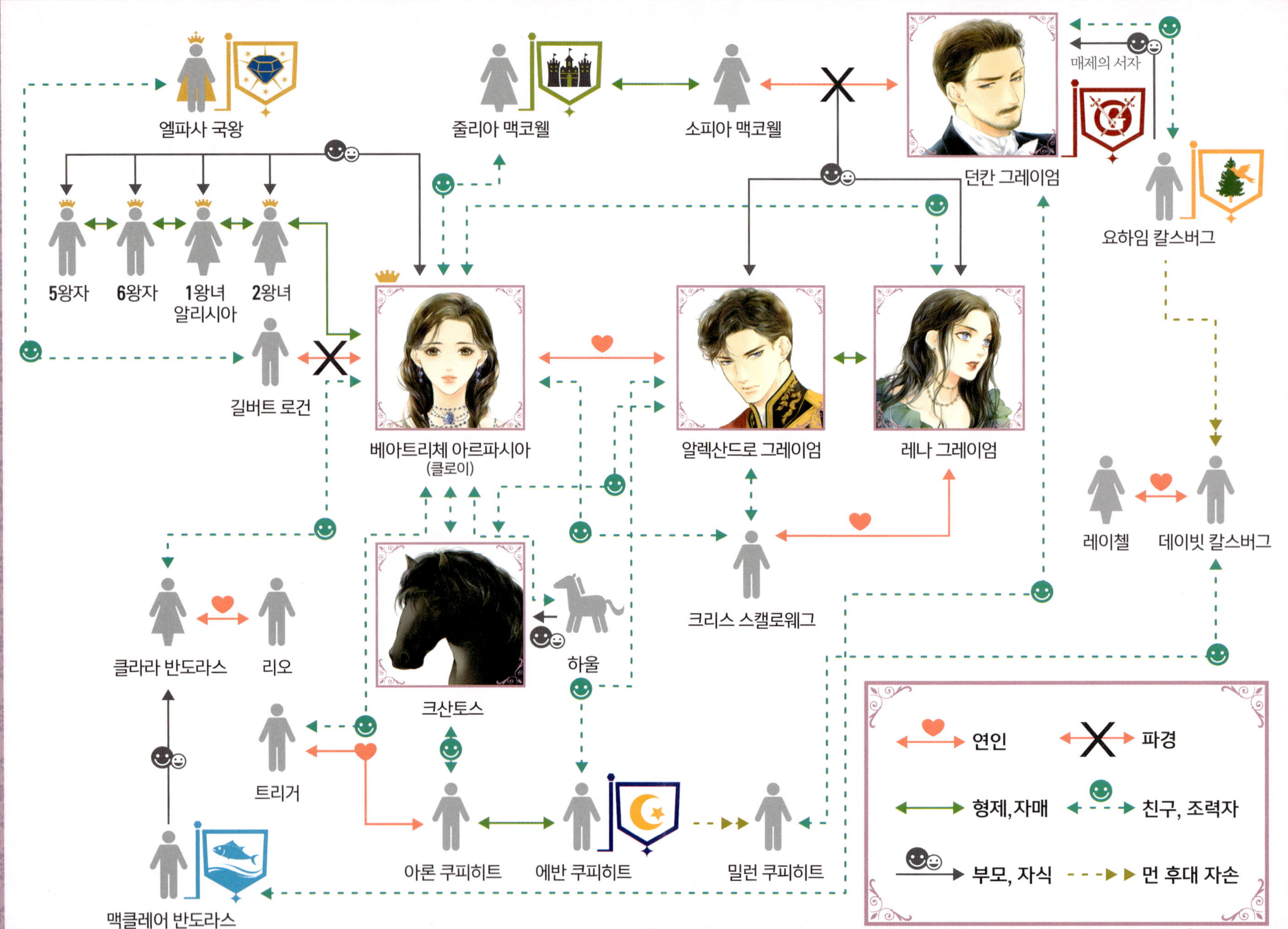

엘파사 국왕

줄리아 맥코웰 — **소피아 맥코웰** ✕ **던칸 그레이엄**

5왕자 — **6왕자** — **1왕녀 알리시아** — **2왕녀**

길버트 로건 ✕ **베아트리체 아르파시아 (클로이)** ♥ **알렉산드로 그레이엄** — **레나 그레이엄**

요하임 칼스버그 (매제의 서자)

레이첼 ♥ **데이빗 칼스버그**

크리스 스캘로웨그

클라라 반도라스 ♥ **리오**

크산토스 / **하울**

트리거

맥클레어 반도라스

아론 쿠피히트 — **에반 쿠피히트** — **밀런 쿠피히트**

범례:
- ♥ 연인
- ✕ 파경
- ↔ 형제, 자매
- ☺ ⇢ 친구, 조력자
- ☺☺ → 부모, 자식
- ⇢⇢ 먼 후대 자손

Illust. © 2017. Cierra

마셰리 장편소설

* 이 책은 ㈜디앤씨미디어가 저작권자와의 계약에 따라 발행한 것으로 저작권법의 보호를 받는 저작물입니다. 본서의 내용을 무단 전재 및 무단 복제하는 것을 금합니다.
* 작가와의 협의에 의해 인지는 생략합니다.

V

마셰리 장편소설

베아트리체

Beatrice

D&C BOOKS

차 례

5부. 새로운 시작

31. 대의와 명분 · 9

32. 그들이 꿈꾸는 미래 · 69

33. 아름다운 미혼의 왕녀님 · 143

34. 생일날의 선물 · 205

35. 뻗어 가는 가지 · 267

36. 살아간다는 것 · 319

37. 끝에서 시작되는 이야기 · 395

에필로그. 그들이 남긴 것 · 461

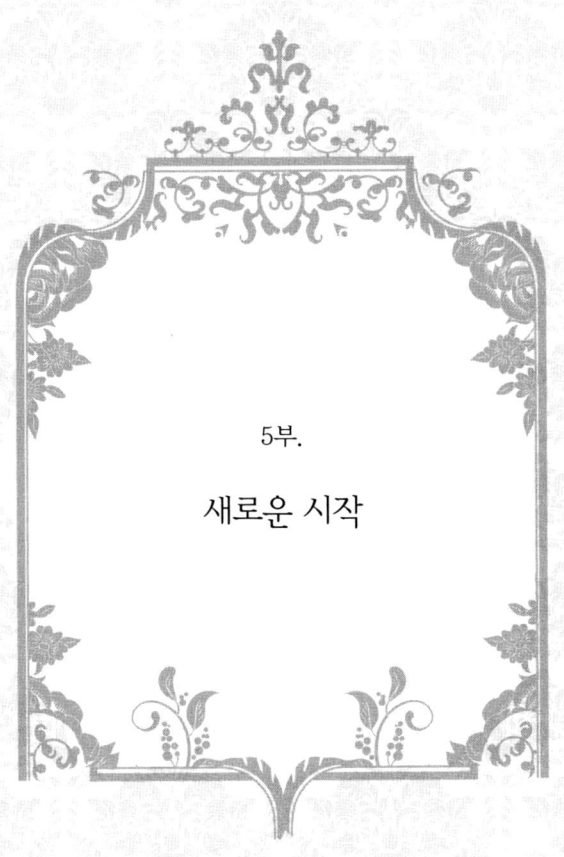

5부.

새로운 시작

31. 대의와 명분

31. 대의와 명분

엘파사 왕가의 마지막 왕녀, 베아트리체 아르파시아의 대관식은 여러모로 큰 화제가 되었다. 우선 엘파사 왕국이 다시 이름을 되찾은 것. 제국의 속국이나 다름없다 한들 어쨌든 대륙은 다시 두 나라로 나뉘었다. 하지만 귀족들은 불만을 표할 수 없었다.

'알렉산드로 그레이엄이 엘파사 왕국의 국왕 섭정이 되었다……'

다들 쉽게 알렉산드로의 최종 목적지를 예감했다. 바로 제국의 황궁이었다.

'드디어 황제가 되려는 게로군.'

일부에선 황위의 명분을 위한 속 보이는 수작이라 했다. 하지만 군부의 수장이었던 기사 출신의 황제보다는 국왕 출신 황제가 낫다는 사실에 모두들 동의했다. 엘파사는 독립국으로 선포되지 못했고, 그저 명예처럼 이름만을 되찾았다. 이 사실로 미뤄 볼 때 왕녀 베아트리체의 처지는 불 보듯 뻔했다.

'그런데 던칸은 왜 왕녀에게 직접 왕관을 씌워 준 거지?'

귀족들이 주목한 건 바로 그 점이었다. 대관식 자리에 던칸이 있었다는 것. 제국은 충성을 다하는 이들에게는 후한 값을 쳐준다. 평민도 전쟁에 참여해 공을 세우면 작위를 받는다고 했지만, 던칸은 단 한 번도 직접 작위 수여식에 참석한 적 없었다. 그러니 이례적인 일이었다.

그리고 그 대관식은, 바로 한 달 전이었다.

"곧 그레이엄 대공님께서 드십니다."

시종의 반가운 전언에 마르티네즈 후작은 얼른 자리에서 일어섰다. 초조했다. 그레이엄 대공을 기다리는 시간이 길게만 느껴졌다. 고대하던 첫 대면. 문이 열리고, 그가 들어섰다.

'체격이 무척······.'

제국 출신의 섭정공은 소문과 조금도 다르지 않았다. 성큼 다가와 왕궁 알현실에 앉은 그를 향해서, 후작은 깊숙이 고개를 숙였다.

"각하, 다시 뵙게 되어 더없는 영광입니다. 릭 마르티네즈입니다."

"반갑네, 후작."

익숙하게 상석에 앉는 젊은 섭정공은 어떤 생각을 하는지 전혀 알 수 없는 무표정이었다. 기사 출신인 그는 존재만으로도 압도적이었다. 넓은 알현실이 꽉 찬 느낌이었다. 엘파사 출신의 영주, 마르티네즈 후작은 어떻게 해서든 그의 비위를 맞춰야 했다.

"위대한 제국에 영광을."

후작이 깊이 고개를 숙이며 예를 갖췄다. 영지민의 반란을 우려한 황궁은 유서 깊은 가문들을 제국에 흡수했다. 엘파사의 반은 길버트가, 남은 반쪽은 살아남은 4개의 가문이 다스리고 있었다. 수도에서 먼 곳이라 엘파사 왕가에 대한 충성심보다는 영지의 안위에 더 관심이 큰 영주들이었다.

영주들은 독자적으로 영지를 운영했고, 이젠 세금을 내는 곳이 제국의 황궁이 되었다 생각할 뿐이었다. 비록 후작가로 격하되었을지언정 목숨이라도 부지했으니 천만다행이었다.

"앉으시오."

대공의 가벼운 손짓에 후작은 조용히 착석했다.

"내가 그대를 본 적이 있던가?"

"예, 그렇습니다. 혁명의 날, 충성 맹세를 하던 당시 자리에 계셨습니다."

왕국이 찬탈당했던 날, 제국이 실질적으로 대륙을 통일한 그날을 '혁명의 날'이라고 불렀다.

"그날 보았던 이들이 한둘이 아니라 내 기억엔 없군. 미안하네."

"아닙니다, 각하."

대공은 웃으며 말했지만 후작은 웃을 수 없었다. 왕궁이 함락되었다는 소식을 듣고 그는 재빨리 공작저에 백기를 내걸었다. 급히 말을 타고 왕궁을 찾았지만 바로 끌어 내려져 곧장 무릎이 꿇렸다. 제대로 된 대화도 나누지 못했다. 후작이 기억하는 그들의 첫 만남이었다.

"이곳을 찾은 지는 오래되었나?"

내내 대공의 눈치를 살피던 후작은 잠시 대답을 골랐다.

'반역자 길버트와 왕래가 잦았냐는 뜻이로군.'

동시에 얼마나 자주적으로 영지를 운영해 왔는지를, 섭정공은 묻고 있었다.

"혁명의 날 이후로 처음입니다."

"그렇다면 꽤 생소한 모습이겠군."

대공은 의외로 별것 아닌 듯 대꾸했다. 왕궁은 성벽을 수리하느라 소란스러웠다. 많은 인부들이 투입된 대규모의 개보수였다.

"먼 곳에서 찾아온 손님에게 왕궁이 어지러워 면목이 없네."

대공의 화법은 예상보다 훨씬 너그러웠다.

'듣기로는 피를 좋아하는 악마 같은 남자라고 했는데…….'

하지만 꿰뚫을 듯 강렬한 저 눈빛을 제외하면 대화는 부드러웠다.

"아닙니다. 듣기로 길버트는…… 왕궁을 전혀 수리하지 않았다더군요."

후작은 스르르 경계심을 풀고 마음을 놓았다.

"사실 영지민에게는 그편이 더 나았을지도 모릅니다."

"그렇게 생각하나?"

"예, 송구하오나 아직 제국에 반발심을 가진 이들도 적지 않습니다."

"그래, 아버지께서도 민란이 다시 되풀이되지 않을까 하는 염려를 놓지 못하시더군."

"반란 분자들을 색출하고 있긴 하지만 아무래도……."

"반역자 색출은 내 몫이니 걱정할 것 없네."

대공은 목을 축이려는 듯 앞에 놓인 찻잔에 손을 가져갔다.

"그래 봐야 무기도 변변치 않은 농민들의 저항이 아닌가."

오후는 알렉산드로에게 한창 바쁜 시간이었다. 그를 찾는 이들이 하는 이야기는 항상 같았다.

"나라의 근간이자 뿌리가 될 소작농들을, 이권 싸움으로 희생시킬 필요는 없지."

후작은 놀란 토끼처럼 눈을 크게 떴다. 저 자리에 앉은 이들 중에 농민을 나라의 근간이라 말했던 이는 없었다. 높은 곳에 앉은 자들은 농민과 상인들을 홀대했다.

"내가 베아트리체 왕녀 저하와 결혼을 앞두고 있다는 사실은 알고 있겠지."

"물론입니다, 각하."

"난 이곳의 모두를 제국민과 똑같이 여길 것이네."

후작은 황송한 얼굴로 고개를 숙였다. 왕궁을 차지한 섭정, 대공이 예의를 차려서 그냥 하는 말이 아니었다. 대공은 왕녀의 대관식 이후 곧장 세율을 낮췄다. 영지민들은 크게 안도했다. 대공이 국왕 섭정이 되면 길버트보다 더 혹독하게 세율을 높이리라 예상했던 것이다.

"저 또한 제국에 충성을 다하겠습니다, 각하."

후작은 감격스레 대답했다. 안심한 그를 보고 대공이 씩 입꼬리를 올렸다.

"한데, 후작."

순간 팔걸이에 기대어 턱을 괸 대공이 나른한 어조로 말을 꺼냈다.

"듣기로 후작의 영지는 허가를 받은 상인이 아니면 물자를 거래할 수가 없다 하더군."

후작은 인형처럼 굳었다.

"사실인가?"

"……."

상거래 허가증. 이는 영지를 오래도록 다스린 영주들의 관행이었다. 도시를 오가는 큰 상단부터 마을에서 물건을 파는 소상인까지,

영주의 허가증이 필요했다. 물론 허가증의 가격은 영주가 매겼다. 후작은 황당할 따름이었다.

'대체 그걸 어떻게 알았지?'

알기로는 대공은 실질적으로 영지를 운영했던 적이 없었다.

'뼛속까지 기사라 정치나 행정에는 전혀 아는 게 없을 거라 생각했는데…….'

허가증은 변방에서 평민들과 직접 살아 본 사람이 아니고서야, 절대 모를 일이었다.

"아, 아마 제국의 다른 영주들도 다르지 않을 것입니다. 오래도록 영지를 다스린 이들의 권리라고 생각하시면……."

"제국의 다른 영주들이라. 그대에게 들으니 어감이 좋지 않군."

"물론 저도 제국의 영주들 중 한 명입니다, 각하."

대공의 냉소에 후작은 얼른 말을 덧붙이며 고개를 조아렸다.

"영주의 허가증이란 저희의 권리라고 생각하시고 너그러이 이해해 주십사 드린 말씀입니다."

"그렇다면 그대의 말은, 내 명령보다 변방 영주의 권리가 더 위에 있다는 뜻인가?"

"그렇지 않습니다."

깜짝 놀란 후작이 고개를 내저었다. 하얗게 질린 그가 급히 변명했다.

"제가 감히 어떻게 그런 생각을 하겠습니까? 대공님께서 어떤 명령을 내리신대도 저는 반드시 따를 것입니다."

"그대가 협조적이니 마음이 놓이는군."

대공은 웃으며 후작을 주시했다. 희끗하게 센 머리카락 아래 긴장한 빛이 역력했다.

"앞으로 자주 뵈어야 할 것 같소."

"각하, 영광입니다."

후작은 어색하게 대공을 따라 웃었다. 속으로는 식은땀을 흘리며.

"곧 자유 상거래를 지지한다는 공문을 내릴 것이오. 그대의 도움을 기대하지."

"그리하겠습니다."

수도에서 먼 변방 영지민에게는 영주의 권위가 황궁보다 강했다. 그래서 대공은 직접적인 정책으로 왕권을 강화하려 들었다. 후작은 한숨만 나왔다.

'세율은 떨어졌지만…….'

상거래 허가증은 뒷주머니를 차는 데 큰 역할을 했다. 생살이 떨어져 나간 듯 씁쓸했다. 후작에겐 아무 소득이 없는 대화였다.

"국혼은 내년이라 들었습니다만 신하 된 도리로 조금 걱정스럽습니다."

후작은 대신, 다른 길을 모색해 보기로 했다.

"각하께서 아직 이 사실을 모르시는 듯하여……."

대공은 짧은 한숨과 함께 눈을 감고 몸을 뒤로 기대어 앉았다. 뒤이어 후작이 무슨 말을 할지 쉽게 예상할 수 있었다.

"저하께서 회임이 어렵다는 건 이미 수없이 들었으니 더는 말할 것 없네."

인근의 영주들을 수없이 마주하는 그로서는 매번 한길로 가는 대화가 조금도 즐겁지 않았다. 베아트리체가 석녀라고, 엘파사의 모든 귀족들이 다 알고 있었다. 길버트는 그 사실을 전부 지껄이고 다녔던 것이다.

'사지를 갈기갈기 찢어 버릴 것을.'

왕녀이자 아내인 여자의 권위를 멋대로 짓밟았다. 알렉산드로는 분노를 감출 수 없었다. 남자가 되어 부인의 치부를 감싸 주지는 못할망정 이야깃거리로 떠벌렸단 말인가?

'듣기론 아무런 이상이 없다던데.'

부인과에 정통한 의사와 상담이 있었고, 그가 말하기로 그녀는 임신에 아무런 이상이 없는 몸이라고 했다. 하지만 멀쩡해 보여도 불임인 경우가 있다는 게 의사의 설명이었다. 베아트리체 역시 담담히 긍정했다. 생리가 일정한지, 아픈 곳은 없는지 묻는 것만으로는 알 수 없다고. 임신과 출산에 관해서 한참 설명을 들었으나 알렉산드로는 모르는 일이니 그냥 입을 다물었다. 그녀의 몸이니 그녀가 더 잘 알 것이다.

후사를 잇는 일은 자신이 알아서 할 몫이니 아무 걱정 말라고 그녀를 다독였지만 말 못 할 불안함과 초조함이 있으리라 짐작할 뿐이었다. 그는 아기를 간절히 바랐지만 동시에 아예 아기가 없었으면 좋겠다는 모순적인 생각도 들었다. 아기 레나가 허무하게 세상을 떠나고 항상 마음 어딘가가 텅 빈 것처럼 괴로웠다. 두 번 다시는 그런 아픔을 겪고 싶지 않았다.

"하지만……."

"후실은 들이지 않을 생각이오."

대공은 단호했다.

'제국 출신 영애만 원하나?'

후작은 어렴풋이 짐작할 뿐이었다.

'그럴 확률이 높지.'

베아트리체와의 정략결혼은 왕실 가문에 편승하려는 목적일 테니까. 후작 역시 장차 이 제국의 황제가 될 명분을 위해서는 찬탈자라는 추명보단 낫다고 생각했다.

'허수아비라 하더라도 제국에는 지금 황제가 있으니까.'

국정에는 전혀 관여하지 않아, 이미 죽었다는 소문도 돌았지만 공식적인 발표는 아직 없었다. 대공은 그래서 왕녀와 결혼을 하려는 것이다. 하지만 후작에게는 다른 길도 있었다.

"실은 각하께서 꼭 아셔야 하는 일이 있습니다."

"또 뭐지."

그렇게 묻긴 했지만 알렉산드로는 뒷말도 예상했다.

"이미 저하의 대관식이 끝났으니 어쩔 수 없는 일이지만, 그분은 사실…… 왕가의 핏줄이 아닙니다."

"하!"

후작은 고심하듯 말했지만 알렉산드로는 그저 기막힐 따름이었다. 그는 애써 마음을 가라앉혔다. 마음 같아선 한 대 때리고 알현실에서 내보내고 싶었지만…….

'이들은 어찌 이렇게 한결같지?'

세율을 낮추는 건 환영하지만 자유 상거래 정책에는 반대했다. 어쩔 수 없이 수긍하면서도 영 고분고분하지 않았다. 결국 그들의 마지막 이야기는, 베아트리체는 왕의 핏줄이 아닌 데다 석녀인 허깨비 같은 여자이니 제 딸을 데려다 후실로 앉혀 달라는 것이다.

'똑같은 인물을 데려다 똑같은 대화를 하는 듯 매번 같은 레퍼토리로군.'

길버트는 이 세상에서 오직 자신만이 아는 엄청난 비밀인 듯 힘겹게 떠들다 죽었지만 엘파사의 귀족들은 이 사실을 이미 다 알고 있었다.

'지긋지긋한 것들.'

베아트리체는 백금발의 파란 눈을 조금도 닮지 않았으니 그들의 믿음에는 근거가 있었다. 하지만 알렉산드로는 그에 대해서는 전혀 의심해 본 적 없었다. 아예 관심을 두지 않았다. 그녀의 핏줄이 어떻건.

'제 나라도 지키지 못하는 얼간이 같은 놈의 여식이 아니라 차라리 다행이다.'

그녀의 진짜 부친이 국왕인지, 시정잡배인지, 무희의 기둥서방인지. 알 바 아니었다. 귀족들 역시 정확한 사실에는 관심 없을 것이다. 그들 역시 목적을 위한 '명분'이 필요할 뿐.

"후우……."

정치에선 명분이 가장 중요했다. 알렉산드로가 원치 않게 매일 독수공방을 결심한 발단이기도 했다. 솔직히 짜증스러웠다. 귀족들의 이야기는 거추장스럽고 가식적이었다. 환멸 난다. 이들과 더는 대화하고 싶지 않았지만 국왕 섭정이 되었으니…… 피할 수 없었다. 결국 알렉산드로는 이들과의 만남을 즐길 자신만의 방법을 찾았다.

"그래, 그렇단 말이지."

"예, 아직 국혼을 치르지 않으셨으니 재고의 여지는 있지 않겠습니까?"

왕국 출신 영주들은 베아트리체를 왕족으로도, 여자로도 여기지 않았다. 노예 출신의 반쪽짜리이니 그들에게는 사람도 아닌 것이다.

"대의와 명분을 위해서라도 왕녀의 신분과 국혼은 다시 한번 생각해 보시는 게 옳은 줄로 압니다."

알렉산드로는 매번 이 사실을 확인받을 때마다 마음이 아팠다. 이 왕궁에서, 그동안 그녀는 대체 어떻게 살았을까……. 그 생각만 하면 피가 거꾸로 솟는 듯했다. 으득 이가 갈렸다. 소중한 아내를 대신해서 반드시 복수하겠다는 뜨거운 욕망이 타올랐다. 이 피 끓는 복수심이야말로 그를 이 자리까지 움직인 원동력이었다. 알렉산드로는 분노를 표출하는 대신, 이들의 마지막을 머릿속으로 그렸다. 그러자 저절로 입매가 부드러워졌다. 헛소리 같은 망발을 참고 들어 준 데는 이유가 있었다.

"그래서."

마르티네즈 후작은 누구를 위해 움직이는가?

"그대가 생각하는 적법한 왕위 계승자는 누구지?"

적극적인 대공의 반응에 힘입어 후작은 조심스레 말문을 열었다.

"베르토 후작이 가장 유력하긴 합니다. 하지만 그는 병상에 누워 있고, 그의 장남은 이제 막 성인이 된 어린 소년인지라……."

"그에 관해선 이미 많은 이야기를 들었네. 하나 베르토 후작은 전혀 관심이 없는 것 같더군."

"예, 그렇지요. 원체 심약한 사람이라……."

후작은 천천히 속내를 드러냈다.

"지금은 아무래도 타이렐 제녹스 후작이 아닐까 합니다, 각하."

"타이렐 제녹스."

"예. 개국 공신인 데다 실제로 왕위 계승자 명단에도 이름이 올랐었고, 적어도 베아트리체 왕녀보다는 훨씬 명분이 있습니다."

대공이 관심 있게 듣자 후작은 영주들과 미리 입을 맞춰 놓았던 의견을 표출했다.

"게다가 제녹스 후작에게는 마리아 제녹스라는 점잖은 성품의 아름다운 여식도 있습니다."

엘파사 출신 영주들은 길버트와는 원수처럼 척을 지고 지냈을지언정 자신들끼리의 연대가 끈끈했다. 죽은 줄 알았던 베아트리체 왕녀보다는 그들 중 한 명의 여식이 왕비, 장차 제국의 황후가 되는 게 훨씬 나았다.

"왕녀는 아무래도 그 출신부터가 미천하여……."

"잘 알겠네."

베아트리체는 출신이 미천하여 경망스럽고 천박하다는 게 후작들의 공통된 의견이었다. 이쯤 되니 길버트가 죽기 전 했던 말들은 그냥 습관처럼 내뱉던 안줏거리 같은 개소리였다는 것을 짐작할 수 있었다.

'죽이지 말고 평생 고문이나 시킬 것을.'

바로 그 때문에, 알렉산드로는 국혼 전까지 그녀와 거리를 유지하기로 결심했다. 베아트리체가 정숙하지 못하다는 추문이 돌까 봐 걱정스러웠기 때문이다. 그녀는 이제 왕국의 사교계도 신경 써야 했고 일국의 왕비, 장차 제국의 황후, 그리고 황태후가 될 몸이다. 후계 생산을 위해서 부인으로 삼은 여자가 아니었다. 이미 함께 밤을 보냈으니 모르는 척 계속 그녀를 취하고 싶다는 욕심도 있었다.

하지만 소문이란 얼마나 강력한가. 알렉산드로는 바로 자기 자신의 경험으로 잘 알고 있었다.

'이따위 인간들 때문에 내가 계보에도 이름이 오른 부인을 두고 독수공방을 해야 한다니…….'

마르티네즈 후작은 길버트와 어떤 관련도 없는 노련한 영주였기에 그냥 죽이기엔 명분이 부족했다. 군부를 지키는 기사였다면 멋대로 처형을 단행했을지 모르지만 지금 그는 국왕 섭정이었다.

알렉산드로는 던칸과 달랐다. 반발하는 영지민까지 전부 잡아 죽이면 농사는 누가 짓는단 말인가? 국정을 안정시키기 위해서는 명분 없는 살상은 금물이었다. 하지만 속은 부글부글 끓었다. 활활 타오르는 그의 속내와는 달리 목소리는 차분하고 담담했다.

"마리아 제녹스 후작 영애라……."

후작에게도 경고했듯, 반란 분자를 색출해 내는 것은 바로 제 몫이었다. 기회를 잡아 뿌리까지 뽑을 작정이었다.

"아름다운 영애라니, 듣던 중 반가운 소리군."

그는 사나운 이빨을 드러내는 대신 옅은 미소를 머금었다.

"한번 만나 보지."

마르티네즈 후작은 덩달아 밝게 웃었다. 영웅이 미인을 좋아하는 건 역시 만고불변의 법칙이었다.

"그럼 제가 빠른 시일 내로 제녹스 후작 영애에게 연락해 왕궁에 들르라 전하겠습니다, 각하."

"기대하고 있겠소."

뜻밖의 수확에 마르티네즈 후작은 알현실을 나가는 순간까지 환한 미소를 감추지 않았다. 홀로 남은 알렉산드로는 관자놀이를 꾹꾹 누르며 서류에 집중하려 애썼다. 도무지 눈에 들어오지 않았다.

원인은 베아트리체였다. 대체 무슨 일인지, 항상 밝은 그녀가 갑자기 식음을 전폐하고 침실에 틀어박혔다. 이유를 물어도 제대로 된 대답을 피했다.

'……벌써 이틀째로군.'

그가 손가락을 까닥하자 문 앞을 지키던 기사가 잽싸게 고개를 숙였다.

"예, 각하."

"저하께서는 오늘도 침실에만 계시나. 식사도 하지 않으시고?"

"아닙니다. 듣기로는 점심 식사를 하시고 서재로 가셨다고 합니다."

서류만 내려다보던 알렉산드로는 그제야 기사를 응시했다. 그는 오찬을 조지아 후작과 함께했고, 이후에는 요청대로 마르티네즈 후작을 만났다. 그사이에 그녀가 침실 밖을 나선 것이다.

"지금 왕녀 저하를 뵈러 가시겠습니까?"

"그래."

당장 자리에서 일어선 알렉산드로가 옷매무새를 다듬었다. 무작정 찾아갈 수도 있지만 그러지 않기로 했다. 베아트리체는 이 왕궁의 주인이었다. 하나 모두가 알렉산드로를 주인처럼 여기고 있었다.

그녀가 진짜 주인으로 대우받기 위해서는, 그가 먼저 몸을 낮춰야 했다. 짧은 헛기침과 함께 턱을 치켜든 알렉산드로가 정중하게 명령했다.

"내가 알현을 청한다고 여쭤보거라."

"예, 알겠습니다."

　베아트리체가 왕녀의 신분을 되찾고 벌써 한 달이 지났다. 많은 일들이 벌어졌다. 시간은 빠른 급류에 휩쓸린 것처럼 정신없이 지나갔다. 이제 그녀의 곁에는 몇몇의 새로운 이들과 몇몇의 익숙한 얼굴들이 남아 있었다. 열린 창으로 가벼운 봄기운을 담은 햇살이 부서져 내렸다.

　서재는 그녀가 왕궁에서 자주 시간을 보내는 곳이었다. 하지만 화창한 날씨와는 달리 그녀의 얼굴은 밝지 않았다. 베아트리체는 난감한 얼굴로 자신에게 온 서신을 바라보았다. 그녀를 당혹스럽게 하는 건 줄리아 맥코웰에게서 온 편지였다.

　'그분이 주시는 편지는 매번 이렇게 조마조마하다니까.'

　피식 웃음이 나왔다. 맥코웰 가문의 인장이 찍힌 이 서신의 내용이 이미 눈앞에 그려지는 듯했다.

　벌써 세 번째 편지였다. 첫 번째는 던칸을 조심하라는 무시무시한 내용이었고, 두 번째는 신분을 되찾은 걸 축하한다는 내용이었다.

　베아트리체 왕녀 저하, 잘 지내셨소?

　얼굴을 뵙고 인사를 드렸다면 참 좋았을 것을, 일신상의 문제로 이번에도 편지로 인사를 드리는구려.

　다름이 아니라 기쁜 소식을 전하고 싶어 이렇게 편지를 쓰게 되었소.

맥코웰 가문은 부활했다. 들기로는 이 문제로 제국의 공작가들과 던칸, 그리고 맥코웰 가문 사이에 큰 충돌이 있다고 했다. 덕분에 던칸은 골머리를 앓았다.

난 던칸 그레이엄에게 공작의 작위를 요구했다오.

"헉."

충격적인 소식에 베아트리체의 입에서 경악한 숨소리가 새어 나왔다. 동시에 문가에 서 있던 쌍둥이 기사, 제임스와 제이미가 번쩍 고개를 들었다.

"저하, 무슨 일이십니까?"

"왕녀 저하, 괜찮으십니까?"

우락부락한 기사들이 당장이라도 그녀에게 뛰어올 기세였다.

"아무 일도 아니에요."

베아트리체는 얼른 고개를 내저었다. 사실은 엄청난 일이었다. 일단 줄리아는 중년의 여인이었다.

'여자가 작위를 받는다고?'

이 사회에서는 상상도 못할 일이었다. 전생에서 배운 사회의 발달 양상을 고려할 때, 적어도 몇 세기는 지나야 가능할, 혁명적인 일이었다.

'아니야, 일찍이 여자들이 사회에 진출하고 작위를 받는 나라들도 있었어.'

하지만 이 대륙에는 없었다. 찾고 찾으면 어느 왕국의 먼 과거에 있었을지 모르지만 그녀가 알기로는 전무했다. 두 눈이 크게 뜨였다.

'정말 전하께서 그렇게 해 주실까?'

외아들을 소년과 살게 해 주려던 던칸이다. 그만큼 진보적인 생각을 가졌으니, 그렇게 해 줄 수도 있지 않을까?

사실 그 몹쓸 인간을 골탕 먹이기 위해 그냥 한번 해 본 말이라오. 그런데 그 인간이 꽤 진지하게 고려하고 있지 뭐요?
어쩌면 내가 진짜 제국의 최초 여성 공작이 될 수도 있겠소.

"풋."

순간 베아트리체의 눈앞에 던칸의 난감한 얼굴이 스쳤다. 그는 죄책감 때문에 일을 추진하려는 게 분명했다.

'그래서 황궁이 지금 난리라는 거구나.'

알렉산드로에게 얼핏 얘기를 전해 들었다. 제국 수도에는 지금 변화의 큰 바람이 불고 있었다.

'여자가 봉작을 받는다니 언젠가는 여자가 정계에 진출하게 될지도 몰라.'

아니, 공작위를 가진 귀족들은 황궁에서 원로원 회의에 참여하니 실제로 줄리아가 정치까지 하게 될지 모르는 일이었다.

'그게 가능할까?'

만약 던칸이 그렇게 하기로 결정한다면 그야말로 역사에 길이길이 남을 것이다. 당장 눈앞에 닥친 생생한 변혁이었다. 베아트리체는 제 일처럼 가슴이 두근거렸다. 어젯밤까지 침대에서 눈물을 훔치던 그녀는 어디 가고, 어느새 베아트리체는 밝은 얼굴을 되찾았다.

아직은 확실하지 않지만 저하께는 꼭 알려 드리고 싶었소.

하지만 내가 봉작을 받지 않는다 해도 우리 가문은 다시 이름을 되찾을 것이오.

그녀는 편지를 쭉 읽어 내렸다. 증손인 피터와 레나의 소식이 뒤를 이었다. 그들은 지금 제국의 남부, 그레이엄 영지에 머물고 있었다. 설레는 마음으로 줄글을 읽던 베아트리체는 편지의 가장 마지막 줄에서 숨을 멈췄다.

추신.
소피아는 그레이엄 가문의 이름을 돌려받지 않을 거요.
그러니 내가 왕녀님의 친정이 되어 주리다.

추신이라고 적힌 짧은 글은 그녀의 머리를 때리고 지나갔다.
'친정이 되어 주리다.'
쉬운 말 같았다. 하지만 절대로 쉽게 생각할 수 없었다. 지금 이 대륙에 공작가는 오직 5개뿐이었다. 베아트리체는 친가나 외가라 부를 수 있는 이들이 아무도 없었다. 계보와 명목적인 울타리를 떠나서, 심적으로 제 편이 되어 주겠다는 줄리아의 말은 큰 위안이 되었고 그녀를 크게 감동시켰다.
'꿈인가?'
베아트리체는 영 실감이 나지 않았다. 하루아침에 신분이 뒤바뀌는 경험을 두 번이나 했다. 이번이 세 번째였다. 환생을 하고, 예상치 못한 신분제 사회에서도 열심히 살아남았다. 적응력만큼은 누구에게도 뒤지지 않았다. 덕분에 이번에도 그리 어렵지 않게 왕녀로서 적응했다.

바뀐 옷을 입고 다른 역할을 연기하듯, 본래 자신은 그대로였지만 그녀가 연기하는 역할이 달라졌을 뿐이니 별로 어렵지 않았다. 다만 반쪽짜리가 아닌 진짜 왕녀의 신분은 상상을 초월하는 것들로 가득했다. 게다가 그녀는 왕가의 마지막 후계자였다.

매일 아침 꿈과 현실을 오갔다. 처음엔 시녀들의 머리 손질을 받고, 예쁜 드레스를 입으며 굽 높은 구두를 신고 왕궁을 누비는 자신의 모습이 어색했다.

―정말 아름다우십니다, 저하!

―오늘도 완벽하십니다!

하지만 자신만을 위해 준비된 열혈 관객처럼 항상 힘찬 박수와 큰 응원을 보내는 마담 코코와 비비안 때문에 이마저도 이젠 익숙해졌다. 베아트리체에게 가장 어려웠던 건 알렉산드로의 존칭이었다.

―말투가 바뀌었다는 이유로 저를 어색해하시면 안 됩니다.

처음 그의 존댓말을 들었을 때는 정신이 아득했다. 막상 그는 아무렇지 않게, 처음부터 그랬던 것처럼 쉽게 존칭을 썼다. 그 덕분에 생각보다 빨리 익숙해졌다. 아무도 그녀를 클로이라고 부르지 않았기에 더욱 쉬웠는지도 모른다. 클로이라는 이름은 훗날 황후가 될 그녀에게 약점이기에 버려졌다.

마부 소년 클로이와 왕녀 베아트리체는 완전히 다른 인물이 되었다. 에반의 기지로 그녀가 클로이였다는 사실은 세리머니에 참여했던 기사들만이 아는 비밀이 되었다. 공식적으로 베아트리체는 제국으로 끌려가 쿠피히트 가문에서 잡역을 했다고 알려졌다. 그리고 국혼을 통해 알렉산드로에게 왕위를 넘겨주기 위해서, 그녀는 다시 신분을 되찾았다.

제국의 모두가 이 사실을 믿었다. 여기에는 「비밀의 마구간」이 가장 큰 역할을 했다. 어차피 알렉산드로는 남색이라는 추문을 신경도 쓰지 않았다.

'대공님은 어떻게 날 데리고 도망칠 생각을 하셨을까.'

마침 호랑이도 제 말 하면 온다고 했던가.

똑똑.

익숙한 노크 소리가 상념에 잠겨 있던 그녀를 깨웠다.

'곧 티타임이네.'

던칸이 대관식 이후 황궁으로 돌아가고, 그녀가 던칸과 보내던 시간을 알렉산드로가 독점했다. 매일 오후의 티타임은 그들의 약속된 만남이었다.

"저하, 그레이엄 대공님께서 알현을 청하셨습니다."

예상대로였다. 베아트리체는 모종의 일로 크게 상심해서 이틀간 그를 만나지 않았다. 오늘 어떻게 마주해야 할지, 만약 무슨 일이 있었냐고 물어보면 뭐라고 대답을 해야 할지…… 난감해야 했지만 난감하지 않았다.

'대공님께 여쭤봐야겠어!'

지금 그녀의 머릿속은 줄리아의 일로 가득 차 있었다.

 오늘은 날씨가 특별히 좋았다. 알렉산드로는 왕궁에서 차를 마시기보다 함께 정원을 산책하길 청했다. 매일 보는 얼굴이었으나 함께 밖을 거닐어 본 건 꽤 오랜만이었다. 그들이 만나는 시간은 하루 중에 티타임이 유일했고, 그는 얼굴을 마주 보며 소소한 이야기를 나누길 좋아하는 남자였다. 하지만 오늘은 특별히 테이블을 앞에 두고 얼굴을 보는 대신에, 손을 잡고 꽃이 만개한 길을 함께 걷기를 택했다.
 잘 가꿔진 넓은 정원은 이제 왕궁의 자랑거리였다. 꽃을 좋아하는 왕녀와 섭정공 덕분이었다. 예전에는 왕비와 알리시아 왕녀를 마주할까 봐 베아트리체는 거의 발도 디디지 않던 곳이었다. 이제는 온전히 알렉산드로와 그녀만의 공간이 되었다.
 "오늘 줄리아 님께 편지를 받았어요. 그분께서 작위를 받게 될지 모른다고 하시던걸요!"
 신난 목소리를 듣고 알렉산드로는 살며시 웃었다. 다행히 그녀에게서 어두운 기색은 보이지 않았다.
 "그 일 때문에 아버지께서 꽤 난처한 상황에 처했다고 합니다. 눈으로 직접 보지 못해 아쉽군요."
 칼스버그 공작은 그 일을 적극 찬성했다. 던칸은 아무도 모르게 조용히 줄리아에게 작위를 주려는 계획이었지만 칼스버그 공작은 그 일을 공표하길 바랐다. 그 점에서 둘은 의견 차이를 보였다.

"정말 줄리아 님께서 작위를 받으실까요? 그렇게 되겠죠?"

"글쎄요. 결과는 지나 봐야 알 것 같습니다."

"논의를 한다는 것만으로도 엄청난 일이긴 해요. 그분께서 정말 제국 최초의 여성 공작이 되신다면 얼마나 좋을까요?"

"……."

"작위 수여식도 직접 보고 싶어요. 머지않아서 소식이 들려오겠죠?"

가만히 그녀의 말을 듣던 알렉산드로가 천천히 걸음을 멈췄다. 그녀를 돌아본 그는 올라오는 말을 삼켰다. 남의 얘기보다는 그녀의 일을 듣고 싶었다.

'대체 무슨 일이기에 이틀이나 침실에서 지냈지?'

왜 내겐 말을 해 주지 않는 것이냐 다그치고 싶었다. 알렉산드로는 다른 사람들의 이야기로 그녀와 시간을 보내고 싶지 않았다. 그도 그럴 게, 둘이 만나는 시간은 오직 대낮의 티타임뿐이다. 시종, 시녀, 기사들 모두가 보는 앞에서.

"……그 일은 여러 가문이 얽혀 있어 쉽게 결론이 나진 않을 듯합니다. 하나 좋은 소식이 들려온다면 가장 먼저 말씀드리겠습니다."

"정말 그렇게 해 주실래요?"

"물론."

그가 짧게 고갯짓을 하며 미미한 미소를 지었다. 둘은 서로를 마주 보고 있었다. 먼저 시선을 돌린 건 알렉산드로였다. 정면을 응시하던 그가 싸늘히 표정을 바꾸고 걸음을 옮기며 말했다.

"그 일에 몹시 신경을 쓰시는 듯하여."

그의 옆얼굴은 더 이상 웃고 있지 않았다. 베아트리체는 맞잡은 손에 전해지는 압력에 심장이 쿵 떨어졌다. 세상에, 이건 그가 부리는 투정이었다. 그녀는 알렉산드로에 대해서 꽤 잘 알고 있었다. 말만 하지 않았을 뿐, 그는 지금의 상황이 마음에 들지 않는 것이다.

'이렇게 귀여울 수가.'

원래도 가끔 귀여워 보이는 남자였지만 이 정도는 아니었다. 그녀는 자신보다 한참 큰 약혼자를 올려다보며 심각해졌다. 베아트리체가 굳은 듯 서 있자 그 역시 자리에 멈춰 섰다. 연인은 서로를 마주 보고 똑같은 생각을 하고 있었다. 자신을 뚫어져라 바라보는 멍한 얼굴을 보니 알렉산드로는 애가 탔다. 목이 바짝 말랐다.

'키스하고 싶다.'

당장 입을 맞추고 거추장스러운 저 드레스를 모두 벗겨 그 안의 말랑한 속살을 만지며 예전처럼 어디서든……. 그의 손에 힘이 들어갔다. 그녀를 끌어당기려는 바로 그 순간, 수행 기사 한 명이 헐레벌떡 달려왔다.

"실례합니다, 왕녀 저하. 장미 정원은 벌 떼가 많아 오늘은 가지 않으시는 게 좋답니다."

젊은 연인은 그들만의 시간에 멈춰 있다가 그제야 퍼뜩 깨어났다. 베아트리체는 아쉬운 기분으로 시선을 돌려 기사에게 응답했다.

"아쉽지만 어쩔 수 없지요. 고마워요."

결국 두 사람은 다른 정원을 걸었다. 알렉산드로는 내내 조용했다. 그는 다시 연인의 명예를 지키기로 결정한 자기 자신이 못내 대견하고, 동시에 미워 죽겠는 이중적 자아에 괴로워했다. 왜 부인을 부인이라 부르지 못하고 이렇게 고생하는가.

'아니다. 아내의 명예가 중요하지. 예법상 첫날밤을 기다리는 게 맞다.'

아니, 내가 대체 왜 그런 결정을…….
'그래도 계보에 이름을 먼저 올려놨으니 안심이다.'
빼도 박도 할 수 없는 담보처럼 그것만 믿고 있었다.
'아직 예식만 올리지 않았을 뿐, 내 부인이다.'
제국에는 이혼이 없으니 우리는 영원히 부부. 그렇게 생각하니 남은 1년을 참을 수 있을 것 같다.
"휴우……."
아니, 아직 1년이나 남았다. 대체 1년이 언제 간단 말인가! 차라리 처음부터 거리를 유지했으면 좋았을 것. 그녀의 몸이 얼마나 아름다운지, 그 피부가 얼마나 부드러운지. 그 안에서 맞이하는 절정의 그 순간이 얼마나 벅차게 행복한지 전부 다 알고 있지 않은가!
인내심이 바닥나는 기분이었다.
알렉산드로는 할 수만 있다면 시계를 빨리 돌려 당장 오늘 밤에라도 국혼을 치르고 싶었다. 일단 예식만 올리면 전에 해 보지 못했던 다양한 자세들을 해 보자고 해야지. 그녀는 적극적이진 않지만 성실하고 호기심이 많아서 새로운 걸 해 보자고 하면 하는 시늉은 할 것이다. 내가 이끄는 대로 따라오겠지…….
"우스운 일이지만 가끔은 그런 생각이 들 때가 있습니다."
"어떤 생각이요?"
알렉산드로는 정원의 다른 곳으로 방향을 틀었다. 오직 둘만 아는 이야기를 하고 싶을 때. 분수대 근처의 벤치에 가까이 앉아 대화나 나누는 게 전부지만, 물소리 때문에 뒤따르는 시녀들에게는 대화가 들리지 않았다. 커다란 석상에서 떨어지는 물줄기를 핑계로, 알렉산드로는 살짝 몸을 숙여 그녀의 귓가에 속삭였다.

"다시 저하를 몰래 납치해 버릴까, 하는."

놀랄 만한 이야기였지만 베아트리체는 그저 웃음만 나왔다. 알렉산드로는 결코 그런 남자가 아니었다. 베아트리체가 왕녀가 된 후, 그는 제국의 대공으로서 섭정을 위해 왕궁에 머물렀다. 그리고 제자리를 찾자마자 전의 충동적인 모습은 오간 데 없었다. 철저하게 그녀와 거리를 유지했다. 알렉산드로는 해야 할 일과 하지 말아야 할 일을 칼같이 구별했다.

"안 그러실 거잖아요."

"물론 상상일 뿐입니다."

반쪽짜리 사생아였던 베아트리체 왕녀는 살아남은 유일한 왕족이자 왕궁의 주인이었다. 하지만 그녀는 정통성을 의심받기 쉬운 위치에 있었다. 알렉산드로는 왕녀를 대하는 자신의 태도에 따라, 다른 이들이 그녀를 어떻게 대할지 결정된다는 것을 잘 알고 있었다. 그는 자신의 약혼녀가 모두에게 존중받고 존경받기를 원했다.

"감히 그럴 수는 없지요."

온갖 말 못 할 욕심들을 머릿속에 가둔 대신, 그는 단단히 붙잡은 작은 손에 힘을 주었다. 보드라운 손등을 쓸다가 고귀한 이에게 찬사를 보내듯 그녀의 손등에 입 맞췄다. 그게 그가 지금의 자신에게 허락하는 애정 표현의 전부였다. 아쉽긴 하지만 알렉산드로는 좋은 남자로서 그녀의 옆에 있고 싶었다. 그녀가 믿어 주는 대로, 그런 사람이고 싶었다.

짧게 닿았다 떨어지는 그의 입술을 보고 베아트리체는 저도 모르게 속마음을 꺼내 놓았다.

"지금 생각해 보면 대공님께서 어떻게 그렇게 충동적이셨던 건지 믿기지 않을 때가 있어요."

이런 남자가 어떻게 모든 걸 뒤로한 채 떠날 생각을 했던 걸까. 그는 일탈을 하는 사람이 아니라 철저하게 계획된 안정성을 추구하는 사람이었다. 그의 위치에서는 그게 맞았다. 완벽하게 귀족적인 그의 모습에 베아트리체는 헛웃음이 나왔다. 그는 지금의 자리가 너무도 잘 어울리는 사람인데 어떻게 평생 사냥꾼으로 숨어 살 결심을 했던 건지.

"저도 믿기지 않습니다, 저하."

그런 그녀의 속마음을 읽었는지 알렉산드로가 웃으며 말을 이었다.

"저하께 무례했던 일들을 생각하면 죄송할 따름입니다."

"제게 무례했던 일이요?"

그가 한 번이라도 자신에게 무례한 적이 있던가. 기억을 더듬는 중에 알렉산드로가 전보다 더 낮은 목소리를 냈다.

"계곡에서 많은 일들이 있었습니다."

"아……."

알렉산드로는 다른 방향으로 대화를 이끌었다. 오직 둘만 아는 이야기를 언급한 연인의 눈빛이 은밀했다. 베아트리체는 언뜻 그때가 떠올라 얼굴이 뜨거워지는 기분이었다.

'야한 말도 서슴없이 잘하는 남자였지, 참.'

한 달간 그가 얼마나 제게 격식을 차렸는지 베아트리체는 이제 옛날의 그 남자가 아쉬울 지경이었다. 게다가 지난날이 그립기는 그녀 역시 마찬가지였다. 언제고 자유롭게 사랑을 고백하고 표현하던 그때가 좋았다. 그녀가 슬쩍 근처를 살피니 가장 가까운 데서 그들을 바라보는 시종들과 시녀들이 몇 발자국 뒤에 있었다.

분명 시끄러운 물소리 때문에 속삭이는 목소리는 들리지 않을 것이다. 베아트리체는 짓궂은 얼굴을 했다.

"한 번만 전처럼 이름을 불러 주시면 안 되나요?"

그녀가 말하는 이름은 클로이였다. 왕궁에서 일하는 대부분의 이들은 그 이름을 몰랐지만 가끔씩 그녀는 그에게서 듣던 그 이름이 그리웠다. 정확히는 그와 함께했던 자유로운 그 시간들이.

"한 번만요."

그는 웃음기를 지우고 곤란한 얼굴로 고개를 저었다.

"저하, 전에도 말씀드렸듯이."

"말은 무의식중에도 쉽게 실수할 수 있다고요."

"그렇습니다."

"알겠어요."

약혼녀의 옆모습을 가만히 바라보던 알렉산드로가 조심스레 화제를 바꿨다.

"기분이 좀 나아지신 듯 보여 다행입니다."

드디어 올 것이 왔구나. 베아트리체는 상체를 꼿꼿이 세웠다. 사실을 말해야 했다. 말하고 싶지 않지만 그러면 그는 꽤 걱정할 것이다. 캐묻고 싶은 것을 참고 기다려 준 것도 고마웠다. 물론 첫날에는 꽤 다그치긴 했지만.

"대공님."

담담하지만 뭔가 큰 결심을 한 것 같은 부름. 들여다보니 그녀는 애써 웃는 표정을 짓고 있었다. 뭘까, 대체 뭐가 그렇게 그녀를 속상하게 했던 걸까.

"저는…… 제가 임신을 한 줄 알았어요."

놀란 알렉산드로가 그대로 굳었다. 전혀 예상치 못했던 것이다. 그녀와 상담했던 의사를 불러 듣기는 했다. 정확한 건 시간이 지나 봐야 알 수 있다고 하는데, 베아트리체는 이에 대해 전혀 내색하지 않았다. 그래서 그는 아예 머릿속에서 지워 버렸다.

후계 문제가 해결된 지금, 임신은 그에게 그리 중요치 않은 사안이었다. 물론 그녀를 닮은 아이가 보고 싶긴 하지만…… 무서울 것 없는 권력을 가진 그에게도 마음대로 안 되는 일이 있었다. 그런데 그녀는 기대하고 있었나 보다.

실망스럽고 씁쓸한 기색이 역력했다. 웃고는 있지만 웃는 얼굴이 아니었다. 입술이 바짝 말라 왔다. 뭐라고 말을 건네야 할지 고민스러웠다. 다행히 베아트리체는 모든 감정적인 정리를 끝낸 뒤였다.

"그때는 일도 많았고 마음이 불안하기도 했잖아요. 나중에 더 노력하다 보면 가능할지도 몰라요."

잠시 말을 멈춘 그녀는 눈을 마주하고 배시시 웃었다.

"불가능할 수도 있지만……."

놀랍게도 알렉산드로는 그 안에서 작은 희망을 읽어 냈다. 그녀는 더 이상 절망하지 않았다. 안 될 일이라 못 박고 미리 포기하지도 않았다. 그녀는 변해 있었다.

"세상에는 기적 같은 일이 벌어지기도 하니까요."

클로이는 불가능한 것은 바라지 않으려던 노예였다. 환생이라는 믿기지 않는 일을 기억하건만, 20년이 넘는 시간을 노예로 살면서 그녀는 자신의 처지와 주제에 너무 익숙해졌다. 그래서 눈앞의 현실만을 찾았다.

하지만 일련의 사건들을 거치고 다시 베아트리체가 된 그녀는 생각을 바꾸게 되었다. 어느새 그녀는 간절히 바라면 이루어지는 일도 있다, 세상에는 노력하면 바뀌는 일도 있다고 믿게 되었다.

물론 임신이 아니었다는 사실을 알게 된 처음에는 속상했다. 절망하고 괴로운 마음이 한바탕 몰아치고 난 뒤에 그녀는 불현듯이 깨달았다.

'내가 아기를 바라고 있었구나.'

그녀 자신도 미처 몰랐다. 이 사회에서 임신과 출산은 여자의 과업이라 생각했고, 그래서 거북했다. 그런데 이 강렬한 소원이 언제부터 제 가슴속에 몰래 자리 잡기 시작했는지……. 생각해 보면 그건 아기 레나를 함께 키우면서부터였다. 아기는 사랑스러웠고, 아기를 사랑하는 남자 또한 사랑스러웠다. 베아트리체는 이 남자를 닮은 자신의 아기를 갖고 싶었다.

가문의 며느리로 의무를 다하기 위해서가 아니라, 남편을 위해서가 아니라, 그녀 자신이 아기를 간절히 원하고 있었던 것이다.

"왜 혼자 고민했습니까."

"확실한 게 아무것도 없어서…… 말을 할 수가 없었어요."

베아트리체의 양어깨를 안고 있던 그가 치밀어 오르는 말을 참으며 손을 꾹 쥐었다. 그러다 이내 그녀를 놓아주고 푹 한숨을 내쉬었다. 땅이 꺼질 듯한 한숨 소리에 베아트리체는 깊은 죄책감이 들었다. 그가 저만큼 약한 모습을 보이는 건 오직 자신의 일뿐이었다. 이런 문제를 만드는 여자인 게 미안했다. 둘은 서로를 자신보다 더 사랑하고 있었다.

"얼마나 한심하고 이기적인지…… 얼굴을 들 수가 없습니다."

"네?"

알렉산드로는 괴로운 듯이 손으로 얼굴을 감싸 쥐었다. 아내가 혼자서 저런 걱정을 하고 있었는데 대체 난 뭘 하고 있었단 말인가.

"대공님, 너무 속상해 마세요. 여자한테 좋다는 것들도 많이 먹고 있고……."

"난 머릿속으로 저하의 벗은 몸을 상상했습니다."

창피하지만 알렉산드로는 솔직하게 말하기로 했다. 그녀가 오해하지 않도록 눈을 마주 보고 최대한 솔직하게.

"우리가 했던 것들, 그 순간들을 떠올리면서. 얼굴을 보고 있는 내내."

베아트리체의 입이 서서히 벌어졌다. 놀라움이 첫 번째, 부끄러움이 두 번째로 찾아왔다. 귀가 뜨겁게 달아오르고 얼굴이 벌게졌다. 그러거나 말거나 알렉산드로는 심각하기 짝이 없었다.

"이러고도 내가 남편이라니."

아직 정식 남편은 아니지만 그의 머릿속에서 둘은 이미 한참 전부터 부부였다.

"아내가 그런 고민을 하는 줄도 모르고, 나 혼자 금수만도 못한 상상을 하고 있었다는 게…… 믿을 수 없을 만큼 한심하고 창피합니다."

"금수만도 못한 상상이요?"

"……."

알렉산드로는 이 순간 자신이 정말 호색광처럼 느껴져 화가 났다. 그는 원래 색욕이 없어 남자를 좋아한다는 소문이 있는 사람이었다. 그런데 사랑하는 여자에게는 달랐다. 아내를 위해서 해 준 것도 참 많은데, 못 해 준 것 하나가 그를 괴롭힌다. 머리가 뜨거워서 이마에 손을 얹고 눈을 감았다. 자기 자신을 원망하고 꾸짖었다. 그때 베아트리체가 발랄하게 속삭였다.

"대공님, 그건 우리에게 좋은 신호라고 볼 수 있어요."

알렉산드로는 얼굴에서 손을 떼어 내고 천천히 고개를 돌렸다.

"하늘을 봐야 별을 따고, 바다에 나가야 고기를 잡는다잖아요."

야무진 입술이 그를 대신해서 변명했다.

"손바닥도 마주쳐야 소리가 난다고 우리는 일단 노력을 할 의지가 서로에게 충분하다는 뜻이에요."

"……."

"저도 대공님을 볼 때면 음흉한 생각을 하는걸요. 그러니까 대공님도 마음껏 하세요. 저는 좋은데요."

베아트리체는 그 말을 하면서도 웃음기 하나 없이 진지했다. 기막힌 위로였다. 알렉산드로는 결국 피식 웃고 말았다. 어느새 우울하던 기운은 말끔하게 사라졌다.

"정말입니까? 나를 볼 때면 음흉한 생각을 한다고?"

"그럼요. 예전에는 제가 변태가 아닌가 했어요."

시녀들이 그를 두고 소설을 쓰는 데는 다 그럴 만한 이유가 있는 법이다. 모욕죄로 잡혀갈 수도 있는데 그 위험마저 감수하지 않았던가. 베아트리체는 진지하게 고개를 끄덕거렸다.

"기본적으로 대공님은 많은 상상을 불러일으키는 분이세요."

알렉산드로는 그녀가 의도하는 다른 방향의 대화가 점점 즐거워지기 시작했다.

"예를 들자면?"

"음, 한 번쯤은 밧줄에……."

상상은 머릿속에 있을 때만 안전한 것. 베아트리체는 저도 모르게 속내를 전부 털어놓을 뻔했다. 그녀가 급히 말을 멈추자 알렉산드로는 웃음기 어린 목소리로 되물었다.

"밧줄?"

"아무튼 우리의 몸과 마음이 이렇게 건강하구나, 열심히 노력할 준비가 되어 있구나, 그런 뜻이니까 자책하지 마세요."

그 순간 그의 눈에는 베아트리체의 머리 위에서 비치는 햇살이 꽤 따사롭게 보였다. 그녀가 이어서 무슨 말을 할지 뻔히 예상이 되었던 탓이다.

"살다 보면 좋은 일이 많이 생기잖아요."

나중에는 '우리가 한때 그런 고민을 했었구나.' 웃으면서 이야기할 날이 올 것이다. 알렉산드로는 이어진 말을 들으면서 허탈한 웃음을 터뜨렸다. 어떻게 저렇게 근거도 없이 마냥 긍정적으로 생각하면서 살 수가 있는 걸까. 놀랍지만 그게 그녀가 살아온 방식이었다.

지옥 같았을 나날을 견뎌 온 방법이기도 했다. 더 이상 할 수 있는 게 없을 때는 모든 게 잘되리라 막연히 믿을 것. 알렉산드로는 그녀의 방법을 따르기로 했다.

'밧줄'에 대해 깊게 파고들고 싶었지만 베아트리체가 당황한 듯 보여 알렉산드로는 신사도를 발휘해 여기서 끝냈다.

"그보다는…… 왕궁 무도회가 정말 큰 걱정입니다."

"무도회가 왜요?"

정면을 응시하던 그녀가 고개를 돌리자 동시에 머리 위에 있던 작은 왕관이 빛을 받아 반짝였다. 하지만 알렉산드로는 그보다도 그녀의 눈동자가 더욱 보석처럼 보였다. 오늘은 연한 하늘빛의 드레스를 입은 모습이 당장 하늘에서 떨어진 천사 같았다. 말랑말랑하고 부드러운 달콤한 냄새가 나는 맛있는 천사…….

그녀의 말을 듣고 있자니 그는 역으로 자신의 신세가 한탄스러워졌다. 맑은 하늘과는 대조적으로 잔뜩 먹구름이 낀 그의 머릿속에는 이제 다른 종류의 우울함이 가득했다. 대외적으로는 아직 미혼인 아름다운 왕녀님. 그게 바로 자신의 약혼녀였다.

몸매가 훤히 드러나는 드레스를 입고 술을 마시면서 온갖 남자들과 웃으면서 '사교'의 장을 열어야 할 것이다. 아름다운 약혼녀를 둔 남자에게는 평범한 파티가 그렇게 느껴졌다.

"무도회를 취소할 수는…….”

알렉산드로는 답지 않게 말끝을 흐리기까지 했다. 베아트리체는 의아한 얼굴을 했다. 이미 소문이 난 데다 귀족들은 목이 빠져라 초청장을 기다리고 있었다. 그런데 이제 와서 어떻게 취소를 한단 말인가? 무엇보다 왕궁 무도회는…….

"대공님께서 제안하신 일이잖아요.”

왕궁에 주인이 돌아왔으니 성대하게 연회를 열어야 한다고 했다. 그랬던 말과는 달리 그는 더없이 착잡한 표정이었다.

"그럼 지금이라도 무도회는 취소한다고 알릴까요?”

베아트리체는 조심스레 그의 의중을 물었다. 알렉산드로는 이 왕궁의 주인이 당연히 왕녀인 자신이라고 했지만, 이 왕궁의 주인은 그였다. 그러니 무슨 이유든 간에 그가 싫어한다면 할 수 없는 것이다. 하지만 알렉산드로는 고개를 저었다.

"아닙니다. 그럴 수는 없지요.”

자기 자신도 알 수 없는 참 황당한 일이지만 알렉산드로는 종종 그녀에게 진심을 내보이고 싶었다. 의젓하고 의지가 되는 남편이고 싶었지만 이 애타는 마음을 좀 알아 달라 투정을 부리고 싶기도 했다. 하지만 이번엔 괜히 불안한 자신의 심기를 드러내 그녀를 혼란스럽게 만들었다는 것을 인정했다.

"앞으로 저하께서 주관하셔야 하는 일입니다."

겸손한 베아트리체가 자신의 위치를 실감할 수 있도록 그는 힘을 실어 주어야 했다.

"그러니 제 사심은 염려하실 것 없습니다."

알렉산드로가 황제가 되기로 결심한 것은, 그녀를 황후로 만들어 주기 위해서였다.

아침 식사를 끝내고 이른 아침이었다. 베아트리체는 자신의 서재에 앉아 열심히 서류에 서명을 남기는 중이었다. 옆에 수북이 쌓인 종이 뭉치가 한참 남아 있었다.

'아직도 이렇게 많네.'

그것은 던칸에게 받은 재물과 토지의 소유 증명서였다. 장부 정리가 끝나고 조금 늦게 받은 것들이었다. 일부는 쿠피히트 공작가에게 양도받은 것도 있었다. 그녀는 손에 든 토지 대장 중 가장 두꺼운 것을 유심히 읽었다.

"엘도라 광산 소유권 및 영구 채굴권. 던칸 그레이엄 공작 양도."

그리고 밑으로는 매달 채굴된 금괴의 양이 빼곡히 적혀 있었다. 양도받은 지난달부터 채굴되는 금괴는 바로 그녀의 것이다. 장부를 넘기는 순간 그녀의 눈이 휘둥그레 커졌다. 옆에 쓰여 있는 숫자를 보니 영 믿기지 않았다.

'이게 지금 얼마인 거지……?'

일주일 단위로 적혀 있는 양이 상상을 초월했다.

"세상에."

뒷장까지 쭉 페이지를 넘겨 보니 십여 년 전부터의 기록이 있었다. 어쩐지 손에 잡히는 종이의 양이 굉장히 두툼했다. 하얗게 질린 안색을 보고 제임스가 물었다.

"저하, 무슨 일이십니까?"

베아트리체는 얼른 고개를 저었다.

"아, 아무것도 아니에요."

제임스가 보기엔 꽤 심각한 일 같았다. 던칸이 황궁으로 떠나기 전, 제임스에게 신신당부했다. 그는 베아트리체 왕녀를 꽤 마음에 들어 했다. 심지어 며늘아기라고 부르기까지 했다. 원체 티를 내지 않는 사람이 온갖 생색을 다 내며 왕궁에 오래 머무르려 하다가 대공에게 쫓겨나던 날이 아직도 기억에 생생했다. 자신이 보고하지 않는다 해도 이곳에는 황궁의 눈과 귀가 되는 이들이 있다.

"저하, 그 어떤 불편함도 없도록 수족처럼 옆에서 모시라는 명을 받았습니다."

왕녀 저하의 표정이 밝지 않으면 어떤 일이 일어나는지 제임스는 이미 경험으로 잘 알고 있었다.

"제게 말씀해 주셔야 합니다. 어쩌면 염려하시는 일이 그리 큰일이 아닐지도 모릅니다."

고민하던 베아트리체는 제임스를 가까이 불러 앉혀 엘도라 광산에 대해 물었다. 다행히 던칸의 수행 기사 중 한 명이었던 그는 많은 것을 알고 있었다.

"엘도라 광산은 기사단으로 들어가는 자금의 일부였던 것으로 알고 있습니다."

전쟁은 돈이 많이 든다. 던칸이 이 광산을 갖고 있기 전에는 패전국 중 하나인 헤논 왕국의 국왕 소유였다고 했다. 베아트리체는 설명을 들으니 더 당황스러웠다.

'이걸 어떻게 나한테 주셨지?'

이렇게 엄청난 걸 가져다 뭘 한단 말인가? 던칸은 종종 퉁명스러운 편지를 보내긴 했지만, 이런 걸 턱턱 넘기는 걸 보면 그의 호의와 호감은 결코 오해할 수 없었다.

"혹시 채굴량이 얼마 남지 않은 시한부 광산인가요? 괜찮으니 솔직하게 말해 주세요."

차라리 시한부 광산이라면 마음이 편하겠다.

"아닙니다."

제임스는 미소와 함께 단호히 고개를 내저었다.

"엘도라 광산은 제국의 3대 광산 중 하나로 대륙에서 세 번째로 큰 규모를 가진 곳입니다."

3대 광산 중 하나…….

"제가 알기로 아직 일부만 공개되어 작업 중이라더군요. 관리자를 불러 자세한 이야기를 묻는 건 어떠십니까?"

베아트리체는 손에 든 종이가 낯설게만 느껴졌다. 자신이 왕가의 마지막 후계자가 되었다는 것을 실감하다가도, 이런 믿지 못할 증거들을 보면 다시 꿈처럼 느껴졌다.

'823,522골드…….'

가장 끝에 적혀 있는 6자리의 숫자를 입술로 되뇌었다. 매주 채굴되는 금괴의 숫자였다. 이걸로 뭘 할 수 있는지조차 잘 가늠이 되지 않았다. 이게 정말 내 것일까?

'아니, 어차피 죽으면 가져가지도 못할 텐데 내 것인지 고민해 봐야 뭐 해.'

두근대던 마음이 한순간에 팍 식었다. 전생에서의 경험으로 잘 알고 있었다.

'돈은 사용하기 전까지는 숫자일 뿐이야.'

종이에 써진 숫자를 보고 차오르는 충족감은 죽으면 끝이었다. 막상 죽을 때는 우습게도 돈에 관한 것들은 전혀 떠오르지 않았다. 평생을 바쳐 모으던 재물들은 삶의 마지막 순간에는 가장 쓸모없었다.

'좋아하는 걸 하면서 돈 좀 쓰고 죽을걸.'

그런 후회만 남겼다.

'돈은 있을 때 써야 해.'

마담 코코와 비비안 덕분에 예쁜 드레스와 장신구는 이미 넘치게 갖고 있었다.

'이 돈으로 뭘 하면 좋을까……'

보육원을 떠올렸지만 이제 보육원은 모든 영지에 생겼다. 잘 운영되는지 감시하는 관리직까지 있었다. 영주들은 전과 달리 던칸의 요구를 착실히 따랐다. 길버트 덕분이었다. 그는 사지가 잘려

거리에 뿌려지고, 머리는 황궁에 불복하는 이들에게 보내지는 일종의 선전용 협박물이 되었다. 그런 던칸의 명령으로 제국은 세금으로 운영하는 최초의 공식적인 '복지 시설'을 만들었다.

'오래도록 남는 걸 하고 싶은데.'

베아트리체는 이왕이면 죽을 때 가져갈 수 있는 것을 원했다. 욕심나는 게 딱 한 가지 있었다. 죽어서도 오래도록 제 이름으로 남는 것. 바로 명예였다.

"이 돈을 제가 전부 써도 될까요?"

갑작스런 그녀의 물음에 제임스는 제이미와 시선을 교환했다. 뭐가 문제일까? 지금은 그녀의 것인데. 제이미는 작게 고개를 끄덕였고, 제임스는 얼른 대답했다.

"예, 저하. 전부 쓰셔도 될 겁니다."

씩 웃은 베아트리체는 머릿속으로 많은 것을 떠올렸다.

"설마 이 돈을 전부 나눠 주시려는 건 아니시지요?"

베아트리체는 일전에 가뭄으로 피해를 입은 농민들에게 왕궁의 곡식 창고를 개방했다. 받은 축하 선물을 가축으로 바꿔 가난한 평민들에게 베풀기도 했다. 덕분에 왕궁은 좋은 이미지를 척척 쌓아 가고 있었다.

"그건 아니고, 하고 싶은 일이 있어요."

구휼 활동이야 훌륭하지만 이 금괴를 전부 그들에게 준다면 문제가 생길 수도 있다.

"왕궁 근처에 있는 토지도 써도 될까요? 그, 길버트 로건 가문에서 몰수된 제 명의 땅이요."

"예, 저하. 확인해 봐야겠지만 아마 농경지로 쓰실 수 있을 겁니다."

제임스는 어렴풋이 옥수수나 감자 같은 농작물을 떠올렸다. 귀족들은 농노를 이용해서 돈을 버는 일이 흔하니까.
　'하지만 돈이라면 이미 충분히 있으신데, 더 벌려고 하시는 건가?'
　그레이엄 영지가 있는 남부에는 대륙에서 가장 큰 광산이 있다. 덕분에 그레이엄은 대대로 제국에서 가장 부유한 가문이었다. 그 재력은 던칸이 군부를 휘어잡는 데 결정적인 역할을 했다. 더불어 전쟁에서 얻은 전리품은 대부분 던칸에게 돌아갔다.
　'뭘 하시려는 거지?'
　제이미와 제임스는 서로를 마주 보며 고개를 갸웃했다. 왕녀는 말수가 적은 데다 무슨 생각을 하는지 도통 알 수 없는 사람이었다.

　베아트리체는 알렉산드로와 오찬을 함께했다. 얼굴을 마주 보며 하는 식사였으나 그의 표정은 밝지 않았다. 속에서는 열불이 나 죽을 지경이었다.
　'분명 식탁을 자르라고 했는데, 이게 지금 자른 건가?'
　얼굴을 마주 보며 하는 식사인데 그녀의 얼굴이 잘 보이지 않을 만큼 테이블이 길었다. 전보다는 조금 가까워진 것 같지만 그에게는 여전히 멀게만 느껴졌다.
　"후우……."
　송아지로 만든 스테이크는 부드러웠고, 오래 묵은 와인은 최고급이었다. 손에 잡히는 포크와 나이프는 매끈한 질감을 자랑했고, 접시는 빛이 반사될 때마다 번쩍였다. 눈앞의 모든 것들이 화려했다. 하지만 알렉산드로는 마른고기로 대충 끼니를 때우던 때가 그리웠다.

모든 게 불안했지만 아내를 행복하게 만들어 주리라는 자신감 하나만 가지고 단둘이 도망쳤던 바로 그때. 흙바닥이 더럽다는 이유로 그녀를 무릎에 앉히고, 사랑을 속삭이며 알 길 없는 미래를 그렸지만 마냥 행복했다.

'겨우 두 달 전인가.'

얼마 되지 않은 일인데 옛날 일처럼 까마득하게 느껴졌다. 지금 자신의 신세 때문이었다.

툭.

알렉산드로는 결국 손에서 놓치듯 거칠게 포크를 내려놓았다. 입맛이 없었다. 시종들이 제 눈치를 살피는 것을 알았지만 그는 모른 척 입가를 닦았다.

"대공님, 무슨 일 있으세요?"

"……."

한번 짜증이 나니 말도 안 되는 것까지 전부 짜증스러웠다. 남들 모두, 개나 소나 전부 자신을 대공이라고 불렀다. 하지만 그는 약혼녀에게는 이름으로 불리고 싶었다. 자주 보는 시종과 시녀들만 있을 때는 적당히, 눈치껏! 이름으로 불러 줄 수도 있는데! 약식이나마 약혼식까지 치렀으니 우리가 결혼할 사이라는 걸 모두가 아는데! 왜 저렇게 성실하게 예법을 지키는가!

"……별것 아니니 염려하실 것 없습니다."

그렇게 대답하고 물을 마시며 애써 다른 곳으로 시선을 돌렸다.

내뱉은 말과는 달리 이 속상한 마음을 제발 좀 알아주길 바랐다. 그런데 그녀는 배시시 웃기만 했다.
"무슨 큰일이라도 있으신 줄 알았어요."
그러고는 스테이크를 썰어 냠냠 먹는 게 아닌가! 서로를 보면서 음심을 품는 게 반갑다고 말한 게 바로 엊그제인데, 어떻게 저렇게 무심할 수가! 바로 그 순간 알렉산드로의 참아 왔던 마음이 울컥 터져 나왔다.
"어떻게 그렇게……!"
미치도록 답답한 마음에 한 소리 하려던 그는 저도 모르게 말을 멈췄다. 소리가 나지 않도록 입술을 다물고 꼭꼭 씹어 먹느라 그녀의 양 볼이 오물거렸다. 의아한 얼굴로 자신을 응시하는 동그란 눈과 시선이 마주치자 그는 피식 웃음이 나왔다. 정말 웃기 싫은데. 분명 그럴 기분이 아니었는데. 태풍이 불던 머릿속은 한순간에 고요해졌다. 입가가 간지럽고 표정이 제멋대로 풀어졌다. 서운했던 마음은 벌써 오간 데 없었다.
"나 참."
한숨을 빙자한 웃음이 터져 나왔다. 그래, 이 신세가 가혹해도 어찌하겠는가. 바라만 봐도 좋은 저 여자를 그 누구보다 존귀한 사람으로 만들어 주고픈, 바로 자신의 욕심인 것을.
'1년만 기다리자.'
국혼만 치르면 다시 아침저녁으로 얼굴을 보며 잠들 수 있을 것이다. 그때는 매일 밤 욕심껏 그녀를 취하고, 품에서 절대로 떼어 놓지 않으리라. 싫다고 해도 놔주지 않으리라. 알렉산드로는 그녀를 보며 하는 온갖 야한 상상에 더 이상 죄책감을 느끼지 않았다.

"참, 대공님. 여쭤볼 것이 있어요."

"무엇입니까."

"그게, 엘도라 광산에 대한 건데요."

"엘도라 광산이라면 옛 헤난 왕국에 있던 것을 말하는 건가?"

알렉산드로는 묵묵히 옆을 지키는 제임스에게 시선을 돌렸다.

"예, 그렇습니다. 저하께서 하사받으신 광산 중 하나로, 지금 제국의 중부 지역인 옛 헤난 왕국에 위치한 금 광산입니다."

꽤 규모가 큰 곳인 걸로 기억했다.

"제가 그 돈을 전부 써도 될까요? 엘도라 광산에서 나오는 금괴를요."

"물론입니다. 저하의 소유 재산에 관해서는 제게 물어보실 필요 없습니다."

다만 조금 궁금하긴 했다. 그 돈을 어디에 쓰려고 하는 걸까?

'곧 무도회가 있으니 새 장신구를 사겠지.'

베아트리체는 의외로 드레스와 보석에 꽤 관심을 보였다. 평범한 사람들이 보일 만한 관심이었으나, 알렉산드로가 제대로 대화를 해 본 여자는 그녀뿐이라 그게 어느 정도인지는 잘 몰랐다.

"첫 왕궁 무도회에 초청할 명단은 모두 작성하셨습니까?"

"네, 시종장 로반테에게 도움을 받았어요."

고개를 끄덕인 알렉산드로는 시녀가 준비한 디저트 대신 가벼운 와인을 조금 들이켰다. 요즘 음험한 속을 달래려 조금씩 술을 마시고 있었다.

"그가 저하께 도움이 된다니 다행입니다."

늙은 왕궁의 시종장, 로반테는 운 좋게 살아남아 왕궁에서 일하던 이들 중 한 명이었다. 그저 고용인 중 한 명인 데다 길버트의 반역과는 무관했기에 내치지 않았다. 실제로 시종장은 왕궁의 많은 것을 알고 있었다.

"대공님."

디저트까지 식사를 전부 마칠 무렵이었다. 베아트리체는 돈을 쓰는 것과는 별개로, 자신이 꿈꾸는 것들을 그와 공유하고 싶었다.

"저, 그 돈으로 학교를 세워 볼까 해요."

"학교?"

알렉산드로는 조금 놀란 듯 눈썹을 움직였다. 제국에는 학교라 부를 만한 곳이 많지 않았다. 제국 수도 학술원은 그저 그런 귀족 가문의 영식들이나 다녔다. 대귀족들은 대부분 가정교사를 불러 개인 교습을 받았다. 알렉산드로 역시 그랬다.

갑자기 웬 학교인가 싶었지만 그는 일단 고개를 주억거렸다. 막상 여자들은 학교에 입학하지 않는데, 여자가 학교를 세운다…….

"나쁘지 않습니다."

"네, 그런데 보통 학문을 배우는 학교는 아니고 의약을 배우는 학교예요."

그건 좀 놀라웠다. 의사가 되기 위해서는 보통 제국 수도의료원에서 공부한다. 그런 학교를 만들고 싶다는 걸까? 의아한 시선을 알고 베아트리체는 자신의 계획을 털어놓았다.

"1, 2년 정도면 졸업을 할 수 있고, 평민들도 입학할 수 있는 곳이에요."

순간 알렉산드로는 자신의 귀를 의심했다. 교육 과정에 따라 다르지만 학교는 보통 5년 이상을 다닌다.

'그런데 1년 만에 졸업할 수 있는 학교?'

아니, 그보다도 놀란 건 따로 있었다.

"지금 평민들도…… 입학할 수 있는 학교라 하셨습니까?"

그녀가 대체 왜 이런 생각을 했을까? 알렉산드로는 버릇처럼 제임스를 응시했다. 베아트리체를 가장 가까이에서 오래도록 지켜보는 이가 바로 제임스였다. 하지만 제임스는 작게 고개를 내저었다.

'저도 모릅니다, 각하.'

알렉산드로의 황당한 기색을 읽고 베아트리체는 얼른 덧붙였다.

"아니, 아무래도 학교라는 이름을 붙이기에는 적절하지 않은 것 같아요. 기술교육원이라고 할까요?"

그녀가 생각하는 건 전문대학 같은 개념의 실질적인 기술을 배우는 학교였다. 약초와 기본적인 위생 개념을 가르칠 인재들을 양성할 만한 곳. 인력이 부족한 제국에는 분명 필요한 인재들이었다. 설명을 들은 알렉산드로는 쉽게 긍정했다. 그는 다른 관점에서 그녀의 의견이 나쁘지 않다고 생각했다.

'제국의 모든 게 수도에 집중되어 있으니까.'

제국의 발전은 불공평하게 이뤄지고 있었다. 결국은 수도 귀족들에게만 힘을 실어 주는 꼴이었다. 변방 영주들의 불만도 그거였다. 알렉산드로는 언젠가 이곳을 떠나 황궁으로 가야 했기에 괜찮은 일이라 생각했다.

"하지만 평민들은 글자를 모릅니다. 어떻게 그들에게 전문적인 기술을 가르치지요?"

"교육원에서는 현장 실습을 위주로 할 거예요. 실질적인 도움이 될 수 있는 기술직이 되도록 하는 거죠."

이렇게만 설명하기에는 어려웠다. 의약교육원은 그녀가 꿈꾸는 것들의 중간 단계였다. 첫 단계로는 농경지를 일굴 생각이었다.

"그게, 사실은…… 농지를 사서 약초를 대량 재배할 생각이거든요."

묵묵히 옆에 서 있던 제임스와 제이미는 덩달아 깜짝 놀라서 베아트리체를 응시했다.

'저하께서 대체 왜 저런 걸 하려고 하시지?'

사교 모임, 무도회나 꾸리면서 가끔 왕궁 밖에서 손이나 흔들어 주면 그만이다. 그런데 언제 저런 생각을 하셨단 말인가? 그것보다, 대체 왜? 할 필요가 없는 일을 왜 나서서 하느냐는 세 남자의 떨떠름한 시선을 받은 그녀가 조심스레 자신의 의견을 말했다.

"사람들이 오래도록 잘 살려면 공중 보건이 가장 중요한데…… 제국은 약값이 너무 비싸요."

베아트리체가 보기에 이 대륙은 발전 가능성이 무궁무진했다.

"그래서 약초를 대량 재배해서 약값을 떨어뜨리려고요."

땅은 넓고 사람은 많지 않다. 겨울 없는 날씨 덕분에 작물을 심으면 뭐든 잘 자란다. 그래서 허허벌판도 많았다.

"하지만 아무나 약초를 재배하고, 팔고, 유통할 수는 없으니까 전문 인력이 필요해요. 그래서 교육원을 세우려는 거예요."

이런 축복받은 곳에서 땅따먹기를 하느라 내내 전쟁을 치렀다. 다행히 이젠 끝났으니 남은 피고름을 닦아 내고 살 궁리를 할 차례였다. 하지만 개인의 능력으로는 한계가 있었다.

'그 한계를 넓혀 주는 일이야말로 국가의 몫이지.'

이 일에 나선다면 일단 일자리가 늘어난다는 점부터 경제 활성화에 도움이 될 것이다. 혼자만 갖고 있기에는 지나치게 많은 돈이었다.

"제국에는 이제 전쟁이 없잖아요."

약초를 대량 재배하고 의약교육원을 세운 뒤, 그녀의 최종 목표는 제국의 곳곳에 국립의료원을 만드는 것이다.

"사람들은 이제 단순히 목숨을 걱정할 게 아니라, 어떻게 해야 잘 살 수 있을지를 걱정할 차례예요……."

약값을 떨어뜨리고 의사와 약사들을 많이 키워 내서 저렴한 돈으로 치료받을 수 있는 국립의료원을 만드는 것. 그게 그녀의 진짜 꿈이었다.

"공중 보건이 잘되어 있으면 평균 수명도 늘어나고, 경제 인구도 늘어날 거예요. 세금도 늘어날 거고요. 쓸데없는 일은 아니에요."

베아트리체는 아무 말이 없는 알렉산드로를 보니 조금 불안했다. 그는 굉장히 전통적이고 보수적인 남자였다. 어쩌면 자신이 공적인 일에 관여하는 걸 좋아하지 않을지도 모른다는 불안한 예감이 들었다. 아니나 다를까, 알렉산드로에게서 조금 당황스런 목소리가 흘러나왔다.

"그건 저하께서 걱정하실 만한 문제가 아닌 듯합니다."

그녀는 이대로 물러날까 했지만 자신의 위치에서 할 수 있는 일을 하고 싶었다. 어차피 노는 돈 아닌가? 베아트리체는 더 이상 노예가 아니었다. 그리고 이 신분을 되찾아 준 것은 바로 그였다.

"저는……."

그럼에도 그녀는 잠시 시선을 내려 고민했다. 여자들은 아들을 낳기 위해서만 존재하는 이 사회에서, 알렉산드로는 공작가의 장남으로 자라 온 남자였다. 그의 사상은 자신을 왕녀로서 존중하는 것과는 별개의 문제였다. 심장이 두근거렸다. 반응이 걱정된다.

하지만 요즘 편지를 다시 주고받기 시작한 호르헤의 얼굴이 눈앞에 아른거렸다. 그녀는 호르헤에게만 클로이라는 이름을 사용했다. 호르헤는 그녀가 보낸 많은 편지들을 모아서 책을 만드는 작업을 하고 있다고 했다.

'하고 싶어. 내가 원하는 일, 좋아하는 일을.'

이내 결심한 그녀는 얼음에 갇힌 듯 딱딱하게 굳은 알렉산드로의 얼굴을 똑바로 바라보며 말했다.

"저는 인형이 아니에요."

그 순간 마주친 새파란 눈동자에 이상한 광채가 돌았다. 번쩍 빛이 들어온 유리창처럼. 전보다 크게 놀란 듯 그의 입술이 서서히 벌어졌다. 알렉산드로가 할 말을 잃고 그녀를 응시했다.

"가진 것을 누리고 싶은 욕심도 있고, 제 의견도 있어요."

베아트리체는 그의 옆에 인형처럼 세워진 물건이 아니라, 사람이었다. 그래서 그녀는 자신의 것으로, 자신의 힘으로 가능한 일들을 하고 싶었다. 명예로운 일, 누군가에게 도움이 되는 일, 그녀가 좋아하는 일들을.

"원하는 게 뭔지 알기 위해서 고민도 하고, 원하는 걸 하면서 살고 싶은 꿈도 있어요."

제임스가 제발 더 이상 아무 말도 하지 말라며 세차게 고개를 내젓는 모습이 눈에 들어왔다. 제이미 역시 손을 입에 갖다 대고는 쉿, 말하지 말라며 그녀를 만류했다.

'지금 말하지 않으면 그는 영원히 몰라.'

알렉산드로는 애초에 그녀의 의견을 단 한 번도 묻지 않았다. 다시 신분을 되찾고 싶은지, 왕궁으로 돌아가고 싶은지 묻지 않고 그

혼자만의 판단으로 다시 이 자리에 앉혀 놓았다. 좋은 것을 해 주고 싶어서였겠지만 신분이든 돈이든 그녀가 딱히 바라지 않던 것이다. 아마 그의 성격상 부인의 모든 걸 책임지고자 하는 마음이었을 것이다.

'하지만 내가 언제 내 인생 책임져 달라고 했었나.'

잘생긴 얼굴이야 바라만 봐도 황홀하지만 그렇다고 그 옆에 놓인 돌멩이처럼 살고 싶지는 않았다. 아무리 그의 옆에 있다고 한들, 삶은 그의 것이 아니라 바로 그녀 자신의 것이다.

'나를 인형처럼 여기는 남자라면 같이 살아도 어차피 행복하지 않을 거야.'

만약 이 대화가 실패한다면 그 사실을 확인받을 뿐이다. 그저 이 남자의 옆에서 그의 부인으로만 존재하며 살게 되는 것. 그렇게 생각하니 베아트리체는 잃을 게 아무것도 없었다.

"건방지다고 생각하실지도 모르지만…… 저는 제가 원하는 걸 하고 싶어요."

길버트 같은 남자였다면 애초에 이런 대화는 시도하지 않았을 테지만 알렉산드로는 달랐다.

"제 삶을 살아도 된다고 하셨잖아요. 제가 원하는 걸 하면서 사는 게 제 삶을 사는 거예요. 저한테 돈과 권력을 쥐어 주신 것도 대공님이잖아요."

알렉산드로는 적어도 들어주는 척 시늉은 하는 남자였다. 게다가 다루기 어렵지 않다는 점도 한몫했다.

"제가 뭐든 하는 게 싫으시면…… 다시 가져가세요."

말이 끝나자 알렉산드로는 벌떡 자리에서 일어났다. 디저트를 먹고 있긴 했지만 식사 도중이었다. 이런 경우는 없었기에 시중을 들던 이들의 눈이 휘둥그레졌다.

"각하, 갑자기 무슨……."

"전부 자리를 물려라. 지금 당장."

잔뜩 날이 선 목소리에 기사들은 서로를 응시했다. 시중을 들던 시녀, 시종들은 우르르 식당을 나섰다. 하지만 제임스와 제이미는 끝까지 자리를 지켰다. 그들은 제국의 기사이긴 하지만 던칸의 명령은 왕녀를 보필하라는 것이다.

"각하, 죄송하지만 그럴 수는 없습니다."

알렉산드로가 그녀에게로 향하려 하자 제이미가 얼른 앞을 막아섰다. 행여 불미스러운 일이 생길까 걱정스러웠던 것이다.

"각하, 이러시면 안 됩니다. 제발 너그럽게 생각해 주십시오."

기사인 그들이 듣기에는 왕녀의 발언이 주제넘었다. 그러니 저렇게 대공이 화가 났으리라. 아니나 다를까, 그의 시선은 왕녀에게 꽂힌 채 흔들리지 않았다. 하지만 제이미는 이대로 비켜설 수가 없었다.

"저희는 왕녀 저하의 안전을 최우선으로 명령받았습니다. 아무리 각하께서……."

"당장 나가!"

서슬 퍼런 그의 고함 소리에 찔끔한 제임스는 화들짝 놀라고 말았다.

"……!"

그 순간 말 못 할 것을 본 그는 얼른 제이미를 툭툭 쳤다. 제이미는 제임스가 슬쩍 눈짓하는 대공의 아래를 잠시 응시하고는, 휘둥

31. 대의와 명분 | 59

그레진 눈을 감추려 부리나케 두 손을 모으고 고개를 푹 숙였다.

"우리가 자리를 옮기는 게 낫겠군."

알렉산드로는 한달음에 약혼녀의 손을 잡고 식당을 나섰다. 복도를 걷는 그의 발걸음이 뛰다시피 해서 그에게 손을 붙들린 베아트리체는 진짜로 뛰어가야 했다. 그가 왜 이러나 당황스러웠다. 멈춰 세워 묻고 싶었지만 워낙에 기세가 등등하고 걸음이 사나워서 그녀는 차마 말리지 못한 채 이끄는 대로 따라갈 수밖에 없었다.

알렉산드로는 식당에서 가장 가까운 곳 중 적당한 장소를 머릿속으로 찾느라 바빴다. 결국 둘이 도착한 곳은 식당 옆의 응접실이었다. 완전히 공개적인 장소는 아니었다. 하나 복도와 식당에서 무척 가까운 장소였다. 알렉산드로는 문을 닫은 그 상태로 문고리를 잡은 채 짧은 고민에 잠겼다.

여기서 괜찮을까.

마지막 양심이 초인적인 인내심을 발휘했다. 그의 뒤에서 아직 상황을 파악하지 못한 베아트리체의 물음이 들려왔다.

"혹시 화나셨어요?"

갑작스런 그의 노성에 놀라기는 그녀 역시 마찬가지였다. 알렉산드로의 얼굴에는 웃음기가 전혀 없었다. 하지만 그가 아무리 화가 났어도 기사들이 걱정할 만한 일은 없을 것이다. 베아트리체는 그가 조금도 두렵지 않았다.

"제가 주제넘은 말을 했다고……."

알렉산드로는 더 이상 그녀의 오해를 듣고 있지 않기로 했다. 몸을 돌린 그가 잡아먹을 듯이 달려들어 그녀의 허리를 감았다. 단단히 뒷머리를 붙잡은 손이 그녀의 고개를 젖혔다. 그리고 입술을 맞췄다.

집어삼킬 듯이 거센 몸짓에 그녀가 그의 어깨를 붙잡았다. 속수무책으로 벌어진 입술 사이를 마구 파고들었다. 오랜만의 키스였지만 거칠었다. 그를 슬쩍 밀어내자 베아트리체의 뒷머리를 잡은 손에 힘이 들어갔다. 그녀가 반항할 수 있는 틈을 주지 않았다.

한참이나 그녀의 입 안을 탐하던 알렉산드로가 급히 몸을 떼어 냈다. 그 틈을 타서 그녀가 불안한 눈으로 그를 올려다보았다.

"대공님, 갑자기 왜…… 꺅!"

그녀는 번쩍 허리를 붙들려 탁자에 앉혀졌다. 와장창 촛대가 떨어지는 소리를 듣고 눈을 크게 떴다. 그의 손이 분주하게 움직이며 드레스의 어깨를 끌어 내렸다. 눈빛은 초점 없이 넋이 나가 있었다. 익숙한 이 표정은……!

"여, 여기서 이러시면 안 돼요!"

그녀는 얼른 알렉산드로를 멈춰 세웠다. 하지만 이미 눕혀져 눈앞에 보이는 건 높은 천장이었다. 목덜미를 깨무는 감각이 소름 끼치게 짜릿했다. 그를 말리려 했지만 다른 소리가 날 것 같아서 베아트리체는 입술을 깨물었다. 알렉산드로를 저지하던 손길은 어느새 느슨해져 있었다. 촉촉하고 매끄러운 그의 혀가 닿는 곳마다 피부가 달아오르는 것 같았다. 가까운 데서 느껴지는 그의 숨결과 향기가 그녀를 뜨겁게 만들었다. 이렇게 좋을 수가…….

고민하던 마음은 어느새 사라져 있었다. 속수무책으로 그에게 끌리는 몸을 인정해야 했다. 베아트리체는 눈을 감고 그의 목에 팔을 둘렀다. 그러자 예쁜 짓을 한 아이에게 상을 주듯 짧은 입맞춤이 그녀의 이마와 코, 입술에 차례로 주어졌다.

드레스를 들춰 올리는 손길이 다급해지기 시작했다. 속옷이 옆으로 젖혀지고 그의 손길이 닿는 느낌이 선명했다. 축축이 젖은 곳을 부드럽게 매만지던 알렉산드로가 속삭였다.

"급했던 건 내가 아니었군."

베아트리체는 얄미운 남자를 탓하듯 단단한 어깨를 내려쳤다. 낮은 웃음소리가 들렸다. 어느새 둘은 못된 장난을 치는 아이들처럼 키득거렸다.

시종들과 시녀들은 한참 벗어난 곳에서 큰 소리가 날 때마다 몸을 움찔했다. 뭔가가 바닥에 떨어져 깨지는 소리가 요란했다. 그들은 시선을 교환하며 같은 생각을 했다.

'대공님이 잔뜩 화가 나신 모양이야. 이를 어째……!'

왕녀가 지나친 말을 한 것이다. 그동안 알렉산드로는 왕녀에게 꽤 너그럽게 대했다. 그저 정략결혼을 위한 상대지만 그 이상으로 자상했다. 초반에는 대공이 그녀의 침실에 들기도 했었다. 하지만 지금은 둘이 같은 침실을 쓰는 것도 아닌 데다 서로에게 무척 깍듯했다.

"꺄악!"

그 순간 복도 너머에서 왕녀의 자지러지는 비명 소리가 들렸다. 살과 살이 맞부딪치는 짝짝 소리가 났다. 왕녀의 애원하는 듯한 소리가 들렸다.

덜컥덜컥.

탁자가 흔들리고 뭔가 부딪혀 깨지는 소리가 난무했다. 불안한 눈으로 서로를 돌아보던 시녀 중 한 명이 결국 치맛자락을 붙들고 식당에 딸린 응접실로 뛰어갔다.

"지금 어딜 가려는 것이냐?"

기겁한 제임스가 얼른 그녀를 붙들었다.

"감히 대공님의 명령을 무시하려는 건가?"

"건방진 말을 했다고 지금 뺨을 때리시는 게 분명합니다, 기사님!"

기사들은 제국에서 왔지만, 왕궁에서 일하는 시녀들 중 반은 엘파사의 국민들이었다. 그들은 왕녀를 안쓰럽게 생각했다. 그에게 왕위를 넘겨주기 위해 신분을 되찾긴 했지만 불운한 운명을 가진 왕녀였다. 게다가 기사 출신의 대공은 무척이나 흉흉한 사람이었다.

"그 작고 여린 분을 사정없이 때리시는 거라고요! 지금 대공님께서 왕녀 저하를 죽이려고 하시는 겁니다!"

"……."

제임스는 머리를 긁적였다. 물론 그런 오해를 불러일으킬 만했지만 그건 아닌데. 하지만 아니라고 말을 해 주기엔 대공의 입단속이 철저했다. 사색이 된 시녀는 발을 동동 굴렀다.

"그 큰 손에 한 대라도 맞았다간 뼈도 못 추릴 겁니다! 저하께서 정말 죽을지도 몰라요!"

다른 시녀들이 냅다 달려들어 한마디씩 말을 보탰다.

"저러다 사람 잡겠어요! 저 왕녀님을 때릴 데가 어디 있다고……!"

"기사님, 제발 대공님을 말려 주세요!"

하지만 제임스는 시녀를 놓아주지 않았다. 가타부타 어떠한 말도 없었다. 그저 떨떠름한 표정만 짓고 있었다. 제이미와 시선을 교환

했지만 제이미 역시 어깨를 으쓱했다.

"흠흠, 잘 들어 봐라. 저게 지금 뺨을 때리는 소리겠느냐?"

탁자가 대리석 바닥에 끄덕이는 잡음이 요란했다. 대화는 전혀 들리지 않았다. 그 순간 퍽, 하며 크게 몸을 때리는 소리가 나자 시녀들은 움찔했다. 왕녀의 가녀린 울음소리가 얼핏 들렸다.

"기사님, 이러다 정말 큰일 나겠습니다! 저하께서 지금 크게 맞아 울고 계시지 않습니까!"

"아이고, 기사님. 제발 가서 좀 말려 주십시오. 대공님께서 때리면 왕녀님은 정말 죽을지도 모릅니다!"

제이미는 그저 시녀들과 시종들을 다른 곳으로 이끌었다.

"됐으니 가서 목욕물이나 받아라."

기사들도 당황스럽긴 마찬가지였으나 그동안 대공이 워낙 격식을 차렸기 때문에 더 이상 아무 말도 할 수 없었다. 제임스는 시녀들을 보면서 쯧쯧, 혀를 찼다.

'시녀들이 왜 이렇게 눈치가 없지?'

하긴, 그 역시도 직접 그것을 눈으로 확인하기 전까지는 대공이 크게 화가 난 줄 알았다. 항상 침착한 그가 갑자기 왜 그렇게…… 된 건지 그들도 영문을 몰랐다.

당사자인 그녀 역시도 영문을 몰랐다. 이곳은 식당에 딸린 응접

실이었다.

'미쳤어. 완전히 미친 거야. 내가 어떻게 또 이런 데서.'

완전히 기진맥진한 베아트리체는 멍하니 천장을 응시했다. 온몸에 힘이 없었다. 그의 손길이 방만하게 말려 올라간 그녀의 드레스 자락을 정리했다. 뒤늦게 정신을 차린 알렉산드로는 미안해서 어쩔 줄 몰랐다.

"목이 마른가?"

"……."

귀족들의 예법을 따르겠다더니. 각방을 쓰고 거리를 유지하며 서로를 존중해야겠다더니. 건네진 물잔을 받아 드는 대신 그녀는 많은 생각이 담긴 눈으로 알렉산드로를 응시했다.

"더 시원한 물을…… 가져오라고 할까?"

그래도 양심은 있는지 그는 겸연쩍은 표정이었다. 그녀는 당혹스럽고, 민망하긴 했지만 싫지는 않았다. 오랜만에 다가온 그의 손길이 반가웠다. 게다가 그와 사랑을 나누는 일은 언제나 즐거웠다. 다만 궁금했다.

"갑자기 왜 그러신 거예요?"

그렇게 허겁지겁 미친 사람처럼…….

'노예였던 주제에, 건방진 말을 해서 벌을 주고 싶었나?'

하지만 그건 결단코 벌이 아니었다.

'벌이라면 차라리 각방을 쓰자고 해야 할 판인데.'

엉클어진 그녀의 머리카락을 조심스레 정돈하던 알렉산드로가 머뭇거리다 대답했다.

"글쎄…… 나도 잘 모르겠다."

그도 황당했다. 내가 이만큼 자제력이 없는 사람이었나. 이런 장소에서 약혼녀를 이렇게, 이런 식으로……? 대체 왜 이런 충동적인 일을 벌였는가? 단둘이서만 지내던 그때도 아니고. 그녀의 명예를 지켜 주자던 처음 결심은 대체 어디로 간 것인가?

'내가 정말 미친 게 아닌가? 지금 이게 제정신으로 할 수 있는 행동인가?'

알렉산드로는 그녀가 하는 얘기를 듣던 도중에 그냥…… 그냥 옛날 일이 떠올랐다. 물가에서 처음으로 대화다운 대화를 했었던 그날 밤.

―제가 원하는 것을 할 수 있는 삶이 더 좋아요.

심각하게 여자를 기피했던 알렉산드로는 여자들과 긴 대화를 나눠 본 적이 전무했다. 그런 그에게, 흙 묻은 풀을 만지는 걸 좋아하는 일이라고 당당히 말하는 클로이는 특별했다. 그녀가 자신과 동등하게 느껴졌다. 좋아하는 일을 하면서 행복하다고 느끼고, 긴 머리가 없어도, 외양이 예쁘지 않아도 행복해할 수 있는 사람. 가문의 재산이 아니라 의지대로 의견을 내고, 그렇게 행동할 수 있다는 점에서 자신보다 나았다.

"밖에서 다 들었겠죠? 정말 창피해서 어떡해요."

그녀는 벌게진 얼굴을 두 손으로 가렸다. 막상 알렉산드로는 뒷수습이 걱정되지 않았다. 일단은 깊은 여운이 아직 가시질 않았다. 그는 물끄러미 제 약혼녀를 응시했다.

자신의 생각을 말하던 여자의 입술은 그가 보아 온 것 중에 가장 섹시했다. 예쁜 드레스를 입은 모습보다 그녀의 반짝이는 눈동자에 확 끓어올랐다. 좋아하는 일을 하고자 하는 사람의 눈동자는 눈이 부셨다. 삶을 사랑하는 사람의 눈빛. 바로 알렉산드로 자신이 그토록 원하던 것을 사랑하는 연인의 눈에서 보았다. 그래서 참을 수가 없었던 것이다.

그녀는 착하고 이타적이지만 야무지고 진취적이었다. 첫 만남부터 지금까지 매번 그의 예상을 벗어났다. 제멋대로 끌고 가려 해도 결코 그가 원하는 대로 끌려오지는 않았다. 결국 그녀를 움직이는 것은 그녀 자신의 선택이었다. 이 여자의 마음을 돌리는 건 정말 어려운 일이다. 그만큼 어렵게 얻어 낸 마음은 그에게 무척이나 소중했고 값졌다. 알렉산드로는 바로 그 사실이 아주 기묘하게 느껴졌다.

'내가 변태인가?'

왜 내 마음대로 할 수 없는 여자가 좋은 걸까? 자신이 하는 대로 고분고분 따라 주지 않는 여자에게 왜 매력을 느끼는 걸까? 혼란스러웠지만 그냥 사실을 인정하기로 했다.

"너를 너무 좋아하는가 보다."

알렉산드로는 한숨을 내쉬는 약혼녀의 입술을 엄지로 쓰다듬었다. 보드랍고 촉촉한 감각이 손끝에 느껴지자 둘만 아는 은밀한 일들이 떠올랐다. 그는 씩 웃으며 낮은 목소리로 속삭였다.

"내 위에 앉혀진 것도 귀엽고, 밑에서 우는 것도 귀엽고. 다음엔 네 뒤에서……."

"그만 놀리세요, 정말."

베아트리체는 손으로 얼굴을 부채질하며 그를 흘겨보았다.

"민망하단 말이에요."

"음."

그녀도 동조하긴 했지만 상황을 이렇게 만든 것은 전적으로 그의 책임이었다. 알렉산드로는 미안해졌다. 그런데 귀까지 붉게 달아오른 사랑스런 얼굴을 보고 있으니 또 몹쓸 생각이 들었다. 알렉산드로의 입술을 비집고, 그 자신도 믿지 못할 말이 제멋대로 튀어나왔다.
"기왕 이렇게 된 거, 우리 한 번 더……."
결국 그는 제대로 말을 끝마치지 못하고 어깨를 두드려 맞았다.

32. 그들이 꿈꾸는 미래

32. 그들이 꿈꾸는 미래

엘파사 왕궁의 아들 부부가 깨를 쏟는 동안, 제국 황궁에는 살벌한 기운이 감돌았다. 회의장에선 연신 고성이 오갔다.

'아이고, 골치야.'

턴칸은 굳은 표정으로 이마를 짚었다. 눈을 감아도 쩌렁쩌렁한 노성은 끊임없이 머릿속을 울렸다.

"지금 그게 진심이란 말씀이십니까?"

"아닙니다. 아닐 겁니다. 그럴 리가 없지요! 전하께서 저희를 이렇게 배신하실 수는 없는 겁니다!"

"어허, 배신이라니! 그게 무슨 망발이오."

"그럼 어떻게 설명할 수 있단 말입니까? 이 제국에 공작 가문은 오직 5개뿐이라던 그 약속은요?"

제국에는 7개의 공작 가문이 있었다. 그레이엄, 쿠피히트, 반도라스를 묶어 3대 공작 가문으로 불렀다. 그리고 그 아래 맥코웰,

칼스버그, 안테노르, 스너번 공작 가문이 있었다.

하지만 맥코웰 공작 가문은 멸문당했고, 던칸 그레이엄은 더 이상 공작 각하라 불리지 않았다. 황제는 유명무실했고, 던칸은 암묵적인 동의하에 그들의 '전하'가 되었다. 그래서 지금은 5개의 공작 가문만이 남아 있었다.

"반역죄를 물어 멸문되었던 가문이 다시 그 더러운 이름을 얻는다니!"

정기적인 원로원 회의. 언제나 던칸의 통보를 듣는 자리였으나 이번만은 달랐다.

"그게 말이나 되는 소립니까!"

찍소리 못하고 명령만을 따르던 공작들도 이번에는 거세게 반발했다. 특히 로웰 스너번과 맥클레어 반도라스의 반대가 가장 심했다. 갑자기 던칸의 부름으로 요하임 칼스버그가 수도로 돌아와서 큰 위협을 느낀 그들이었다.

"전하, 엘파사를 공국이 아니라 왕국으로 명하겠다 하셨을 때조차 저는 반대하지 않았습니다."

실상 마지막 반항이었다. 이미 맥코웰 가문의 반역죄가 철회되었다는 성명은 발표되었고, 이들이 걱정하는 건 누구의 땅이 맥코웰에게 돌아갈 것인가 하는 문제였다.

"그레이엄이 황가가 된다면 그 뒤에 반도라스가 있을 거라던 그 약속을 믿었기 때문이지요!"

던칸은 의지를 꺾지 않겠다는 것처럼 묵묵히 눈을 감고 있었다. 조급해진 반도라스 공작은 몸을 반쯤 일으키다시피 해서 던칸에게 말을 쏟아 냈다.

"'그레이엄은 약속을 어기지 않는다.' 그게 바로 이날까지 전하께서 지켜 오신 신념이 아닙니까?"

칼스버그 공작은 흥미로운 얼굴로 그들을 응시했다. 반도라스 공작은 전에 없이 진지했다.

"분명 기억하실 겁니다."

"……."

"십여 년 전, 맥코웰에게 반역죄를 씌워 끌어내려야겠다고 결심했던 바로 그날 저를 부르셨지요."

반도라스 공작이 음산할 만큼 낮은 목소리를 냈다.

"새로운 제국을 만들어야겠다, 황제를 죽이는 데 협조하면 맥코웰의 자리를 나눠 주겠다고……."

"그만."

지금 있는 이들은 모두 그레이엄의 반정에 군사를 보냈다.

"옛날 얘기라면 그만하지."

드디어 입을 연 던칸에게 모두의 시선이 모였다. 다섯 명을 돌아보며 한 명씩 눈을 맞춘 그가 엄숙한 목소리로 말했다.

"난 이제 회개했네."

순간 누군가 피식 코웃음 치는 소리가 들렸다.

"회개? 회개요? 그게 하겠다고 마음만 먹으면 되는 일입니까?"

"이봐, 반도라스 공. 듣기론 자네도 요즘 고생하고 있다던데."

반도라스 공작은 요즘 하나뿐인 여식의 결혼 문제로 골머리를 앓았다. 여기나 저기나 잘 키운 자식들이 다들 문제였다.

"가슴속에 쌓인 분노가 많으면 자꾸만 옛날 일들이 떠오르는 법이지. 기도회 일정을 알려 줄 테니 나처럼 신전에 한번 다녀 보는 게 어떤가?"

"지금 이 자리에서 그게 하실 말씀……!"

쾅!

던칸은 테이블을 내려쳤다.

"시끄럽고, 모두들 들으시오."

모두의 시선을 한데 모은 그가 선포하듯 말했다.

"남부의 그레이엄 영지 일부가 맥코웰에게 갈 것이오. 그대들의 밥그릇은 지켜졌으니 안심하시오."

"휴우……."

있는 듯 없는 듯 자리를 지키던 안테노르 공작은 가슴을 쓸어내렸다. 던칸의 황궁 복귀와 길버트 때문에 수도에 왔지만 이 자리에 있는 이들 중 가장 영향력이 미미했다. 게다가 전 맥코웰 공작령을 받은 것도 바로 그였다.

"그레이엄 영지를 맥코웰이 받는다 쳐도 말입니다. 영지민들이 수긍하겠습니까?"

스너번 공작이 한층 누그러진 어투로 물었다. 맥코웰이 돌아온다는 건 반갑지 않았지만 던칸이 확고했다.

"그건 줄리아가 알아서 하겠지."

순간 좌중에 싸늘한 정적이 흘렀다.

"줄리아?"

그 이름을 되뇌는 반도라스 공작의 작은 목소리가 퍼졌다.

"줄리아…… 주, 줄리아 맥코웰?"

"그녀가 살아 있었다니."

여기저기서 탄식이 흘러나왔다. 오직 칼스버그 공작만이 조용했다.

'그럼 작위는 누가 받는 거지? 아들이 있나?'

에반 역시 놀라기는 마찬가지였다. 다만 군부의 수장이었던 던칸의 말을 감히 저지할 수 없어 입을 다물고만 있었다. 게다가 내내 전쟁터에 있었기에 공작으로서 원로원 회의에 참석한 건 처음이었다.

"아무튼 이 일은 내가 알아서 할 것이니 그렇게들 아시오."

"……."

"그리고 얘기가 나와서 말인데, 이번에 신전에서 열리는 신년 행사에 다들 참여하시오. 그 늙은이들이 나만 혼자 있으면 영 이상한 눈으로 본단 말이야. 다들 알았나?"

"전하."

요하임 칼스버그였다. 내내 침묵을 지키던 그가 마주 앉은 던칸을 똑똑히 응시하며 엄한 목소리를 냈다.

"그 말씀을 하셔야지요. 모두에게 사실을 정확히 알리셔야 합니다."

"……."

바로 '그 사실'을 숨기려던 던칸은 회초리를 맞은 사람처럼 몸을 움찔했다. 맥코웰 가문의 귀환은 이 문제에 비하면 별것 아니었다.

'저 노친네를 빨리 수도에서 내려보내든가 해야지, 원. 사람이 융통성이 없어. 고집만 쇠고집이지.'

모두의 시선이 던칸과 칼스버그를 오가며 의아함을 드러냈다.

"흠흠."

던칸은 크게 헛기침을 했다. 매서운 칼스버그 공작의 눈빛이 번뜩였다. 줄리아 맥코웰의 봉작을 적극적으로 지지했던 그였다. 소리 없이 재촉을 받은 던칸은 하는 수 없이 사실을 말했다.

"나는 줄리아 맥코웰에게 작위를 반환할 생각이오."

던칸은 원래 날치기로 이 일을 처리하려 했었다. 하지만 칼스버그 공작은 반드시 세상에 알려져야 그 값어치가 있는 일이라고 종용했다. 스너번 공작은 휙휙 주위를 둘러보았다.

'이 말을 지금 나만 들은 건가? 모두 같이 들었나?'

무거운 정적을 깨고 가장 먼저 반도라스 공작이 되물었다.

"아무래도 제가 노환이 와서 잘못 들은 것 같습니다만 지금 뭐라고 하셨습니까?"

"저도 가끔 환청이 들리는 것이, 이게 노환인가 봅니다."

잔뜩 당황한 이들을 뒤로하고 에반이 침착하게 사실을 되물었다.

"전하, 지금 그 말씀은…… 마담 줄리아께서…… 공작이 된다는 말씀이십니까? 저희와 같은?"

설마, 그럴 리가. 아무리 설마가 사람 잡는다지만 그런 일이 제국에 벌어질까? 아니겠지?

"그렇소."

경악한 반도라스 공작이 자리에서 벌떡 일어났다. 의자가 뒤로 넘어가는 소리가 요란했다.

"오, 맙소사!"

스너번 공작 역시 벌떡 자리에서 일어나 불안하게 회의장을 서성였다. 그가 돌연 노성을 내질렀다.

"이건 말도 안 되는 일입니다! 이 세상에 있을 수 없는 일입니다!"

안테노르 공작은 신께 기도를 올리기 시작했다.

"오, 신이시여. 그레이엄 전하께서 악의 구렁텅이에 빠지셨습니다. 구원하소서, 맑은 영혼을 되돌려 주소서."

에반은 심각한 얼굴로 칼스버그 공작과 던칸을 주시했다. 이들이 지금 이 제국을 어디로 이끌려는 것인가? 어떻게 던칸이 그런 생각을 하게 된 건지 황당무계했다.

'요즘 칼스버그 공과 함께 정사를 논한다더니, 그래서 이런 생각을 하시는 건가?'

칼스버그 공작은 원래부터 위험한 사상을 가진 학자였다. 그가 쓴 금서들을 읽다가 놀란 게 한두 번이 아니었다.

"전하, 진심이십니까?"

"그래."

당혹한 이들을 앞에 두고, 담담한 대답이었다. 던칸은 줄리아의 소원이라면 뭐든 들어주고 싶었다. 그녀에게 빚을 졌으니까. 쉽게 갚을 수 있는 것도 아니었다. 다만 제국에 전무후무한 일이라 공작들의 격한 반응도 이해했기에, 명목뿐인 작위 수여만 해 버리고 직책은 주지 않을 생각이었다. 원로원 회의에도 당연히 불참시키려고 했다.

"줄리아의 종손이 성인이 될 때까지, 일단은 이름뿐인 작위를 내릴 생각……."

"이건 정말 말도 안 되는 일입니다!"

순간 스너번 공작이 던칸의 말을 끊었다.

"하늘이 무너지고 땅이 갈라질 겁니다!"

던칸은 생전 누군가에게 말을 끊겨 본 적이 없었다.

"여자가 작위를 받으면 이 세상이 뒤집어지고 사람들은 실의에 빠져 아무것도 할 수 없을 겁니다!"

던칸의 입술이 서서히 벌어졌다.

'지금 내가 말을 하고 있는데 감히…….'

당해 보니 이건 상당히 불쾌한 기분이었다.

"이 세상이 두 쪽 날 일이란 말입니다! 재앙이 다가올 겁니다! 이 제국은 곧 멸망하고 말 것입니다! 여자들은 감히! 절대로 작위를 받아서는 안 됩니다!"

게다가 고함을 질러 댄다. 침도 튀는 데다, 이건 정말 많이 불쾌하다. 심지어 앉아 있는 자신을 건방지게 서서 내려다보고 있지 않은가?

"전하께서는 지금 제정신이 아닌 겁니다!"

그 말을 듣는 순간 던칸의 속에 잠들어 있던 무언가가 깨어났다. 착하게 살려던 그의 두 눈이 희번덕거렸다. 거만하게 자리에 앉아 있던 던칸이 벌떡 일어섰다. 허리춤에 꽂혀 있던 칼을 꺼내 들고는 순식간에 스너번 공작을 벽으로 몰고 갔다.

"저, 전하……."

급박하게 전개된 상황에 경악한 에반이 벌떡 일어나 모두의 눈치를 살폈다.

"감히."

"……."

스너번 공작은 자신의 가슴을 짓누른 칼날을 느끼고는 침을 꿀꺽 삼켰다. 더 이상 갈 곳이 없었다. 뒤는 벽이었다. 앞에는 벽보다 말이 안 통하는 이가 제게 칼을 겨누고 있었다.

"황제의 발닦개나 하던 놈이……."

나직한 던칸의 목소리가 귓속에 칼처럼 내리꽂혔다.

"주제도 모르고 감히 내게 소리를 질러 대다니."

스너번 공작은 심지어 던칸이 칼을 꺼내 드는 동작을 제대로 보지도 못했다. 기사 출신인 던칸을, 힘으로 저지할 순 없었다. 이 자리의 아무도. 회개했다던 말은 역시 농담이었다.

"전하, 아닙니다. 절대로 아닙니다. 오, 오해를 하셨습니다."

던칸의 살기 어린 눈빛을 정면으로 받은 스너번 공작은 다리가 후들거렸다.

"저, 전하께서 하시는 그 어떤 일도 저희 가문은 언제나 성실히 받들 것입니다."

날카로운 칼끝이 당장이라도 목을 뚫고 나올 것 같았다.

"그, 그저 늙은 여인이 이 회의장에 발을 디뎠다가는 행여 부정을 타지 않을까 염려되어 했던 말입니다. 하지만 저는 줄리아 맥코웰이 작위를 받고, 직책을 얻는 일을 결코 반대하지 않습니다."

행여 칼에 찔릴까, 그는 잔뜩 고개를 쳐들고 마구잡이로 변명을 쏟아 냈다.

"전하의 말씀대로, 맥코웰 공작 역시 이곳에서 함께 국정을 의논해야 합니다."

"그래?"

"그렇습니다. 저희는 개국 공신 가문이 아닙니까, 전하. 이 제국의 시작부터 함께였습니다."

그의 입술이 덜덜 떨렸다.

"전 황가가 생기기 전부터, 그전 황가를 일궈 냈습니다. 지금은 전하의 뒤를 받치고 있습니다. 그러니 제발 이 카, 칼 좀……."

그의 눈을 응시하던 던칸은 천천히 칼을 뒤로 물렸다. 그러자 스너번 공작은 밧줄에 묶여 있다 풀려난 사람처럼 급히 숨을 몰아쉬었다.

"허억, 헉……."

식겁한 그를 두고, 던칸은 반도라스 공작에게 돌아섰다. 회의장 내에 묵직한 발소리가 울려 퍼졌다. 그의 사나운 시선에 반도라스 공작은 어깨를 움찔하고 저도 모르게 눈을 피했다.

"그레이엄은 약속을 어기지 않는다."

엄숙한 던칸의 말에 뒤에 서 있던 에반은 불안해졌다. 엄청난 일이 벌어질 것만 같은 불길한 예감이 들었다.

"그러니 약속을 지켜야겠지."

로웬 스너번을 제외한 다른 4명과 차례로 눈을 맞춘 던칸이 그대로 몸을 돌렸다. 들고 있던 칼을 내던지자 끔찍한 비명이 터졌다.

"아악!"

칼은 정확히 스너번 공작의 가슴에 꽂혔다. 그는 주르륵 벽에 등을 대고 주저앉았다. 하얀 벽과 바닥은 순식간에 붉은 피로 흥건해졌다. 순식간에 팔다리가 아래로 늘어지고 고개가 옆으로 꺾였다. 즉사였다.

"이 제국에 공작 가문은 5개뿐이다."

회의장은 무거운 침묵에 휩싸였다. 피가 튀었지만 던칸은 눈 한 번 깜빡하지 않았다.

"아아……."

방금까지 옆에 있던 이가 한순간에 싸늘한 주검이 되었다. 이를 눈앞에서 지켜본 안테노르 공작은 그대로 자리에서 정신을 잃었다.

'개국 공신 명문가를 어떻게 저렇게 한순간에…….'

에반은 눈앞이 아찔했다. 우려는 현실이 되었다. 머리부터 발끝까지 기운이 쭉 빠졌다.

'이 뒷감당을 대체 어떻게 하시려고.'

에반은 그게 걱정스러워 심장이 쿵쾅거렸다. 회의장 밖에서 놀란 기사들의 목소리가 들려왔다. 웅성거림은 점점 커졌지만 아무도 감히 회의장의 문을 열지 못했다. 던칸이 황궁에 들어오고부터 생긴 불문율이었다. 집무실이나 서재에서 저렇게 죽어 나간 이들은 한둘이 아니었다.

"흠."

칼스버그 공작은 황당하다는 듯 팔짱을 낀 채 던칸을 응시했다.

"이제 어찌할 셈이오?"

그렇게 묻긴 했지만 칼스버그 공작은 던칸이 어떤 생각으로 이 일을 저질렀는지 대충 예상했다.

"똑똑한 분이 고민을 좀 해 보십시오. 그래서 공을 수도로 다시 부른 게 아닙니까?"

예상대로 던칸은 아무 대책이 없었다. 그는 원래 결과는 고려하지 않고 행동을 먼저 했다.

'역시 사람은 뼛속까지 변하지는 않는가 보군.'

알렉산드로가 남색을 그만둬서인지 던칸은 예전의 모습을 점점 되찾았다. 기막힌 얼굴로 그를 주시하던 칼스버그 공작은 피식 웃고 말았다.

'대의를 위해서는 진작 제거되었어야 했지.'

개국 공신 명문가라고 하지만 스너번 공작가는 이미 썩은 물이었다. 이런 방식은 전혀 예상치 못했지만 어쨌든 곪은 살을 도려낸 셈이었다.

"전하."

반도라스 공작에겐 스너번 공작의 죽음이 딱히 나쁜 수가 아니었다. 안 그래도 가문끼리 오가던 혼담이 틀어져 사이가 급격히 안 좋아진 터였다.

'게다가 나도 클라라에게 작위를 물려줄 수 있어.'

나중에 기회를 봐서 클라라에게 공작위를 주겠다고 말해 봐야겠다.

'던칸도 양심이 있으면 반대를 하진 못하겠지.'

맥코웰만 공작 가문인가? 우리도 공작 가문인데. 반도라스 공작은 남동생을 후계자로 생각하고 있었지만 하나뿐인 외동딸인 클라라가 더욱 마음 쓰였다.

'그 애가 평민과 결혼하고 앞으로 어떻게 살게 될지…….'

그것만 생각하면 밤에 잠이 오질 않았다.

"제게 좋은 수가 있습니다."

기왕 이렇게 된 거, 던칸 그레이엄과 끝까지 함께해야 했다. 그의 아들이 황제가 될 때까지 스너번 가문이 맡았던 황제의 뒷배 역할을 맡아야겠다.

"황제의 서거를 기회로 삼는 게 어떻습니까?"

곧 황제의 죽음이 공표될 예정이었다. 던칸은 회의적으로 손을 내저었다.

"또 반역죄라고 하기엔 좀 그렇군."

"결혼이 1년 뒤라고는 해도 알렉산드로가 추대되려면 지금쯤 황제가 죽었다고 밝히는 게 좋을 것이오."

칼스버그 공작은 고개를 끄덕였다.

"스스로 황좌에 앉았다간 찬탈자라는 추명을 피하지 못할 테니. 그래서 지금 왕궁에 가 있는 게 아니었나?"

칼스버그 공작이 찬성하자 다들 활기를 띠었다. 반도라스 공작은 죽은 이를 내려다보다 급히 던칸에게 시선을 돌렸다.

"황제의 시신은 있습니까?"

"죽은 지가 언젠데 시신을 보관했겠나. 진즉 묻어 줬어."

"차라리 잘됐습니다. 그럼 독살이라 하는 게 가장 쉽겠군요."

"황제를 독살하고 스스로 황관을 쓰려 했다. 그래, 그럼 그렇게 하지."

엄청난 말들이 참 쉽게 지나갔다. 에반은 대화에 참여하지 못한 채 눈이 휘둥그레졌다.

'이럴 수가.'

그가 전장에서 기사단을 이끌던 동안, 황궁에서는 이런 일들이 벌어지고 있었던 것이다. 이곳은 또 다른 전쟁터였다. 에반은 이제야 어렴풋이 알렉산드로의 마음을 이해했다.

'이래서 수도에 오는 걸 좋아하지 않으셨던 거로군.'

피 튀기는 전쟁터도 만만치 않았지만 술수가 난무하는 정치판도 믿을 수 없이 지저분했다.

"장례식이 끝나면 민간에서부터 알렉산드로를 황제로 추대하려는 움직임이 있을 걸세. 공식적인 빈자리니까 말이야."

칼스버그 공작의 말에는 이견이 없었다. 황제의 죽음이 발표되면 누구든 가장 먼저 알렉산드로를 차기 황제로 떠올릴 것이다. 영웅적인 일대기와 더불어 그는 평생 기사로서 제국에 몸 바친 투사였다.

"한동안 연회가 없을 테니 덕분에 마음은 편하겠군요."

반도라스 공작은 깊은 한숨을 내쉬었다.

"요즘 클라라에 대한 소문들이 하도 오가는 바람에 귀족들이 모이는 연회라면 영 골치가 아파서…….”

반도라스 공작이 여식을 걱정하자 던칸 역시 금세 얼굴이 어두워졌다.

"알렉산드로는 후계 승계를 염려하고 있습니다.”

그는 자식이 문제였다.

"확실해지기 전까지는 황궁에 오지 않겠답니다.”

"일단 국혼이 끝나면 후계 승계는 자연히 될 텐데, 왜 벌써부터 그런 고민을 하고 있는 거지? 아니, 남색은 그만뒀다고 하지 않았나?”

"그게 참…… 아무튼 곤란하게 됐습니다. 어쨌든 나중에 얼굴이나 보면서 한번 잘 타일러 주십시오. 제 말은 콧등으로도 듣질 않아서.”

"하긴, 대공은 어렸을 때부터 신중한 성격이었으니 무리는 아니오.”

"하나 있는 아들이라고 열심히 키워 봐야 아무 소용 없습니다. 자식이라고 딱 하나 있는 게…….”

던칸의 넋두리에 딸도 다를 거 없다며 반도라스 공작이 거들었다.

"곱게 키운 여식이라 믿었는데…….”

급하게 어두워진 분위기를 쇄신하려 반도라스 공작이 다시 말을 꺼냈다.

"전하, 이 기회에 제국의 이름도 바꾸는 건 어떻습니까? 노스테로스는 이미 황가가 세 번이나 바뀐 데다, 말씀대로 통일 제국의 새로운 시작을 기념할 겸 해서.”

"오, 그럴까?”

"그것도 나쁘지 않겠군.”

"이참에 기년법도 바꾸는 게 좋겠습니다. 전대 황가의 기원을 헤아

려서야 되겠습니까? 그레이엄가가 이루어 놓은 통일에 맞춰야지요."

"흠흠, 그것도 괜찮지."

"제국이 대륙을 통일한 날부터…… 그럼 제국력이라 칭하면 되겠군."

"좋습니다."

이들을 가만히 지켜보던 에반은 허탈함에 이맛살을 구겼다. 황궁에서 내려오는 지시 사항, 공문으로만 듣던 엄청난 사안들을 이렇게 이들이 내키는 대로 결정하는 줄은 몰랐던 것이다. 결국 에반은 원로원 회의가 끝나고 황궁을 나서는 순간까지 침묵을 지켰다.

'여긴 내 자리가 아니야.'

앞으로 수도에 있는 동안 공작으로서 권리를 행사하느냐 하지 않느냐는 전적으로 자신의 의사에 달렸다. 그래 봐야 지금처럼 참석해서 던칸의 통보를 듣는 게 전부겠지만 에반은 회의감이 들어 더는 황궁에 오고 싶지 않았다. 그냥 여태껏 그렇게 해 왔듯이, 모르는 채 명령을 따르는 게 나을 것 같았다. 기사단이야말로 바로 자신의 자리였다.

그는 문득 궁금해졌다.

'대공님은 왜 갑자기 마음이 바뀌어서 황제가 되겠다는 거지?'

알렉산드로는 혐오에 가까울 만큼 던칸이 행하는 일들을 싫어했다. 그런데 이제 와서 왜 갑자기 엘파사를 섭정하고, 훗날 제국의 황제가 되겠다는 결심을 세웠는지 영 모를 일이었다.

'보리스 경이 말하기로는 의지가 확고해 보인다던데.'

알렉산드로가 그의 입으로 말하길, 자신은 황궁으로 간다고 했다는 것이다.

'대체 뭐가 대공님의 결심을 바꾼 걸까.'

어쨌든 알렉산드로가 엘파사를 섭정하기로 결정했기에 베아트리체 왕녀도 신분을 되찾게 되었으니 다행이다. 그렇게 결론을 내리고 자신의 말, 하울에 올라타려던 에반의 뇌리에 괴상한 직감이 스쳤다. 이 말을 열심히 돌보던 똘망똘망한 얼굴과 그녀를 뜨겁게 바라보던 알렉산드로의 눈빛. 아니, 잠깐…….

'대공님은 정말 황제가 되기 위해서 왕녀의 신분을 되찾아 준 것인가?'

설마…… 베아트리체 때문에 황제가 되기로 결정한 건 아니겠지? 답은 어렵지 않게 예상 가능했다. 왕녀를 데리고 기사단을 이탈했던 알렉산드로였다. 그 이상의 기이한 행동은 없겠지만 설마하니 여자 때문에 황제가 되기로 결정했단 말인가? 에반의 입술이 떡 벌어졌다. 황당했다.

"허, 참."

그는 허탈한 웃음을 터뜨렸다. 황제가 되겠다는 대의와 명분은 그저 구실일 뿐이었다. 기막히지만 에반은 웃고 있었다.

'그가 어떻게 그렇게 변했지?'

세상 참 오래 살 일이다. 이해할 수 없는 알렉산드로의 행보를 생생히 옆에서 지켜봤음에도 믿기지 않았다. 결혼은 생각이 없다던 게 불과 1년도 되지 않았는데. 한평생 품어 온 확고한 일념이라도 바꿀 수 있는 게 바로 사랑이었다. 에반 역시도 그 마법 같은 감정의 위대함에 설레었다.

'아델이 기다리겠군.'

그는 고삐를 쥔 손을 움직였다. 자신의 저택에는 사랑하는 아내가 기다리고 있었다. 에반이 하루빨리 수도에 돌아온 데는 이유가 있었다.
'얼른 가서 아들을 만들어야지.'
그레이엄가의 장녀에게 쿠피히트가의 장남을 장가보내겠다고 각서를 썼었다.

"왕녀 저하, 승마 실력이 굉장하십니다."
베아트리체는 승마장의 한가운데에 있었다. 비록 말이 구보를 하는 내내 마부가 옆에서 고삐를 잡아 주긴 했지만 머지않아 혼자서 탈 수 있을 것 같았다.
"이대로만 하시면 앞으로 금방 느실 겁니다."
"고맙구나."
그녀는 어린 청년의 칭찬에 어깨가 으쓱했다. 뒤따르는 기사들이 멀어지자 마부는 왕녀를 놀리듯 속삭였다.
"역시 사랑의 도피를 떠났던 값진 경험 덕분이겠지요?"
그는 바로 트리거였다. 에반과 기사단이 제국 수도로 돌아갈 때 함께 떠났어야 했지만 왕녀의 너그러운 대처로 여전히 마부로 일하고 있었다. 제국을 떠나 엘파사에 있었지만 트리거는 가족들을 마주하지 않는 것이 차라리 다행이었다. 안타깝긴 했지만 종국에는 연인과 이루어질 수 없는 사이라고 생각했다.

"그만 좀 놀리거라. 안 그래도 시녀들 때문에 민망하단 말이야."
"아, 저도 그 소문을 듣긴 들었습니다."

베아트리체는 종종 트리거를 찾았다. 민간에서 도는 소문이나 여론을 전해 듣기 위해서이기도 했고, 가끔 옛날 일들이 그립기도 했다. 하지만 트리거는 결코 그녀를 전처럼 대할 수 없었다. 그녀와 재회했을 때, 이미 그레이엄 대공조차 그녀에게 존대를 하는 위치에 있었다.

"어떻게 대공님이 우리 저하께 그러실 수가 있지요?"

능청스러운 청년의 말에 베아트리체는 얼굴이 벌게졌다. 그녀는 아무 말도 하지 못한 채 손에 쥔 고삐만을 응시했다.

"아니, 식당은 식사를 하는 곳이 아닙니까? 그런데 그런 곳에서 마구 뺨을 때리셨다니, 참."

식당에서 그랬던 건 아니라며 속삭이듯 작은 목소리로 항변했다. 그러거나 말거나 어린 청년 마부는 여전히 소심한 그녀가 무척 귀여웠다. 일부러 목소리를 높인 그가 되물었다.

"아니 뭐 식당이나 응접실이나 다를 거 있나요? 식당은 식사를 하는 곳이고 응접실은 손님을 맞는 곳인데요?"

"……."

"그것도 한 시간이 넘게 오래도록 멈추지 않으셨다던데."

"……."

"대공님께서 이렇게 가녀린 저하께 어떻게 그러실 수가 있는지, 정말 너무하시다니까요. 아프진 않으셨어요?"

"조금……."

"아니, 시녀들이 하나같이 그게 참 의문이더랍니다. 그렇게 오래

손찌검을 당했는데 막상 얼굴에는 자국이 없으니 어디 다른 데를 때린 게 아닌가 하는 거죠."

어깨를 으쓱하는 트리거를 보고도 베아트리체는 대답 없이 먼 곳을 응시했다.

'차라리 잘된 건가.'

그날, 귀까지 벌겋게 물든 왕녀를 보고 시녀들은 눈물을 글썽였다. 심하게 자국이 남을 텐데 어쩌냐며 연고를 발라 주겠다는 것을 거절하고, 혼자 목욕하고 잠드는 그 순간까지 그녀는 얼굴이 뜨거웠다. 그리고 다음 날, 당연히 얼굴에는 어떤 자국도 남지 않았다.

손목에는 조금 멍이 지긴 했지만 심각하지 않았기에 시녀들은 어리둥절했다. 어제까지만 해도 심하게 맞아 얼굴이 붉었는데 아무런 자국이 남지 않은 것이다. 베아트리체는 이들의 오해를 바로잡아야 하나 고민했지만 결국 말할 수 없었다. 알렉산드로는 원래 흉흉한 남자로 소문이 자자했기에 다들 놀라지도 않는 눈치였다.

'그러고 보니 나도 대공님이 여자를 때리는 걸 좋아하는 사람인 줄 알았었지.'

겉보기엔 또 그런 남자로 보이더란 말이다. 시녀들이 그렇게 오해를 하는 것도 무리는 아니었다. 둘이 여전히 매일매일 얼굴을 마주하고 웃으며 대화를 하는 걸 보니 왕녀는 이미 그런 성정에 익숙한가 보다 생각하는 모양이었다. 게다가 그는 대외적으로 흠잡을 데 없는 일 처리를 하고 있었고, 제녹스 후작 영애와도 따로 만나고 있었다.

말의 고삐를 잡은 채 조용한 왕녀를 보던 트리거는 말의 머리를 쓰다듬었다.

"크산토스는 다루기 어려운 말인데, 이 녀석이 저하를 알아보고 조용하네요. 기특하게."

그녀가 탄 검은 말은 알렉산드로의 명마, 크산토스였다. 트리거는 왕녀의 명을 받고 그들이 살던 소박한 저택에서 말을 데려왔다.

"대공님이 크산토스를 팔려고 하시는 걸 내가 말려 줬거든."

"예? 크산토스를요? 에이, 그럴 리가요. 대공님께서 얼마나 아끼시는데요."

"그래, 나도 믿지 못하겠더라니까. 어떻게 이 명마를 그 시골 마을에 팔려고 하셨을까?"

그는 사색이 되어 걸음을 뚝 멈췄다.

"진짜로 대공님께서 크산토스를 팔려고 하셨다고요? 맙소사……."

트리거는 완전히 기겁했다. 저 명마는 감히 그렇게 팔릴 말이 아니었다. 쉽게 살 수 있는 사람도 없을 것이다.

"아니, 어떻게 그러실 수가 있죠?"

자리에서 우뚝 멈춘 그는 가여운 크산토스의 몸을 와락 끌어안았다.

"새끼 때부터 10년 넘게 봐 온 크산토스를! 그분이 어떻게 그러실 수가!"

"나도 놀랐다니까."

"약혼녀를 때리는 것도 모자라 그렇게 아끼던 말까지 팔아 치우려 하셨다니, 대공님은 정말 피도 눈물도 없으십니다."

"그 얘기는 좀 그만해."

"사실은 사실이잖아요."

아옹다옹하던 둘은 동시에 웃음을 터뜨렸다. 그는 예전부터 그녀의 마음을 편하게 해 주는 데 큰 소질이 있었다.

"그래도 대공님은 꽤 인기가 좋으십니다. 사람들은 제국 기사단보다 반역자 무리를 더 싫어하더라고요."

당시 길버트는 세금을 혹독하게 거둬들였다. 조세에 문제가 없는 것처럼 보이기 위해서였다.

"대공님이 왕궁에 있으니 든든하다는 사람도 있고요."

전 국왕은 아무것도 하지 않았다. 전쟁에 참여하지도, 나라를 지키려는 노력도. 사람들은 아무것도 하지 않는 군주보다는 그레이엄 대공이 낫다고 생각하는 모양이었다.

"무엇보다 세금이 줄었으니까요."

베아트리체는 내심 뿌듯했다. 알렉산드로는 보통의 권력자들과는 다르게 평민 위주의 정책을 펼쳤다.

'강자에겐 강하고 약자에겐 약하신 분이지.'

기사단의 세리머니에서 처음으로 느꼈던 그의 면모였다. 동물을 사랑하고 의외로 너그러운 데다 시종들에게도 큰소리를 내는 법이 없었다. 그녀는 기분 좋은 미소를 지었다.

"우리 대공님은 좋은 분이니까."

"요즘 왕궁을 드나든다는 그 후작 영애는 신경 쓰지 마세요."

크산토스의 움직임에 따라서 그녀의 몸도 함께 흔들렸다.

"아마…… 아마 영주와 얽힌 일 때문에 만나시는 걸 거예요. 그분은 공사다망하시잖아요."

베아트리체는 말의 고삐를 잡은 손을 바로 했다. 마차에 앉아 손을 흔드는 것보다 스스로 말을 타는 게 군중에게 보이기엔 더 나을 것이라는 이유로 승마를 배우고 있었다. 제임스나 측근들은 그럴 필요 없다고 말렸다. 하지만 그녀는 던칸에게 들었던 자신의 종착지를 되새겼다.

'제국의…… 황후.'

과연 그렇게 될 수 있을까 하는 의심은 두 번째 문제였다. 알렉산드로와 베아트리체는 평생을 놓고 봤을 때 아직 어린 나이였다. 국혼도 1년을 기다려야 했고, 언제 그가 황위에 오를지는 모르는 일이었다. 청춘의 한가운데에 있을 뿐, 갈 길이 한참 멀었다. 그럼에도 베아트리체는 찬란한 미래를 그리고 있었다. 저도 모르게, 알렉산드로가 자신을 반려자라고 했던 그 순간부터.

'내가 이 왕궁에서 이런 생각을 하고 있다니.'

왕궁에서 그녀는 반쪽짜리였다. 왕족으로서도, 여자로서도. 노예를 어머니로 두고 태어난 게 잘못이었는지, 아니면 왕가의 정통성을 갖지 못하고 태어난 게 잘못이었는지. 그랬던 자신이 황가의 퍼스트레이디가 된다니, 그 누구도 믿지 못할 일이었다.

온전치 못하다 손가락질받았던 그 모든 것들이 무색하게도, 그녀는 지금 한 명의 사람으로서 알렉산드로의 옆에 있었다. 그래서 베아트리체는 고단했던 지난 삶과 눈앞에 펼쳐진 모든 것들이 지금의 자신을 위해 준비되어 온 배경처럼 보였다.

그녀는 예기치 못한 사고로 맞은 지난 생의 죽음이 더 이상 떠오르지 않았다. 실낱같은 목숨, 언제 죽을지 모르니 오늘만 열심히 살고자 했던 노예는 어느새 다른 사람이 되어 있었다.

왕녀는 앞날을 꿈꾸기 시작했다.

"내가 그런 말을 했다고?"

던칸은 칼스버그 공작의 말을 듣고 어리둥절했다.

'내가 언제 줄리아에게 직책을 주고 원로원 회의에 참여시킨다고 했지?'

그냥 이름뿐인 작위만을 내린다고 말했는데…….

"로웬 스너번과 대화를 할 때 분명 그렇게 말씀하시지 않았소? 그래서 이미 줄리아에게 서신을 보냈거늘, 이제 와서 말을 번복한단 말인가?"

칼스버그 공작은 버릇처럼 옆에 서 있는 험프리를 응시했다.

"나보다 나이도 한참 어린 양반이 왜 이러지? 자기가 한 말을 왜 모르시는가?"

험프리는 원로원 회의가 있었던 회의장에는 입실하지 않았기에 어떤 대화가 오갔는지는 모른다. 하지만 조금 짚이는 구석이 있었다.

"전하께서는 일전에 극한 스트레스를 받았던 일로 가끔……."

던칸은 치매가 아니었다. 하지만 험프리는 아직도 가끔 의심이 될 때가 있었다. 며늘아기에게 온 편지는 없느냐고 물을 때마다 그런 생각이 들었다.

'답장도 멋대로 써서 보내시면서.'

그렇게 써서 보낼 바엔 안 쓰는 게 낫다, 대필을 해 드리겠다고 험프리가 아무리 말려도 던칸은 자신이 쓰겠다며 고집을 부렸다. 다행인지 불행인지 던칸은 점점 예전의 모습을 되찾아 가고 있었다.

"정말 내가 그런 말을 했단 말입니까?"

던칸은 머리를 긁적였다. 그런 말을 한 적이 없는 것 같은데 험프리가 또 저렇게 말하니, 자신이 까먹은 건가 싶었다.

"난 하라는 대로만 했소. 줄리아에게 직접 실언을 했다고 말을 하든지, 알아서 하시오."

황제의 장례식이 시작되면 작위 수여식은 미뤄야 했다. 그래서 칼스버그 공작은 황제의 서거를 공표하기 전에 부리나케 그녀에게 사람을 보냈다. 당장 내일, 제국 황제의 서거가 공표될 것이다.

"하, 이것 참."

던칸은 두 손으로 마른세수를 했다. 난감한 듯 서성거렸다. 고뇌하는 뒷모습을 보며 칼스버그 공작은 자꾸만 터지려는 헛웃음을 삼켰다.

"그렇게 나쁜 결정은 아니오. 당장 욕은 많이 먹겠지만."

"아니, 여자에게 어떻게 직책을 줄 수 있습니까? 여자들은 감정적이라 공적인 일은 못한단 말입니다."

'당신은 참 이성적이라 로웬 스너번을 그렇게 죽였군.'

주제도 모르고…… 그 말이 목구멍까지 올라왔지만 간신히 참았다. 칼스버그 공작은 그를 도발하는 대신 어깨를 으쓱했다.

"그럼 줄리아에게 명령을 철회하겠다고 직접 말씀하시오."

"……으휴!"

던칸은 가슴을 퍽퍽 때렸다. 전부 다 준다고 했다가 반만 준다고 하는 건 아예 안 주는 것보다 못했다. 어쩔 수 없다는 듯 그가 한숨을 푹푹 내쉬자 칼스버그 공작은 10년 묵은 체증이 전부 내려가는 기분이 들었다. 몇 년 전 던칸과 크게 다툰 뒤 수도를 떠나던 날의 서운함이 전부 가시는 듯했다.

"당신은 아주 혁명적인 인물로 길이길이 역사에 남을 것이오, 그레이엄. 그게 소원 아니었나?"

칼스버그 공작의 놀림 같은 위로는 전혀 도움이 되지 않았다.

"혁명이라니, 이건 혁명이 아니라 과오일 뿐입니다. 후손들은 저를 욕하고 손가락질할 게 분명합니다."

반발하는 귀족들의 목소리가 벌써부터 귓가에 들리는 듯했다. 머리가 지끈거렸다. 그렇다고 말을 번복하자니 여식을 키워 준 줄리아에게 면목이 없었다.

"그리 큰일은 아니오, 그레이엄."

"……."

"그들이 말한 것처럼 하늘이 무너지고 땅이 갈라지지는 않을 테니 걱정 놓으시구려."

"남 일이라 태평하시군요."

"아니, 진심이오. 이건 당신이 아니면 아무도 하지 못할 일이거든. 정말 대단하지."

귀족들은 던칸이 불통의 독재자라는 것을 잘 알고 있었다. 압도적인 군사적 권위를 가진 그레이엄이 아니었다면 정말 큰 반발을 샀을 것이다.

"후우……."

던칸은 쓰러지듯 소파에 몸을 기댔다. 손으로 얼굴을 가린 그는 골치 아픈 일이 있을 때마다 큰 위안을 얻었던 그곳을 떠올렸다.

"험프리, 신전에 기도회 일정을 준비하라 이르게."

"예, 전하."

칼스버그 공작은 피식 웃으며 말을 건넸다.

"신전을 정말 열심히 다니는군."

"어디 기댈 곳이 없어서 그렇습니다. 기도를 하니 정말 신께서 소원을 들어주시는 것 같기도 하고."

일단 알렉산드로가 남색을 그만두었다는 게 가장 큰 증거였다. 열심히 기도하자 아들이 여자를 부인으로 삼겠다고 했다. 던칸은 그렇게 믿고 있었다.

"……인정하고 싶진 않지만 공의 말씀이 옳았습니다."

자신에게 신전에 다녀 보라 권했던 것은 바로 칼스버그 공작이었다. 던칸은 요즘 종교의 위대함을 깨닫는 중이었다. 칼스버그 공작은 수염을 손으로 쓰다듬으며 흥미로운 눈으로 던칸을 응시했다.

'만약 신전을 인정하고 국교로 받아들인다면 평민들을 교육하고 영주들을 견제하는 데도 큰 힘이 될 수 있을 텐데.'

하지만 그건 아직 너무 먼 얘기였다. 칼스버그 공작은 자신의 사상이 얼마나 위험한지 누구보다 잘 알고 있었다. 그랬기에 신전에 대한 말은 일단 삼켰다. 대신에 그는 맛있는 떡밥을 뿌려 두기로 했다.

"기도하는 김에 그럼, 예쁜 손자를 보고 싶다고 한번 빌어 보지 그러나?"

또 떡밥을 물지는 미지수지만 이 거대한 물고기는 제법 귀여운 구석이 있어 그것이 낚싯바늘인지 모르고 매번 덥석덥석 물었다.

"알렉산드로를 닮은 늠름한 손자 말이야."

"……."

칼스버그 공작의 말이 끝남과 동시에 머릿속에서 그의 말이 다시 메아리쳤다. 알렉산드로를 닮은 늠름한 손자, 알렉산드로를 닮은 늠름한 손자, 알렉산드로를 닮은 늠름한 손자……. 던칸은 말없이 먼 곳을 응시했다. 제 얼굴에 침 뱉기라 칼스버그 공작에게조차 말할 수 없었다.

"하아……."

알렉산드로의 2세. 알렉산드로를 꼭 닮은 손자. 알렉산드로처럼 고집 세고, 말 안 듣고, 제멋대로인 데다, 무뚝뚝해서 연락도 한 번 안 하는 그런 배은망덕한 손자…….

'아니다, 아니야. 손자는 됐어.'

천만다행으로 알렉산드로가 여자와 결혼을 했으니 자신의 몫은 다했다. 가문의 후계, 황태자 책봉, 그런 막중한 일들은 이제 알렉산드로만의 의무였다. 후계 문제는 알아서 하겠다고 했으니 어떻게든 하지 않겠는가?

던칸은 그저 남은 인생을 속 끓이지 않고 즐겁게 보내고 싶다는 생각만 가득했다. 게다가 알렉산드로를 꼭 닮은 손자를 보느니……. 그는 창문에 비친 자신의 모습을 보고 절레절레 고개를 저었다. 앞으로 30년은 더 살 텐데 말년까지 고생하고 싶지 않았다.

'고집 센 멍청이 같은 놈은 하나로 족해.'

여식인 레나를 닮은 손자, 손녀들도 영 기대가 되지 않았다. 참 이상한 일이었다. 차라리 며늘아기를 닮은 손녀가 훨씬 낫겠다. 던칸은 진심으로 그런 생각이 들었다.

"……손자는 별로 바라지 않습니다. 예쁜 손녀가 보고 싶긴 하군요. 한번 기도를 해 봐야겠습니다."

"아니, 아들이 최고라고, 이 세상에 아들 하나만 있으면 된다던 사람이 웬 손녀 타령인가? 손자를 달라 기도해야지."

"……."

던칸은 쓸쓸하게 웃으며 말을 삼켰다. 밉든 곱든 자식은 제 허물이었다.

"아무튼 열심히 해 보게. 정성을 다하면 신께서도 알아주시겠지."

칼스버그 공작은 그의 뒷모습을 보며 코웃음을 쳤다. 요즘 던칸과 보내는 시간이 꽤 즐거웠다.

"참, 내가 파발을 대신하여 알렉산드로에게 가 볼까 하는데. 왕녀님을 뵙고 싶기도 해서."

"지금 수도를 떠나서 왕궁에 다녀오겠다고 하신 겁니까? 이런 상황에?"

던칸은 짜증스러운 얼굴을 했다. 둘이 있으면 함께 귀족들을 상대할 텐데, 혼자서 욕을 먹게 생겼다.

'일부러 나를 황궁에 두고 가려는 의도가 분명하군.'

칼스버그 공작에게 베아트리체는 조카며느리뻘이 되는 셈이었다. 어쩔 수 없다. 던칸은 떨떠름하게 고개를 주억였다.

"우리 며늘아기에게 내 안부 인사도 전해 주십시오."

"……우리 며늘아기?"

칼스버그 공작은 던칸에게서 나온 믿을 수 없는 그 단어를 읊조리며 미간을 구겼다. 던칸의 입에서 저런 호칭이 나오게 만든 그녀는 대체 어떤 사람인가?

순식간에 베아트리체 왕녀가 궁금해졌다.

엘파사 왕궁의 지하.

"이곳이 바로 엘파사 왕가의 모든 역사와 전통을 보실 수 있는 공간입니다."

그곳은 지하 감옥의 반대편에 있는 숨겨진 공간이었다. 동굴에는 노인의 말소리와 알렉산드로의 발자국 소리만 울려 퍼졌다. 오직 왕가의 일원만이 알아야 하는 비밀의 공간이라 하였다.

"이 대륙에 이만큼 오래된 역사를 가진 왕조는 없지요."

알렉산드로는 벅찬 노인의 목소리에도 별 감흥 없이 주위를 둘러 보았다. 노인의 말대로 이곳에 어떤 비밀이 있기는 한 건지 지하인 데도 전혀 습하지 않았다.

"9대를 이어 온 아르파시아 왕조는 유구한 역사를 간직해 왔습니다."

노인이 말대로 서가에 왕가의 비밀과 전통이 그대로 담긴 수많은 책들이 가지런히 꽂혀 있었다. 잘 보존되어 있었지만 먼지가 조금 쌓여 있었다.

"길버트는 전혀 몰랐던 모양이군."

"예, 저는 비밀을 간직해 왔습니다."

노인은 바로 시종장 로반테였다. 그가 이날까지 끈질기게 목숨을 유지해 왔던 이유는 바로 왕궁과, 왕가에 대한 강한 애착 때문이다.

"그 누구도 왕궁의 지하에 이런 공간이 있는 줄은 몰랐을 겁니다."

알렉산드로는 대충 고개를 끄덕였다. 기사들 역시 왕궁 구석을 샅샅이 누비고 다녔지만 아무도 이런 곳이 있는 줄 몰랐다. 책들이 빼곡 들어찬 곳을 지나니 꺾어지는 길이 나왔다. 꽤 넓은 공간에는 왕가의 모든 것들이 다양한 방식으로 기록되어 있었다.

"왕녀 저하께서도 이곳을 모르시나?"

"모르십니다."

"그렇다면 왜 내게 먼저 알린 것이냐?"

길목 앞에서, 알렉산드로를 돌아본 노인은 깊게 고개를 숙였다.

"아르파시아 왕가는 대륙에 있었던 거의 모든 왕실 가문과 연결되어 있습니다. 아시다시피 제국의 전 황가 또한 먼 인척 관계였지요."

제국의 전 황가는 이미 반백 년 전에 사라졌다. 게다가 이 대륙에는 더 이상 그 어떤 왕실 가문도 없다.

"각하께서는 엘파사의 새로운 국왕이 되실 분입니다."

노인은 대공이 여태껏 베아트리체를 살려 둔 이유를 짐작했다.

"엘파사의 마지막 계승자인 베아트리체 왕녀를 알아보신 혜안과 훗날을 위한 깊은 통찰력은 실로 대단하십니다."

아르파시아 왕실 가문은 대륙에서 가장 긴 역사를 가졌다. 제국의 공작 가문인 그레이엄은 황가가 되기 위한 발판이 필요했을 터.

'제국에는 이들 말고도 공작 가문이 5개나 더 있으니까.'

왜 제1왕녀였던 알리시아가 아니라 반쪽짜리인 베아트리체를 선택했는지는 조금 의문이었으나, 알렉산드로를 처음 마주하고서 노인은 쉽게 그 이유를 알 수 있었다.

'왕녀에게 손찌검도 서슴지 않는다지.'

수려한 외모에도 대공의 싸늘한 얼굴에는 온기 한 점 없었다. 거대한 체격, 강철로 된 갑옷을 입은 듯 단단한 신체가 압도적이었다. 칼자루를 쥔 저 억센 손아귀에 잡혔다가는 뼈도 못 추릴 것 같았다.

'전쟁터에 오래 있었다더니 흉흉한 사내로군.'

대공이 어떤 성격인지는 분명했다.

'조금이라도 심기를 거슬렀다간 목을 날려 버렸을 게 분명해.'

실제로 혼담이 오갔던 알리시아 왕녀가 발가벗겨져 왕궁 벽에 내걸리지 않았던가. 듣기로는 그의 손에 죽었다고 했다. 대공은 충분히 그럴 만한 남자처럼 보였다. 그러니 유약하고 순순한 반쪽짜리 왕녀를 아내로 맞았을 테지.

"저는 대공님께서 장차 제국의 황제가 되시리라 믿어 의심치 않습니다."

왕은 죽고, 왕은 바뀐다. 하지만 유물은 사라지지 않는다. 노인은 죽어 없어질 왕가의 일원보다 영원히 남겨질 것들이 더 가치가 있다고 믿었다. 잘 보존해서, 후손에게 위대한 광영을 알릴 소중한 증거물이었다.

"그러니 응당 왕가의 역사가 담긴 보물에 대해 아셔야 하지 않겠습니까?"

노인의 목소리가 격앙되었다. 이 꺾인 길목 뒤에는 '진짜' 왕가의 보물들이 있었다. 빼앗긴 왕비의 보갑이나 패물 따위는 이 예술 작품과는 비교도 할 수 없었다. 엘파사는 사라져도 영원히 역사에 그 존재를 알릴 보물이었다.

"수도에서 조금 떨어진 곳에 유명한 장인이 있습니다. 대대로 석조 예술을 하는 가문이지요."

그 가문에서는 국왕과 왕비의 대리석 조각을 만든다. 노인이 말하는 보물은 바로 역대 왕과 왕비들의 석조상이었다. 국왕이 즉위하면 장인은 대리석을 깎아 몇 년에 걸쳐 작품을 완성했다. 알렉산드로는 눈앞에 늘어선 석조 예술품들을 보며 내심 감탄했다.

'이곳에 이런 게 있었다니.'

이렇게 섬세하고 아름다운 조각상들은 본 적이 없었다. 위풍당당한 왕가의 일원들이 왕관을 쓰고 망토를 두른 채 서 있었다. 하나같이 젊었을 때의 모습들이었다. 등신상의 눈에 박힌 푸른색 사파이어를 보고 있자니 감회가 새로웠다.

"석조상에 박힌 사파이어는 꽤 값이 나가는 것이지요."

어둠 속에서 작은 빛을 받아 번쩍 빛나는 새파란 사파이어는 커다랬다. 왕이고 왕비고 할 것 없이 그것이 박혀 있었다. 머리카락은 백금이 입혀져 있었다. 왕가의 정통성. 새파란 눈동자는 알렉산드로 자신에게도 있었다. 그것이 이들에게 이만큼 큰 의미가 있는 줄은 꿈에도 몰랐지만.

"장담하건대, 후손들은 아마 깜짝 놀랄 것입니다."

노인은 감상에 빠진 알렉산드로를 보고 자부심을 느꼈다.

"이토록 긴 전통과 예술적 감각을 지닌 왕조는 그 어디에도 없을 것이라……."

"그 석조가의 이름이 뭐지?"

"마이클 티에로 백작입니다."

알렉산드로는 잠시 생각을 하듯 꼼짝없이 조각상을 둘러보았다. 일렬의 제일 끝에는 그의 손에 목숨을 잃은 전 국왕이 보였다. 그 석조상을 지금 자신이 구경하고 있었다.

"이 옆에 내가 들어간다는 말이군."

우스운 일이었다. 처음 조각상을 보고 놀랐던 것과는 달리, 구경을 마친 알렉산드로는 무심한 표정이었다.

"이제 왕녀께서 대관식을 하셨으니 그분의 것도 만들어야 하지 않겠나?"

"글쎄요…… 각하께서 판단하실 일이나, 그분께는 왕가의 정통성이라 할 것이 없어 후손들이 보기에 좋지 않을 것입니다."

"그렇겠군."

쉽게 고개를 끄덕인 알렉산드로는 자신이 보았던 것들을 전부 지나쳐 지하를 빠져나왔다. 어둠이 가시고 빛이 쏟아졌다.

"왕가의 다른 흔적은 없느냐? 이게 마지막인가?"

"예, 그렇습니다."

그의 질문이 뭔가 이상했지만 노인은 크게 의심의 여지를 두지 않았다.

"중요한 것을 내게 알려 주었다."

왕가의 조각상들은 먼 훗날 그레이엄 황가의 든든한 뿌리가 될 중요한 증거였다. 그 때문에 대공은 왕녀의 신분을 되돌려 준 게 아닌가. 황가의 명분을 단단히 다지기 위해서.

"네 이름이 뭐라 하였느냐?"

그의 물음에 노인은 심장이 두근거렸다.

'대륙 그 어디에도 없는 긴 역사를 가진 왕조의 마지막 석조상의 주인이 될 분.'

대공이 황제가 되면 아르파시아는 통일 제국 첫 번째 황실 가문의 뿌리가 되겠지. 노인은 감격스런 목소리로 대답했다.

"시종장, 로반테입니다."

"성은 없느냐?"

"예, 아직 작위는 받지 못했습니다."

"잘됐군."

로반테는 만면에 미소를 띠었다. 그의 대답은 마치 자신에게 작위를 내리겠다는 말처럼 들렸다. 지금 작위를 내릴 수 있는 이는 던칸뿐이지만 알렉산드로는 그의 아들인 데다 대공의 위치에 있는 사람이니 충분히 가능했다.

'나도 드디어 가문을 이루는군!'

내심 기쁨에 가득 찬 노인은 앞서가는 대공의 싸늘한 눈빛을 미처 보지 못했다.

10년 전, 갑작스러운 사고로 유명을 달리한 제국의 선황제는 친족이 없었다. 지금 제국의 소년 황제는 황실의 외가 친척이었다. 정통성부터 위태로웠던 소년 황제는 즉위 후에도 국정을 살피지 않았고, 모든 정무는 던칸 그레이엄이 대신했다. 그리고 오늘에서야 소년 황제의 갑작스런 죽음이 세상에 알려졌다. 사인은 독살이었다.

'스너번 공작은 황위를 찬탈하려 끔찍한 만행을 저질렀다……'

던칸 그레이엄은 이 사실을 뒤늦게 알게 되어 그를 처형했다. 제국은 크게 술렁였다. 황가와 깊은 연을 가졌던 스너번 공작가가 반역을 저질렀다는 사실이 첫 번째, 소년 황제의 죽음은 두 번째였다. 귀족들의 저택에는 황실 가문의 깃발 대신 조의만을 표하는 검은 깃발을 내걸었다. 민간에서도 마찬가지였다. 소년 황제는 이미 사람들에게 그 존재감이 미미했다. 제국에는 이미, 황제보다 찬양받는 영웅이 있었기 때문이다.

던칸 그레이엄은 황궁을 지킨 지 오래되었으나 황위보다 민중을 살피는 데 더 큰 뜻을 둔 호걸이다.

알렉산드로의 긴 손가락이 질이 좋지 않은 더러운 종이를 매만졌다. 엘파사의 광장에 뿌려졌다는 선전물이었다. 한눈에 보아도 어설픈 글씨로 적힌 선전물은 귀족들이 만들어 낸 게 아니었다. 기묘한 것을 보듯 천천히 이를 내려다보던 알렉산드로는 마지막 줄에 시선을 고정했다.

대륙을 통일한 그의 아들 알렉산드로 그레이엄은 진정한 난세의 영웅이다.

엘파사 국민들이 쓴 선전물이었다. 알 수 없는 생각에 빠져든 그의 눈빛이 짙게 가라앉았다. 세율을 낮추고, 영주의 간섭 없는 자유 상거래를 지지한다는 정책은 다 왕궁의 권위를 위해서였다. 알렉산드로가 국왕 섭정이 된 지는 겨우 한 달이 조금 넘었을 뿐. 제국의 기사단은 왕궁을 짓밟고 국왕과 왕비, 왕녀의 목을 걸어 놓았다. 그 선봉에 있었던 것은 바로 자신이었다. 1년도 지나지 않은 일이다.

'어떻게 이만큼 빨리 군중의 마음이 돌아섰을까.'
알렉산드로는 선전물을 가져다준 트리거에게 물었다.
"정말 이 선전물이 광장에 뿌려져 있더란 말이냐?"
"그렇습니다! 사람들이 가장 많이 오가는 광장과 시장에는 물론, 골목과 심지어 벽에는…….''
크게 고개를 끄덕인 트리거는 자신이 본 것들을 그에게 설명했다.
"벽에는 대공님의 존함까지 쓰여 있었습니다! 난세의 영웅이야말로 대륙의 황제가 되어야 한다고요. 그레이엄가의 깃발을 걸어 놓기도 하고요."
"우리 가문의 깃발을?"
"예."
그레이엄가의 깃발은 그리기가 쉬웠다. G라고 써 있는 방패 뒤에 두 개의 칼이 교차된 모양이었다. 아래를 향한 칼끝은 통합과 수호를 뜻했다.
"거꾸로 걸려 있지는 않았나?"
"거꾸로 걸린 깃발은 전혀 없었습니다."
하지만 던칸이 쿠데타를 일으킨 뒤부터 어떤 이들은 그레이엄가를 조롱하려 깃발을 거꾸로 들기 시작했다. 칼끝이 위를 향하도록. 그건 투쟁을 의미했고, 부친의 모반은 원인과 결과를 떠나서 그리 자랑스럽지 않았기에 알렉산드로는 가문의 깃발을 잘 사용하지 않았다. 결정적으로 피처럼 붉은 깃발의 색이 별로였다.
"흠."
그랬기에 알렉산드로는 자신조차 의미를 두지 않는 가문의 깃발을 엘파사 국민들이 게양해 놓았다는 사실이 놀라웠다.

"실상 평민들은 그레이엄 가문에 우호적입니다. 무능한 국왕보다는 패왕이 낫다고들 하는 데다, 대공님께서 왕궁에 오신 뒤부터 사는 게 전보다 나아졌다 하고요."

국민들은 전 국왕의 통치에 불만이 많았다. 길버트는 많은 세금을 거뒀기에, 평민들이 그런 생각을 하는 것도 무리는 아니었다.

"게다가 저하께서도 민간에 자주 얼굴을 보이시니까요."

베아트리체는 적극적으로 구휼 활동에 나섰다. 던칸의 명령으로 세워진 간판뿐인 보육원도, 그녀가 걸음 하자 점차 구색을 갖춰 가기 시작했다. 왕궁의 창고를 개방하는 일에도 주도적이었다. 알렉산드로가 상의 없이 돌려준 신분이지만 그녀는 적극적으로 자신의 위치를 파악하고 해야 할 일들을 찾아내서 해내기 시작했다. 가끔 왕궁에서 마주칠 때도 기사들을 달고 바쁘게 돌아다니는 걸 볼 때면 알렉산드로는 속으로 그런 생각을 했다.

'바쁜 다람쥐.'

저도 모르게 슬쩍 웃고 있던 알렉산드로는 얼른 미소를 지우고 트리거에게 가까이 오라 손짓했다. 책상을 사이에 두고 꽤 멀리서 말을 전하던 트리거는 어깨를 움찔했다.

'너무 아부하는 것처럼 들렸나? 근데 사실인데.'

그가 주춤주춤 책상 앞으로 다가서자, 알렉산드로가 진지한 표정으로 눈앞의 어린 청년을 주시했다. 새파란 눈동자는 그의 머리부터 발끝까지를 샅샅이 훑었다.

'그저 흔하디흔한 얼굴이다.'

그런데 베아트리체는 트리거를 보고 분명히 '멋지다'고 했었다. 하는 수 없이 그를 곁에 두긴 했지만 알렉산드로는 그때 들은 말이 못내 거슬렸다.

"저하께서 너를 자주 찾는다고 하더군."

"아, 그게…… 요즘 승마를 배우고 계십니다. 그래서……."

알렉산드로와 베아트리체는 서로의 일거수일투족을 숨김없이 공유했다. 그녀는 정말 이 마부가 편한 건지, 꽤 자주 마구간을 찾았다.

'승마는 내가 더 잘 가르칠 텐데.'

알렉산드로는 짐짓 짜증스러웠다.

'수도로 보냈어야 했다.'

크산토스는 사나운 말이라 다룰 수 있는 마부가 얼마 되지 않았다. 게다가 트리거는 제국에 돌아가지 않고 왕궁에 남길 자청했다. 알렉산드로는 모른 척 그를 수도로 보내려 했으나 그녀가 이 사실을 먼저 알게 되어 어쩔 수 없이 트리거를 왕궁에 남겼다.

둘은 옛날 일이 어쨌건 지금도 잘 지냈다. 그녀가 아끼는 이에게 못되게 굴었다가 소심한 남자로 보이고 싶지는 않았기에, 알렉산드로는 차라리 다른 방법을 생각해 냈다.

"넌 내게 평생 갚아야 할 빚이 있다."

"예?"

알렉산드로는 트리거에게 손짓해 더욱 얼굴을 가까이 했다. 그러고는 집무실 문 앞을 지키는 기사들이 들을 수 없을 만큼 낮은 목소리를 냈다.

"네가 감히 내 약혼녀에게 청혼을 했던 그 일을 생각하면 아직도 밤에 잠이 안 와. 속이 뒤틀리는 기분이 들지."

"아……."

트리거는 고개를 푹 수그렸다. 베아트리체는 자신을 용서해 줬을

지언정 알렉산드로는 아니었다.

"그러니 날 위해서, 네가 해야 할 일이 있다."

트리거는 불안하게 그를 올려다보았다. 싸늘하게 굳은 알렉산드로는 더욱 조용히 은밀한 일을 지시했다.

"곁에서 자주 얼굴을 보는 이들 중에 용모가 뛰어나다 생각하는 이가 있는지 여쭤봐라."

"예? 누구에게요?"

그러자 알렉산드로가 단번에 미간을 좁혔다. 이 상황에 그걸 꼭 말로 해야 누구인지 알겠냐는 짜증스러운 표정이었다. 트리거는 '설마 왕녀 저하……?' 하며 읊조렸다.

"그래, 티 내지 말고 자연스럽게."

흡사 적국에 첩자로 가라는 지시를 내리듯 굉장히 진지했다. 트리거는 차마 소리도 내지 못하고 고개만 끄덕였다. 황당한 명령이지만 대공이 왕녀를 얼마나 좋아하는지 잘 알고 있기 때문이었다.

'데리고 도망까지 갔다 오셨으니 그 마음이 오죽하시겠어. 그래도 대공님이 그런 걸 신경 쓰신다니.'

문득 궁금해졌다.

'저하께 잘생겼다는 평가를 받은 이들은 과연 어떻게 처분될까.'

트리거는 갑자기 떠오른 생각에 피식 웃었다.

"특히 제임스와 제이미."

"예?"

알렉산드로가 콕 집어 지목한 두 명이 충격이었다.

"그분들은 저하의 호위 기사 아니십니까?"

깜짝 놀란 트리거가 저도 모르게 되물었다.

32. 그들이 꿈꾸는 미래

"항상 저하의 곁에 계시는 분들인데……."

"그래."

"에이, 그들은 딱히 잘생긴 외모는 아닙니다. 대공님과는 비교도 할 수 없는걸요. 아무리 내내 옆에 같이 있대도 눈길조차 가지 않으실 겁니다."

"네 의견 말고, 저하께서 어떻게 생각하는지를 가서 여쭤보고 내게 보고하란 말이다."

"아, 알겠습니다."

트리거는 잽싸게 고개를 숙였다. 알아들었으면 이만 나가 보라는 눈짓에 얼른 집무실을 빠져나갔다. 알렉산드로의 길고 매끈한 손끝이 책상을 두드렸다. 제이미와 제임스는 제가 보기에도 그리 뛰어난 외모는 아니었다.

'사람마다 취향은 다르니까.'

그러니 그녀의 눈에는 잘생겨 보일지도 모르는 일이다. 잘생긴 남자를 좋아한다고 하지 않았던가? 언제부터 자신을 좋아했냐고 물었을 때, 그녀는 기막힌 대답을 내놓았다.

―대공님이 처음으로 다 벗고 계셨을 때부터요.

그 때문에 알렉산드로는 단둘이 작은 저택에서 살 때부터 지금까지 운동을 거르지 않았다. 황홀한 눈빛으로 제 나신을 감상하는 그녀의 표정을 볼 때면 자신감이 샘솟았다.

'그런데 여태껏 내겐 한 번도 잘생겼다는 말을 한 적이 없어.'

알렉산드로가 이런 생각을 하는 데에는 여러 가지 복합적인 원인이 있었다.

'그새 마음이 식었나.'

피치 못할 사정으로 거리를 둔다고 해서 연인이 서로 사랑을 표현하는 데 주저해서는 안 된다. 그런데 그녀의 태도는 뜨겁지도 않고 미지근했다. 얼굴을 마주 보고 있으면 음흉한 생각이 난다고 했지만 그건 그냥 말뿐이었다. 그 순간 자신을 위로해 주려 한 말이 분명했다.

베아트리체는 예전처럼 그의 이름을 부르지도 않았고, 얼굴을 보면서 하는 얘기라고는 전부 남의 이야기뿐이었다. 던칸, 줄리아, 레나, 피터, 호르헤, 마담 코코…… 하나같이 조금도 궁금하지 않은 사람들이었다. 가장 결정적인 이유는 누나의 예언 때문이었다.

―아가씨 남편이 될 남자는 세 명이나 더 있으니까 좀 잘해요.

그것만 생각하면 자다가도 벌떡 일어날 정도였다. 그래서인지 아무리 같은 핏줄이라도 레나에겐 영 좋은 감정이 생기질 않았다.

'어쨌든 왕궁 무도회가 취소되었으니 그건 다행이군.'

황제의 장례식이 있는 반년간은 연회를 할 수 없었다. 알렉산드로는 만세라도 부르고 싶었다.

'그녀는 그런 퇴폐적인 연회에 어울리지 않아.'

사교계의 밤은 낮보다 훨씬 문란했다. 영애들은 너 나 할 것 없이 가슴을 반 이상 드러내고 등이 훤히 파인 드레스를 입는다. 그뿐인가? 생면부지의 남녀가 첫 만남에 대뜸 손을 잡고 허리를 감싸 안은 채 춤을 추는 자리가 바로 무도회였다. 베아트리체는 왕궁을 대표하는 왕녀의 신분이니 많은 영식들이 그녀에게 춤을 신청했을 것이다. 알렉산드로의 머릿속에서 남자들이 그녀의 손을 잡고 주물럭거리며 끌어안듯 허리를 감싼 채 춤을 추고 있는 꼴이 저절로 상상되었다.

'아무래도 무도회는 안 되겠어.'
결국 그는 다시 마음을 바꿨다.
'장례식이 끝나면 무도회 대신 다과회를 열라고 해야겠군.'
귀족 영애들이 좋아할 만한 차와 다과 같은 것부터 제국과 교류를 시작해야겠다.

마담 비비안은 베아트리체의 애도용 검은색 드레스를 보며 안타까움을 금치 못했다.
"이대로는 너무 밋밋한데……."
그들의 왕녀님은 최대한 화려한 복장을 해야 눈에 띄기 때문에 마담 코코와 비비안은 항상 드레스에 많은 보석을 붙였다. 하지만 이번만은 그럴 수 없었다. 항상 의견을 잘 따라 주던 베아트리체였지만, 애도의 뜻을 담은 드레스에조차 진주를 앞뒤로 잔뜩 붙이겠다는 마담 비비안의 말에는 동의할 수 없었다.
"상례에 맞는 옷을 입어야지요. 이 드레스에 진주를 붙인다니, 그건 아무래도 좀……."
마담 비비안은 순진한 왕녀의 말에 저도 모르게 코웃음 쳤다.
"저하, 아마 수도의 영애들은 검은 드레스조차 입지 않을 거여요."
시녀들을 의식한 그녀가 왕녀의 귓가에 대고 작게 속삭였다.
"그 소년 황제의 죽음을 예상치 못한 이들은 없었을 테니까요."

마담 코코는 진지한 얼굴로 고개를 끄덕였다.

"모습을 보이지 않은 지가 벌써 수년이 되었지요."

그들은 귀부인들을 자주 마주했기에 귀족들 사이에 돌던 소문을 잘 알고 있었다.

"유폐되었다는 얘기도 있었고, 그레이엄 전하의 위명에 눌려 스스로 별궁에 들어가길 자처했다는 말도 있어요."

"제국의 귀족들에게는 황제보다 스너번 공작가의 몰락이 더 큰 충격일걸요."

마담 비비안이 잽싸게 말을 보탰다.

"아, 그러고 보니 스너번 공작가의 둘째 아가씨는 시기 질투가 굉장히 심했는데, 반도라스 영애가 대공님과 하룻밤을 보냈다는 얘기를 듣고서 어찌나 약 올라 하던지…… 앗!"

마담 비비안은 옆구리를 찔리는 통에 급하게 입을 다물었다. 매서운 눈을 한 마담 코코가 그녀를 노려보고 있었다.

'대체 그런 얘기를 왜 저하 앞에서 하는 거야?'

'아, 아니, 나도 모르게 나온 걸 어째……!'

말없이 시선을 나누던 둘은 조용히 왕녀의 심기를 살폈다. 다행인지 불행인지 약혼자가 다른 여자와 하룻밤을 보냈다는 말을 듣고도 베아트리체는 조용했다.

'수도 사교계는 왕국보다 훨씬 더 개방적이구나.'

마담 코코와 비비안이 해 주는 이야기들을 듣고 있자면 제국 수도에 와 있는 것만 같았다. 공작가의 영애가 영식과 밤을 보냈다는 소문을 디자이너들까지 알고 있다니, 밤낮으로 연회가 굉장히 잦은 게 분명했다. 어쩐지 이들은 알렉산드로가 그녀의 침실을 찾아왔을 때 민망해하지도 않았다.

"저하, 마음에 담아 두지 마셔요. 클라라 영애와 대공님의 일은 아무도 믿지 않았답니다."

"사실 그레이엄 대공님은 전쟁터에 오래 계셨고, 연회에도 얼굴을 보이지 않으시는 데다 워낙에 소문이…… 조, 조용한 성품이라고 하셔서 큰 염문이 있던 영애는 없었어요."

"지금 만나신다는 그 후작 영애도 잠깐 지나가는 바람일 겁니다."

베아트리체는 그들의 염려 어린 목소리를 듣고 별일 아닌 듯 웃었다. 알렉산드로가 여자를 돌덩이 보듯이 하는 건 그녀가 더욱 잘 아는 사실이었다.

"괜찮으니 앞으로도 많은 얘기를 해 주세요."

황궁으로 들어가면 수도 사교계에 발을 들여야 한다. 마담 코코와 비비안은 모르는 이들이 없었고, 그들에게 듣는 이야기는 항상 좋은 정보였다. 옅은 미소를 짓는 베아트리체를 보고 마담 코코는 시름을 덜었다.

'저하께서 대공님께 무심하시니 다행이지.'

그를 찾아가 귀찮게 했다가는 이번엔 정말로 뺨을 맞을지도 모른다. 대공은 지금은 자상한 듯 보였지만 원래 자비가 없는 남자였다. 그의 다정한 모습을 볼 때면 흉흉한 소문과는 달라 놀라우면서도 언제 돌변할까 초조했다. 애써 속내를 삼키고 정성스레 베아트리체의 옷자락을 둘러보았다.

"검은 드레스를 입는 건 아쉽지만 길어 봐야 반년이겠지요."

마담 코코는 왕궁의 시종장을 맡았던 노인이 하루아침에 어떻게 되었는지 알고 있는 몇 안 되는 인물이었다.

"대공님께서 곧 36개의 사파이어가 박힌 화려한 목걸이를 선물해 주신다고 하셨으니, 그에 어울리는 멋진 드레스를 만들어 드리겠습니다."

베아트리체는 의문이 들었다. 알렉산드로는 여느 남자들처럼 장신구에 대해 잘 모른다. 그런데 그가 제시한 보석의 숫자가 자세했다.

'36개의 사파이어?'

왜 하필 36개인가? 왜 많은 보석들 중에 하필 사파이어일까?

"사파이어라……."

"대공님께서 저를 직접 불러 저하께서 자주 입으시는 드레스와 어울리는 모양을 보석사에게 지시해 달라고 하셨어요. 참 다정하시지요."

베아트리체는 엘파사 왕가의 정통성을 상징하는 보석, 사파이어를 별로 좋아하지 않았다. 그래도 두근거렸다.

'직접 보면 예쁘겠지.'

보석 같은 것엔 별로 관심이 없다고 생각했는데, 실제로 보니 눈을 뗄 수 없을 만큼 빛이 나고 아름다웠다. 좋은 것을 가져 본 적이 없어 관심이 없다고 생각했던 것이다. 달라고 청한 것도 아니고, 그가 먼저 나서서 해 준다는 건데 거절할 이유도 없었다.

'장신구는 대대로 물려줄 수 있으니까.'

그렇게 이른 아침의 몸단장을 끝내고 베아트리체는 자신의 침실에 딸린 테라스로 향했다. 왕궁의 성문 밖에서부터 줄지어 들어오는 긴 행렬이 보이기 시작했다. 황제의 부고 소식을 전하는 제국의 사절단이었다.

"그러고 보니 칼스버그 공작님께서 오신다지요?"

"저하, 그 공작님이 하시는 말씀은 귀담아듣지 마세요. 전에도 말씀드렸다시피 그분은 그…… 사상이 좀…… 어휴."

"맞아요. 그분은 사상이 좀 이상해요. 어머, 저거 그 영애의 마차 아닌가?"

"또 왕궁에 왔나 보지?"

"마리아인지 아리아인지! 저 영애는 눈치도 없나. 우리 대공님께서 지금 저하께 푹 빠져 있는데 뭣도 모르고, 정말."

마담 비비안이 하는 말은 귀에 들리지 않았다. 베아트리체의 시선은 멀리 보이는 사절단 일행에게 꽂혀 있었다. 기사들은 금색과 적색이 섞인 망토를 입고 있었다. 이제 제국에서 '기사' 하면 가장 먼저 금색과 적색을 떠올릴 만큼 상징적인 색이 되었다. 기수는 거대한 검은색의 깃발을 들고 있었고, 군마들은 전부 파란색 망토를 두르고 있었다. 파란색 군마는 황궁 소속을 의미했다. 황궁에 한 번도 가 본 적 없는 베아트리체는 군마의 파란색 망토가 이질적으로 느껴졌다.

그들이 성문 가까이로 들어설 때쯤 그녀는 시선을 떼고 돌아섰다. 그저 이름만 남은 왕국의 명목뿐인 지위였지만 이 왕궁을 찾은 이들은 그녀가 맞이해야 했다. 그것이 왕녀 베아트리체의 역할이니까.

'이제 이 제국은 어떻게 될까?'

사건은 이상하게 흘러가고 있었다. 어쩌면 알렉산드로는 황제의 죽음을 예상했을지 모르지만 그녀는 전혀 몰랐다. 삶을 돌아보자면 무엇 하나 미리 예상할 수 있는 일이 없었다. 떠도는 수레 위에서 바퀴가 이끄는 곳으로 향하고 있을 뿐. 베아트리체는 스스로를 다독였다.

'어떤 일들이 벌어진다고 해도 난 잘해 낼 수 있을 거야. 지금까지 그렇게 살아왔듯이.'

극한의 상황에서도 살아남았던 내가 아닌가. 베아트리체는 바로 이 왕궁에서, 지금은 약혼자인 남자에게 목숨을 내놓았었다. 결과가 어떻게 되었다 한들 그날의 선택을 후회한 적 없었다. 선택은 옳았다. 그녀는 바로 그 선택을 했던 자기 자신을 믿기로 했다.

제국 수도에서 사절단을 이끌고 달려온 이는 칼스버그 공작이었다. 길고 풍성한 하얀 수염 덕분에 베아트리체는 한눈에 그를 알아보았다.

'산타클로스 닮은 할아버지.'

그녀가 진지한 얼굴로 마차에서 내리는 칼스버그 공작을 응시하자, 옆에 있던 알렉산드로가 말을 건넸다.

"긴장하실 것 없습니다. 칼스버그 공은 저의 외조부나 다름없는 좋은 분입니다."

"네. 대공님의 어릴 적 스승이었다고 하셨죠. 기억해요."

"기억하신다니 다행입니다."

사절단이 가까이 오기 전까지 둘은 작게 대화를 나눴다. 그의 부드러운 미소에 베아트리체는 사르르 긴장이 풀렸다. 잘생긴 저 얼굴은 사람을 기분 좋게 만드는 재주가 있었다.

"저를 좋아하실까요?"

"저하께서는 그런 걱정을 하실 위치가 아닙니다."

알렉산드로는 씩 웃으며 그녀의 손을 꽉 잡았다가 놓았다. 그 든든한 위로가 베아트리체를 완전히 안심시켰다. 이윽고 검은 옷을 입은 칼스버그 공작이 가까이 다가왔다.

"듣던 대로 아름다우십니다, 저하."

그가 손등에 키스하며 고개를 숙였다.

"저는 요하임 칼스버그 공작입니다."

먼저 인사를 해야 하나, 고민이 무색하게 그의 행동이 재빨랐다.

"하필 제국에 이렇게 큰 슬픔이 드리운 애통한 일로 인사를 드리게 되었군요."

"위대한 제국, 황제 폐하의 평온한 안식을."

"폐하의 평온한 안식을."

형식적인 조문 인사가 오갔다.

"대륙을 통일하고 치세에 앞장서 평천하를 누려야 마땅할 폐하께서 이렇게 갑작스럽게 서거하셨습니다."

"……."

"이런 끔찍한 일이 벌어지다니 아직도 믿기지 않습니다."

비통한 심정이 절절히 느껴져 베아트리체는 안쓰러운 얼굴로 경청했다.

"폐하께서 두 분의 경사스러운 국혼에 자리를 빛내 주셨다면 얼마나 좋았을까요."

칼스버그 공작은 애수에 잠겨 있었다.

"황궁을 지키고 계시는 그레이엄 공작께서도 큰 슬픔에 잠겨 계십니다."

한없이 안타까운 그 반응은 진심 같았다. 황제의 죽음에 아무런 의미를 두지 않았던 베아트리체는 짐짓 미안해졌다.

"이만 자리를 옮기는 게 좋으실 듯합니다, 칼스버그 공."

알렉산드로는 안내하듯 먼저 걸음을 옮겼다. 오늘도 정무가 많아 시간이 별로 없었다. 버넷 후작령까지 맡은 데다 길버트 휘하의 굵직한 기수 가문들을 처형했기에 대영주들보다 훨씬 바빠졌다. 결국 그는 만찬을 약속한 뒤 자리를 먼저 비웠고, 베아트리체는 칼스버그 공작과 둘이서만 왕궁 응접실에 남았다.

"초면이지만 참 인상이 좋으십니다."

공작은 인자한 웃음과 함께 손을 내밀어 악수를 청했다. 수많은 사람들에게 둘러싸여 있을 때와는 달랐다. 베아트리체는 놀란 얼굴로 손을 맞잡고 악수했다.

"말씀 편하게 하세요, 공작님."

"그렇게 하지, 허허."

한 번의 거절도 없이 흔쾌히 고개를 끄덕인 그는 편안하게 왕궁 응접실을 둘러보았다.

"이 왕궁에 꿀이라도 발라 놓은 줄 알았더니 그건 아닌가 보군."

"네?"

"그레이엄 말이오. 그가 한 달이나 황궁을 비우고 이곳에 와 있지 않았나. 그때 혼자서 얼마나 고생을 했는지 아무도 모를 거요."

베아트리체의 눈이 확 커졌다.

'그레이엄?'

여태껏 그 누구도 감히 던칸을 그렇게 부르지 못했다.

"다들 내가 황궁에서 한자리 차지하고 앉은 줄 알지만, 난 어떤 대책 없는 인간이 저질러 놓은 똥을 치우는 기분으로 일했거든."

"……!"

"그 대책 없는 인간이 누군지는 말하지 않아도 알겠지?"

앞에 놓인 차를 마시던 베아트리체는 그의 과격한 표현에 사레가 들려 콜록거렸다. 얼굴이 벌게질 때까지 기침을 하자 칼스버그 공작이 그녀에게 손수건을 건네주었다.

"가, 감사합니다."

베아트리체는 민망함과 놀라움이 뒤섞인 눈으로 그를 바라보았다. 줄리아를 제외하고 이렇게 대놓고 던칸을 욕하던 이는 없었다.

"많이 놀라셨나 보군. 하지만 걱정하실 것 없소. 우리는 서로를 필요로 하는 관계라서."

"서로를 필요로 하는 관계요?"

"나는 그의 무력과 권위가 필요하고, 그는 옆에서 제동을 걸고 뒷수습을 해 줄 사람이 필요하지."

"아……."

"황궁의 악역이긴 하지만 난 그를 꽤 좋아하거든."

칼스버그 공작은 흠흠, 헛기침을 하며 목소리를 가다듬었다. 서두가 길었다. 사실 그는 베아트리체를 찾아온 진짜 목적이 있었다. 이내 그녀와 시선을 똑바로 맞춘 그가 조심스레 입을 열었다.

"그레이엄을 너무 미워하지 마시오."

패전국의 볼모나 다름없는 왕녀에게 청하기엔 민망한 말이었다.

'내가 던칸 때문에 이런 말까지 하게 될 줄이야.'

낯이 뜨거웠다. 하지만 던칸은 알렉산드로에게 아버지 대우도 제대로 못 받는 데다가 여식 또한 그를 아버지라고 부르지 않는다고 했다.

'인과응보이긴 하지만.'

던칸의 과오를 생각하면 당연했다. 그래도 팔은 안으로 굽고 가재는 게 편이라고, 황궁에서 매일 얼굴을 보다 보니 슬슬 안쓰러운 마음이 들었다.

"물론 왕녀님이라면 응당 그가 저주스럽겠지. 그레이엄은 평생을 지배자로 살아왔소. 그래도 지금은 마음을 많이 고쳐먹었소이다."

칼스버그 공작은 긴 한숨을 내쉬었다.

"그가 어떻게 왕녀님을 대하는지는 모르겠지만……."

"그분은 저한테 무척 잘해 주세요. 선물도 많이 주시고, 편지도 자주 보내 주시고요. 표현은 그렇지 않지만……."

말은 어찌나 퉁명스러운지. 던칸의 편지를 읽다 보면 화를 내는 건가 싶다가도, 칼같이 꾸준히 답장을 보내오는 걸 보면 조금 귀엽기도 했다. 던칸은 좀 덜 다듬어진 알렉산드로 같았다.

"저를…… 저를 마음에 들어 하시는 거 같아요."

"당연한 소리."

놀랍게도 던칸은 왕녀를 며늘아기라고 칭했다. 제정신으로 하는 말이었다.

"그분과는 왕궁에서 함께 시간을 보내면서 많은 대화를 나눴어요. 일단 굉장히 재밌으시고……."

"아주 재밌는 사람이지."

눈이 마주친 둘은 동시에 피식 웃음을 터뜨렸다.

"저는 그분을 미워하지 않아요."

한결 부드러워진 분위기에 베아트리체는 담담히 속마음을 털어놓았다.

"오히려 그 반대예요. 함께 보내는 시간이 즐거울 때도 있어요."

"그것참 신기하군."

"그렇죠."

베아트리체는 동감하듯 고개를 끄덕였다. 던칸에겐 복잡하고 미묘한 감정이 들었다.

'내게 잘해 주셔서 좋아진 걸까?'

하지만 그녀는 잘해 준다고 해서 사람을 좋아하진 않았다. 거대한 무력을 가진 권력자 역시 평범한 인간이라는 것을 알게 되고부터였다. 시계탑에서 당장이라도 무너질 것처럼 보이던 실패한 가장의 모습도 던칸이었다.

"미운 마음이 들어야 맞겠지만, 이상하게 밉지 않네요."

그녀는 화려한 찻잔을 응시했다. 연한 갈색의 찻물 위로 자신의 얼굴이 비쳤다. 제법 많이 길어진 검은 머리카락. 왕관을 쓴 왕녀를 향해 씩 웃은 그녀가 가볍게 덧붙였다.

"세상일이 인과 관계로만 흘러가는 건 아닌 것 같아요."

원인은 결과를 낳는다. 하지만 세상에는 그것만으론 이해할 수 없는 일들이 있다.

'내가 전생을 기억하는 것도 그렇지.'

그녀의 두 번째 삶은 상식적으로 불가능해야 했다.

'나는 왜 전생을 기억할까?'

따지고 보면 극적인 삶은 모두 전생을 기억하는 데서부터 시작되었다. 대체 왜 모든 기억을 그대로 짊어진 채 태어났을까?

"젊은 왕녀께서 늙은이 같은 소리를 하는군."

딴생각에 잠겨 있던 베아트리체는 그의 유쾌한 언변에 소리 내 웃었다. 그러자 분위기가 훨씬 편안해졌다.

'대공님이 아버지처럼 생각했다더니, 그럴 만한 분이셨어.'

미소를 띤 왕녀의 눈치만 살피던 칼스버그 공작이 헛기침을 하며 딴청을 피웠다.

"흠흠, 그레이엄에게 별다른 유감이 없다면……."

답지 않게 잠시 말을 멈춘 칼스버그 공작은 괜히 엉덩이를 들썩이며 편안한 의자의 시트를 확인했다.

'이거 쿠션이 참 좋네, 의자가 커서 마음에 드네.' 하며 딴소리를 하던 그가 결국 작은 목소리로 본심을 털어놓았다.

"……아버님이라고 불러 주는 것은 어떤가?"

"아버님이요?"

짐짓 놀란 왕녀의 목소리를 듣고 칼스비그 공작은 급하게 손을 내저었다.

"아니, 내키지 않으면 그럴 필요 없고."

"아직 예식도 치르지 않았는데."

제국에서 며느리와 시아버지는 그리 친한 관계가 아니었다. 게다가 왕녀의 신분은 던칸을 아버님이라 부르지 않아도 되었다.

"과연 그분이 좋아하실까요?"

칼스버그 공작은 저도 모르게 콧방귀를 뀌었다. 던칸은 그래도 하나 있는 며느리가 곰살맞게 군다면 꽤 좋아할 것이 분명했다. 아직 결혼도 안 했는데 벌써 그녀를 부르는 호칭이 '우리 며늘아기'이지 않은가.

"그레이엄은 절대 구부러지지 않을 철심처럼 보이지만 의외로 다루기가 쉽지. 곧 황궁으로 오면 매일 마주하지 않겠는가?"

곰곰이 그의 말을 듣던 베아트리체는 고개를 끄덕였다.

'전하와 가까이 지내는 분께서 하시는 말이니 따르는 게 좋겠어.'

편지의 서두부터 바꿔봐야겠다.

'항상 '그레이엄 전하'라고 썼으니까 이번엔 아버님이라고 써 봐야겠네.'

생전 시아버지를 둔 적이 없어 어색하긴 하지만 얼굴을 보고 하는 소리가 아니라 글이 먼저라서 다행이었다.

"장담하는데 그를 왕녀님의 편으로 만든다면 앞으로 생활이 편해질 게야."

"지금도 편한걸요."

그녀가 웃으며 말을 이었다.

"예쁜 옷에, 맛있는 음식에, 편안한 잠자리…… 이만큼 누리고 사는 사람들은 많지 않으니까요."

"왕족으로 태어난 왕녀님께서 왜 그런 생각을 하지?"

칼스버그 공작은 왕녀의 출신 배경을 몰랐다. 갑자기 엘파사 왕가와 국혼을 한다고만 던칸에게 들은 터였다. 그레이엄 부자는 철저히 입단속을 했고 기사들은 결코 맹세를 어기지 않았다. 베아트리체는 이를 알고 내심 놀랐다.

'외조부처럼 생각하신다더니, 내가 노예로 태어났다는 사실은 말하지 않으셨구나.'

말을 할까 말까 고민했지만 어차피 이 왕궁의 모두가 알고 있는 사실을 굳이 칼스버그 공작에게 숨길 필요는 없었다. 따지고 보면 그는 시할아버지 같은 존재니까. 그레이엄가와 깊은 연관이 있는 데다, 지금은 던칸과 함께 황궁에서 정무를 살피고 있었다.

"저는…… 왕의 사생아예요. 그래서 왕족으로 인정받지 못했고, 노예로 태어났어요, 공작님."

"아니, 그게 정말인가?"

왕녀가 고개를 끄덕이는 걸 보고 칼스버그 공작은 경악을 금치 못했다. 다른 건 둘째 치고, 미천한 출신인 그녀를 던칸이 어떻게 받아 줬을까 싶었다. 그냥 받아 주기만 한 것도 아니고, 심지어 그는 왕녀를 꽤 마음에 들어 하지 않나?

'남색을 한다던 알렉산드로가 여자와 결혼을 마음먹은 것부터가 놀라운 일이긴 하지.'

알렉산드로는 시키는 대로 하는 고분고분한 성격이 아니었다. 고로 왕녀와 국혼을 결정한 일도, 황제가 되겠다는 결심도, 자발적인 그의 선택일 것이다.

'그렇게 열정적인 사람이 아니었는데.'

무엇보다 권력에 대한 욕심이 조금도 없었다.

─제가 꼭 정략결혼을 해서 후사를 얻어 그레이엄 가문을 이어야 한다고 생각하십니까?

그 고민을 하던 게 불과 반년 전이었다.

'왜 갑자기 마음이 변했을까.'

칼스버그 공작은 눈앞에 있는 대공의 약혼녀를 응시했다. 딱히 미인도 아닌 데다, 둘이 있는 모습을 상상하니 그리 조화롭지 않았다. 체격이 꽤 좋은 그와 몸집이 작은 그녀가 만들어 내는 그림은 뭔가 어색했다. 대공과 왕녀는 딱히 공통점도 없어 보였다. 칼스버그 공작의 의아한 시선을 느낀 베아트리체가 먼저 제안했다.

"날씨도 좋은데, 왕궁의 정원을 보여 드릴까요?"

둘은 나란히 정원을 걸었다.

"꽃이 정말 많군."

칼스버그 공작의 시선은 화려한 꽃밭을 향했다.

"대공님도, 저도 꽃을 좋아해요."

"그래, 그랬군."

어릴 적 알렉산드로가 꽃이며 동물이며 하는 것들에 큰 관심을 가졌던 것이 떠올랐다. 던칸과는 달리 감성이 풍부한 데다 성격이 부드러운 아이였다.

"사실 저보다 대공님이 더 꽃을 좋아하시는 것 같아요."

피식 웃은 공작은 발랄하면서도 나긋나긋한 왕녀의 목소리에 주의를 기울였다.

"처음엔 참 의외라고 생각했는데, 그분의 다정한 성격과도 잘 어울리는 것 같아요."

"으응?"

그가 보기에 알렉산드로의 어릴 때 성격은 별로 남아 있지 않았다. 지금은 음산한 소문도 잘 어울리는 기사 출신의 대공이었다.

칼스버그 공작은 힐끔 왕녀를 돌아보았다. 결론은 하나였다.

"정략결혼이 아닌가 보군."

"네. 대공님과는 정략결혼이 아니고, 저는 일전에 공작님을 뵌 적이 있어요."

"우리가 언제 본 적이 있지?"

그는 기억을 더듬었다. 하지만 아무리 떠올려도 검은 머리를 한 작은 체구의 영애를 본 기억은 없었다. 더군다나 알렉산드로와 함께 있던 모습은······.

"기사단이 세리머니를 할 때, 칼스버그 공작령에서요."

순간 그의 눈앞에 한 장면이 떠올랐다. 손자의 손을 잡고 나갔던 마을에서, 알렉산드로와 함께 꽤 친밀한 듯 보이던 소년······ 이라고 착각할 법한 그 소녀!

"그럼 대공이 데리고 도망쳤다던 소년이 바로······?"

칼스버그 공작의 눈이 휘둥그레지자 베아트리체는 민망한 듯 고개를 끄덕였다.

"그럼 알렉산드로가 처음부터 남색이 아니었던 건가?"

"아니라고 하시더라고요."

"허, 참."

기막힌 한숨이 그의 입에서 터져 나왔다. 웃음을 참을 수 없었다. 던칸은 아들이 남색가였다가 뒤늦게 취향이 바뀌었다고 철석같이 믿고 있었다.

'꼴좋군, 그레이엄.'

입술이 마구 들썩였다. 던칸에게 사실을 말해 줄까 하다가, 죽을 때 유언으로 남겨야겠다는 기발한 생각이 떠올라 그냥 입을 다물고 있기로 했다.

"그 사실을 절대 말하지 말게."

벌써부터 통쾌했다. 언젠가 찾아올 그날이 심지어는 기다려지기까지 했다. 던칸이 얼마나 황당한 표정을 지을까 상상하니 피식 웃음이 새어 나왔다. 그는 소년처럼 들썩이는 마음을 정리하고 잽싸게 덧붙였다.

"나중에 그가 캐물으면 그냥 아무것도 몰랐다고 해."

칼스버그 공작의 비장한 목소리에는 즐거움이 서려 있었다. 왕녀는 대화하기 어려운 사람이 아니었고, 그는 이 대화가 믿을 수 없을 만큼 흥미로워졌다. 게다가 그는 알렉산드로에게 생긴 큰 변화가 아주 반가웠다. 꽤 오랜만에 마주한 대공의 눈빛은 의지가 있는 사람처럼 빛났고, 만면에는 미소가 가득했다. 그는 베아트리체 왕녀에 대해 점점 더 궁금해지기 시작했다.

"참 의외이긴 하군. 두 사람은 신분 차이도 극명했고, 내가 보기엔 비슷한 게 별로 없는데 말이야."

신분 차이가 크지 않았느냐는 말에는 악의가 없었다. 베아트리체는 마담 코코와 비비안에게 칼스버그 공작의 성향에 대해 익히 들어왔던 터였다.

"신분은 달랐지만 삶의 궁극적인 목적이 비슷했어요. 저도, 대공님도 행복하게 살고 싶었거든요. 저와 대공님은 많은 게 달랐지만 한편으로는 비슷했어요."

그녀는 뒷말을 망설였다. 이 사회의 이들은 귀족에게는 다른 피가 흐른다고 믿었다. 출생부터 나누어진 계급은 뒤집기 어려웠다.

"신분을 떠나서 사람은…… 비슷하잖아요. 저마다의 고충이 있고, 꿈이 있고, 원하는 게 있고."

칼스버그 공작은 그 자리에서 걸음을 뚝 멈춰 섰다. 신분을 떠나서?

'어떻게 신분을 떠나서 사람을 논한단 말인가!'

게다가 왕녀는 이 대륙의 유일한 왕족이었다. 아무리 노예로 태어났다 한들 저만큼 엉뚱한 말을 할 수는 없었다. 베아트리체는 깜짝 놀란 그의 얼굴을 보며 속삭였다.

"이건 비밀이지만……."

칼스버그 공작은 생전 처음으로 말이 통할 것 같은 사람을 만난 예감이 들었다. 가슴이 요동쳤다. 긴장한 얼굴을 내려다보던 칼스버그 공작이 재빠르게 대답했다.

"비밀이라면 내가 아주 잘 지키는 사람이오."

채근하는 태도에 힘을 얻은 그녀는 뒤따르는 이들이 듣지 못할 만큼 아주 작은 목소리로 귓속말을 했다.

"언젠가는 모두가 평등하게 태어날 날이 올 거라고 생각해요."

"……!"

평등.

결코 입 밖으로 내선 안 되는 그 단어를 듣는 순간 칼스버그 공작은 전기가 흐르듯 몸이 짜릿했다. 그가 대화해 본 누구도 이런 생각을 하던 이는 없었다.

"이리 와 보게!"

그는 급하게 그녀의 손을 붙잡고 걸음을 빨리했다. 그들을 따르던 이들과 잠시 거리가 멀어지자 칼스버그 공작은 냉큼 뒤를 돌아보고는 쏟아 내듯 말을 하기 시작했다.

"못 믿을 이야기처럼 들리겠지만 어릴 때 꿈을 꾼 적이 있어. 내가 믿는 것들이 옳은 것인가 수없이 고민하던 어느 날 밤이었지."

 칼스버그 공작의 뒤로, 앞서간 둘을 쫓기 위해 기사들이 급하게 뛰어왔다. 이 위험한 이야기는 누구의 앞에서도 할 수 없었기에 그의 목소리는 더욱 빨라졌다.

 "꿈에서 믿을 수 없는 세상을 보았소. 나와 똑같이 생긴, 우리와 똑같이 생긴 이들이 사는 그곳은 모두가 평등하게 태어나더란 말이오."

 베아트리체는 눈을 크게 뜨고 그를 응시했다. 그가 말하는 세상이 바로 그녀가 살았던 전생이 아니었을까 하는 기대감에 심장이 크게 뛰기 시작했다. 사실을 확인하고 싶은 그녀의 입술이 빠르게 움직였다.

 "그럼 그곳에선 누가 세상을 지배하죠?"

 가장 핵심적인 질문이었다. 칼스버그 공작은 그녀의 손을 꽉 잡고는 벅찬 목소리로 대답했다.

 "그곳엔 지배자가 없어! 가장 높은 관리직이 있지만 대표자일 뿐이지. 왕궁과 왕은 있지만 그들은 정치에 참여하지 않아."

 베아트리체는 넋을 놓고 말았다. 이곳의 그 누구에게서도 이런 이야기를 들을 거라고는 상상도 하지 못한 것이다.

 "정말 꿈같은 이야기이긴 하지. 원하는 이들은 원하는 것을 공부하고, 노력하면 누구든 이름을 떨칠 수 있고, 차별도 편견도 없이 모두가 평등한 그런 세상이 있다는 게 말이야!"

 "……."

 "어떤 이들은 나를 위험한 사상가라고 하기도 하고, 허황된 몽상가라고도 하지만 난 언젠가는 내가 꿈꾸는 것들이 이 세상에도 찾아오리라 믿고 있소."

일장 연설을 늘어놓던 칼스버그 공작은 금세 목소리를 가다듬었다. 눈앞의 왕녀는 얼음처럼 딱딱하게 굳어 있었다.

"흠흠, 장차 황후가 될 왕녀님께 실례가 될 이야기들을 했군."

때마침 제임스와 제이미가 둘의 뒤로 바짝 붙었다. 의아한 그들의 시선에 지레 깜짝 놀란 베아트리체는 아무것도 아닌 것처럼 어색한 미소로 그들을 안심시켰다. 고개를 돌리자 벌겋게 달아오른 얼굴을 한 칼스버그 공작이 씩씩 콧김을 내뿜고 있었다. 베아트리체는 슬쩍 목소리를 낮췄다.

"저도 언젠가는 그런 세상이 올 거라고 믿어요."

둘은 다시 천천히 정원을 걸었다. 그녀가 전보다 훨씬 작게 속삭였다.

"하지만 이런 얘기는 너무 위험해요. 제발 아무한테도 말하지 마세요."

"난 공작가의 장남으로 태어난 사람이오. 위험하다는 사실은 누구보다 잘 알고 있지."

칼스버그 공작은 잡고 있던 그녀의 손을 붙잡아 단단히 팔짱을 꼈다.

"왕녀님이야말로 절대, 그 누구에게도 이런 생각을 한다는 것을 말하지 마시오. 당장 미쳤다고 손가락질을 받고 내쫓길 테니까."

그가 절레절레 고개를 내저으며 실없는 웃음을 터뜨렸다.

"왕녀님께서 어떻게 그 단어를 입 밖으로 낼 수가 있지? 정말 믿기지가 않는군."

칼스버그 공작이 말한 그 단어는 바로 '평등'이었다.

"그러는 공작님께서는 책으로 쓰셨잖아요. 저도 그 책을 읽었어요.「투쟁하면 얻을 수 있는 것들」. 제목을 보고 제 눈을 의심했죠."

"아, 그건 내가 20여 년 전에 젊은 시절 패기로 쓴 책이오. 그걸 본 황제가 날 죽이려 하기에 내가 그레이엄에게 반역을 부추겼지."

"그, 그런 얘기를 저한테 하셔도 되나요?"

"우리가 더 이상 하지 못할 이야기가 무엇인가! 근데 그 책은 제국의 1급 금서로 지정돼서 지금은 남아 있는 게 하나도 없을 텐데?"

"왕궁 도서관 깊숙한 곳에 있었어요. 여긴 제국이 아닌걸요."

"그랬군. 이 이야기는 우리 둘만의 비밀로 남겨 두지. 대공 역시 이해하지 못할 거요."

그녀는 고개를 끄덕였다. 누구도 공감할 수 없는 이야기를 나눈 둘의 사이는 급속도로 가까워졌다.

"공작님은 대체…… 어떻게 그런 생각을 하실 수가 있나요?"

"난 아주 어릴 때부터 책을 손에 달고 살았다오. 장담하는데 이 대륙에서 나보다 더 많은 책을 읽고 쓴 사람은 아마 없을 거요. 그러다 보니 나만의 이상 세계를 꿈꾸게 되더군."

이상 세계라는 말에 그녀의 몸이 움찔했다. 혹시 반역 같은 불온한 생각을 하는 건 아닌가, 하는 두려움 때문이다. 그녀의 떨리는 눈동자를 본 칼스버그 공작은 안심하라는 듯 단호히 고개를 내저었다.

"걱정 말게. 황관은 누가 쥐어 준대도 쓰고 싶지 않으니까. 난 그저 좀 더 나은 세상을 꿈꾸는 겁쟁이일 뿐이지."

"……"

"권력은 그것을 바라는 자에게나 소중할 뿐, 원치 않는 이에겐"

버거운 감투밖에 더 되겠나."

베아트리체는 혀를 내둘렀다. 그의 가치관은 믿기 어려울 만큼 다른 이들과 달랐다.

"처음 알렉산드로에게 제왕학을 가르쳐 달라는 부탁을 받았을 때, 반역이라는 걸 알면서도 이를 거절하지 않았지."

제왕학? 던칸은 대체 언제부터 그 자리를 계획했던 걸까. 새삼 소름이 돋았다.

"던칸은 군부의 수장이었고 당시 누구보다 황위를 원했기에 알렉산드로가 황태자가 되는 것은 자명해 보였소."

하지만 소피아와의 일이 벌어진 뒤 던칸은 마음을 바꿨다. 스스로 황위에 앉는 대신 웬 소년 황제를 데려다 놓은 것이다.

"내가 꿈꾸는 이상적인 군주가 되길 바라며 알렉산드로를 가르쳤다오."

"그러셨군요."

"그 애가 황위를 거절했다는 말을 들었을 때 사실 좀 안타까웠는데, 지금은 의지가 확고한 듯 보여 안심이오."

둘은 그러고도 한참 이야기를 나눴다. 뒤따르는 이들 때문에 대화의 수위는 높지 않았지만 어떤 생각을 하는지 정확히 서로를 이해했다. 칼스버그 공작은 베아트리체 왕녀가 아주 마음에 쏙 들었다.

"내가 종종 편지를 보내도 되겠나?"

"그럼요."

신이 난 그는 슬쩍 고개를 숙여 그녀에게 귓속말을 했다.

"줄리아 맥코웰은 공작 작위를 받았소."

베아트리체의 두 눈이 휘둥그레졌다.

"세상에……! 전하께서 진짜 허락해 주셨군요!"

"떠밀려서 긍정하긴 했지만 이젠 빼도 박도 못하지. 그래도 그레이엄은 했던 말을 번복하는 사람은 아니거든."

의기양양한 그의 표정을 보고 베아트리체는 내심 경외감이 들었다. 소년처럼 빛나는 그의 눈동자는 노인으로 보이지 않았다. 제국을 움직이는 실세 중 한 사람으로서, 그가 가진 또렷한 가치관으로 역사에 길이 남을 혁명을 이루어 낸 것이다.

"왕녀님도 겁내지 말고 뭐든 매달려 보시게. 우리는 세상을 바꿀 만한 힘이 있는 사람들이 아닌가?"

베아트리체는 그가 한 말을 읊조렸다.

'세상을 바꿀 만한 힘이 있다.'

그것은 짜릿하고 가슴 뛰는 말이었다. 과거의 클로이는 목숨을 잃고 싶지 않았기에 태어난 이곳의 제도 안에서 복종하며 살아온 여자였다. 그래서 그녀는 사랑하는 남자도, 결혼조차도 꿈꿀 수 없었다. 과거 없이는 현재도 있을 수 없는 법. 베아트리체는 클로이로 살았던 날들이 조금도 부끄럽지 않았다.

결국은 끈질기게 살아남았기에 지금 이 자리에 있는 게 아닌가. 칼스버그 공작의 말은 요즘 큰 고민을 안고 있던 그녀에게 힘을 불어넣어 주었다. 베아트리체는 첫 번째로 대량 재배할 약초를 마음속에 정해 놓았다. 그 약초를 재배해서 널리 유통시키면 세상에 도움은 될 것이나, 불임이라 소문난 자신의 처지 때문에 의기소침해 있었다.

'나는 비웃음을 사겠지.'

그런데 이 순간, 그녀의 앞에 나타난 칼스버그 공작의 존재가 굉장한 힘이 되었다.

'세상에는 정말 다양한 사람들이 있어.'

그것을 인정하고 보니 저마다 다른 생각을 가지고 있는 이들이 이만큼 조화롭게 산다는 게 그저 놀라울 따름이었다. 그에 비하면 수많은 오해와 갈등은 티끌처럼 보였다. 모두가 뒤엉킨 혼란스런 이 세상에서 자신의 길을 가기 위해서는 누구에게도 흔들리지 않을 신념을 가져야 했다.

"감사해요, 공작님."

그녀는 자신이 하려는 일이 긍정적인 효과를 불러오리라는 확신이 있었다. 스스로를 향한 미소는 자신감을 불렀다. 베아트리체는 자기 자신을 응원했다.

"뭐든 겁내지 않을게요."

때마침 알렉산드로도 칼스버그 공작에게 조언을 구하고자 했다. 그간 그를 혼란스럽게 만들던 일이 있었다. 그렇다고 약혼녀와 함께하는 만찬에서 고민거리를 늘어놓고 싶진 않고…… 바쁜 일정 탓에 조찬이나마 칼스버그 공작과 독대하기로 했다.

"왕녀님은 참 똘똘한 아가씨더군. 걱정했는데 다행이야."

후한 칭찬을 제 것처럼 들은 알렉산드로가 환한 미소를 지었다. 칼스버그 공작은 의외로 다른 사람들의 평가에 인색했다.

"뭘 하든 믿고 맡겨도 되겠어."

그랬기에 그 말에는 짐짓 놀랄 수밖에 없었다.

'다른 사람을 저렇게까지 말한 적은 없었는데.'

공작에겐 더 없을 극찬이었다.

"마음에 드셨나 보군요."

"내 며느리로 삼고 싶을 정도지."

순간 알렉산드로는 나이프를 쥔 손을 멈칫했다. 며느리로 삼고 싶다니, 안 될 말이다. 번쩍 고개를 든 그가 급하게 사실을 털어놓았다.

"그녀는 이미 그레이엄가의 계보에 이름이 있습니다."

"벌써?"

"이미 두 달 전입니다. 계보에 이름을 먼저 올렸지요."

칼스버그 공작은 놀란 표정을 지었다. 둘은 아직 결혼식도 하지 않은 사이였다. 그런데 계보에 이름이 있다니 이게 무슨 말인가?

"왕녀님은 이미 제 아내입니다."

"아니, 평생 혼자 살겠다며 고민하던 게 엊그제 같은데. 예식도 전에 계보에 이름부터 써 놓았단 말인가?"

"그렇게 됐습니다."

결혼식을 끝내고 바로 하는 경우도 있지만 케케묵은 관례상 며느리가 아들을 낳고 난 뒤 계보에 정식 부인으로 이름을 올렸다.

"국혼은 1년 뒤라던데?"

"그렇습니다."

보통 결혼이 진행되는 순서와는 달라도 한참 달랐다. 칼스버그 공작은 참 별스럽다며 고개를 내저었다.

"그래도 신사로서 정숙함을 지키게."

혁명적 가치관을 가진 그는 참 이상하게도 남녀 관계에 있어서는 굉장히 보수적이었다.

"요즘 젊은이들이 하듯이 방탕하게 지내면 안 된다는 말이야."

"……."

"아내가 될 여인에게는 더욱이 정조를 잘 지켜야 하네."

"……."

"그게 바로 진정한 신사의 의무가 아니겠는가?"

근엄한 목소리가 천둥소리처럼 울렸다. 알렉산드로는 묵묵히 고기를 썰었다. 시선을 접시에 두고, 얇게 저며진 고기를 포크로 집어 입에 넣었다.

'입 안에 음식이 있으니 아무 말도 할 수 없다.'

그래, 그런 것이다…….

"몸이 먼저고 예식은 그다음이라는 그따위 저질스런 남자는 되지 말게."

알렉산드로는 이미 작게 부스러진 고기를 씹고 또 씹었다. 두 손 역시 부지런히 움직였지만 내리깔린 힘없는 눈빛은 차마 칼스버그 공작을 바라보지 못했다.

"자네는 제국에서 제일가는 명문가의 장남이야. 명예에는 그보다 더 무거운 책임이 뒤따르는 법."

조개처럼 입을 꾹 다문 대공을 보며 칼스버그 공작은 어릴 때부터 누누이 해 왔던 충고를 끊임없이 되새겼다.

"가문의 한 명뿐인 안주인일세. 예식 전까지 정숙한 관계를 유지하며 존경하게."

"……."

"진짜 신사는……."

"여자를 존중할 줄 알아야 한다고 하셨지요. 기억합니다, 스승님."

알렉산드로는 오직 그것만을 마음에 깊숙이 새기기로 했다. 이미 돌아갈 수 없는 강을 건너긴 했지만 그는 부인을 존중했다. 그녀가 싫다고 하는 체위는 일절 하지 않았다.

"그보다 여쭤볼 것이 있습니다."

"뭐지?"

쫓기듯 다급하게 말을 돌린 알렉산드로는 뒤늦게 자신이 고민하던 것들을 떠올렸다.

"최근 마을 광장에 떠도는 선전물을 보았습니다."

알렉산드로는 선전의 내용을 그에게 설명했다. 평민들이 진정한 난세의 영웅이라 믿고 있는 자신은 사실 그런 사람이 아니었다. 모두가 우러러보는 가문에서 태어난 것은 그의 선택이 아니었으며 전쟁에 뛰어들었던 건 명예로운 죽음을 위해서였다. 지금은 사랑하는 여자를 위한 복수심에 황위를 원하고 있었다. 그래서 더욱 의문이었다.

"어떻게 그들의 마음이 그렇게 빨리 제게 기울었는지 의아합니다."

알렉산드로는 귀족인 자신은 알지 못할 그들의 삶과 생각이 존재한다는 것을 경험으로 이해했다. 하지만 이렇게 빨리 광장의 여론이 변할 줄은 몰랐다.

"그깟 세금 때문에 국왕을 향한 충의를 뒤로한다는 게……."

"깊게 생각 말게. 그냥 길버트보다, 국왕이었던 이보다 자네가 조금 더 낫다 생각할 뿐이야."

"……."

"그들이 최악이었다면 자네는 차악인 게지. 더는 선택의 여지가 없으니 어쩔 수 없는."

칼스버그 공작의 냉소적인 말에도 알렉산드로는 그를 저지하지 않았다.

"군중은 눈치가 빠른 법이라 자네보다 더 나은 이가 나타나면 금방 다시 마음을 바꿀 걸세. 그 사실만 염두에 두면 돼."

위험한 발언이지만 알렉산드로는 놀라지 않았다. 제국의 기사단장이었던 자신을 엘파사의 평민들이 이만큼 지지한다는 사실로도 이는 충분히 증명되었다.

"평민과 노예는 9할이 훨씬 넘지. 아무리 숙련된 기사단이라 한들, 들불처럼 번지는 자유를 향한 갈망까지 잠재울 수는 없는 법."

자유를 향한 갈망. 아주 위험한 표현이지만 칼스버그 공작이 원래 이런 사람이라는 걸 알고 있는 알렉산드로에게는 별스럽지 않았다. 게다가 지금의 알렉산드로에게는 그의 말이 조금 다르게 들렸다.

'자유롭게 살고 싶은 욕망.'

그것은 공작가의 장남으로 자랐던 자신조차 평생을 꿈꿔 온 소원이었다. 자신이 사랑에 빠졌던 여자, 노예 클로이 또한 그랬다. 하다못해 평민인 트리거 역시도 이를 원했다.

'누군들 이를 원치 아니할까.'

어떤 신분의, 어떤 성별을 가진 이라 해도 모두 다 저마다의 자유로운 삶을 꿈꿨다. 그들이 이 제국의 9할이었다.

"언젠가는……."

32. 그들이 꿈꾸는 미래 | 139

언젠가는 모두가 자유로워질 그날이 올 걸세. 칼스버그 공작은 뒷말을 삼켰다. 지그시 눈을 감은 그는 자신의 비겁함을 탓했다.

"……잊지 말게. 자네를 둘러싼 귀족들은 이 제국의 아주 극소수야."

진정한 군주는 다수의 지지를 받는다.

"눈앞에 보이지 않는 다수의 마음을 얻어야 변방 영주들과 수도 귀족들을 견제할 수 있을 것이네. 배부르고 살기 편한 사람들은 반란 같은 건 관심 두지 않아."

알렉산드로는 진지하게 경청했지만 칼스버그 공작은 사실 황궁의 특정인을 겨냥하기 위해서 꺼낸 이야기였다.

"누구처럼 반항하는 이들은 전부 잡아 죽인다는 방식은 취하지 말게. 무식해도 너무 무식해. 적어도 사람들을 이해시킬 명분이 있어야지 않겠나?"

'무식'을 강조하며 하는 말에 알렉산드로가 피식 웃으며 그의 투덜거림을 들어 주었다.

"그쯤 되면 이제 생각을 좀 하면서 행동할 때가 되지 않았나? 난 도무지 이해를 못하겠군."

칼스버그 공작은 쯧쯧쯧, 혀를 찼다.

"자네는 제발 대책은 마련하고 일을 벌이게."

"새겨듣겠습니다."

"그가 내 말을 듣는 척이라도 하니 망정이지, 아니었다면 진작 등 돌리고 살았을 걸세."

알렉산드로는 실소를 흘렸다.

"어쨌든 그런 고민을 한다니, 적어도 누구처럼 귀머거리 독재자라는 손가락질은 면하겠군. 축하하네."

황궁에서 쌓였던 스트레스를 풀 듯 실컷 떠든 그는 알렉산드로를 빤히 응시했다. 무거운 짐을 벗어 버리려 발버둥 치던 불행한 기사단장은 더 이상 보이지 않았다. 그는 지금 관의 무게를 가늠하며, 버티는 법을 배우려 하고 있었다.

'이제야 열심히 살고자 애를 쓰는군.'

칼스버그 공작은 바뀐 알렉산드로가 더 마음에 들었다. 적어도 이제는 앞날을 스스로 선택하기로 마음먹은 듯했다.

"엘파사는 이 제국의 축소판이라고 할 수 있지."

독자적으로 영지를 운영하는 강력한 영주들도 있고, 버넷 후작령처럼 급하게 흡수된 영지도 있다.

"정무를 살피는 이가 자네 혼자라는 점도 같아."

그래서 칼스버그 공작은 알렉산드로의 선택이 아주 좋은 결정이라고 판단했다. 황가의 기반을 다질 수 있는 데다, 기사 출신이라는 꼬리표를 뗄 수 있는 절호의 기회였다.

"힘들겠지만 훗날 황궁에서 제국을 지휘하게 될 연습 무대라고 생각하게."

"예, 알겠습니다."

"착한 사람은 이 사회의 군주로 살아남을 수 없어. 그래서 나는 자네가 잘해 내리라 믿네."

게다가 대공의 옆에는 영특한 아내도 있었다. 자신이 '평등' 같은 소리를 했다간 당장 목이 날아가겠지만, 그녀는 아니었다. 던칸은 손자와 손녀를 안겨 줄 하나뿐인 며느리에게 그렇게 행동할 수 없을 것이다.

"오는 길에 보니 그레이엄가의 깃발이 많이 보이더군."

젊었을 적 던칸을 쏙 빼닮은 알렉산드로를 보고 있으니 많은 생각이 교차했다. 이 말썽꾸러기 그레이엄 부자는 서로 닮은 점도 있었고, 전혀 닮지 않은 점도 있었다. 여느 보통의 사람들처럼 단점도 있고 장점도 있었다.

"하도 오랜만에 보는 것이라 가물가물했는데, 분명 그레이엄가의 깃발이었어. 통합과 수호를 뜻하는 붉은 깃발 말이야."

한 가지 확실한 것은, 그레이엄은 이 제국에서 자신이 아는 이들 중 황실 가문에 가장 잘 어울린다는 것이다.

"신이 아닌 이상 완벽할 수는 없어. 사람은 노력할 뿐이지."

칼스버그 공작은 이 사실을 눈으로 확인하고 돌아가게 되어서 기뻤다.

"평가는 후대에 맡겨. 군주의 몫은 지금 최선을 다하는 일일세."

33. 아름다운 미혼의 왕녀님

33. 아름다운 미혼의 왕녀님

베아트리체는 바쁜 알렉산드로를 대신해 칼스버그 공작에게 왕궁과 인근을 안내했다. 며칠간 평소보다 바쁘게 왕궁을 누비던 그녀는 뒤늦게 누군가의 부재를 깨달았다.

"제임스 경, 시종장 로반테는요? 그는 어디 가고 젊은 시종이 일을 대신하는 건가요?"

제임스는 당황하지 않고 능숙하게 준비된 답변을 내놓았다.

"시종장 로반테는 나이가 많아 며칠 전 일선에서 물러났습니다, 왕녀 저하."

베아트리체는 '그렇구나.' 하고 중얼거렸다. 로반테는 왕궁의 일을 잘 아는 사람이지만 아쉬움은 없었다. 전 왕비의 큰 신임을 받았던 로반테는 그녀에게 친절하지 않았다. 지금이야 처지가 달라졌으니 태도가 사근사근하게 바뀌었지만 베아트리체는 그의 속내를 모르지 않았다.

'내게 인사도 없이 왕궁을 나갔네.'

아마 그는 알렉산드로에게만 조용히 인사한 뒤 일을 그만두었을 게 분명했다.

'나이가 많긴 하지만 딱히 몸이 불편해 보이진 않던데.'

너무 갑작스러운 그의 퇴직에 베아트리체는 조금 당황스러웠다. 시종장 대리자의 일 처리가 영 마음에 들지 않았던 까닭이다.

'왕궁의 시종장…….'

누가 그 자리를 메울 수 있을까? 시종장은 높은 자리였다. 왕궁의 일을 모두 알아야 했고 사소한 것부터 큰 것까지 세세하게 챙겨야만 했다. 게다가 왕녀의 대관식이 끝난 지 겨우 한 달이 지난 지금.

'왕궁은 아직 어지러워.'

시종과 시녀들은 대부분 엘파사의 신민들이었다.

'시종장은 제국의 인물이 좋을 것 같아.'

고민하던 그때, 불현듯 누군가의 얼굴이 떠올랐다.

'맞다, 그분이 있었지!'

아론 쿠피히트!

꼼꼼하게 저택을 살피던 그는 꽤 유능한 사람이었다. 베아트리체의 얼굴이 황금이라도 발견한 듯 환해졌다. 일단 의사를 물어봐야겠지만 만약 그가 이 왕궁으로 온다면 기뻐할 사람이 한 명 더 있다.

'트리거에게 말해 줘야겠어.'

둘은 떨어져 있긴 하지만 여전히 편지를 주고받았다. 트리거는 평범한 여자와 결혼하라는 집안의 요구 때문에 어쩔 수 없이 이 왕궁에 머무르고 있었다. 제국의 수도와 왕궁은 꽤 거리가 있었다.

'대공님도 좋아하시겠지?'

아론과 오래도록 함께 일한 데다 형제 같은 사이였다. 베아트리체는 일단 아론의 의사를 묻기 전에 알렉산드로에게 의견을 묻기로 했다. 아론은 현재 대공 저택에서 근무하고 있으니까.

왕궁의 시종장으로 아론 쿠피히트는 어떻겠냐는 그녀의 제안을 들은 알렉산드로는 머릿속으로 빠른 계산을 마쳤다.
"그의 의사는 중요치 않습니다."
반듯한 자세로 앉아 있던 그는 정중하게, 하지만 흔쾌히 찬성했다.
"제게 고용된 입장이니 부르면 오는 게 맞지요."
'멋진' 트리거의 옆에 꼭 맞는 짝이 있는 게 일단 마음이 편했다. 왕녀와 마부 사이에는 그 어떤 일말의 가능성도 없다는 것을 알았지만 그래도 한시름 놓였다. 알렉산드로는 진지하게 고개를 끄덕였다.
"최대한 빨리 불러야겠군요."
주인도 없는 저택에서 놀고 있을 텐데 비싼 봉급을 받고 있지 않냐며 덧붙였다. 고지식한 에반과 그에 비해 자유로운 아론은 형제라도 별로 사이가 좋지 않았다. 귀족들 중에는 남색을 즐기는 이들이 제법 있었지만 에반은 쿠피히트 공작가의 차남이 남색에 빠져 있다는 사실을 별로 탐탁잖아 했다. 무엇보다 아론은 관직에 전혀 뜻을 두지 않았다. 바로 그 사실 때문에 전 쿠피히트 공작과 큰 마찰이 있었다.

'에반이 수도에 돌아왔으니 아론은 죽을 맞일 테지.'

그들을 오래 봐 온 알렉산드로는 분명 쿠피히트 형제 또한 이 일에 적극 협조하리라 짐작했다.

"아주 좋은 생각입니다."

아론이 왕궁의 시종장이 된다면 에반도 찬성할 것이다. 적어도 집사라는 직업보단 나을 테니까.

'내가 황궁으로 가면 아론 역시 황궁으로 따라오겠지.'

베아트리체는 다행이라며 밝게 웃었다.

"트리거가 이 사실을 알게 되면 얼마나 기뻐할까요? 얼른 말해 주고 싶네요."

"그보다, 칼스버그 공께서 제게 신신당부를 하시더군요."

"무엇을요?"

"왕녀 저하께서 하고자 하는 일이 있다면 캐묻지 말고 반드시 지지하라며……."

"풋."

비실비실 웃음이 새어 나왔다. 길고 하얀 수염이 인상적인 칼스버그 공작은 떠나는 날까지 조언을 아끼지 않았다.

'너무 귀여우셔.'

위험한 사상가이긴 했지만 일단 그는 그레이엄 가문과 깊이 얽혀 있었다.

'이 땅에도 그분 같은 인물이 한 명쯤은 있어야 하지 않을까.'

그래야 이 세계에 만연한 불평등을 점차 줄여 나갈 수 있을 테니까.

"저하, 일전에 제게……."

알렉산드로는 눈앞에 놓인 향기로운 차는 한 모금도 마시지 않고 있었다. 나름 중대한 일을 결심하여 그녀에게 물으려던 참이었다.

"제게, 의약교육원을 운영해 보고 싶다고 하셨지요."

"네."

그날 식당에서 있었던 큰 사고로 의약교육원은 결국 흐지부지되고 말았다. 게다가 알렉산드로는 그녀가 그 일을 하는 것을 딱히 반기지 않았다. 베아트리체는 실망하지 않았다. 의약교육원은 사실 약초들을 대량 재배하는 데 성공한 이후부터 준비해도 늦지 않기 때문이다.

'대공님이 하지 말라는 말은 아직 안 했잖아.'

정확히 말하자면 알렉산드로는 어떤 대답도 하지 않았다. 그래서 그녀는 야금야금 약초를 키울 만한 농경지를 알아보고 있었다. 마차를 타고 왕궁을 나가서 적합한 땅을 둘러보느라 외출도 잦았다.

'어차피 연회도 열 수 없으니 할 일도 없는걸.'

그녀는 어떤 식으로든 군중에게 자주 얼굴을 보이려고 노력했다. 오가는 마차에서 손을 흔들어 주기도 했고, 토지를 관리한다는 이들과도 일일이 마주했다. 싫든 좋든 일단 왕녀의 신분을 되찾은 데다 국혼을 앞두고 있으니 그가 하자는 대로 따라야 했다. 그랬기에 알렉산드로가 그 일을 다시 언급하는 게 새삼스러웠다.

"베르토 후작가는 엘파사에서 가장 큰 의료원을 소유하고 있다고 합니다."

"네, 맞아요. 가 본 적은 없지만 굉장히 규모가 크다고 들었어요."

그렇게 대답하고 고개를 끄덕이긴 했지만 베아트리체는 사실 그들과는 전혀 인연이 없었다.

"베르토 후작은 병상에 누워 있어, 그의 장남인 베르토 자작이 실질적으로 모든 일을 도맡아 한다더군요."

"그렇군요."

그녀는 길버트의 아내로 있을 때 많은 사교 모임에 참여하지 않았다. 초대받지도 않았거니와, 행여 참석했다 한들 비웃음만 당할 게 분명했기에 빠질 수 없는 필수적인 연회에만 참석했다. 노예 출신의 사생아 왕녀는 왕궁과 사교계에서 철저히 배척당했었다.

"그를……"

알렉산드로는 말을 꺼내기 전, 이상하게 망설였다. 그답지 않았다. 베아트리체는 영문을 몰라 조용히 기다렸다.

"그와의 만남을…… 주선해 드릴 테니 한번 만나 보십시오."

그녀는 정확한 의도를 알 수 없어 눈을 끔뻑였다.

"제가…… 베르토 자작을요?"

귀부인도, 영애도 아니고 후작가의 가주가 될 젊은 영식을? 왕녀가 귀족가의 영식과 만나는 일은 주로 은밀한 이유 때문이다. 그랬기에 알렉산드로가 이런 만남을 발 벗고 나서서 주선하는 건 특별한 경우였다.

"그 일을 하는 데 도움이 되지 않을까 합니다."

"……"

그 순간 베아트리체는 대답할 타이밍을 놓치고 멍하니 그의 잘생긴 얼굴을 응시했다. 알렉산드로는 평소보다 조금 굳은 표정이었으나 전처럼 무섭게 보이지 않았다. 이미 많은 것을 품에 안겨 준 제 약혼자는 지금……. 진지하게 그녀를 응시하던 알렉산드로의 입술이 천천히 움직였다.

"하고 싶은 일을 하세요."

"진심이세요……?"

떨리는 목소리는 그를 의심해서 한 질문이 아니었다. 그저 기적 같은 이 상황이, 그의 존재가, 자신의 삶이 믿기지 않았기에 되묻고 만 것이다. 잔뜩 긴장한 그녀의 표정을 보고 알렉산드로는 애써 옅은 미소를 지었다. 그는 가까운 테이블 위로 손을 뻗어 그녀의 작은 손을 붙잡았다. 뜨거운 체온과 묵직하게 전해지는 악력이 찌릿했다.

"물론입니다."

대답을 듣고도 그녀는 여전히 믿기지 않았다. 가슴이 터질 것처럼 벅찼다. 보수적인 이 사회에서 최고 가문의 장남으로 자라 온 남자. 그 남자가 지금…….

"왕녀님께서 원하는 걸 하세요."

"……."

"그렇게 살기를 바랍니다."

알렉산드로는 그녀가 가장 사랑하는 사람이었다. 말뿐이라도 고마웠을 텐데, 베아트리체는 결코 이만큼 적극적인 지원을 기대해 본 적 없었다. 사랑하는 이의 지지는 심적으로 든든했다. 드레스와 목걸이, 왕관과 광산보다 지금 알렉산드로의 존재가 더욱 큰 선물처럼 느껴졌다.

그녀는 이곳에서 여자로 환생한 일을, 생애 처음으로 감사했다. 그를 만나게 되어 정말 행운이었다. 함박웃음을 지은 그녀는 앞으로 할 수 있는 많은 것들을 마구잡이로 떠올렸다.

'의약교육원을 세울 만한 적당한 곳을 얼른 찾아봐야지.'

약초 대량 재배에 성공하면 베르토 후작의 의료원에서부터 수도의 작은 약방까지 차근차근 유통을 시작하면서 가격을 내려야겠다.

'호르헤 님께 말씀드려야겠다!'

이곳에 의약교육원이 생긴다는 이야기를 하면 그가 얼마나 기뻐할까? 큰 약 창고를 만들고, 연구하고, 가르칠 수 있는 곳. 그가 그런 일을 하고 싶어 하지 않았던가?

일단 제일 먼저 호르헤에게 이 일을 말해 주고, 이 기회에 자신이 베아트리체 왕녀라는 신분을 돌려받았다는 것도 말해야겠다. 그리고…….

"대공님."

자신만의 세상에 빠져 초롱초롱 눈을 빛내던 그녀는 뒤늦게 알렉산드로를 돌아보았다. 잘생긴 자신의 약혼자를 물끄러미 응시하던 그녀는 고맙다는 짧은 말 대신 마음속에서부터 벅차오른 목소리를 끄집어냈다.

"저, 바로 오늘이 태어나서 가장 기쁜 날이에요."

"……."

환하게 웃는 약혼녀를 지켜보며 알렉산드로의 조각 같은 얼굴에 실금이 갔다. 분명 기뻐야 했다. 그걸 바라서 한 이야기였다. 그런데 환희로 가득한 햇살 같은 얼굴을 지켜보고 있자니…….

'물론 다른 남자들이라면 하지 않을 만한 일이긴 하지.'

약혼녀가 기쁘다니 기분이 좋긴 했다. 그런데…….

'태어나서 가장 기뻐?'

그는 살포시 미간을 좁혔다. '태어나서 가장 기쁘다'는 그런 거창한 표현은 자신이 처음으로 사랑을 고백했을 때조차 하지 않았던 대답이었다. 아니, 그때 그녀는 뭐라고 대답했던가?

'아무런 대답도 하지 않았다…….'

차마 싫다는 말을 할 수 없으니 그냥 입을 꾹 다물고 있었다. 떠올리기도 싫었다. 알렉산드로는 요즘 부쩍 마음에 쌓인 일이 많아 속이 상해 있었다.

'내가 결혼해 달라고 했을 때는 아무 대답도 하지 않더니.'

입 밖으로 내기에는 너무 유치한 말이라 알렉산드로는 그냥 아무 말도 하지 않았다. 대신 속으로 구시렁거렸다.

'저깟 교육원이 뭐라고 태어나서 가장 기쁘다는 말을 한단 말인가.'

'겨우 저까짓'은 절대 아니지만 지금 알렉산드로에겐 그렇게 느껴졌다. 결혼은 그녀의 인생에 있어서 가장 중요한 목표가 아니었다. 알렉산드로는 이미 몇 번의 거부를 당하며 이를 확인했다. 자신을 진심으로 사랑하는 것 같기는 하지만, 그렇다고 남편과의 결혼을 유일한 소망으로 꿈꾸며 사는 여자가 아닌 것이다. 노예라는 신분 때문인가 했지만 그것도 아니었다는 사실을 오늘 깨달았다. 이런 여자라는 걸 알고 좋아하게 되었지만, 부득불 결혼까지 이끌어 냈음에도 그녀의 삶의 중심축은 여전히 자신이 아니라는 사실에 고약한 심보가 생겨났다.

"사랑해요."

그래서 귓가에 들린 그녀의 고백조차 곱게 들리지 않았다. 알렉산드로는 대답 없이 찻잔으로 시선을 돌렸다.

'정말 나를 사랑한다는 건지 모르겠군.'

배시시 웃고 있는 그녀가 오늘은 결코 곱게 보이지 않았다. 얼굴을 볼 때마다 음흉한 마음이 생긴다더니 그녀의 언행은 서운하리만치 담백했다.

알렉산드로는 하고 싶은 말을 꾹꾹 눌러 가슴속에 고이 담아 두었다.

"저하!"

청년이 그녀를 보고 헐레벌떡 마구간에서 뛰어나와 고개를 조아렸다. 베아트리체는 반가운 얼굴을 하고 그를 맞이했다.

"왜 이 누추한 곳까지 오셨어요."

자신을 앞에 두고 어쩔 줄 몰라 하는 트리거를 보니 절로 웃음이 나왔다.

"오늘도 승마 연습을 하시려고요? 그냥 승마장으로 저를 부르시지."

"아니, 오늘은 네게 꼭 알려 주고 싶은 일이 있어서 왔다. 크산토스를 보고 싶구나."

"에이, 마구간은 더럽고 악취가 심합니다."

마구 손을 내젓는 그를 보고 베아트리체는 황당한 웃음을 터뜨렸다.

'지금 내가 드레스를 입고 왕관을 썼다고, 마구간에서 일주일간 살았던 일은 잊었나?'

그렇게 묻고 싶었으나 시녀들이 있어 말을 삼갔다. 사실 그녀는 자신의 과거가 부끄럽지 않았으나, 전적으로 던칸과 알렉산드로의 결정을 따르기로 했다.

"정말로 마구간에 들어가시게요?"

"그래."

그녀의 당당한 대답에 트리거는 하는 수 없이 마구간의 문을 열었다. 그의 말처럼 냄새가 나긴 했지만 그녀에게는 그리 심하게 느껴지지 않았다. 승마를 좋아하는 알렉산드로 덕분에 왕궁의 마구간은 트리거의 겸손한 말처럼 그리 누추하지 않았다.

"설마 무슨 일이 있는 건 아니시죠……?"

"무슨 일?"

"그냥…… 그냥 갑자기 마구간까지 찾아오셔서 하는 말입니다. 제임스 경과 제이미 경도 별일 없지요?"

"무슨 말이지?"

"아, 아무것도 아닙니다."

베아트리체는 트리거의 안내를 따라 마구간에서 명마들을 구경하다 어느 말 앞에 멈췄다. 그 검은 말은 오늘도 여전히 건강했고 그녀를 알아본 듯 반갑게 머리를 들이밀었다. 그걸 본 제임스가 기겁을 하고 말했다.

"저하, 말들은 때로 사나우니 조심하셔야 합니다."

"이 말은 괜찮아요."

빛나는 검은색 눈동자를 한 짐승의 콧등을 손으로 쓸어 주자 그르렁거리는 울음소리를 흘렸다. 그녀는 빛나는 크산토스의 눈동자에 시선을 고정했다. 트리거는 그녀와 말을 지켜보았다. 승마복도 아니고 화려한 드레스 차림인 그녀와 검은 명마는 어울리지 않는 듯 어울렸다. 크산토스와 교감하듯 시선을 주고받던 그녀가 불쑥 입을 열었다.

"왕궁의 시종장이 몸이 좋지 않아 자리에서 물러나기로 했다."

"예?"

왜 시종장 얘기를 자신에게 하는지 알 수 없었다.

"그는 나이가 많아 오래 일할 수 없다고 하더구나."

여전히 명마에게 시선을 고정한 베아트리체는 트리거의 의문을 무시하고 말을 이었다.

"건강해 보였는데 참 이상한 일이지."

순간 트리거의 눈에, 제이미가 움찔해선 불쑥 고개를 드는 게 보였다. 다행히 베아트리체는 눈치채지 못한 듯했다. 그녀는 웃으며 트리거를 돌아보았다.

"다행히 그 자리에 어울릴 만한 사람을 내가 알고 있다."

"그게 무슨……?"

당황한 트리거의 눈을 똑바로 마주하자 그가 놀란 기색으로 머리를 조아렸다. 베아트리체는 지체하지 않고 그를 기쁘게 할 소식을 전했다.

"아론 쿠피히트 경을 왕궁으로 불렀다."

"……!"

트리거는 저도 모르게 퍼뜩 고개를 들었다. 그의 얼굴이 경악으로 물들었다가 그녀의 너그러운 웃음을 보고 감격으로 가득 찼다.

"그는 보름 내로 도착할 거야."

트리거는 베아트리체에게 할 말이 없었다. 그녀의 과거를 낱낱이 알고 있는 자신을 내쳐도 되고, 연인을 두고서 결혼을 권했던 일을 원망할 수도 있지만 그녀는 그렇게 하지 않았다.

"저하……."

제국에서 왕국으로 오는 경우는 드물었다. 게다가 아론의 경우 수도 그레이엄 저택의 집사인 데다, 쿠피히트 공작 가문의 차남이라 누군가의 명이 없으면 왕국으로 올 수 없었다. 그랬기에 트리거는 그와 서신을 주고받는 일이 전부였고 언젠가의 기약 없는 약속만을 남겨야 했다. 감격한 어린 청년의 얼굴을 본 베아트리체는 씩 웃었다.

"기억하느냐?"

그녀와 트리거 사이엔 많은 일들이 있었다. 과거에 그가 제게 어떤 의도를 가졌는지는 궁금하지 않았다. 베아트리체가 기억하는 것은 좋은 일들뿐이었다. 낯선 제국에서, 트리거는 그녀의 첫 번째 친구가 되어 주었다.

"자유롭게 살자고 했었지."

그 덕분에 얼마나 많은 위안을 받았던가. 자유롭게 살자고 했던 그 말이 당시의 그녀에게는 큰 위로를 주었다.

"트리거, 자유롭게 살거라."

그의 앳된 눈망울에 그렁그렁한 감동이 차올랐다.

"저하, 제 소원을 기억하십니까?"

"응?"

"보름달을 보면서 빌었던 소원이요."

"아!"

그래, 그런 일도 있었다. 그녀는 많은 시간을 이 친구와 함께했었다. 그와 함께 소원을 빌기도 했었다. 당시 클로이는 더 이상 바라는 게 없었기에 아무런 소원도 빌지 않았다. 대신 트리거의 소원이 이루어지길 빌었다. 그는 씩씩하게 눈물을 닦아 냈다.

"감사합니다, 저하."

그녀의 넓은 아량에 그는 깊이 고개를 숙였다. 갚을 수 없는 빚이라 그는 대신 충성을 맹세했다. 그런 그를 보며 베아트리체는 마음에 얹어 두었던 짐을 내려놓은 듯 편안한 기분이 들었다.

그녀는 지금의 자신만큼 다른 이들도 행복하길 바랐다.

알렉산드로는 빼딱하게 앉아 있었다. 드문 일이었다. 손끝으로 팔걸이를 톡톡 두드리던 그가 눈앞의 여자를 향해 고개를 까닥했다.

"침실까지 찾아올 줄은 몰랐군, 영애."

마리아 제녹스 후작 영애였다. 둘은 앞서 두 번의 만남을 가졌다.

"대공님께서 저와의 '세 번째 만남을 고대하고 있겠다.'고 하셨지요."

제국에서 남녀의 세 번째 만남은 특별한 의미를 띤다고 했다. 침실에서 이뤄지는 비밀스러운 행위. 그게 바로 제국에서는 '남녀의 세 번째 만남'을 뜻했다. 왕국은 그렇게 개방적인 나라는 아니었다. 하지만 마리아는 제국의 방식을 따르기로 했다. 그레이엄 대공이 생각보다, 그리고 소문보다 훨씬 괜찮은 남자로 보였기 때문이다.

"이곳은 내 침실이다. 무슨 일이 벌어진대도 아무도 알 수 없겠지. 각오는 하고 찾아온 건가?"

"물론 그렇습니다."

그렇게 말을 하긴 했지만 긴장됐다. 마리아는 입술이 바짝 말라

왔다. 평소 응접실에서 보던 미소 띤 얼굴과는 달리 그는 차가운 무표정이었다.

"저를 대공님의 후실로 고려하고 계시지요. 이게 제국의 방식이라면 응당……."

"대단히 큰 착각을 하고 있군."

대뜸 마리아의 말허리를 자른 그가 냉소적으로 웃었다.

"나는 그런 말을 한 기억이 없다, 영애."

마리아는 저도 모르게 미간을 구겼다. 감히 대공에게 이런 언행을 보여서는 안 되지만 안 그래도 애매한 행동 때문에 의도가 의심스러운 참이었다.

"대공님, 그렇다면…… 앞서 이뤄진 접견은 무슨 의미였습니까? 우리가 나눴던 시간들은요?"

"우리가 무슨 대화를 했는지 한번 생각을 해 보는 게 어떤가. 나야말로 그대의 지나친 행동에 무척 당황스럽군."

"……대공님이 저를 혼란스럽게 합니다."

"누가 보낸 건가."

"누가…… 보내다니요?"

상황과 전혀 맞지 않는 물음에 마리아는 길을 잃은 기분이었다. 그는 어딘가 수상했다. 비단 자신의 착각이 아니었다. 단순한 인사치레로 만났던 첫 번째 만남에서 그는 은근한 미소를 남겼고 두 번째는 그보다 훨씬 직접적이었다. 세 번째 만남을 고대하고 있겠다는 그 마지막 말의 어조 또한 분명했다. 그와 만나고 돌아온 뒤에 제녹스 후작은 어떤 연락을 받았다.

제녹스 후작, 마리아의 아버지는 한달음에 달려와 말했다. 네가 그레이엄 대공의 후실이 될 게 자명하다고.

"무슨 목적으로 여기까지 찾아왔지?"

"무슨 목적이냐니요? 진심으로 후실을 들이지 않으실 거라면 대체 저와 만났던 연유는 무엇입니까?"

대공은 피식 웃으며 가볍게 그녀를 부정했다.

"내가 만나는 건 그대뿐만이 아니야, 영애. 정당한 용건이 있는 이라면 누구든 알현을 받아 주지."

덤덤한 대꾸에 마리아는 이를 악물었다. 떨리는 손을 감추려 소파의 쿠션을 꽉 쥐었다. 알렉산드로는 그저 피곤하다는 듯이 손으로 관자놀이를 문질렀다. 마리아를 응시하는 그의 시선이 무감했다. 탁자, 카펫, 종이를 보는 것처럼 여자를 바라보고 있었다. 대공은 대단한 남자였다. 이 제국에서 그보다 더 높은 곳에 있는 사람은 없었다.

"더 시간을 버리고 싶진 않은데."

하지만 마리아 또한 이런 대우를 받을 여자가 아니었다. 분노가 차올라 눈가가 바르르 떨렸다.

"대공님께서는 이런 식으로 숙녀를 농락하시는 분입니까?"

"내가 제국의 내빈으로 이 왕궁에 머무르고 있다는 걸 알고 있나."

"제가 제국 출신이 아니기 때문인가요?"

"그렇다면 지금 그대의 이 행동이 큰 실례이며 그대의 가문이 어떤 오해를 살 것인지도 알고 있겠군."

"처음부터 제국 출신의 영애를 원한다고 말씀하셨으면 됐을 텐데요!"

둘은 서로의 말을 듣지 않고 각자의 할 말만 했다. 먼저 자리에서 일어선 건 알렉산드로였다. 그는 더 이상의 대화를 원치 않는 듯 싸늘하게 몸을 돌렸다. 마리아를 등진 채 침실의 어느 한쪽으로 향했다. 마리아는 대공의 일거수일투족을 놓치지 않았다. 그는 침대가 있는 내실이 아닌, 침실에 딸린 응접실로 가는 문을 열었다.

"장소를 옮기지."

대공은 개나 말을 움직이듯 짧은 고갯짓으로 그녀를 응접실로 이끌었다. 탁자를 가운데 둔 두 남녀는 서로 대치하듯 마주 보았다.

"적당히 똑똑하고, 적당히 눈치가 있어 보이더군."

그는 마리아가 의자에 앉으며 드레스 자락을 정리하는 시간조차 기다려 주지 않았다.

"그대와 좋은 관계를 유지하고 싶었던 건 사실이야. 여자와 그런 식의 관계를 맺어 본 적은 없지만 한 명쯤은 필요하리라 생각했지."

"대공님께서 말씀하시는 그 '좋은 관계'라는 게……."

"아쉽게 됐군. 내 침실에 찾아오지만 않았어도 좋았을 텐데."

마리아는 미처 대공의 화법을 따라가기가 힘들었다. 그는 들어주는 쪽이 아니었다.

"대체 대공님께서 제게 원하신 게 뭐였나요?"

그녀의 당혹스런 얼굴을 보고도 알렉산드로는 개의치 않았다. 그는 진심으로 아쉬워하고 있었다. 왕궁에 그를 알현하길 청하는 귀족들은 많았으나 베아트리체를 만나러 오는 귀부인들은 많지 않았다. 그마저도 아주 출신이 저급한 이들이 대부분이었다. 하지만 베아트리체는 심복이 필요했다. 친정이 없어 걱정이라는 던칸의 우려는 괜한 말이 아니었다.

"네가 베아트리체의 심복이 되어 주길 바랐다. 친우처럼 보이려면 같은 출신지를 가진 너 같은 여자가 적당했지."

"네?"

마리아는 어리둥절했다. 알렉산드로는 자신이 명령하면 제녹스 후작 영애가 베아트리체의 충성스런 시녀가 될 줄 알았다. 권력과 서열이 최우선인 기사단에서 남자들의 방식은 그랬다. 어머니를 포함해서 그 어떤 여자들과도 어울려 본 적 없는 권력자의 오판이었다. 물론 사교계는 그가 생각한 것과 달랐다.

"제가 왜…… 왕녀님의 들러리가 되어야 하죠?"

알렉산드로는 마리아의 말투에 서린 기묘한 적대감을 읽어 냈다. 친하게 지냈던 마담 한 명 없던 그로서는 마리아를 이해하기 어려웠다. 베아트리체로 인해 왕국 출신의 귀족들은 그나마 어깨를 펴고 살 수 있게 되었는데, 저들은 왜 아직도 그녀를 반쪽짜리 취급을 하는 걸까.

"어차피 그분께서는 제국의 황후가 될 수 없을 텐데요."

"왜 그렇게 생각하지?"

"그거야…… 안타깝지만 그분께서는 왕가의 의무를 다하지 못할 부덕한 여자이기 때문이지요."

마리아는 최대한 조심스레 사실만을 말했다. 그녀 역시도 귀가 있어 왕궁에서 대공과 왕녀의 사이가 그리 나쁘지 않다는 것을 들어 왔다. 하나, 후계를 잇지 못하는 여자이지 않은가?

'언제 내쳐져도 이상할 게 하나 없지.'

게다가 알리시아 왕녀의 최후를 생각하면 대공은 충분히 그러고도 남을 사람이었다.

"대공님께서 그분께 어떠한 의도를 가지고 계신지 감히 짐작도 못하겠습니다. 하지만 그분께서 정실이라 한들 후실이 낳은 아들이 그레이엄가의 후계가 된다면…….”

"시간 낭비는 이만하지.”

짧은 한숨을 내쉰 그가 줄줄이 이어지는 말을 막아 세웠다. 이미 충분히 들었던 이야기였다. 마리아와 눈을 마주친 알렉산드로는 이내 씩 웃었다.

"그래서 그대는, 가문의 의무를 다할 수 있단 말인가?”

"무, 물론입니다.”

이미 늦은 시간 때문인가. 그의 침실 옆, 응접실에 울리는 낮은 목소리가 야하게 들렸다. 단둘뿐이었다. 그의 도발적인 미소에 마리아는 저도 모르게 말을 더듬었다.

"저는…… 저는 가주이신 제 아버지의 뜻에 복종하고, 같은 마음으로 남편을 섬길 것이며 장차 가문의 이름을 알리는 데 온 힘을 다할 것입니다.”

"위험한 발언이군.”

"예?”

전혀 위험할 것 없는 평범한 얘기였다. 귀족들은 원래 태어나면서부터 저 자신보다 가문의 이름이 먼저였다. 마리아는 대공이 무슨 생각을 하는 건지 영 알 수가 없었다.

"귀족들의 정치를 이해하고 있으며 가문의 운명을 본인의 소명으로 알겠다.”

"……!”

"내게는 그런 뜻으로 들리는데, 틀렸나?”

마리아의 두 눈에 이채가 돌았다. 이는 분명히 왕국 출신이라는

33. 아름다운 미혼의 왕녀님 | 163

꼬리표를 떼고 온전한 자신의 사람이 되라는 대공의 명령이었다.

"대공님께서 옳으십니다. 저는 제 가문과 살아서도, 죽어서도 뜻을 함께할 것입니다."

바로 그레이엄 가문과.

"결의가 남다르군, 영애. 깊은 감명을 받았어."

알렉산드로는 진지하게 고개를 끄덕이며 부드러운 의자에서 일어섰다.

"그대의 뜻을 존중하지."

창밖은 아직도 어두웠다. 이미 꽤 시간이 흘렀다는 걸 알고 그는 더 이상 지체하지 않았다. 베아트리체는 종종 그가 변했다는 말을 하곤 했다. 알렉산드로는 지난 자신의 언행을 돌아보며 이를 인정했으나, 그건 오로지 사랑하는 여자에 한해서였다. 깊은 첫정을 나눈 여자를 다른 이들과 똑같이 대할 수는 없었다. 그렇게 되지도 않았다.

"마리아 제녹스."

하지만 알렉산드로는 처음부터 지금까지, 한순간도 변한 적 없었다.

"네 가문을 원망해라."

혼자 씩씩거리던 던칸은 사나운 얼굴로 눈앞의 두 사람을 번갈아 응시했다.

"그럼 황궁의 경비는 지금처럼 유지하는 걸로 하지요."

"암, 기사단은 지금도 충분하고말고."

칼스버그 공작은 만족스런 얼굴로 줄리아를 돌아보았다. 줄리아 역시 이 세상에서 가장 자애로운 사람처럼 활짝 미소를 짓고 있었다. 던칸은 이 두 명 때문에 속이 부글부글 끓었다. 그런 그를 보며 칼스버그 공작이 넌지시 물었다.

"허허, 맥코웰 공작과 함께 오찬이라도 하겠소?"

"오찬은 됐으니 먼저 일어나겠습니다!"

던칸은 머리를 감싸 쥐고 빠른 걸음으로 회의장을 나섰다. 그러거나 말거나 두 명은 신경도 쓰지 않았다. 하하 호호, 황궁이 그들의 웃음소리로 가득했다. 던칸이 잔뜩 화난 얼굴로 복도로 나오자 험프리가 몸을 움찔하며 그의 뒤를 따랐다. 오늘도 다를 게 없는 황궁의 일상이었다.

'망할 여편네!'

줄리아는 공작 작위를 받은 뒤, 아예 수도에 자리를 잡고 황궁에 출입하기 시작했다. 칼스버그 공작 또한 황궁에서 정무에 참여하는데, 자신이라고 권리를 행사하지 않을 이유가 없다는 게 그녀의 입장이었다. 덕분에 던칸은 요즘 골머리를 앓고 있었다.

황궁 기사단의 예산을 더 늘린다든가, 마음에 들지 않는 영지의 세금을 늘린다든가, 던칸이 무슨 말만 하면 일단 '그건 반대!'라고 외치는 줄리아 때문에 전처럼 자신이 내키는 대로 하기 힘들어졌다.

'이상한 노친네!'

게다가 칼스버그 공작은 이제 전쟁이 끝났으니 기사단에 들이는 비용을 줄여 학교를 만들자는 헛소리를 주장했다. 그들이 찬성하는 건 보육원을 늘리고, 길을 넓히고, 공역을 추가하는 등의 하등

티도 나지 않는 일뿐이었다. 하지만 칼스버그 공작도 자신이 부른 인사였고, 줄리아 역시 마찬가지였다. 함부로 할 수 없는 그들 때문에 던칸은 그야말로 환장할 하루하루를 보냈다.

'그냥 정무에서 손을 떼 버릴까? 내가 하겠다는 일엔 뭐든 반대만 하니 이거 원!'

더는 이 황궁에서 지내는 나날이 더는 즐겁지 않았다.

순간 옛날 일이 떠올랐다.

―허허, 전하께서도 한번 안아 보시겠습니까?

손주. 손주. 손주!

던칸은 허공을 보며 눈을 부라렸다.

'국혼을 하면 당장 양녀를 들이라고 해야겠군!'

황궁에서 이런 수모나 당하며 자리를 지키느니, 손녀나 돌보면서 사는 게 훨씬 낫겠다. 그런 생각을 하고 있으니 마음이 조급해졌다.

'결혼 날짜를 좀 앞당기라고 할까?'

무리는 아니었다. 황제의 장례식은 반년이었지만 제국의 수도에선 이미 죽음이 잊혔다. 검은 옷을 입지 않는 이들이 대부분이었으며 수도 사교계도 다시 활발해졌다.

'엘파사는 지금 어떤 분위기지?'

엘파사에는 흉흉한 바람이 불고 있었다. 그간 제국의 황제를 애

도하기 위해 왕궁은 일절 연회를 열지 않았다. 그런데 불미스러운 일이 생겼다.

바로 왕위 계승자로 지목되던 제녹스 후작 가문이 반역을 도모한 것이다. 그레이엄 대공의 후실로 내정되어 있던 마리아 제녹스 후작 영애는 침실에서 대공을 암살하려 했다. 다행히 대공은 팔에 작은 상처만을 얻었고, 마리아 제녹스 후작 영애는 그 자리에서 즉각 처형되었다. 제녹스 후작 가문은 그로 인해 영지를 잃고 작위를 박탈당했다. 사람들은 장례 기간에 일을 벌인 수치스런 반란 종자에게 돌을 던졌다.

여식에게 대공을 밀살하라는 명을 내렸다는 사실이 밝혀지자 영지민들조차 제녹스 후작에게서 등을 돌렸다. 제국 최고의 기사였던 대공에게, 가녀린 여식을 밀어 넣은 냉혈한은 용서받기 어려웠다. 방법이 추악했다. 제녹스 후작은 마지막까지 억울함을 호소했지만 그의 무죄를 입증해 줄 이들은 아무도 없었다.

귀족들은 잔뜩 몸을 사렸다. 제녹스 가문은 추잡한 일로 멸문당했지만 대공은 관용을 베풀었다. 마르티네즈 후작을 포함하여 그들과 긴밀하게 지내던 다른 영주들은 화를 입지 않은 것이다. 일이 이렇게 되자, 대공의 후실에 관한 이야기는 거짓말처럼 말끔히 사라졌다. 그 누구도 자신의 여식을 대공에게 주고 싶어 하지 않았다.

그들이 자중하고 있는 덕분에 알렉산드로는 전보다 한가한 시간을 보낼 수 있었다. 그래서 그는 버넷 후작이 사병을 양성하던 곳을 베아트리체에게 직접 보여 주기로 했다.

"그곳을 정말 의약교육원으로 써도 될까요?"

달리는 마차 안이었다. 공무를 위해서 가는 길이었으나 밀폐된 공간에서 단둘이 얼굴을 마주하기는 오랜만이었다. 알렉산드로는 가슴이 뛰었다.

꽤 먼 거리에 위치한 곳이라, 사람들이 사는 마을을 벗어나니 울퉁불퉁한 산길이 나왔다. 마차는 심하게 흔들렸고 바퀴가 구르는 소리가 요란해 다른 소리는 일절 들리지 않았다.

"어차피 기사들의 수련장으로는 적합하지 않았습니다."

어째서인지 그의 목소리가 곱지 않았다.

"버넷 후작의 사병 양성소는 산속 깊은 곳에 있어 딱히 쓸모없는 공간이었지요."

하지만 그녀는 미처 거기까진 신경 쓰지 못했다.

"산속에 있다니 좋은 조건이긴 한데…… 저, 그런데 지금은 단둘뿐인데 꼭 존대하셔야 하나요?"

알렉산드로는 속에 쌓아 둔 일이 많았다.

안 그래도 예전처럼 편하게 속내를 말하던 때가 그리운 참이었다.

"원한다면 편하게 하지."

오랜만에 그의 존댓말에서 벗어나자 베아트리체는 괜히 가슴이 두근거렸다. 그의 익숙한 이 어투가 옛날 일들을 떠올리게 해서 설레었다.

'이런 장소만 아니었다면 얼마나 좋았을까.'

괜히 아쉬웠다. 식당 옆에서 큰 실수를 저지른 알렉산드로는 다시 거리를 지키기 위해 노력했다. 정확한 이유는 모르지만 칼스버그 공작이 다녀간 이후로 그는 전보다 더욱 행동을 조심했다.

"그런데 길이 너무 험해서 조금 걱정이에요. 마차가 없는 평민들이 오가려면 길목을 더 다듬어야 할 것 같은데……."

"일단 장소를 확인해 보고 네가 마음에 든다면 그때 길을 만들면 되지 않을까."

"그래도 되나요?"

"그래, 버넷 후작령으로 가는 길이니 영지민들도 좋아할 거야. 물자 교류를 증가시키는 데도 도움이 되겠지."

지금은 영지민이 영지를 옮기려면 많은 세금을 내야 했고, 덕분에 영주들은 쉽게 권력을 가졌다. 알렉산드로는 점차 영지들 간의 경계를 허물 생각이었다. 법령보다 더 많은 세금을 거둬들이고, 평민들의 자유 상거래를 제한하는 등 변방 영주들의 고착된 악행을 줄이기 위한 방책이었다.

"그럼 정말 좋을 것 같아요! 건물도 꽤 크다고 들었는데, 특히 숙소가 있어서 그 점이 제일……."

"그보다, 내게 할 말이 있지 않나?"

짐짓 싸늘한 그의 목소리에 베아트리체는 슬쩍 눈치를 살폈다. 알렉산드로는 그녀를 바라보고 있지 않았다. 고개를 돌린 채 시선은 밖을 향했다. 그 옆모습을 보는 순간 그녀의 심장이 쿵, 떨어지는 기분이 들었다.

'진짜 잘생겼다.'

높은 콧대는 쭉 뻗어 도톰한 입술까지 이어졌고, 그 아래로 툭 불거진 목젖이 보였다. 그는 항상 눈을 마주 보며 대화하는 걸 좋아했기에 옆모습을 이렇게 대놓고 훔쳐보기는 처음이었다. 베아트리체는 저도 모르게 손을 뻗어 그의 굵게 도드라진 쇄골을 만질 뻔했다.

절로 손이 가는 육체였다. 겨우 시선을 내렸으나 이번에는 탄탄

한 허벅지가 눈에 확 들어왔다. 눈을 떼기가 정말 어려웠다. 갖춰 입은 의복 아래 단단한 몸을 상상하다 침을 꿀꺽 삼켰다.

'그만하자. 아무리 약혼자라도 이 정도면 희롱이야.'

베아트리체는 간신히 시선을 창밖으로 두고 숨을 돌렸다.

"내게 물어볼 게 없나? 아무것도?"

아무 말 없이 조용한 그녀가 의심스러워 알렉산드로는 뒤늦게 고개를 돌려 눈을 맞췄다.

"어, 어떤 거요?"

"그러니까, 나한테 물어볼 '어떤 게' 없느냐고."

채근하는 물음에 베아트리체는 곰곰이 생각에 잠겼다.

'지금은 버넷 후작의 사병 양성소로 가는 중인데.'

하지만 그 이야기를 하던 자신의 말을 끊지 않았던가. 그러니 다른 일일 것이다.

'레나 언니는 잘 지낸다고 하고.'

알렉산드로는 친누나와 큰 유대감이 없었다. 오히려 편지를 보내면서 정말 친하게 지내는 건 자신이었다.

'줄리아 이모님도 오랜만의 수도 생활이 즐겁다고 하셨어.'

줄리아는 제국 최초의 여성 공작으로서 모든 권리를 행사하고 있었다. 그 때문에 레나는 혼자 영지에 남아 있고, 줄리아는 수도에서 생활했다. 알렉산드로는 줄리아와도 친하지 않았다. 그들의 날선 마지막 만남 때문인가 보다 짐작할 뿐이었다.

'아버님도 평소와 다를 바 없으신데.'

던칸은 편지로 매번 칼스버그 공작과 줄리아의 험담을 늘어놓았다. 더 이상 황궁에서 지내다가는 그들 때문에 화병이 나서 요절할 것 같다고 난리였다. 베아트리체는 시계탑에서 있었던 일이 큰 충격으로 남아서 일부러 편지를 자주 보내고 있었다. 자신에게 삶은 절대로 포기할 수 없는 가장 소중한 것인데, 던칸이 그걸 놓아 버리고 싶을 만큼 괴로웠을까 생각하면 안타까운 것이다. 하지만 알렉산드로는 당연히 던칸과도 일절 편지를 주고받지 않았다.

베아트리체는 강요하지 않았다. 그건 그의 선택이었다. 타인의 눈으로는 던칸이 안쓰러웠지만 가족인 그가 원하지 않는다면 응당 그게 맞는 일이었다.

'트리거도 요즘 신나 있고.'

표정이 부쩍 밝아졌다. 시종장으로 온 아론 때문이다.

'대공님은 호르헤 님이 곧 발간할 책이 뭔지도 알고 계셔.'

이미 자신이 말해 주지 않았던가.

「약용식물도감」은 그녀와 호르헤의 합작품이었다. 세리머니 도중에 틈틈이 써서 보냈던 약초에 관한 편지들은 한데 모아 편찬되었다.

'혹시 칼스버그 공작님 때문인가?'

알렉산드로는 그가 다녀간 뒤로 어떤 언급도 없었다. 베아트리체는 그와 편지를 주고받긴 했지만 알렉산드로는 아니었다.

"혹시 칼스버그 공작님과 마찰이 있으셨어요?"

"……."

알렉산드로는 요즘 급격히 생각이 바뀌어 칼스버그 공작이 지나친 이상주의자가 아닌가 의심하고 있었다. 물론 그전까지는 전혀 몰랐다. 하지만 근래 들어, 일전의 대화를 떠올리면 그런 생각이 드는 것이다.

'서로 사랑하는 남녀가 어떻게 결혼식 전까지 거리를 유지한단 말인가.'

그건 동화 속에서나 가능한 이야기였다. 물론 전에는 그래야 한다고 생각했으나, 직접 사랑하는 여자를 만나 보니 결혼 전까지 순결하자는 약속은 절대로 불가능하다는 사실을 크게 깨달았다. 그렇다면 불가능한 약속을 왜 해야 하는가?

칼스버그 공작은 왜 그따위 이루지도 못할 것을 자신에게 가르쳐 이렇게 고심하게 만들었는지 원망스러웠다.

'사랑을 나누는 것 또한 예식만큼이나 고귀한 일이다.'

사랑이라는 감정은 자신의 모든 것을 주고 상대의 모든 것을 갖고 싶은 뜨거운 마음이었다. 그리고 사람은 사랑을 아는 정신과 사랑을 느낄 수 있는 건강한 신체로 이루어져 있다. 몸과 마음은 반드시 그 조화를 이루어야 한다.

'속으로는 온갖 음탕한 상상을 하고 있는데, 겉으로만 정숙함을 유지하는 게 대체 무슨 소용이란 말인가.'

칼스버그 공작이 말하는 건 이상 세계의 성인들이나 가능한 일이다. 알렉산드로는 그렇게 결론을 내렸다.

'신사의 도리와 정숙함은 전부 위선일 뿐.'

아무래도 주변의 모두가 그렇게 말했던 것처럼 칼스버그 공작은 몽상가, 이상주의자가 맞는 것 같다. 어릴 때는 그가 하는 말을 전부 믿었지만 알렉산드로는 이제 믿을 수 있는 것만 골라서 믿기로 했다.

"진짜 공작님과 의견 다툼이라도 있으셨나 봐요."

이와 별개로 알렉산드로는 또다시 울컥했다. 자신은 지금 평생 지켜 온 신념까지 바꾸면서 이렇게 사랑과 사람에 대해 고민하는데, 그런데 약혼녀는…….

"에이, 굉장히 좋은 분이던걸요. 대공님 칭찬을 얼마나 하시던지."

"넌 매번 다른 이들의 이야기만 하는군."

내내 속으로 삼키느라 꾹꾹 눌러 왔던 감정이, 독이 깨지듯 한 번에 폭발했다. 놀란 그녀의 표정을 보고 알렉산드로는 격한 감정이 일어났다. 그가 신경 쓰는 일은 그뿐만이 아니었다.

"제녹스 후작 영애가 후실로 내정되었다는 소문이 있었다던데, 전혀 듣지 못했나? 아니, 왕궁을 드나드는 모두가 말하는 이야기인데 너만 몰랐을 리 없지."

알렉산드로는 그녀와 가깝게 상체를 숙였다. 그의 목소리가 점차 낮아졌다.

"사방에서 떠드는 이야기를 듣고도 내게 한 번을 묻질 않아?"

"……."

알렉산드로는 그녀의 답변을 기다렸다. 단둘이서 솔직한 대화를 하게 된 건 정말 오랜만이었다. 그만큼 그는 오래 참아 왔다. 서로를 마주 보던 둘은 각자 다른 표정을 하고 있었다. 마차가 거친 길을 굴러가는 소리에 사방이 시끄러워 마부들과 주위의 기사들은 안에서 일어나는 일을 짐작도 하지 못하고 있었다.

"그 여자가 내 침실에 들었던 그 일 때문에 온 왕궁이 귀가 터질 듯 시끄러운데, 내 약혼녀만 아무 일도 없는 사람처럼 조용하군!"

오르락내리락하던 그의 가슴팍이 잠잠해지자 베아트리체가 먼저 입을 열었다.

"저는……."

그녀라고 대공이 머무는 별궁에 드나드는 그 영애가 밉지 않은
건 아니었다. 하지만 알렉산드로는 국왕 섭정이었고, 장차 황제가
될 남자였다. 그런데 자신이 회임이 어렵다는 사실을 알고도 결혼
식을 추진했다. 그래서 베아트리체는 후계의 의무를 고민하지 않
는 대신, 그가 약속을 어기고 후실을 들인다고 해도 탓하지 않을
작정이었다. 무엇보다 후작 영애에 대해서 아무 말 하지 않았던 데
는 결정적인 이유가 있었다.

"저는 대공님을 믿어요."

정확히 베아트리체는 두 사람을 신뢰했다. 알렉산드로와 그의
누나.

'대공님의 인연은 나뿐이라고 하셨어.'

점쟁이였던 레나의 말은 그녀에게 큰 용기를 주었다. 앞으로도
알렉산드로의 다른 여자 때문에 마음을 졸일 일은 없을 것 같았다.
게다가 그는 어떤 일이 있어도 자신을 실망시킬 남자가 아니었다.
진작 그런 믿음을 심어 주었다.

"솔직하게 말해."

하지만 알렉산드로는 영 만족스럽지 않았다. 믿는다는 짧은 말로
는 쉽게 풀릴 수 없었다.

"네가 황후가 된다 해서 나를 나눠 가지려던 것은 아니었나?"

"……!"

정확히 속내를 들킨 그녀는 놀란 표정을 지었다. 자신을 노려보
는 성난 눈길이 활활 타오르고 있었다. 그가 눈치가 빠른 걸 알고
있었지만 이번엔 그 이상이었다.

"그래, 네가 그런 생각을 하는 걸 알고 있었다. 너는 네 처지를 누

구보다 잘 알아서 절대 그 이상의 것을 욕심내지 않는 사람이지."

베아트리체가 말문이 막혀 아무 대답을 하지 못하자 그가 씁쓸하게 고개를 내저었다.

"누가 뭐라고 해도 너만의 그 고집스런 주관은 도무지 바뀌질 않아."

알렉산드로는 항상 가슴속에 박혀 있던 씁쓸한 과거를 떠올렸다.

"남색을 하는 마부와 결혼을 하려 하질 않나."

그가 가슴 졸였던 일은 한두 번이 아니었다.

"이미 나와 정을 나누고 살면서도 결혼은 하기 싫다는 헛소리를 했지. 게다가."

가장 충격적인 건 그날 밤이었다. 알렉산드로는 아마 그날 밤의 일을 평생 잊지 못할 것이다. 입 밖으로 꺼내고 싶지도 않았지만 감정이 거기까지 치받았다.

"게다가 나를…… 나를 뒤로하고 몰래 도망치기까지 했다!"

옛날 일을 들먹이는 건 이번이 처음이었다. 그래서 그녀는 일부러 아무 말도 하지 않았다. 쌓여 있던 모든 말을 할 수 있도록 그저 기다렸다.

"이번엔 다른 여자가 내 침실에 들어갔다는 걸 알고도 모른 척을 했어. 그 여자를 진짜 후실로 삼았어도 넌 아무 말도 하지 않았을 테고. 내 말이 틀렸나?"

"……."

알렉산드로는 긴 한숨을 내쉬었다. 뭐라고 말해도 침착한 얼굴을 보고 있으니 말도 안 되는 일로 화를 내는 것 같은 자신이 한심하게 느껴졌다. 결국 그는 쉽게 속내를 털어놓았다.

"네가 물어보면 전부 다 말하려고 기다렸는데 묻질 않으니 정말 답답해 미칠 것 같았다."

"대공님이 계획하셨던 일이잖아요. 결국 후작가는 멸문당했고…… 그냥 그렇게 될 것 같았어요."

하지만 그녀의 변명은 잠잠해졌던 그의 화를 돋웠다.

"남편이 다른 여자를 만나도 아무 말 하지 않겠다니, 세상에 이보다 더 똑똑하고 냉철한 여자가 있을까."

빈정거리는 알렉산드로의 말에도 그녀는 전혀 짜증 나지 않았다.

"너 같은 여자를 부인으로 삼았으니 난 아주 행운아로군!"

베아트리체는 완전히 다른 생각을 하고 있었다.

'얼굴이 잘생겨서 그런가.'

아무리 화를 내도 얼굴 때문에 뭐라고 하는지 잘 들리지 않았다. 가뭄에 콩 나듯 보는 신경질적인 표정조차 어쩜 저렇게 섹시하지? 찌푸린 미간과 움직이는 목울대가 자꾸만 눈에 들어왔다. 요즘 그는 점점 더 얼굴선이 뚜렷해지고 잘생겨지는 것 같았다. 듣기로는 여전히 검술 훈련을 열심히 한다고 했다.

"날 볼 때마다 음흉한 생각이 든다더니."

베아트리체는 속마음을 들켰는가 싶어 몸을 움찔했다. 다행인지 불행인지 알렉산드로는 상상도 못한 눈치였다.

"그것도 그저 말뿐이고……."

있는 대로 속이 상한 그는 한숨만 내뱉었다. 요즘 그는 감정 변화가 심했다. 처음 이 여자와 연애를 하던 그때처럼.

'아니, 연애가 아니지.'

혼자서 짝사랑을 할 때였다…….

'나 혼자 우리 둘의 아기를 상상하며 잠들 때.'

그때 그녀는 자신을 남색가로 알고 매일 두 발 뻗고 한 침실에서 잠들었다.

'세상에 저렇게 마음 편히 자는 여자가 또 있을까 했었지.'

그냥 워낙에 긍정적이고 밝은 사람이라서 그런 줄 알았다.

"후우."

알렉산드로는 답답한 마음에 손으로 이마를 짚고 슬며시 고개를 뒤로 젖혔다. 머리가 뜨거웠다. 영주들과의 일도 잘 해결되었고, 민심을 얻는 데도 성공했다. 이렇게 그의 속을 끓이는 건 그녀뿐이었다. 그것도 설마하니 착하고 밝고 씩씩한 왕녀가 대체 무슨 일로 속을 썩이는지 남들은 절대로 자신을 이해하지 못할 것이다.

'빨리 예식을 올리고 싶다.'

하루하루 날짜를 세다 보니 더 조급하고 안달이 나서 마음이 안정되지 않는 것 같았다. 게다가 그녀는 날이 갈수록 예뻐지고 있었다. 자신의 눈에만 그렇게 보이진 않을 것이다. 대외적으로는 미혼인 아름다운 왕녀님이 아닌가?

'마담 코코와 비비안도 문제야.'

그들이 만드는 드레스는 하나같이 음탕했다. 훤히 드러난 목선과 선정적인 하얀 팔뚝이 보일 때마다 한숨이 나왔다. 언제 한번 불러서 경고를 할까 했지만, 옹졸한 남자로 보이고 싶지 않았기에 차마 부르지 못하고 있었다.

"알렌, 사랑해요."

"그런 식으로 넘어가려고 하지 마."

"진심이에요. 믿어 주세요."

"매번 말뿐이지."

물끄러미 그를 바라보던 베아트리체는 자꾸만 웃음이 터지려는 간질간질한 마음을 꾹꾹 눌렀다.

"하시는 일이 잘 풀리도록 그냥 조용히 있었던 거예요. 대공님도 제가 하는 일을 열심히 도와주고 계시잖아요. 저도 똑같은 마음이었어요."

그녀는 갈수록 이 남자가 사랑스러워 보였다.

"진짜 모르시는 거예요? 제가 얼마나 사랑하는 남자인데요. 결국 실망할 일은 없을 거라고 믿고 있었어요."

"……."

"저는 대공님을……."

그녀가 말을 멈추자 알렉산드로는 저도 모르게 귀를 기울이게 되었다. 눈을 마주치자 베아트리체는 배시시 웃으며 고백했다.

"세상에서 제일 사랑한단 말이에요."

세상에서 제일.

세상에서 제일.

세상에서 제일…….

크게 화가 났던 알렉산드로는 믿을 수 없을 만큼 빨리 마음이 가라앉기 시작했다. 이런 자기 자신에게 자존심이 상해서 간신히 씰룩이는 입꼬리를 다잡았다. 이렇게 빨리 마음이 풀어질 거면 뭐 하러 화를 냈던 건지.

"정말 많이…… 아주 많이 사랑해요."

알렉산드로는 슬쩍 고개를 옆으로 돌리고 밖을 보는 척하며 작게 되물었다.

"날 사랑한다는 걸 어떻게 믿지?"

자신이 생각하기에도 유치하고 치졸한 물음이었다. 약혼녀에게 이런 질문이나 하고 있는 스스로가 너무 창피해서 얼굴이 확 뜨거워지려는 순간이었다.

"어휴, 정말."

그녀는 더 이상 참을 수 없었다. 흔들리는 마차 안에서 간신히 중심을 잡고 몸을 일으켰다.

"조심!"

깜짝 놀란 알렉산드로가 얼른 손을 뻗었고, 그녀는 조심조심 걸음을 옮겨 널찍한 그의 옆자리에 앉았다. 거리를 두고 마주 보던 얼굴이 바로 옆에 앉으니 알렉산드로는 그때부터 미친 듯이 심장이 널뛰기 시작했다. 사춘기 소년이 된 것처럼 귓속에서부터 쿵쿵 뛰는 맥박이 울렸다. 여자를 이렇게까지 좋아할 수 있다는 게 신기했다.

"정말 사랑한다면 나를 더 욕심내. 더 간절하게…… 날 원해."

흠.

알렉산드로는 말을 해 놓고도 민망해서 헛기침을 했다.

"앞으로 사랑한다는 말을 자주 할까요?"

그는 대답하지 않았다. 하지만 그의 고개가 미세하게 끄덕여지는 게 보였다. 마차 때문에 흔들리는 건 아니었다. 베아트리체는 그를 가만 보고만 있을 수 없었다. 이런 투정까지도 귀여워 보이니 이제 자신도 정말 중증이 아닌가 싶었다. 함박웃음을 지으며 그의 손을 잡았다.

"매일매일 할게요."

알렉산드로는 저도 모르게 몸을 움찔했다. 따스하고 작고 보드라운 손이 그의 것을 살짝 움켜쥐었다. 다른 것도 아니고 그저 손을 잡았을 뿐인데 또 왜 이렇게 가슴이 터질 것 같은가!

이 지조 없는 신체는 머릿속과 매번 다르게 움직였다. 이제 막 연애를 시작한 남녀가 된 기분이었다. 연애를 해 본 적이 없으니 사실 그렇기도 했다. 입술부터 맞추고 싶었지만 그랬다가는 뒷일을 감당하지 못할 것 같았다.

식당에서의 그 일 이후로 알렉산드로는 크게 뉘우치고 언행을 삼가고 있었다. 하나 그의 입술이 주인의 허락 없이 제멋대로 먼저 움직였다.

"여기서 널 안는다면 짐승 같은 남자라고 생각하겠지."

피식 웃은 그녀는 냉큼 대답했다.

"네."

그의 어깨가 아래로 조금 늘어졌다. 그래, 품위가 있으니 이런 곳에서는…… 안 되지. 공간은 좁고, 마차가 하도 움직여 대는 통에 그녀가 편하지 않을 것이다. 머리로는 잘 이해했지만 짙은 아쉬움이 남았다. 아무 말 못 하고 대신 작은 손만 닳도록 만지작거리고 있자 그녀가 가깝게 다가와 속삭였다.

"하지만 대공님이 짐승이라도 좋아요."

믿을 수 없는 허락의 말이 들려오자 알렉산드로가 휘둥그레진 눈으로 그녀를 응시했다.

이게 꿈인가, 현실인가? 진심인가?

그 반응을 보고 씩 웃은 그녀가 덧붙였다.

"저도 짐승이거든요."

작은 목소리가 그를 부추기자 더는 거칠 게 없었다. 알렉산드로는 마차의 커튼을 전부 닫았다. 획, 소리와 동시에 그의 손이 움직였다.

"앗."

그녀의 허리를 들어 올려 무릎에 앉혔다. 전보다 훨씬 가까운 데서 눈이 마주쳤다. 불안하게 흔들리는 몸의 중심을 잡고자 베아트리체가 두 손으로 그의 어깨를 짚었다. 그는 한 손으로 뒷머리를 붙잡은 채 입을 맞추기 시작했다. 다른 손은 드레스의 밑자락을 급하게 더듬었다. 뱀 같은 손길이 말캉한 맨살을 타고 올라갔다. 치맛자락이 전부 끌어 올려져 그녀의 허리 부근에 뭉쳐졌다. 한 손에 잡히는 동그란 엉덩이를 쥐었다 놓으며 촉감을 즐기던 그는 긴 입맞춤 끝에 입술을 떼어 냈다.

드레스의 어깨를 끌어 내리자 눈앞에 드러난 절경이 보였다. 아무런 생각이 들지 않았다. 당장 그곳에 얼굴을 묻었다. 입술과 코, 피부에 말랑하고 푹신한 감촉이 느껴졌다. 그대로 숨을 들이켜자 사람을 편안하게 만드는 살 내음이 났다. 알렉산드로는 마음이 전부 놓이는 기분이 들었다. 앞으로 더 기다려야 하는 시간들이 너무 길게 느껴져 안달복달하던 마음이 차분하게 가라앉았다.

진짜로 그녀가 마녀가 아닌가 싶었다. 고개를 올려 목덜미의 여린 살을 깨물었다. 그러자 남자를 부추기는 신음성이 터져 나왔다.

"아…… 보이는 데다 그러시면 안 돼요."

이게 지금 더 하라는 건지 하지 말라는 건지 헷갈렸다.

'안 보이는 곳은 괜찮다는 뜻이다.'

알렉산드로는 그렇게 결론을 지었다. 고개를 숙여 사람들 눈에 보이지 않는 곳을 탐하기 시작했다. 가슴 둔덕 위에 툭 불거져 나온 살구색 돌기를 입에 넣고 잘근대다가 혀끝을 세워 파고들 것처럼 짓뭉갰다.

"하아……."

그의 어깨를 짚은 손에 힘이 들어갔다. 베아트리체는 저도 모르게 두 다리에 힘을 주고 그의 허리를 조였다. 마차가 흔들리는 통에 그녀는 그의 목을 끌어안다시피 하고 더욱 몸을 가까이 했다. 그러자 알렉산드로가 두 손으로 엉덩이를 더욱 가깝게 당겼다. 그러고는 다소 성급하게 속옷 사이로 손가락을 움직였다. 미끈한 속살 사이를 헤치자 촉촉한 습기가 고인 게 느껴졌다. 더 이상 참을 수가 없었다.

"지금?"

긴 전희는 없었지만 이마저도 필요하지 않았다. 그만큼 서로가 서로에게 지나치게 자극적이었다.

"지금 날 원해?"

평소보다 훨씬 낮아진 음성이 그에게서 흘러나왔다. 창피한 마음에 그녀가 슬며시 고개를 끄덕였다.

'자꾸만 이상한 장소에서 사랑을 확인하게 되는 것 같아.'

귀족 연인들이 이런 곳에서 사랑을 나눌 것 같지는 않은데……. 하지만 그녀는 지금, 사랑하는 남자를 갖고 싶었다. 누구보다 간절하게. 베아트리체는 솔직해지기로 했다. 원하는 삶을 살기로 했으니까 남들은 신경 쓰지 않기로.

"대답해. 충분히 젖기는 했는데, 지금 네 안에……."

그녀는 말로 답하지 않았다. 엉덩이를 들어 스스로 그를 맞이했다. 답지 않게 당돌한 행동을 했다. 물론 마차가 흔들리는 통에 쉽지 않았으나 곧장 자신의 행동이 대견해졌다.

"아, 제길……."

못 견디겠다는 듯이 터져 나온 그의 신음을 듣는 순간이었다.

"사람을 이렇게 놀라게 하는군."

알렉산드로의 얼굴이 몹시 즐거워 보였다. 눈이 마주쳐 창피해서 시선을 내리자 낮은 웃음소리가 들렸다. 베아트리체의 등 뒤로 그의 팔이 묶였다. 서로의 몸이 하나가 되어 맞붙었다. 협소한 공간이었기에 알렉산드로는 평소보다 행동의 제약이 컸다. 하나 마차 안에서 사랑을 나누는 일은 그들의 예상보다 훨씬 즐거웠다. 이러니저러니 해도 둘은 하루하루가 기꺼웠다.

칼스버그 공작은 황궁으로 돌아와서부터 베아트리체에게 매번 아슬아슬한 내용의 편지를 보냈다. 선을 넘지는 않았다. 그들의 진짜 이야기는 서로 얼굴을 보고 은밀하게 대화해야 하는 내용이었다. 다만 베아트리체의 글솜씨에 크게 감명받은 칼스버그 공작은 어떤 의심을 품고 있었다.

"그 왕녀님은 참 어려 보이는데 생각이 깊더군. 올해 나이가 어떻게 된다고 했소?"

던칸은 향긋한 차를 들이켜다 말고 커다래진 눈으로 칼스버그 공작을 응시했다. 혹시 내가 잘못 들은 건가? 그런 눈으로 옆에 서 있는 험프리를 응시하자, 험프리 역시 놀란 눈을 하고 있는 게 보였다.

'저 노친네가 다른 사람을 칭찬하다니.'

둘은 같은 생각을 했다. 인자해 보이는 외모와는 달리, 칼스버그 공작의 속내는 조금도 너그럽지 않았다. '한심하다'는 말은 기본, 온갖 비난을 일삼았다. 그런데 틀린 말이 없어서 모두들 그를 기피했다. 굳어 있던 험프리가 먼저 정신을 차렸다.

"왕녀 저하께서는 올해 25살이라고 하십니다."

"그래?"

칼스버그 공작은 버릇처럼 수염을 쓰다듬었다. 생각에 잠겼을 때 하는 행동이었다.

'그렇게 나이가 어린데, 말하는 건 꼭 나랑 동년배 같단 말이야.'

그는 얼마 전 생일이 지나서 64살이었다.

"아, 그러고 보니 왕녀 저하의 생신이 멀지 않았습니다, 전하. 당장 보름 뒤인데, 선물을 보내셔야 하지 않겠습니까?"

던칸은 험프리의 말에 화들짝 놀랐다. 왕궁에 귀가 몇 개인데, 이와 관련해서는 들은 바가 전혀 없었다.

"보름 뒤가 생일이라는 게 확실해?"

"왕궁에 남겨져 있던 성보姓譜에 의하면 그렇습니다."

그것참 이상하다. 탄신일 보름 전이라면 떠들썩해야 정상인데, 연회를 준비하는 움직임은커녕 왕궁은 나팔 소리도 없이 조용하다고 했다.

"왕가의 성보를 우리가 갖고 있나?"

"예, 이유는 모르겠지만 전리품 중에 있었습니다. 꽤 값어치가 나가게 생기긴 했습니다만……."

험프리는 그것을 에반에게서 건네받았다. 없어져야 맞는 것이지만 왕녀가 신분을 되찾았으니 멋대로 없앨 수는 없었기에 들춰 보다 발견한 것이다.

"설마 아무도 몰라서 조용한 건 아니겠지? 왕녀의 탄신일인데 말이야."

적어도 본인은 알고 있을 텐데. 던칸은 고개를 갸웃했다. 왕궁의 주인인 왕녀의 생일이 겨우 보름 뒤라는데 그렇게 조용할 리가.

"잠깐, 보름 뒤라면……."

그의 두 눈에 이채가 돌았다. 보름하고 며칠 뒤, 곧 혁명의 날 1주년이었다. 왕국이 찬탈되고, 제국이 대륙을 통일했던 바로 그날.

"흠."

던칸은 신경질적으로 팔짱을 꼈다. 베아트리체의 웃는 얼굴이 떠올랐다. 왕녀라는 신분을 돌려받은 그녀는 말이 별로 없어서 무슨 생각을 하는지 파악하기가 어려웠다. 하지만 한 가지는 확실했다.

'꼭 제가 나서서 챙겨 먹지를 않는단 말이야.'

좋게 말하면 겸손하며 눈치가 빠르고, 나쁘게 말하면 주제 파악을 잘하는 대신 답답했다.

"에반의 형제가 시종장으로 가 있다고 했었나? 전 쿠피히트 공작의 둘째 아들. 이름이 기억나질 않는군."

"아론 쿠피히트입니다, 전하."

"그래, 그에게 당장 서신을 날려라."

험프리는 당황스럽게 이마에 흐르는 땀을 닦았다. 그는 요즘 맥코웰 공작과 칼스버그 공작, 그리고 던칸의 삼파전 때문에 하루하루가 얼음판을 걷는 듯 긴장의 연속이었다.

'나도 명예퇴직이 있었으면 좋겠다.'

아무리 기다려도 뭐라고 서신을 날리라는 건지 던칸은 말이 없었다. 결국 험프리는 먼저 그에게 질문했다.

"뭐, 뭐라고 서신을 보낼까요?"

던칸은 무슨 당연한 것을 묻냐는 듯이 미간을 팍 찌푸렸다. 눈치도 빠르면서 꼭 얘기를 해야 아나?

"탄신 연회를 열라고 해."

그는 왕녀의 대관식이 급하게 준비되느라 소규모였던 게 못내 마음에 걸렸다.

"무조건 크게, 화려하게! 돈은 내가 다 대겠다고 해!"

베아트리체는 기함할 만한 소식을 전해 듣고 곧장 던칸에게 편지를 보냈었다.

제국의 지고한 자리에 계신 아버님께 안부 인사를 드립니다.

저와 왕국에 베푸신 하해와 같은 은혜에 감읍할 따름입니다.

마땅히 배알하여야 했으나 그리하지 못해 송구합니다.

전하, 이렇게 서신을 보낸 건 다름이 아니오라 저의 탄신 연회에 관련하여 시종장 아론 쿠피히트에게 하명하신 일 때문입니다.

아뢰옵기 황공하오나, 아직 제국의 선황께서 승하하신 지 오래되지 않아 장례 절차를 치르고 있는 줄 압니다.

따라서 제국민들과 귀족들에게는 왕궁의 존엄함을 알리는 일보다 민생을 살피는 일에 먼저 힘쓰는 게 우선이라 사료됩니다.

전하께서 굽어살펴 주시는 마음만 달게 받고자 하니, 시종장 아론 쿠피히트에게 내리신 명을 거두어 주시길 간절히 청합니다.

엘파사의 왕녀, 베아트리체 아르파시아 올림

'……그렇게 편지를 보낸 게 며칠 전인데.'

그리고 지금, 그녀의 손에는 아론에게 건네받은 제국 황궁의 인장이 찍힌 편지가 있었다. 바로 던칸에게서 온 답장이었다. 문 앞에서 가만히 그녀를 지켜보던 아론이 말문을 열었다.

"저하, 주제넘게 한 말씀 올리자면 전하께서는 하고자 하는 일은 반드시 하시는 분입니다."

사람은 머리 스타일과 차림새로 외양이 완전히 바뀐다. 아론은 처음 베아트리체를 마주하고 그녀가 노예 소녀 클로이였다는 것을 전혀 알아채지 못했다. 그는 자신의 형제를 탓했다.

'아무튼 입은 무거워 가지고.'

에반은 기사의 맹세를 했기에 노예 소녀였던 클로이의 진짜 정체를 그 누구에게도 발설치 않았다.

'좀 귀띔이라도 해 주면 어디가 덧나나.'

아론은 최근 트리거와 마주하며 그녀의 얘기를 듣고 경악했다. 하지만 과거의 일이 어쨌건 그녀는 지금 왕녀이며, 알렉산드로의 하나뿐인 그녀였다. 덕분에 아론은 처음부터 그랬던 것처럼 익숙하게 존댓말을 쓰고 있었다.

"그분의 말씀은 곧 제국의 법이나 다름없습니다."

아론은 알렉산드로의 결혼 문제로 던칸에게 지겹게 시달린 경험이 있었다.

'아주 똥고집이시지.'

그가 그때를 떠올리곤 내심 몸서리를 치는 사이, 베아트리체는 고개를 끄덕이며 천천히 편지 봉투를 열었다.

잘 지내시었소?

'이번 편지는 대필이구나.'

첫 문장을 보고 대번에 알아챘다. 편지에서도 던칸은 편한 말투를 사용하니까, 아마 보좌관인 험프리가 대신 썼을 것이다.

오랜만에 왕녀님의 서신을 받아 드니 반갑군.

간간이 전해 오는 소식으로 왕국은 왕녀님의 자비로운 마음씨와 넉넉한 씀씀이로 대륙의 그 어디보다 평화롭고 살기 좋은 곳이 되어 가는 중이라 들었소.

"아하하."

베아트리체는 한바탕 큰 웃음을 터뜨렸다.

'아버님과 좀 비슷하게 써야지, 이건 너무 다르잖아!'

던칸의 편지에 이런 건설적인 내용은 전무했다. 그의 편지는 보통 줄리아와 칼스버그 공작의 심한 험담으로 시작했다.

특히 공중 보건에 힘쓰고 있다는 얘기가 들리더군.

제국 기사단 간호과의 원장 호르헤 나나파와 함께 집필했다는 「약용식물도감」 역시 아주 인상 깊었소.
세 권이나 되기에 읽어 보진 않았소만.

베아트리체와 호르헤 나나파의 공동 집필서, 「약용식물도감」은 나오자마자 큰 환호를 받았다. 덕분에 호르헤는 간호과의 원장 자리에 앉게 되었다.

다만 그대의 탄신 연회는 당장 일주일 뒤가 아닌가?
왕국과 제국, 나아가 대륙을 위해 밤낮으로 힘쓰고 있다는 말은 반갑지만 머잖아 있을 국혼도 꼭 염두에 두시오.
따라서 그대의 탄신 연회는 내 제안을 반드시 따라 주길 바라오.

'전하께서 말씀하신 대로 해야겠지.'
던칸의 의지가 강경해 보였다. 어쩔 수 없었다. 왕국은 사실상 제국의 속국이었다. 언젠가는 통일이 되리라는 명목하에 이루어진 독립, 그리고 약속된 국혼이었다. 베아트리체는 피식 웃음을 흘렸다.
'남들은 다 하는 생일 파티를 왜 안 해? 그리고 넌 귀족 나부랭이가 아니라 이 대륙에 하나뿐인 왕족이다. 잔말 말고 해. 준비는 시종장 아론 쿠피히트가 다 알아서 할 테니까 그런 줄 알아!'
신경질적인 던칸의 목소리가 귀에 들렸다. 겉보기엔 여전히 독재자 같았지만 사실 던칸은 말과 행동이 아주 다른 사람이었다.
'생일이라……'
그녀의 표정이 미묘해졌다. 생일은 딱히 반갑지 않았다. 진심으로 축하 연회를 즐겨 본 적도 없었다. 그날은 그녀가 태어난 날이기도 하고, 버려진 날이기도 했다.

'어쩌면 진짜 내 생일이 아닐지도 몰라.'

그녀는 여느 아기들처럼 사물을 완벽하게 구별하기 전까지 자신이 다시 태어났다는 사실을 깨닫지 못했다. 처음 기억은 약방에서부터 시작되었고 그녀를 키워 주던 노예들은 날짜조차 세지 못했다. 생일이 언제인지 알게 된 건 왕궁의 사람들이 갑자기 찾아와서 데려가던 날이었다. 왕궁에서는 탄신 연회를 열어 주었지만, 이미 전생에서의 자아가 있었기에 생일은 베아트리체에게 그리 특별한 날이 아니었다.

'난 왜 전생을 기억할까?'

아직 아무에게도 전생에 관한 이야기는 하지 않았다. 앞으로도 하지 않을 생각이었다.

'만약 내가 전생을 말한다면…… 그가 믿어 줄까?'

환생은 믿기 어려운 일이기도 하고, 가장 큰 이유는 지금 그녀가 사는 이곳이 신분제 사회이기 때문이다. 전생을 말한다면 전생에서 살았던 환경을 설명해야 했다.

'그곳은 모두가 평등한 신분으로 태어나는 세상이지.'

그런 곳이 있다고 어떻게 말한단 말인가? 환생을 믿는다고 해도 그는 신분제가 없는 현대 사회를 상상하기 어려울 것이다. 만약 환생을 믿지 않는다면 더더욱 문제가 된다.

'이상 세계를 숭배하는 마녀라고 화형을 당할지도 몰라.'

베아트리체는 최근 그가 크게 화를 냈었던 일이 떠올라서 절로 고개를 내저었다. 괜한 갈등을 만들고 싶지 않았다. 아무래도 그냥 혼자만의 비밀로 두는 게 낫겠다.

'게다가 남자는 비밀이 있는 여자를 좋아한댔어.'

이런 비밀은 아닌 것 같지만……. 어쨌든 영원한 비밀로 남겨 두고, 아무한테도 말하지 말자.

'대공님도 그런 건 알고 싶지 않을 거야.'

오늘 왕녀와 대공의 티타임에는 인근 버넷 후작령의 특산품이라는 특별한 과일이 올라와 있었다. '피코'라고 불리는 그것은 달콤하면서 동시에 쌉쌀한 맛이 느껴지는 주먹 반만 한 크기의 과일이었다.

'무화과 같네.'

베아트리체는 보기 좋게 사 등분된 신선한 과실을 입 안에 넣으며 맛을 음미했다. 가운데 씹히는 수많은 씨가 있었지만 거슬리지 않았다.

"처음 먹어 보는 건데, 맛있어요."

"다행입니다."

수도에서는 유명하지 않았지만 버넷 후작은 그 땅에 일궈 놓은 게 많았다. 영지민들과의 유대감도 좋았고, 마을은 굉장히 번영했다. 그래서 던칸은 그에게 반역자라는 굴레를 씌우지 않았다. 물론 '버넷' 성을 가진 이들은 전부 죽었지만, 이는 길버트가 한 일이 되었다.

그 극악무도한 죄인 길버트는 제국의 기사단장에게 단죄받았고, 그 알렉산드로가 왕국의 섭정이 된 지금. 버넷 후작령은 모든 게 평온했다. 후작이 잘 일구어 놓은 모든 것들은 전부 그레이엄에게 돌아갔다. 알렉산드로는 주인 없는 그 인근 영지에서 나오는 자원을 이용해서 물자 교류를 시작할 생각이었다. 말하자면 시범으로. 제국은 영지 간의 경제 불균형이 심했다. 자유 상거래를 활성화시켜 이를 완화해 보려는 생각이었다.

'몇 년, 혹은 몇십 년이 걸릴지 장담할 순 없지만…….'

그는 자신이 할 수 있는 최선을 다하고 싶었다.

"안 드세요?"

알렉산드로는 쉴 새 없이 오물거리는 양 볼을 바라보며 픽 웃었다.

'먹는 모습만 봐도 배가 부르다는 게 이런 기분인가.'

그렇다고 먹는 걸 너무 빤히 바라보면 민망해할 것 같았다. 왕궁의 응접실은 보는 눈도 많은데. 알렉산드로는 흘끗 시종장 아론을 응시했다.

"대공님도 얼른 드세요. 제가 혼자 다 먹는 것 같아서……."

그가 부드러운 미소와 함께 고개를 저었다. 대신 그녀가 마음껏 먹을 수 있도록 넓은 접시의 빈 곳을 자신의 앞으로 돌렸다. 그 순간 아론이 말했다.

"저하, 저희들은 이만 물러가 있겠습니다. 필요하신 게 있다면 부르십시오."

아론은 시종과 시녀들, 그리고 제임스와 제이미까지 데리고 응접실을 나섰다. 어리둥절한 시녀들은 눈치를 살폈으나 시종장인 아론이 워낙 강경해서 따라나설 수밖에 없었다. 단둘만 남았다. 알렉산드로는 아론을 시종장으로 앉힌 그녀의 선견지명에 박수라도 치고 싶었다. 앞으로 약혼녀와 지낼 날들이 한결 수월해지리라.

'역시 눈치가 빠르군.'

우리는 여느 귀족들처럼 정숙한 사람들인데, 시종장이 알아서 자리를 떴을 뿐이다. 이제 지켜보는 이들이 사라졌으니, 그 값을 해야 하지 않겠는가?

"그것보다……."

알렉산드로는 슬쩍 자리에서 일어나 그녀의 옆으로 걸음을 옮겼다. 소파는 함께 앉아도 충분할 만큼 넓었다. 그가 무릎 위에 있던 그녀의 손을 갖고 와 깍지를 끼고 엄지로 손등을 슬슬 쓰다듬었다.

"왜 탄신 연회를 원하지 않는 겁니까."

"아, 그게 사실은……."

자유로운 그의 다른 한 손이 그녀의 머리카락을 간질였다.

"사실은?"

그녀는 저도 모르게 고개를 숙여 눈을 피했다. 비스듬히 앉아 자신을 보는 알렉산드로가 너무 유혹적으로 보여 애써 다른 곳으로 눈을 돌렸다.

"아직 장례 중이기도 하고……."

"수도 귀족들은 이미 연회를 즐긴다고 합니다."

손가락으로 머리카락을 헤집던 그가, 문득 관심이 갔는지 그녀의 귀걸이를 매만졌다. 투명한 보석이 박힌 그것을 손끝으로 둥글리는 통에 귓가가 간지러웠다. 베아트리체는 슬쩍 고개를 옆으로 돌려 그 손길을 피했다. 찌릿찌릿한 감각이 남아 얼굴이 뜨거웠다.

"대, 대공님도 생일을 챙기는 건 별로 안 좋아하시잖아요."

알렉산드로는 세리머니 중에 자신의 생일을 그냥 지나쳤다. 그가 언급하는 걸 좋아하지 않으니 아무도 아는 척하지 않았고, 그녀 역시 몰랐다.

"그래도 왕녀님은 하셔야 합니다."

깍지를 끼고 맞잡은 손에 조금 힘이 들어갔다. 그는 손안에 잡히는 보들보들한 느낌이 좋아서 힘을 주었다 풀었다 했다. 그러다 손을 들어 올려 손등에 입술을 맞췄다.

"왕가의 마지막 후계자가 아닙니까."

"대공님도 하시면 할게요."

"그리하겠습니다."

너무 쉬운 대답에 그녀가 의심하자, 알렉산드로는 진심이라는 듯 고개까지 끄덕였다. 눈이 마주치자 에메랄드빛 바닷물 속으로 빨려 들어갈 것 같았다.

"그게 저하께서 원하시는 일이라면."

"흠흠."

베아트리체는 괜히 다시 고개를 돌려 뜨거운 시선을 피했다. 그대로 입술을 떼는가 싶던 그가 돌연 손가락을 살짝 깨물었다.

"아!"

장난을 치려는 줄 알고 질색한 그녀가 얼른 손을 빼내고 그를 흘겨보았다. 그녀의 대찬 반응에 알렉산드로는 웃으며 손을 떼고 물러섰다. 아무래도 약혼녀는 자신의 불순한 의도에 응해 줄 마음이 조금도 없는 것 같았다.

"하하, 그건 그렇고."

대충 말을 돌린 그가 상체를 소파 깊숙이 기대어 앉았다.

"오늘도 조나스 베르토를 만난다고 하셨습니까."

"네."

알렉산드로는 알았다는 듯 고개를 끄덕였다. 조나스 베르토 자작은 그가 베아트리체에게 소개시켜 준 베르토 후작가의 장남이었다.

"베르토 자작 덕분에 신경 쓸 일이 반으로 줄었어요."

그녀는 진심으로 베르토 자작과의 만남에 감사했다. 베르토 후작 가문은 대대로 엘파사에서 가장 큰 의료원을 소유했다. 영주의 아들인 그는 많은 인맥이 있었고, 덕분에 농경지를 알아보고 약초를 재배하는 일이 순풍에 돛을 단 듯 쑥쑥 진행되었다. 베아트리체는 그녀가 생각해 두었던 특별한 약초를 대량 재배하고 있었다. 알렉산드로는 심지어 이마저도 그녀의 재량으로 해도 된다고 했다.

"그가 당신께 도움이 된다니 다행입니다."

"정말 고마워요, 알렌."

그녀는 자신이 첫 번째로 선택한 이 약초를 반드시 제국에 널리 유통하리라는 꿈을 안고 있었다.

흔들리는 마차 안이었다. 알렉산드로와의 휴식 같은 짧은 산책이 끝나고, 그녀가 향하는 곳은 베르토 후작 저택이었다. 살짝 열린 커튼 사이로 상쾌한 바람이 그녀의 머리카락을 뒤흔들었다. 아직 해가 높이 솟아 있어 날은 밝았지만 그녀의 얼굴은 어두웠다. 알렉산드로와 있을 때와 상반되는 엄숙하고 진지한 표정이었다. 베아트리체는 완성된 「약용식물도감」을 보며 많은 생각을 했다. 분명 책에 적힌 지식은 쓸모 있는 것이었으나 글을 읽지 못하는 평민과 노예에겐 있으나 마나 한 것이다.

'그들을 위해서는 필수적인 약들의 가격을 떨어뜨리는 일이 우선이야.'

그리고 그녀가 첫 번째로 선택한 것은 바로 피임약이었다. 아기 레나의 죽음은 그녀에게 말 못 할 가슴 아픈 일 중의 하나로 남았다. 가시처럼 박힌 그 일을 떠올리면 심장 한구석이 아릿했다. 알렉산드로, 던칸, 레나 역시 금기처럼 누구도 그 일을 입에 올리지 않았다. 평생 가슴에 안고 가야 했다. 그랬기에 그녀는 더 이상 어디에도 버려진 아이들이 없기를 바랐다.

보육원은 지금 던칸이 열심히 힘쓰고 있었고, 그녀가 생각한 대책은 바로 공중 보건을 증진시킬 수 있는 약을 보편화하는 일이었다.

'대공님이 그렇게 흔쾌히 동의해 줘서 정말 다행이지.'

멀쩡한 왕녀라도 분명 추한 소문이 돌았을 텐데, 심지어 그녀는 불임으로 소문이 자자했다.

'그깟 소문 따위가 대수야? 이건 반드시 필요한 약이라고.'

남들이 뭐라고 하는 뒷말이 두려워서 이 일을 접을 수는 없었다. 지금 그녀는 세상을 바꿀 수 있는 위치에 있었다.

'뒤에서나 욕하라지, 뭐.'

어차피 앞에서는 아무 말 하지 못할 테니까. 그녀의 처지는 예전과 완전히 달라져, 더 이상 겁나는 게 없었다. 예비 남편과 시아버지, 시할아버지와 시모, 시누이마저 하고 싶은 일은 다 하고 살라며 자신을 응원했다. 그러니 못 할 게 있을까?

'하고 싶은 거 다 하고 살 거야.'

피임약의 원재료는 눈향나무였다. 껍질, 이파리, 열매까지 모두 쓸모가 있었지만 특히 이파리를 말려서 먹으면 생리가 미뤄졌다. 하지만 독이 있기에 아무나, 아무 데서나 판매할 수는 없었다. 반드시 지침이 필요하다.

그래서 베르토 자작과의 이야기 끝에 의료원에서 저렴한 가격에 피임약을 팔기로 약속했다. 그 대신 그녀가 소유한 농경지에 피임약의 원재료인 눈향나무를 대량 재배하기로 했다. 베아트리체는 충분한 자금력이 있었기에 농경지와 농부들의 인력을 살 수 있었고, 지역 유지인 베르토 자작은 농사에 경험이 많은 농부들과 유통 시장이 있었다.

'괜찮은 협업이야.'

알찬 한 걸음이었다. 수도 밖 영주들과의 만남은 알렉산드로가 차차 주선해 주기로 했다. 베아트리체는 제국에도 똑같은 제안을 했다. 기사단에서 세리머니 행군을 할 때 길에서 가장 많이 본 나무가 바로 눈향나무였기 때문이다.

'약재가 모자란 엘파사만큼 어렵지는 않을 거야.'

그래서 호르헤는 지금 시범적으로 의료원에서 눈향나무 피임약을 저렴한 가격에 팔고 있었다.

'그러고 보니 베르토 자작에게 고맙다는 말을 못 했네.'

베르토 의료원은 그 규모만큼 가장 큰 영향력이 있는 곳이다.

'왕궁에 그렇게 호의적이라니. 처음엔 손해가 있었을 텐데.'

베아트리체는 알렉산드로에게 그 일에 대해서 이야기했고, 그는 베르토 후작가에 세금 혜택을 주었다. 이제 손해를 보는 일은 없을 거라고 말했지만 베르토가 귀찮은 일을 그렇게 열심히 나서서 도와주니 고마울 따름이었다.

어느덧 마차가 멈췄고, 그녀를 기다리고 있었던 것처럼 베르토 자작이 서 있었다. 미소가 뚜렷한 얼굴이라 그리 어려 보이진 않았으나 그는 이제 막 성년이 된 젊은 청년이었다. 그가 손을 뻗어 마차에서 내리는 것을 도왔다.

"왕녀 저하."

"베르토 자작, 잘 지내셨어요?"

살며시 웃은 그녀는 베르토 자작의 안내를 따라 저택의 응접실로 향했다. 후작은 몸이 좋지 않아 그의 아들인 베르토 자작이 대외적인 모든 일을 해냈고, 다행히 그녀와 대화가 잘 통했다.

"여기까지 직접 찾아 주시다니 영광입니다, 왕녀님."

"오늘은 좀 대화가 길어질 것 같아서요."

베아트리체는 시녀가 내온 차를 음미했다. 예의상의 행동이었다. 미혼의 영식과 독대를 하는 자리라 금방 찻잔을 내려놓고 단도직입적으로 궁금한 것을 물었다.

"가격은 떨어질 기미가 보이나요?"

"예, 전처럼 의료원에 새벽부터 줄을 서서 사 가는 이들도 줄었고 근처 약방에서 판매하는 가격도 전보다 많이 낮아졌습니다."

"다행이네요. 의료원에서 대량 판매를 하지 않아서 고맙다는 말을 꼭 하고 싶었어요."

"아닙니다."

매점매석의 우려가 있어서 의료원은 1인당 판매량을 제한했다.

지침이 필요한 약재를 그렇게 팔다 보니 의료원에서는 고용인이 더 필요할 게 분명했다.

"왕궁에서는 민간에 직접 관여하기 어려우니까요."

"아무래도 그렇지요. 왕국의 수도가 본보기가 된다니 책임이 막중한 느낌입니다."

베르토 자작이 걱정스런 얼굴을 하자 베아트리체는 싱긋 웃으며 그를 다독였다.

"이렇게 애써 주시니 분명 잘될 거예요."

조나스 베르토는 뚫어져라 그녀의 웃는 얼굴을 바라보았다. 그는 처음에는 길버트의 아내였던 베아트리체 왕녀를 잘 기억하지 못했다.

'그 정도의 존재감을 가진 왕녀였지.'

하지만 길버트가 반역으로 비참하게 생을 마감한 뒤, 엘파사는 다시 독립국이 되었다. 모두의 입에 오르내리는 왕녀는 제국에서 가장 큰 권력자인 그레이엄 대공과 국혼을 한다고 했다. 궁중 무도회에서나 얼굴을 볼 수 있을까 했던 왕녀가 갑자기 의료원을 찾아와 협조를 요청했을 때는 어안이 벙벙했다. 베르토 가문은 대대로 의료원을 소유해 온 만큼 의약적 지식도 해박했다. 하지만 왕녀 역시 약재에 대해 모르는 게 없었다.

―아시다시피 저 역시 버려진 사생아로 자랐고, 더 이상 이 대륙 어디에도 버려지는 아이들이 없었으면 좋겠어요.

엄청난 지식을 쏟아 내며 그녀가 했던 말은 진솔하고 감동적이었다.

―이제 전쟁은 끝났으니 제가 할 수 있는 일들로 사람들을 돕고 싶어요.

왕녀는 명령을 할 수도 있었지만 협조를 부탁했다.

―저를, 도와주세요.

거만하게 손짓을 해도 따를 수밖에 없었을 텐데, 왕녀의 방식은 결코 그렇지 않았다.

―눈향나무가 성공하면 그 후로는 다른 약의 가격을 많이 내릴 거예요.

이제 막 성인이 된 베르토 자작은 자신을 존중하는 왕녀의 말투와 태도가 아주 마음에 들었다. 아픈 부친을 대신해 많은 일을 해 왔음에도 나이가 어려 은근한 무시를 받았던 것이다. 독립 전의 영주였던 길버트는 탐욕스런 인간이었고, 그전의 왕은 거만해서 대화가 불편한 사람이었다. 그래서 베르토 자작은 베아트리체와 대화를 하는 일이 즐거웠다.

"재배하는 양은 언제쯤 안정될까요? 제국에서는 아직 재배를 시작하지 않아 수입에는 무리가 있어요."

"채취할 수 있는 기간이 정해져 있다 보니 아직 확신하긴 어려울 것 같습니다."

"장기적으로 생각은 하고 있어요. 아무래도 소비가 빠른 약재라서 지금 수입을 했다가는 제국에서도 가격이 오르겠죠?"

"맞습니다. 아직은 두고 봐야 할 것 같습니다, 저하."

"마음이 급해서 베르토 공에게 매번 빚을 지네요."

"빚이라니요. 왕녀님께 도움이 된다면 어떤 일이든 하겠습니다."

"하하."

갑작스런 충성 맹세에 베아트리체는 웃음을 터뜨렸다.

'젊은 사람이 요즘 사람들 같지 않게 참하네.'

아픈 아버지를 대신해서 열심히 베르토 가문을 이끌고, 그녀를 도와 앞장서는 모습을 보니 대견했다. 그렇다고 베르토 자작이 그녀에게 비밀스런 부탁을 하거나 직책을 바란 적도 없었다. 이제 약재의 가격을 안정화시키는 데 협조하는 모든 이들은 세금을 감면받을 것이다. 왕궁은 세금으로 혜택을 주고, 중간 상인들은 가격을 낮춰 사람들에게 판매할 것이다.

"고마워요."

베르토 후작 가문은 베아트리체가 없었다면 왕권 후계 명단의 첫 번째가 되었을 것이다. 하지만 그는 다른 마음을 품지 않았고, 그녀는 처음으로 베르토 후작 저택까지 방문했다. 베아트리체는 그가 꽤 마음에 들었다.

"베르토 후작의 쾌유를 빌어요."

둘은 남은 대화를 나누었고, 저녁 시간이 되기 전에 베아트리체는 먼저 자리에서 일어났다. 아쉽게도 후작 부인이 청하는 만찬은 거절했지만 그녀는 베르토 자작과 앞으로도 좋은 관계를 유지하고 싶었다. 왕궁으로 돌아가는 마음이 한결 가벼웠다. 지나온 길을 돌아가는 마차는 전보다 빠르게 느껴졌다.

"저하, 저녁 식사 시간이 한참 늦었습니다. 어서……."

"식사는 괜찮다. 별로 배가 고프지 않아. 우선 서재로 가야겠어."

시녀들이 걱정스런 눈을 뒤로하고, 베아트리체는 서재로 향했다. 그녀의 서재는 여느 왕녀들의 것과는 달랐다. 온갖 문서들이 펼쳐진 어지러운 책상은 차라리 학자의 것에 가까웠다. 「약용식물도감」의 4번째 권이 집필 중에 있었다. 약초들을 재배하는 기록들을 적어 뒀던 것도 한곳에 잘 모아 두었다. 한쪽에는 의약교육원 건립과 관련된 것도 한가득했다. 베아트리체는 이 모든 일들이 너무나 즐거웠다. 하고 싶던 일이다.

'이 제국은 지금보다 훨씬 번영할 거야.'

제 핏줄이든 남의 핏줄이든, 그녀의 다음 세대가 살게 될 제국은 분명히 번영할 것이다. 베아트리체는 아기를 데리고 맡길 곳이 없어 전전긍긍하던 과거가 생생하게 기억났다. 적어도 숲에 버려지는 이들은 전만큼 많지 않으리라. 아기 레나는 땅에 묻혔으나 많은 것을 남겼다. 적어도 아기의 흔적만큼은 네 사람의 기억 깊숙한 곳에 영원하리라.

'그는 괜찮을까.'

알렉산드로는 기사였고, 그는 남녀노소를 가리지 않고 어떤 형태이든 죽음에 익숙했다. 하지만 듣기로는 그가 조용히 아기가 묻힌 묘지에 들를 때가 있다고 한다. 그녀에게는 일절 내색하지 않았다.

'괜찮은 것처럼 보이지만 그렇지 않아.'

아픈 기억은 누구에게나 있는 법이라 그녀는 외롭지 않았다. 누구든, 어떤 방식으로든 상처를 입고 그것은 때로 지워지지 않을 흉터를 남긴다. 삶은 얻는 것도 있었고, 잃는 것도 있었다. 그리고 계속되는 것이기에 그녀는 슬픔에 빠지기보다 자신이 할 수 있는 일에 최선을 다하기로 했다.

"책상이 너무 어지럽네."

그녀는 생각난 김에 책상을 정리하기로 했다. 잡념이 들 때 한 번씩 하는 일이었다. 시녀가 하는 일이었으나 그녀는 책상만큼은 시중을 거절했다. 어느 정도 정리가 되고, 베아트리체는 호르헤에게 편지를 쓰기 위해 깃펜을 들었다.

'호르헤 원장님이 문제인데······.'

서신이 오가던 중 호르헤가 의약교육원의 이야기를 듣고 큰 관심을 보였다. 그는 엘파사로 오고 싶어 했다. 기사단의 간호과는 일종의 병원이었고, 호르헤는 인재를 양성하는 학교에서 연구를 하길 원했다.

원래도 그는 의사라기보다는 학자에 가까운 사람이라 베아트리체는 쉽게 수긍했다. 호르헤가 오면 의약교육원을 만드는 일을 본격적으로 시작할 예정이었다. 광산에서 나오는 금괴만으로 예산은 넉넉했다.

'레나 언니도 만나 뵈어야 하는데.'

정말 할 게 많았다. 단기간에 끝낼 수 있는 일이 아니라, 평생이 걸릴 일이었다.

'저하께선 역사상 가장 바쁜 왕녀님이실 겁니다.'

아론이 우스갯소리로 말했다. 틀린 말은 아니지만 모든 건 그녀가 원해서 자발적으로 해내는 일들이었다. 일에 몰두함으로써, 또다시 신분이 바뀌면서 겪었던 말 못 할 긴장감이 조금씩 가시는 것 같았다. 이 자리에 있으면서도 의지대로 삶을 살 수 있다는 사실이 그녀를 편안하게 만들었다. 이만큼 자신을 배려해 준 알렉산드로에게 고마웠다.

'이제 더는 바랄 게 없어.'

딱 한 가지만 빼고. 알렉산드로는 후계와 관련된 모든 걸 자신이 책임지겠다고 말했지만 그래도 걱정스러웠다.

'아니야, 마음을 편하게 먹어야 한다고 했어.'

임신은 그녀의 손을 떠난 일이었다.

'내가 걱정을 하거나 말거나 결과는 달라지지 않아.'

걱정하는 일의 9할은 실제로 일어나지 않는 일이라고 했다. 하늘을 봐야 별을 딸 게 아닌가? 지금처럼 가뭄에 콩 나듯 올려다보는데 별이 떨어질 리 없었다.

'더 자주 하늘을 올려다보면 답이 나오겠지.'

일단 결혼이나 한 뒤에 생각해야겠다.

34. 생일날의 선물

34. 생일날의 선물

아침부터 엄청난 관악대의 행렬이 왕도를 지나갔다. 화려한 탄신 연회가 시작되었고, 왕도는 하루 종일 축제 분위기에 휩싸였다. 마을에는 화려한 색색의 깃발이 내걸렸고, 왕궁은 창고를 개방해 고기와 곡식을 나누었다.

"베아트리체 왕녀 저하께서 베풀어 주신 양식이오!"

그로 인해 광장이 떠들썩했다. 왕녀의 생일은 모두의 축제일이 되었다. 왕궁 역시 마찬가지였다. 끝없이 이어지는 선물 행렬에 베아트리체는 한참이나 자리를 지키고 있어야 했다. 귀족들은 1년 만에 열린 공식 연회에 참석하느라 너 나 할 것 없이 마차를 이끌고 왕궁에 도착했다.

그렇게 떠들썩한 하루가 지나가고, 밤이 되자 이어진 궁중 무도회는 연회장이 가득할 만큼 사람이 많았다. 언뜻 보기에 제국의 모든 귀족이 모인 것처럼 연회장이 바글바글했다. 처음으로 왕녀와 대공을 마주하는 자리. 인근 영주들뿐만 아니라 먼 곳에서 온 귀족들도 있었다.

"저하, 생신을 축하드립니다!"

"왕녀 저하, 정말 아름다우십니다!"

베아트리체가 대공의 에스코트로 연회장에 들어서자 바닷물이 빠지듯 모든 이들이 길을 터 주었다.

"저하, 눈이 부실만큼 아름답습니다! 생신을 축하드려요!"

"왕녀님, 드레스가 너무도 잘 어울리셔요!"

베아트리체는 귀족들의 연회에 쉽게 적응했다.

"고마워요, 마르티네즈 후작 부인, 모르간 백작 부인."

일일이 모두의 이름을, 그것도 모를 법한 이들의 이름까지 외워 웃어 주었던 왕녀는 없었다.

"바네사 백작 영애."

제1왕녀였던 알리시아도, 왕비도 그런 사람이 아니었다. 게다가 엘파사의 귀족들은 자신들의 처지를 모르지 않았다. 베아트리체 왕녀는 더 이상 그들이 함부로 할 수 있는 반쪽짜리가 아니었다.

짧은 축사가 끝나고, 궁중 악단의 지휘에 맞춰 익숙한 박자의 음악이 흘러나왔다. 베아트리체는 자신에게 내밀어진 손을 잡고 대공과 함께 중앙에 위치한 홀로 걸음을 옮겼다. 둘은 각자의 무리에 섞이기 전에 세 번째 곡까지 춤을 춰야 했다. 베아트리체의 허리를 단단히 붙잡은 그는 능숙하게 음악에 맞춰 몸을 움직였다.

제일 먼저 그들이 움직이기 시작하자 다른 귀족들 역시 짝을 이뤄 홀로 뛰어들었다. 그러자 귀부인들의 드레스 자락이 나부끼며 연회장은 꽃송이들이 휘날리듯 멋진 장관을 이루어 냈다. 첫 곡이 끝나고, 두 번째는 더 느린 박자의 조용하고 우아한 음악이 흘러나왔다. 알렉산드로는 기다렸다는 듯 그녀의 허리를 더 가깝게 끌어안고 말했다.

"생신을 진심으로 축하드립니다, 저하."

베아트리체는 그저 미소로 대답을 대신했다. 그녀에게는 여전히 오늘이 자신의 생일처럼 느껴지지 않았다. 꼿꼿이 세우고 있던 허리가 아프고 목이 저렸다. 그의 품이 오히려 편안할 정도였다. 그녀는 몸을 알렉산드로에게 맡긴 채 그의 손길을 따라 움직였다.

"대공님께서 사교댄스에 능숙하셔서 정말 다행이에요."

그녀는 이런 춤에 익숙하지 않았다. 승마도, 사교댄스도, 몸으로 하는 것들은 아무리 배워도 영 박자를 맞추기가 어려웠다.

"그렇게 말씀해 주니 저야말로 다행입니다. 배워 놓은 게 쓸모가 있어서."

그의 대답에 베아트리체가 작게 웃었다. 그녀는 알렉산드로가 연회에서 어떤 모습인지 전혀 아는 바가 없었다.

"능숙하게 추시는 걸 보니 확실히 경험이 많으신가 봐요."

많은 이들에게 둘러싸여 둘만의 이야기를 하고 있으니 분위기가 묘했다. 오직 둘뿐인 듯, 시끌벅적하지만 비밀스러워서 둘은 가슴이 쿵쾅거렸다. 알렉산드로는 품에 안은 작은 여체가 흘리는 향기에 숨이 멎을 것만 같았다. 매일 밤이 고역스러웠지만 오늘 밤은 정말 혼자 잠들기 싫은 저녁이 될 거라는 강한 예감이 들었다. 깊이 고개를 숙인 그가 그녀에게만 들리게 속삭였다.

"네가 처음이야."

밤은 길고, 또 길 것이다. 이제 악단의 연주가 전부 끝나면 그는 고루한 영주들을 보러 가야 했고, 그녀는 귀부인들과 영애들을 만나러 가야 했다.

"그리고 마지막이겠지."

그러니 이 순간이 끝나지 않았으면 좋겠다. 전보다 훨씬 바쁜 하루, 꼴 보기 싫은 이들을 매일같이 상대해야 하지만 알렉산드로는 지금의 삶이 전보다 훨씬 나았다. 비교도 할 수 없을 만큼. 딱 하나 바라는 게 있다면 제발 하루빨리 결혼식을…….

"에이, 뭐든 말만 하면 전부 제가 처음이라고 하시네요."

이내 고개를 치켜든 그가 평소 그 무심한 얼굴로 전방을 주시하며 입술을 열었다.

"진심입니다, 저하."

"듣기 좋은 소리만 하시는 거 다 알아요."

알렉산드로는 그레이엄 공작가의 장남이었다. 나이도 적지 않았다. 아무리 전쟁터에 오래 있었다 한들 연회에도 자주 갔을 텐데 그게 어떻게 가능하단 말인가?

"저는…… 드레스를 입은 분내 나는 사람, 그 말소리나 웃음소리를 별로 좋아하지 않았습니다."

어머니가 떠올랐던 까닭이다. 알렉산드로는 한참이나 설명했다. 아주 어릴 때부터 공작저에서 교육을 받았지만 그 누구에게도 먼저 춤을 신청하거나 함께 춰 본 적은 없었다. 성인이 되기 전 전장으로 나섰고, 기사들과 함께했던 연회는 영애들과 춤을 추는 자리가 아니었다. 그보다 훨씬 음탕했다. 알렉산드로는 거기까지 말하지는 않았다. 자신은 함께 즐기진 않았으니 약혼녀에게 괜한 오해를 살 필요는 없었다.

"대공님의 첫 파트너가 저라니, 영광이에요."

알렉산드로는 귓바퀴에 입술이 닿을 만큼 다시 가깝게 다가왔다.

"입맞춤 역시 처음이었지. 많이 티가 났나?"

그 속삭임에 순간 깜짝 놀란 베아트리체는 발을 삐끗하고 말았다.

"아!"

얼른 그가 잡아 주었지만 굽 높은 구두 위에 있던 베아트리체는 더 이상 춤을 출 수 없었다.

"어머나!"

"저하, 괜찮으신가요?"

"세상에, 어디 다치시거나 하지는 않으셨겠지요?"

사방에서 의아하고 걱정 어린 시선을 받은 그녀는 짐짓 의연한 척 헛기침을 했다.

"잠시 쉬고 와야겠군요."

아무렇지 않은 듯 말했지만 창피해서 얼굴이 타 버릴 것 같았다. 괜찮으니 음악을 멈추지 말라는 당부와 함께, 그녀는 뜨거운 얼굴을 감추기 위해서 알렉산드로의 부축을 받으며 테라스로 향했다.

모두의 눈길이 쏠렸지만 아직 음악이 끝나지 않았기에 테라스에는 둘뿐이었다. 시원한 바람이 스치자 확 달아올랐던 얼굴이 식는 것 같았다. 한쪽에 마련된 소파에 앉자 알렉산드로가 얼른 한쪽 무릎을 꿇고 그녀의 발목을 살폈다. 약혼자의 걱정스런 시선을 받은 그녀의 입술이 바짝바짝 말랐다. 굽 높은 구두 때문에 살짝 삐끗하긴 했지만 이 정도는 별것 아니었다.

"괜찮아요."

제 몸처럼 걱정하는 그의 얼굴을 내려다보던 베아트리체는 손으로 얼굴을 부채질했다. 발목보다는 뜨거운 얼굴이 더 문제였다. 연회장과 연결된 테라스는 훤히 뚫려 있어 모두가 그들을 볼 수 있었다. 안에서 힐끔거리는 시선이 쏟아졌다.

다행히 음악이 바뀌어 빠른 박자의 신나는 곡이 흘러나왔다. 이제야 제대로 흥이 오른 듯 시끄러운 웃음소리도 함께였다. 반면 둘뿐인 테라스는 조용했다.

"그냥 조금 쉬고 싶었는데, 차라리 잘됐죠."

"잘됐기는 무슨……."

"정말 내가 처음이에요?"

알렉산드로가 거짓말을 할 리 없지만 그래도 믿을 수가 없었다. 자신과 했던 게 그의 첫 키스라니…….

'그렇기엔 너무 능숙했어.'

정확히 어떤 게 잘하는 건지는 모르겠지만, 상대의 기분을 그렇게 황홀하게 만들었으면…… 잘하는 거 아닌가?

'제국은 16살부터 성인인데.'

설마 9년간 키스 한 번을 하지 않았을까? 하지만 그의 표정을 보니 진짜인 것 같았다. 진지한 눈빛이 오가고, 얼굴을 굳혔던 그가 느릿하게 답했다.

"그렇습니다, 저하."

순간 다가오는 발소리가 느껴졌다. 시녀가 그들의 눈치를 살폈다. 베아트리체는 와인을 부탁했고, 테라스에는 또다시 둘만 남았다. 달콤한 시간을 보내는 연인을 보고 귀족들은 아무도 이곳에 걸음 하지 않았다.

"대공님, 우리 둘뿐이잖아요. 편하게 말씀하세요."

"제가 실수했습니다. 연회장에서는 둘만의 비밀스런 이야기를 전하기 위해서였습니다만…….."

"저도 비밀 얘기를 하고 싶단 말이에요. 우리 '둘만' 할 수 있는 얘기를요."

그녀가 부러 강조하자 어조에 섞인 미묘한 뉘앙스가 야릇하게 들렸다. 눈썹을 꿈틀한 알렉산드로는 그제야 살며시 눈웃음을 보였다.

"무엇을?"

허락이 떨어지자 그녀의 얼굴이 드물게 장난기를 띠었다.

"대공님, 혹시……."

알렉산드로의 손목을 잡아 옆에 앉힌 베아트리체는 귓속말을 하려는 것처럼 손 모양을 했다. 얼른 고개를 낮춘 그가 그녀의 물음을 들었다.

"그것도…… 내가 처음이에요?"

어쩌면 그럴 수도 있다는 생각이 들었지만 딱히 어떤 대답을 바라고 물은 건 아니었다. 그저 궁금했을 뿐이다. 그리고 매번 자신의 얼굴을 뜨겁게 만드는 이 발칙한 남자를 골려 주고 싶었다.

"……."

그런데 예상외로 그는 난감한 얼굴을 했다. 다른 곳으로 시선을 돌리며 곤란한 듯 쉽게 대답을 하지 못했다. 때마침 시녀가 와인을 가져다주었고, 그녀는 좋은 날이니만큼 즉시 다른 종류의 술도 부탁했다. 베아트리체는 와인을 들이켜고 빈 잔을 옆에 두었다.

반면 그는 들고 있던 술을 한 모금도 마시지 않았다. 한참이나 대답 없이 다른 곳을 보기에 베아트리체는 그의 대답을 예상했다. 남들에게 남색가로 오인까지 받았을 만큼 여자를 좋아하지 않던 사람이라 어쩌면 그럴지도 몰랐다.

"정말로요?"

그녀의 목소리에 놀란 웃음기가 섞였다. 자주 보기 힘든 연인의 난처한 표정이 즐거웠다. 그가 정말 한 번도 경험이 없었다니, 믿을 수 없지만 그녀는 더 이상 묻지 않기로 했다. 처음 목적대로 난감한 그의 얼굴을 봤으니 충분했다.

"전장에서······."

"아하."

그래, 경험은 있었겠지. 그는 꽤 능숙했다. 아주, 많이.

"그럴 줄 알았어요."

처음 해 보는 이 대화는 흥미로웠다. 자정을 향해 가는 늦은 밤, 모두가 그들을 지켜보는 공간이지만 누구도 듣지 못할 은밀한 이야기라서 짜릿했다. 게다가 둘은 평생을 함께할 사이인 데다 서로를 사랑하는 연인이었다.

"저하, 달콤한 와인입니다."

다른 잔을 가져다준 시녀가 두 사람을 흘끔거렸다. 오늘은 왕녀의 탄신일인 데다, 대공과 왕녀의 분위기가 전에 없이 부드러웠다. 늘 테이블을 가운데 두고 딱딱한 이야기를 하는 것과는 달랐다. 왕녀는 약혼자에게 살짝 몸을 기대고 있었고 대공은 그런 그녀의 어깨를 감싸 안았다. 의외로 잘 어울리는 연인이었다.

'식당에서 **뺨**을 때리셨다던데, 그건 사실이 아니었나?'

어쩌면 그런 관계를 즐기는 연인일지도 모른다.

'이상한 취향을 가진 귀족들은 많으니까.'

그렇게 고개를 끄덕인 시녀가 둘을 방해하지 않기 위해 얼른 자리를 비켜 주었다.

"다른 남자들처럼 난잡하게 지냈던 건 아니다."

알렉산드로는 저도 모르게 변명하듯 덧붙였다.

"난 그들과 달랐어."

"푸훗."

순간 와인을 마시던 베아트리체는 사레가 들려 기침을 했다. 다행히 내뿜진 않았지만 목이 따가웠다.

"괜찮은가?"

"흠흠. 네, 괜찮아요."

아무렇지 않게 대답을 하긴 했지만 그의 얼굴을 마주 보기가 민망했다. 이런 변명까지 기대하진 않았다. 그가 자신의 과거를 묻는다면 그녀는 할 말이 없었다.

'괜히 물어봤어.'

하지만 그의 변명은 거기서 그치지 않았다.

"갓 성년이 되었을 때쯤, 큰 전투를 앞두고 다 같이 술을 잔뜩 먹었는데 일어나 보니……."

이왕 밝혀진 과거사를 행여 그녀가 오해할까, 알렉산드로는 하나도 감추고 싶지 않은 사람처럼 술술 털어놓았다.

"알았어요. 말하지 않아도 되니까 걱정 마세요."

안도의 한숨을 내쉰 그는 품 안의 연인을 바라보았다.

"입맞춤은 정말 처음이 맞아."

"하하, 대공님도 말 못 할 비밀 하나쯤은 남겨 두세요."

그녀의 작은 웃음소리는 연회장에서 들리는 소리에 묻혔다. 한쪽은 시끄럽고 한쪽은 완전히 고요했다. 많은 사람들에게 둘러싸인 채, 모두에게서 차단된 기묘한 분위기였다. 인파 속에 단둘만 갇혀 있는 것 같다.

'결혼식도 이렇겠지?'

내일이면 당장 국혼이 시작되고 세상에 '부부'로서 가족임을 인정받을 것 같은 그런 기분이 들었다. 술기운 때문일지도 몰랐다. 취할 듯 말 듯 세상이 살짝 어지럽고 웃음이 나오는 그런 느낌. 자주 술을 마시지 않으니 오늘은 특별히 기분이 좋았다. 그가 어떤 생각을 했는지는 모르지만 의도만큼은 확실히 전해졌다.

"솔직하게 말하고 싶었던 거죠."

그녀는 판도라의 상자를 열기로 했다. 과거사는 그녀에게 더욱 말하기 힘든 것이다. 그런데 묻질 않으니 차마 먼저 말을 할 수 없었다.

"저한테 궁금한 거 있으세요?"

어쩌면 자신이 모든 걸 말해 주길 기다렸을지도 모르지만 그런 용기는 없었다.

"과거에 있었던 일이라든지……."

알렉산드로는 단호하게 고개를 저었다. 다른 남자와 관련된 일이라면 더 이상 알고 싶지 않았다.

"다만…… 아직도 생일이 즐겁지 않은 이유가 궁금하군."

알렉산드로는 어머니에 대한 진실을 알고부터 한층 가벼운 마음으로 생일을 받아들일 수 있었다. 그런데 베아트리체는 생일에 아무런 의의를 두지 않는 것 같았다. 그녀에겐 본인의 생일이 그저 큰 연회처럼 보이는 듯했다.

"혹시."

밤 냄새를 가득 담은 선선한 바람이 그들을 스치고 지나갔다. 그녀의 눈동자에 비치는 편안한 자신의 모습이 이제는 익숙했다. 세상 어디에도 없을 다정한 남자처럼 보였다.

"내게 말하지 않은 비밀이 있는 건 아니겠지?"

잠시 말이 없던 그녀는 알렉산드로의 어깨에 고개를 기대었다. 눈을 감고 있으니 자신을 감싸 안은 팔에 힘이 느껴졌다.

'모든 게 꿈같아.'

그런 그녀를 현실로 잡아끄는 것은 바로 알렉산드로였다. 코를 스치는 그의 향기, 자신을 단단히 붙잡은 강인한 팔, 이마에 느껴지는 그의 심장 박동이 모든 게 현실임을 말했다. 그가 전생을 기억한다는 말을 믿을지, 믿지 않을지 하는 고민은 조금도 들지 않았다. 그녀는 다른 것을 생각하고 있었다.

"만약에 다시 태어나면요."

과거가 아니라, 미래였다.

"우리가 서로를 기억할 수 있을까요?"

이 삶에서 사랑을 빼고 나면 남는 게 있을까. 기적 같은 서로의 존재를 빼고도 그 삶을 살았다고 말할 수 있을까. 당신이 없는 또 다른 삶을 내가 살 수 있을까. 베아트리체는 몸을 일으켜 앉아 사랑하는 남자를 응시했다.

알렉산드로는 그 물음을 곱씹었다. 아주 뜬금없는 말이지만 그녀가 너무 진지한 탓에 쉽게 넘길 수가 없었다.

'다시 태어나면 전생을 기억할 수 있을까…….'

세상에는 정확한 해답이 없는 질문들이 있었다. 공통된 진리는 없고, 그저 자신의 경험이나 믿음으로 답을 내려야 했다. 그것은 정답이나 오답이 없는 대신, 각자의 생각에 따른 것이라 백 명은 저마다 다른 백 개의 답을 가졌다.

"할 수 있을지 모르겠지만…… 반드시 기억하고 싶다."

그의 지난 삶은 고되었다. 좋은 날보다 슬프고 힘든 날들이 훨씬 많았다. 하지만 죽음을 위해서 전장에 뛰어들었던 남자는 이제 오 간 데 없었다. 끔찍했던 과거 역시 '지나간 일'이라고 담담히 말할 수 있는 순간이 드디어 그에게도 찾아왔다. 어둠 속의 촛불처럼 가물가물하게 보이던 희망은 이제 그를 가득 채웠다. 알렉산드로는 앞으로도 영원히 행복하리라는 확신이 보였다.

"그리고."

이 극적인 삶의 전환점에는 바로 그녀가 있었다.

"다시 너를 찾아갈게."

베아트리체는 아무런 말도 할 수 없었다. 그가 하는 말들이 믿겼다. 알렉산드로라면 정말로 그렇게 할 수 있을 것 같았다. 다시 태어나도 또다시 자신을 찾아와 사랑한다 말할 것만 같았다. 다시 환생한다 해도 그를 만날 수만 있다면 더 이상 두렵지 않았다.

삶은 행운이고, 행복이었다. 그러고 나니 오늘이 자신의 생일처럼 느껴졌다. 그의 뒤로 보이는 밤하늘이 가슴으로 쏟아져 내릴 것만 같았다. 가슴이 터질 것 같았다. 그녀의 환한 웃음을 바라보던 알렉산드로는 조용히 속마음을 읊조렸다.

"다시 태어나도 또 너를 사랑할게."

그는 미신 같은 것을 믿지 않았지만 그녀가 말하는 것들은 믿었다. 그리고 사랑을 믿었다. 사랑은 영원한 것이리라. 자신의 심장을 태우고 삶을 밝히는 이 뜨거운 감정은 시간이 지나도 색이 바래지 않고 영원토록 그 자리에 있으리라. 어떤 것에도 깨어지지 않을 듯 단단한 눈빛은 그녀를 향한 신뢰를 가득 담았다. 베아트리체는 더 이상 생각하지 않고 입술을 움직였다.

"대공님, 사실 저는……."

그때였다.

"저하, 생신을 축하드립니다!"

"저하, 목걸이가 너무나 아름답습니다. 그레이엄 대공님께서 선물해 주신 건가요?"

"세상에, 저런 보물은 처음 봅니다!"

어쩐지 궁중 악단의 연주가 끝난 것처럼 안이 조용했다. 한 무더기의 귀부인들이 테라스를 찾았고 순식간에 주변은 소란스러워졌다. 길버트의 아내였던 예전과는 완전히 달랐다. 그때는 아무도 그녀에게 말을 걸지 않았기에, 이번 탄신 연회가 베아트리체에게는 사교계 입성이나 다름없었다. 몇몇 영애들은 알렉산드로를 흘끔거렸지만 그 역시도 곧 귀족들의 무리에 둘러싸였다. 둘은 어느새 각자의 무리에 섞여 멀어졌다.

"그레이엄 대공님, 곧 있을 국혼을 축하드립니다. 저는 조지아 후작가의 장남, 파인만 조지아입니다."

"대공님, 오랜만에 뵙습니다. 기억하실는지요? 테인만 백작입니다."

"처음 뵙겠습니다, 각하. 저는 고일 구스타프 후작입니다. 위대한 우리 제국의 영광을."

"각하, 이제야 인사를 올립니다. 지난번 만찬을 함께했던 마르티네즈 후작입니다."

알렉산드로는 자리에서 일어나며 짧게 인사했다.

34. 생일날의 선물 | 219

"오랜만이오."

그는 눈으로 베아트리체를 좇았다. 자신과 달콤한 시간을 보내던 연인은 어느새 귀부인들 사이에서 웃고 있었다. 아쉽지만 어쩔 수 없었다. 알렉산드로가 눈짓하고 먼저 테라스를 나서자 남자들은 자연히 뒤를 따랐다. 악단은 조용한 곡을 연주했고 테라스의 친목에 끼지 못한 귀부인들은 저마다 모여 무리를 지었다. 알렉산드로는 밖이 가장 잘 보이는 곳에 자리를 잡았다. 이렇게 방해를 받는 게 퍽 씁쓸했지만 어쩔 수 없었다. 베아트리체와 귀부인들의 대화 역시 즐거워 보였다.

그녀의 할 일이었다. 국혼이 끝나고 황궁으로 들어가면 수도의 사교계에서도 똑같이 해야 했다. 지금 그가 황제가 되기 위해 정무를 익히듯이, 그녀 역시 이곳에서 경험을 쌓고 있었다. 알렉산드로는 자신이 곁에 없어도 어색하지 않은 그녀를 보며 상반된 기분이 동시에 들었다. 내키기도 하고, 내키지 않기도 했다.

"각하, 국혼이 얼마 남지 않았습니다. 혹시 그레이엄 전하께서 또 엘파사를 방문하시는지요?"

이름을 밝혔던 이들 중 한 명이 물었다. 남자들이 하는 이야기들은 뻔했다. 왕국 귀족들의 모든 관심은 제국에 관한 것이다. 알렉산드로는 제국의 대공으로서 엘파사를 섭정하고 있었기에 최대한 자주 봉신들을 마주했다. 하지만 기사 출신인 만큼 딱딱하고 위압적인 사람이라 만찬장이나 회의에서 그를 어려워하는 경우가 많았다.

"장담하진 못하겠군."

이번엔 편안한 자리니만큼 먼저 농담을 건넸다.

"모두가 알다시피 변덕이 심하신 분이 아닌가."

그 말에 한바탕 웃음이 터졌다. 한결 부드러워진 분위기에 편한 대화가 오갔다. 귀족들은 그와 연을 맺기 위해 최선을 다했고 알렉산드로는 끊임없는 질문에 짧은 대답만 할 뿐이었다.

"각하, 제국에서 물자를 수입하신다고 들었습니다. 제국은 평야가 넓어 곡식이 풍부하다더군요. 혹시 제 영지의 물자와 교역을 할 수 있을지요?"

조심스런 마르티네즈 후작의 말에 알렉산드로는 단호하게 대답했다.

"서면으로 요청하시오. 보고 판단하지."

"어떤 조건이든 맞춰 보겠습니다."

"그대의 성의는 고맙소."

알렉산드로의 눈은 여전히 연인을 좇았다. 베아트리체의 앞을 가리는 누군가 때문에 보였다가 보이지 않기를 반복했다.

"각하, 듣기로 제국의 귀족들 중에는 후작 가문이 많다 하던데, 그렇습니까?"

그때 마침 베아트리체가 들고 있던 와인을 마시는 게 보였다. 알렉산드로는 의미 없이 입술을 움직였다.

"유서 깊은 가문은 그리 많지 않지."

술이 센 편이 결코 아닌데 그녀는 오늘 정말 기분이 좋은지 벌써 석 잔째였다. 둘만 있을 때, 자신에게 하려던 마지막 말이 뭐였는지 퍽 궁금했다.

"제가 듣기에는 수도에 거주하는 중앙 귀족들이야말로 실세라고들 하더군요. 각하, 사실인지요?"

하얀 얼굴에 불그스름한 볼을 보니 점점 취기가 오르는 것처럼 보여 걱정스러웠다. 그러면서도 그녀는 연신 고개를 끄덕이며 다른 영애의 이야기를 들었다. 알렉산드로는 무심하게 대꾸했다.

"사실이라 하더라도 그대와는 관련이 없을 것 같군."

그리고 다른 귀부인들과 같이 웃음을 터뜨렸다. 소리는 들리지 않았지만 재미있는 얘기를 하는 것 같았다.

"각하, 국혼 뒤에 곧 황제의 자리에 오르신다고 들었습니다. 다들 하는 말이지만 황좌가 너무 오래도록 비어 있는 게 아닌가 염려되는지라, 정확히 언제쯤으로 예상하시는지요?"

연이어 베아트리체가 네 번째 술잔을 손에 들었다. 알렉산드로는 저도 모르게 날카롭게 대꾸했다.

"언젠가 때가 오겠지. 탐나시오?"

설마 저것까지 마시는 건 아니겠지. 조마조마한 마음으로 지켜보았다. 다행히 음미하듯 살짝 입술만 대고 다시 잔을 내려놓았다. 오늘따라 그녀의 입술이 유달리 붉어 보였다.

"무, 무슨 말씀이십니까. 저는 추호도 그런 생각을 해 본 적이 없습니다, 각하! 믿어 주십시오."

"황좌에 관심이 지대한 듯 보여 한 말이오."

하얀 얼굴에 검은 머리, 그리고 붉은 입술이 이상하게 야하게 보였다. 당장 그녀와 하고 싶은 일들이 머릿속에 그려졌다. 갈수록 변한다고 했지만 그는 잘 모르는 일이었다. 다만 가끔, 자신에게 이런 모습이 있었나 스스로 놀랄 때가 있기는 했다. 그녀가 지나치게 부끄럼을 탈 때면 그게 귀여워 자꾸만 더 괴롭히고 싶어졌다. 물론 그런 짓궂은 장난기는 오직 그녀에게만 발휘되었다.

"각하, 즉위하신 뒤에 세율을 낮추기로 하셨다는 말을 들었습니다. 그게 사실인지요?"

"긍정적으로 고려하고 있소."

어떤 영애가 그녀의 목걸이에 관심을 보이는지, 베아트리체는 그것을 살짝 들어 보였다. 가는 목에 루비가 주렁주렁 달린 목걸이는 단연 눈에 띄었다. 그것은 자신이 선물한 것이다. 귀부인들이 자신이 있는 연회장 안쪽을 일제히 돌아보았다. 목걸이는 자신의 선물이라 말을 한 듯했다.

"각하, 후실은 언제쯤 들이실 예정이십니까?"

"안타깝지만 더 이상 내 후실이 되고 싶어 하는 이들은 없는 것 같군."

그 순간 알렉산드로는 베아트리체와 시선이 얽혔다. 꽤 거리를 두고 있었지만 정확히 눈이 마주치자 짜릿한 기분이 들었다. 많은 사람들이 각자의 곁에 있음에도 단둘만 있는 기분이 들었다. 뚫어져라 응시하니 멍한 얼굴로 자신을 바라보는 게 사랑스러웠다. 당장 달려가 입 맞추고 품에 안고 싶었다.

"하지만 후실을 들이셔야 할 텐데요, 각하. 제가 엘파사 출신 영주들에게 들은 바로는……"

자신을 보고, 어떤 영애가 베아트리체에게 귓속말을 했다. 그런데 무슨 얘기를 했는지 그녀의 얼굴이 순식간에 달아올랐다. 급하게 자신의 시선을 피하고 술잔을 입에 가져갔다. 그러다 사레가 들렸는지 기침을 했다.

그녀가 무슨 말을 들었을지 상상이 되면서도 직접 그 작은 입술로 전해 듣고 싶은 마음이 간절해졌다.

"실례되는 말씀이지만 왕녀님께서는 후계를 얻을 수 없는 몸이라 하였습니다."

"……."

알렉산드로는 그제야 테라스의 약혼녀에게서 시선을 떼고 눈앞의 인물을 응시했다. 고일 구스타프, 중년의 후작이었다. 그는 엘파사 출신이 아니라 제국 출신으로, 엘파사와 가까운 영지의 영주였다. 대공의 시선이 그를 위아래로 훑고는 낮은 목소리를 냈다.

"내 옆에 앉히고 싶은 영애가 있거든 한번 데려와 보시겠나."

구스타프 후작은 알렉산드로의 관심을 꿰차고 반색을 했다. 안 그래도 이 자리에 여식을 데려온 참이었다.

"사실 제게 이제 막 성인이 된 막내 여식이 있습니다, 각하. 지금 이 자리에도 참석을 하였습니다."

"그대가 아끼는 여식인가?"

"물론이지요. 더없이 애지중지 키워 온 소중한 여식입니다."

"그렇다면 소문에 더 귀를 기울이는 게 좋을 거요, 후작."

알렉산드로는 싸늘한 미소를 지었다. 그 웃음은 많은 뜻을 내포하고 있었다. 순식간에 바뀐 분위기에 다들 입을 다물었다.

엘파사의 후작들은 조용히 서로를 바라보며 눈치를 살폈다. 그들은 제녹스 후작 영애가 어떻게 되었는지, 그게 정말 제녹스 후작이 꾸민 반역이었는지 모든 정황을 짐작하고 있었다. 구스타프 후작은 그제야 당황스런 얼굴로 주위를 살폈다.

'베아트리체 왕녀가 석녀라서 국혼 뒤에 곧 양자를 들일 거라던데, 대공이 미쳤다고 양자를 들이겠어? 후실이라면 모를까.'

대공을 중심으로 시끌벅적하던 실내는 이상하리만치 적막이 흘렀다.

'그런데 왜들 이렇게 조용한 거지?'

대공의 후실 이야기가 나오자 다들 조개처럼 침묵을 지키는 게, 뭔가 이상하다는 생각이 들었다. 구스타프 후작은 일단 침묵했다. 국혼은 아직 한참 남은 데다, 앞으로 왕궁에서 연회를 열면 종종 참석해 여식을 소개할 기회가 있을 테니까.

'엘파사 출신 귀족들은 소극적인가 보군.'

구스타프 후작은 그렇게 결론을 내렸다. 변방 영주들은 대개 소박한 성품인 데다, 그레이엄처럼 대귀족 가문과 엮이는 것을 부담스러워할 거라고.

"여식을 잘 교육시켜 부끄러움 없도록 신중하겠습니다, 각하."

오늘은 별로 소득이 없었다. 하지만 그는 만족하기로 했다. 아직 대공은 미혼인 데다 정확한 후계가 없는 상황이니 옆자리는 언제든, 누구로든 채워질 수 있는 것이다.

알렉산드로는 처음으로 술잔을 들고 시원하게 들이켰다. 소문이라는 것은 왜 사실과는 다르게, 사람들이 그저 듣고 싶어 하는 거짓으로만 퍼지는 것인지 황당했다. 그는 좌중을 주시하며 물었다.

"혹시 내가 왕녀에게 홀려 제국을 떠났다는 소문은 듣지 못했나?"

귀족들은 여전히 말을 삼켰다. 그런 소문은 없었다. 대공은 본래 남색가인데 그레이엄 가문을 왕가로 만들기 위해서 베아트리체 왕녀와 결혼을 한다고 했다. 왕궁에서 들리는 소문으로는 그가 왕녀를 취하기는커녕 철저하게 격식을 차린다고 했다. 기사 출신인 만큼 가끔 손찌검을 하는 등 사납기가 보통이 아니라고도 했다.

"똑똑히 들으시오."

모두의 시선이 한데 모이자 알렉산드로는 도리어 헛웃음이 터질 것만 같았다.

'내가 지금 뭘 하고 있는가.'

하지만 귀에 박히도록 아무리 말해도 못 알아들으니 어쩔 수 없었다.

"내가 언제 황제가 될지는 정확히 알 수 없소. 하지만 베아트리체 왕녀는 분명히 제국의 황후, 그리고 황태후가 될 거요."

앞으로는 아버님이 중대 사항을 황궁에서 제멋대로 공표하는 행동을 절대로 비난하지 않으리라.

"내가 반드시 그렇게 만들 거니까."

경악한 표정들을 보니 속이 시원했다. 앞으로는 그 누구도 불임이니 하는 소리를 지껄이지 않겠지.

"그러니 공들께서는 제국의 황후가 될 이의 명예를 훼손하는 언사를 함부로 해서는 안 될 것이오."

말이 끝남과 동시에 연회장은 적막에 휩싸였다. 그의 말은 엄청난 뜻을 내포하고 있었다. 얼빠진 귀족들의 얼굴을 주시하던 알렉산드로는 아무 일도 없었던 것처럼 시녀에게서 술잔을 받아 들었다. 그리고 다시 테라스로 시선을 돌렸다.

'응?'

그런데 베아트리체는 그곳에 없었다. 아무리 살펴도 그녀와 함께 있던 귀부인들뿐이었다.

'잠시 자리를 비웠나 보군.'

가볍게 생각한 그는 다시 자신에게 말을 걸기 시작하는 귀족들에게 적당히 대꾸하며 연회장 입구로 시선을 돌렸다.

 알렉산드로는 자신이 기거하는 별궁으로 향하며 소매의 단추를 풀었다. 제법 거센 손길에 커프스 링크는 요란한 소리를 내며 복도를 굴렀다. 시종들은 어찌할 바를 모르고 그의 뒤를 쫓으며 커프스 링크를 주웠다. 제국의 대공은 감정 변화가 거의 없는 사람이었다. 하지만 지금 그의 기분은 바닥을 달렸다.
 '취한 것처럼 보였는데.'
 넓은 연회장에서 한 번 베아트리체를 놓치고 나니 눈에 보이지 않았다. 결국 그녀와 함께 있던 귀부인에게 행방을 물으니 기막힌 대답이 돌아왔다.
 ─왕녀님께서는 조금 전 베르토 후작 부인과 베르토 자작, 그리고 베르토 후작 영애와 함께 자리를 비우셨습니다, 대공님.
 그에게는 '베르토 자작, 베르토 자작, 베르토 자작'으로 들렸다.
 종잇장처럼 구겨진 얼굴로 연회장 곳곳을 둘러보았으나 그녀는 보이지 않았다. 정말 많이 취했는지, 제게 이만 돌아가겠다는 언급도 없이 사라진 것이다! 서로 인사는 해야 할 것 아닌가? 지금 헤어지면 아침까지 밤새 못 보는데! 이미 자정에 가까운 시간이라 연회장은 전보다 더 시끄러웠다. 술에 취한 이들도 많았고 몸을 제대로 가누지 못하는 이들도 있었다.
 '베르토 자작과 어딜 간 거지?'
 연회장을 한참 돌아다니던 그는 베아트리체의 시녀 레이나를 발견했다. 레이나 역시 그를 찾아다녔다.

―대공님께 저녁 인사를 전해 드리라고 하셨습니다. 그리고 왕녀님께서는 먼저 침실로 돌아가셨습니다.

허탈한 기분에 알렉산드로는 당장 연회장의 문을 나섰다. 그녀의 생일이니 물론 그럴 수 있었다. 하지만 그렇게 취해서 연회장을 나가기 전 베르토 자작을 만나 무슨 대화를 했을지 자꾸만 신경이 쓰였다.

'아무리 일 때문이라도 그렇지, 일주일에 두 번이나 얼굴을 보러 갈 필요가 있나?'

통하는 이야기가 많은 두 사람은 즐겁게, 많은 대화를 나눌 것이다. 그를 질투할 수는 없지만 너무 자주 만나는 것 같았다. 게다가 연회장을 나서는 자신을 붙잡는 이가 있었다.

―그레이엄 대공님, 잠시 대화를 나눌 수 있을까요? 저는 구스타프 후작가의 시에라 구스타프라고 합니다.

아직 18살도 되지 않았을 법한 영애였다. 물론 성인이고, 약혼녀보다 키가 크긴 하지만 알렉산드로에겐 그저 어린 소녀로만 보였다. 그런데 그녀가 자신을 바라보는 눈빛이 퍽 익숙했다. 그런 시선은 수도 없이 받아 보았다. 무엇보다 후실을 운운했던 이가 바로 구스타프 후작이었다.

이들은 말을 못 알아듣는가?

'대체 사람을 어떻게 보고 이렇게 어린 소녀를.'

있는 대로 짜증이 난 알렉산드로는 결국 대꾸도 하지 않고 그대로 연회장을 빠져나왔다. 그의 머릿속엔 마지막으로 보았던 베아트리체의 즐거운 얼굴만 둥둥 떠다녔다. 귀부인들에게 둘러싸여

다가갈 틈도 없이 멀어져 있던 그녀는 그 속에서도 잘 적응했다. 자신을 사랑한다고 그렇게 속삭여 놓고는, 귀부인들이 오니 언제 그랬냐는 듯 또 웃으며 대화를 나누었다. 그들과 연달아 술을 마시더니 잔뜩 취해서 베르토 자작과 만남을 가졌다. 그것도 모두가 보는 연회장이 아닌 다른 곳으로 갔다.

'내게 인사도 하지 않고 그렇게 돌아갔다고.'

그런 일이 결코 없었는데.

성큼성큼 자신의 침실로 향하던 그가 급하게 자리에서 멈춰 섰다.

"후우……."

알렉산드로는 손으로 이마를 덮었다. 술기운은 조금도 없었다. 한 손을 허리춤에 얹고 자리에서 한참을 고민했다. 이미 자정이 넘어 한적한 왕궁에서 오로지 그의 존재만 우뚝했다.

'국혼은 1년밖에 남지 않았다.'

게다가 오늘 연회장에서 공표하지 않았던가? 베아트리체는 제국의 황후가 될 거라고. 이미 모두가 어떤 사이인지 잘 알고 있는데 함께 밤을 보낸다고 해서 손가락질하진 않을 것이다…….

여러 가지 생각으로 머릿속이 복잡했다. 알렉산드로는 그녀의 침실이 어디에 있는지 잘 알고 있었다. 본궁의 3층이었다. 몸을 돌려 걸음을 옮기려던 그는 다시 멈춰 섰다.

'아니야, 조금만 기다리면 돼.'

평생을 기다렸는데 겨우 몇 달이 어려울까. 하지만…….

'왜 기다려야 하지?'

내가 왜?

간신히 그를 붙잡고 있던 줄이 끊어졌다. 알렉산드로는 본궁으로 걸음을 돌렸다. 마치 뛰어가듯 빠르게 복도를 가로질렀다.

어느새 본궁이었다. 계단을 오르고 그녀의 침실이 있는 복도를 돌자 호위병들이 일제히 그에게 묵례했다. 그녀의 침실을 찾는 이를 경계해야 했지만 알렉산드로는 왕녀의 약혼자였다. 게다가 호위병들은 제국의 기사단이었다. 그녀의 침실 앞까지 한달음에 달려갔다. 알렉산드로는 옷매무새를 정리하며 초조한 기분으로 물었다.

"저하께서는 잠드셨나?"

차라리 잠들었으면. 그냥 조용히 잠들어 있다면 미련 없이 여기서 돌아서리라.

"각하, 저 그게……."

그의 눈치를 살피던 제임스와 제이미는 서로를 바라보며 난처한 얼굴을 했다. 왕녀의 침실 앞에서 그들에게 큰소리를 낼 수는 없었다. 알렉산드로는 낮은 목소리로 그들을 재촉했다.

"정확히 말해. 저하께선 잠드셨느냐?"

주저하던 호위병들은 서로에게 눈짓하며 대답을 미뤘다. 그 모습을 지켜보던 알렉산드로는 저도 모르게 최악의 경우를 떠올렸다.

"설마."

베아트리체는 아직 미혼이니 그녀의 사생활을 누릴 자유가 있었다. 하지만 그녀가 설마하니 자신을 두고 다른 남자와…… 밤을 보낼 리는 없었다. 절대 그럴 리 없다고 생각했지만 입술은 머리보다 빠르게 움직였다.

"다른 이와 함께 계시냐?"

제임스는 두 눈이 휘둥그레져서 얼른 손을 내저었다. 왕녀는 그런 오해를 받아서는 안 되었다.

"절대로 아닙니다, 각하. 지금 시녀와 함께 드레스를 갈아입고 계십니다."

"그런데 왜 대답을 주저했느냐?"

흉흉한 대공의 표정을 보고 제이미가 나서서 사실을 설명하려 했다.

"그게, 사실은……."

그런데 그 앞을 제임스가 막아섰다. 대신 조용히 침실의 문을 열었다.

"각하께서 직접 여쭤보시는 게 좋을 듯합니다."

노크도 없이 감히 왕녀의 침실 문을 열어 주는 그들의 행동이 이상했다. 알렉산드로는 이를 따져 묻기보다 성큼 침실로 들어섰다. 동시에 발랄한 베아트리체의 목소리가 들려왔다.

"다른 것은 없을까? 대공님은 그 드레스를 별로 좋아하지 않으시는 눈치더라."

"그분이 좋아하시는 게 있긴 합니까? 어휴, 얼마나 찬바람이 쌩쌩 부는지, 저는 그분의 얼굴만 봐도 오금이 저립니다."

"그렇게 무섭기만 한 분은 아니야."

"저하도 조심하세요. 전처럼 마음에 들지 않는 말을 했다고 뺨을 때리면 어찌하려고요? 잘못 맞았다간 뼈도 못 추리겠습니다."

그 순간 알렉산드로는 눈앞이 하얘졌다. 줄리아부터 시작해서, 왜 자신을 여자를 때리고 학대하는 사람처럼 여기는지 도통 이해가 되질 않았다. 저따위 말이나 전하는 저 시녀를 당장 내쫓아야겠지만 일단 베아트리체가 뭐라고 답을 할지 궁금해졌다. 그는 발소리를 낮췄다.

"레이나, 누누이 말하지만 그분은 자상하고 다정하신 분이야. 물론 그런 말도 안 되는 소문을 냈다간 정말 큰일이 날지도 모르지만."

"대공님에 대해서 그렇게 말씀하시는 분은 정말 왕녀님밖에 없을 겁니다."

걸음을 옮기던 알렉산드로는 입술 끝이 귀까지 올라갔다. 더러웠던 기분은 또 이렇게 한순간에 위로받았다.

'자상하고 다정하다…….'

그는 그런 사람이 되고 싶었다. 하지만 기사라는 직책과 전쟁터는 알렉산드로를 완전히 다른 사람으로 바꾸어 놓았다. 그런데 자신을 가장 잘 아는, 가장 사랑하는 여자가 '자상하고 다정하다.'고 하니 온 세상이 그렇게 말하는 것처럼 들렸다. 인정받은 기분이었다. 마음이 벅차고 뿌듯했다. 그녀가 사랑하는 남자가 자상하고 다정한 사람이라는 사실이 좋았다. 그게 바로 자신이었다.

"아무래도 저걸 입어야겠다. 이 드레스를 벗겨 다오."

뒤돌아 있는 베아트리체와 시녀가 보였다. 알렉산드로는 얼른 걸음을 옮겨 시녀에게 조용히 다가갔다.

"……!"

시녀 레이나는 당장 뒤로 넘어갈 듯이 경악했으나 조용히 하라는 손짓에 얼른 입을 막았다.

'나가.'

그렇게 눈짓하자 그녀는 꾸벅 인사한 뒤, 뒤도 돌아보지 않고 소리를 낮춰 잽싸게 침실을 빠져나갔다. 알렉산드로는 아무것도 모르고 있는 베아트리체의 드레스를 뒤에서 벗기기 시작했다. 그런데 오늘은 웬 딱딱한 갑옷 같은 것을 속에 입었다.

'이건 뭐지?'

그녀가 시녀의 도움을 받았던 이유를 알 수 있었다. 뒤에는 수많은 끈이 있었다. 그것을 하나씩 풀어내자 그녀가 숨을 크게 내쉬었다.

"하아, 코르셋은 너무 숨이 막혀. 마담 비비안이 자꾸 가슴이 너무 작아 보인다고 해서 입었는데 역시 두 번은 못 입겠다."

알렉산드로는 피식 웃음이 나왔다. 그런데 생각해 보니 기분이 확 나빠졌다.

'나도 아무 말 안 하는데 왜 난리야.'

이따위 갑옷 같은 걸 입혀서 가슴을 부풀려 누구에게 보여 주려고. 아무래도 마담 비비안은 다시 수도로 돌려보내야겠다. 신경질적인 그의 손놀림이 빨라졌다.

"혹시 벌써 주무시는 건 아니시겠지? 대공님을 깨울 수는 없는데……."

그는 코르셋을 풀다 말고 번쩍 고개를 들었다. 왜 드레스를 갈아입으려고 했을까 궁금했는데 자신의 침실로 오려던 참이었다니. 귀로 들었으나 믿을 수 없었다.

'그래서 내게 아무 말 없이 연회장을 빠져나갔나 보군!'

알렉산드로는 미친 듯이 끈을 풀기 시작했다. 그런데 이게 뭐라고 이렇게 단단하게 교차되어 묶여 있는가!

'대체 뭔데 이렇게 안 풀려?'

마음은 급한데 빨리 되지 않자, 그냥 힘으로 마구 잡아당겼다. 그러자 그녀의 몸이 크게 휘청거렸다.

"아! 처, 천천히 해."

그 말을 듣고 그는 장난기가 발동했다. 안 그래도 구름 위를 걷는 듯 하늘을 날아다니는 기분이었다. 알렉산드로는 그녀의 귀에 대고 속삭였다.

"더 천천히, 살살할까? 네가 그걸 좋아하지."

그의 목소리를 듣고 베아트리체는 두 눈이 휘둥그레졌다. 깜짝 놀라 무릎이 후들거렸다. 그가 어떻게 여기에 있을까? 말을 잇지 못하고 그를 응시했다.

"아……."

"취향대로 할게. 오늘은 네 생일이니까."

알렉산드로의 입술이 그녀의 뒷목에 내려앉았다. 뒤에서 단단히 붙든 채로 그가 갑자기 옆으로 몸을 움직였다. 베아트리체는 영문을 모르고 그가 이끄는 대로 움직일 수밖에 없었다. 귓불을 잘근거리는 그의 입술이 아찔했다. 저도 모르게 눈을 감은 그 순간이었다.

알렉산드로의 한 손이 그녀의 턱을 치켜들었다. 앞을 좀 보라는 듯이. 눈을 뜨고 깜짝 놀란 베아트리체의 입이 크게 떡 벌어졌다. 새된 음성이 터져 나왔다.

"대공님!"

평소 옷을 정돈하는 거울이 둘의 모습을 고스란히 비추고 있었다. 경악한 그녀의 얼굴과 뒤에 있는 알렉산드로가 보였다. 자신의 표정이 어떻게 변하고 있는지 자세히 보였다.

"너도 좋아할 거야."

씩 웃은 그가 달래듯 볼에 입 맞췄다. 짧게 닿았다 떨어지고, 옆으로 늘어진 그녀의 머리카락을 한쪽으로 옮겼다. 완전히 드러난 목덜미 위로 그가 정성스레 입을 맞췄다. 베아트리체는 다리가 배배 꼬이고 눈앞이 하얗게 변했다. 그를 말리고 싶었지만 그럴 정신이 없었다.

드레스의 아래 자락을 움직이느라 부스럭거리는 소리가 요란했다. 그의 손이 어떻게 움직이는지 충격적일 만큼 생생하게 보였다. 질척이는 젖은 소리가 침실을 울렸다.
"다행히 이미 좋아하는 것 같군."
알렉산드로의 낮은 웃음소리가 그녀의 귓전을 때렸다.
"그것도 무척이나 말이지."
베아트리체는 창피해서 눈을 질끈 감았다.

생일을 기점으로 알렉산드로는 매일 밤 그녀의 침실에서 잠들었다. 소문을 위한 행동이었다. 격식을 차리거나 말거나 그들에 대해서 이러쿵저러쿵 떠들 이들은 무슨 말이든 할 터였다. 그래서 벌써 보름째. 그가 그녀의 침실에서 잠들고, 서로 얼굴을 마주하고 일어나는 하루가 계속되었다. 알렉산드로는 전보다 조급한 마음이 훨씬 줄어들었다. 국혼은 아직 반년이 넘게 남았지만 이런 식이라면 충분히 기다릴 수 있을 것 같았다.

다시금 매일 아침이 기다려지는 생활이 시작되었다. 하지만 베아트리체는 아니었다. 완전히 기진맥진해서 지친 그녀는 온몸이 침대에 눌어붙은 것처럼 꼼짝도 할 수 없었다. 엎드려 누워 있는 게 가슴이 눌려 불편했지만 몸을 뒤집기도 싫을 만큼 힘들었다. 딱히 한 게 없이 그저 매달려 흔들리기만 했을 뿐인데도 지쳤다.

"정말 피곤한가?"

그녀의 옆에 모로 누워 있던 알렉산드로가 손을 뻗었다. 보드라운 허벅지부터 완만한 곡선을 이루는 엉덩이를 타고 올랐다. 가벼운 손짓이었으나 이미 몇 번이나 절정에 올랐던 몸은 살갗에 닿는 작은 자극에도 반응할 만큼 예민했다. 오스스 소름이 돋아 베아트리체는 슬쩍 몸을 옆으로 피했다.

"많이?"

하지만 그는 끈질기게 쫓아왔다. 엎드린 그녀의 허리를 끌어당겨 슬쩍 체중을 실었다. 그리고 반대쪽 어깨를 쓰다듬으며 다리 사이에 슬쩍 한쪽 다리를 얽었다. 금방이라도 그녀의 위를 전부 덮쳐올 듯 답답한 기분이 들었지만 베아트리체는 아무런 말도 하지 않았다.

'자는 척해야겠어.'

그녀가 대답이 없자 알렉산드로가 다정한 손길로 엉클어진 머리카락을 한쪽으로 넘겨 주었다. 그리고 드러난 귓가에 대고 속삭였다.

"뒤로는 아직 한 번도 안 해 봤잖아, 우리."

베아트리체는 모른 척 베개에 얼굴을 묻었다.

"내가 네 뒤에서 하는 거."

아직 그들이 하는 체위는 한정적이었다. 알렉산드로는 지금 그 얘기를 하는 것이다. 아무리 둘뿐이라지만 도저히 창피스러워서 얼굴을 들 수가 없었다.

"응?"

아직 깨어 있는 걸 알고 대답을 재촉하는데도 그녀는 반응이 없었다. 붉어진 귀를 보니 어떤 표정을 짓고 있는지 궁금했다.

"하긴 넌 별로 안 좋아하려나."

그래서 알렉산드로는 더욱 짓궂어졌다. 토실토실한 엉덩이를 손 안에 가득 차게 꽉 쥐었다가 놓기를 반복하다 뱀처럼 미끄러져 올라갔다.

"훨씬 더 깊게 들어가니까……."

침대 시트에 맞닿은 그녀의 아랫배를 감싸 안았다. 손바닥에 느껴지는 매끈한 촉감이 좋았다. 그러다 슬쩍 손을 내려 배꼽 주위를 지분거렸다.

"네 여기까지 닿겠다."

결국 그녀는 몸을 일으켜 그의 가슴을 두드렸다.

"그만해요, 그만!"

"하하하."

즐겁게 터진 웃음소리에도 그녀는 벌게진 얼굴을 감추고만 싶었다. 그가 평소에는 워낙에 정중하게 굴어서 이런 말들이 더욱 부끄러웠다. 그녀 역시 속으로는 이런저런 엉큼한 생각을 하기도 했지만 차마 말로 내뱉지는 못했다.

"어쩜 그렇게 야한 말을 아무렇지도 않게 하세요?"

알렉산드로는 붉은 얼굴을 내려다보며 피식 웃었다. 그 역시 스스로에게 놀랄 때가 한두 번이 아니었다. 이런 자신의 모습은 상상도 해 본 적 없었다. 여자를 좋아하지 않아 욕구도 없는 사람으로 의심을 받기도 했다.

"널 보고 있으면 제정신이 아닌가 보지."

그녀가 완전히 정신을 차린 걸 알고 어느새 위로 올라탄 알렉산드로가 가는 양다리를 팔에 걸쳤다. 그리고 자신의 것으로 이미 녹

진한 그곳을 아래위로 비비다 한 번에 밀어 넣었다.

"아!"

빠듯하게 안을 꽉 채우는 느낌에 그녀가 물기 어린 눈을 하고 그를 올려다보았다. 그러자 그가 상체를 더욱 가까이 붙여 입을 맞췄다. 그의 옆으로 자신의 발목이 까닥거리는 게 보였다.

"으응……."

상체가 눌리자 삽입이 더욱 깊어져 배 속이 아릿하고 등골이 짜릿했다. 천천히 움직이던 그가 점점 살과 살이 맞닿을 만큼 세게 부딪치기 시작했다. 전부 빼냈다가 끝에 닿을 것처럼 박아 넣자 결국 그녀가 참지 못하고 그의 상체를 밀어냈다.

"너, 너무…… 아웃."

"너무, 후우…… 뭐?"

야릇한 소리가 이어졌다. 그는 허릿짓을 멈추지 않고 그녀의 한쪽 다리를 어깨에 얹었다. 그러자 그의 것이 전과 다른 방향으로 전보다 훨씬 깊은 곳에 들어왔다.

"아파?"

그는 질문을 하듯 물었지만 대답은 필요치 않은 것처럼 움직였다. 철썩철썩 부딪치는 허릿짓이 점점 강해지고 안쪽 깊은 곳에서부터 익숙한 열기가 차올랐다. 베아트리체는 그를 밀어내는 대신 고개를 저었다. 약간의 고통을 수반한 쾌감도 좋았지만 잔뜩 흥분한 알렉산드로의 얼굴을 보는 게…….

"조, 좋아요."

순간 그 말을 듣고서 그가 행동을 멈췄다. 예고 없이 급하게 그의 것이 쏙 빠졌다.

"아!"

그리고 몸이 휙 돌려졌다. 얼굴에 푹신한 베개가 느껴졌다. 급하게 손으로 침대를 짚고 일어나려 했는데 그가 엉덩이를 붙잡고 위로 들어 올렸다. 수치스럽게 엉덩이만 들려 뒤에 있는 그가 모든 걸 볼 수 있는 자세였다. 이건 싫다고 말하기도 전에 그의 것이 단번에 치고 들어왔다.

"아윽!"

그의 말대로 뒤에서 들어오는 건 느낌이 완전히 달랐다. 급히 들어온 것과는 달리 천천히 조금씩 움직였지만 원래도 버거울 만큼 큰 게 마치 흉기처럼 느껴졌다. 딱딱한 끝이 깊은 내부의 안쪽을 찌를 때마다 척추를 관통하는 찌릿한 감각에 정신이 아득했다.

"후우."

그녀가 자신의 아래에 납작 엎드린 채 하체만 추켜올려져 부들부들 몸을 떨었다. 마구 엉클어진 검은 머리카락이 하얀 등 위에 쏟아졌다. 지탱할 곳을 찾지 못해 침대 위를 방황하는 손이 어쩔 줄 모르고 움직였다. 그 모습이 그에게도 못 견디게 자극적이었다. 그녀의 모든 것을 지배하는 것만 같았다. 정복욕이 솟았다.

골반을 잡고 느릿하게 움직이던 그가 점점 몸짓을 크게 했다. 완전히 빼냈다가 몸이 부딪힐 만큼 세게 넣자 베아트리체가 몸을 뒤틀었다. 천천히 움직였는데도 흡사 비명 같은 신음 소리가 흘러나왔다.

"아웃!"

점점 속도를 붙여 그녀의 온몸이 다 뒤흔들릴 만큼 빠르게 밀어붙이기 시작했다. 머리카락이 이리저리 흐트러지고 그녀가 숨을 헐떡였다. 아찔한 쾌감과 동시에 못 견디게 오싹한 고통이 함께 있었다.

"아, 아······!"

아프다는 말이 목 끝까지 차올랐지만 차마 말이 되어 나오지 않았다. 그나마 알렉산드로가 꽉 잡고 있어서 간신히 자세를 유지했다. 세워진 무릎이 덜덜 떨렸다. 저도 모르게 앞으로 몸을 피하자 골반을 잡아끌어 뒤에서 더욱 세게 몸을 밀어 넣었다.

"아흑."

그의 단단한 허벅지에 엉덩이가 뭉개질 것처럼 들이박혔다. 연결된 부분이 뜨겁게 달아오르는 기분이라 눈이 저절로 꾹 감겼다. 그런데도 불을 껐다 켜는 것처럼 시야가 점멸했다. 목뒤부터 이어진 척추를 따라서 전기가 오르듯 움찔했다. 아무런 소리도 나오지 않았다.

"후우."

알렉산드로는 그녀의 엉덩이를 꽉 움켜쥐었다. 자신의 것을 밀어낼 듯 꽉 조이는 내부의 느낌이 미치도록 좋았다. 뻑뻑해진 안을 뚫을 듯 파고들었다.

"으응······."

절정의 순간에서 잔뜩 민감해진 내부를 밀고 들어오는 느낌이 다시 점점 빨라졌다. 그가 무게를 실어 박을 때마다 위로 몸이 밀릴 정도로 힘이 드셌다. 퍽퍽 들이박힐 때마다 그곳에서 철벅이는 소리가 났다. 다리가 후들거려 이제 그만하라고 말하고 싶은데 그럴 정신이 없었다. 깊이 추삽질을 할 때마다 젖은 숨소리만 새어 나왔다. 몸이 자신의 것이 아닌 것 같이 녹아들었다. 그녀가 정신을 차리지 못하고 늘어지자 그가 한쪽 가슴을 움켜쥐었다. 꼿꼿하게 서 있는 정점을 비틀 듯 잡아 돌리자 절로 고개가 들렸다.

"아아……!"

엉덩이가 얼얼할 정도로 올려 치던 그가 돌연 행동을 멈췄다. 그리고 원을 그리듯 내벽을 자극했다. 입구가 전부 벌어지고 안쪽을 딱딱한 그의 것이 마구 휘저었다. 전보다 훨씬 물기가 많은 질척이는 소리는 자신에게서 나는 것이라기엔 너무 음란하게 들렸다.

"그만…… 그만해요……."

간신히 애원하자 그가 몸을 숙여 볼에 쪽 소리가 나도록 짧게 키스했다. 귓가에서 들리는 잔뜩 흥분한 숨소리가 일정치 않았다. 맞붙은 하체를 둥글게 돌리다 찌꺽대는 소리가 날 만큼 다시 올려 쳤다. 달래 주듯 옆얼굴 여기저기에 입 맞추고 목덜미를 빨아 올렸다. 그러더니 다시 몸을 일으켜 엉덩이를 잡아 들었다. 전보다 짧고 빠르게 움직이자 북을 치듯 하체가 징 하고 울리는 감각이 피어올랐다. 안쪽이 마구 요동치고 그에게 붙들린 하체가 제멋대로 움직였다. 눈앞이 흐릿해지고 하늘 위에서 누군가 밀친 것처럼 떨어져 내리는 낙하감이 들었다. 온몸이 움츠러들고 눈물이 날 것처럼 진한 두 번째 절정이었다.

"흐으……."

흐느끼는 신음이 흘러나오고 그녀의 내부가 그를 꽉 조였다. 당장 사정감이 몰려올 정도의 강한 압박이었다. 그 빠듯한 조임을 즐기듯 세게 몸을 치받자 그녀의 몸이 심하게 움찔거렸다. 본능적으로 더 안쪽을 향해 있는 힘껏 그녀의 엉덩이를 당겼다.

"아윽!"

그리고 마지막 한 방울까지 전부 쏟아 냈다. 사랑하는 사람의 안에서 함께 쾌감을 맞이한다는 뿌듯한 만족감이 들었다. 짧게 지나가는 쾌락과는 완전히 달랐다. 알렉산드로는 지금 이 순간이 가장 좋았다. 여운을 느끼며 따뜻한 내부에 몸을 묻고 있자니 하나가 된 것 같았다. 서로가 연결된 채 그녀를 허벅지 위에 앉히듯 옆으로 몸을 누였다. 밧줄로 옭아매듯 양팔로 그녀의 몸을 잡고 뒷목을 빨아들였다.

"응…….."

전신에 가득한 쾌락의 여진은 그녀가 더했다. 그와 보내는 밤은 갈수록 더 좋아지는 것만 같았다. 체력이 따라 주지 않는 게 아쉬웠다. 뒤에서 그의 가슴이 크게 들썩였다. 어떤 말도 나오지 않을 만큼 완전히 지쳤는데 그의 커다란 손바닥이 그녀의 가슴을 더듬었다. 그 위에 도드라진 정점을 손가락 사이에 넣고 지분거렸다. 소름 끼치는 감각에 그를 저지할 힘도 나지 않았다.

한참 장난치듯 딱딱해진 돌기를 굴리던 그의 큰 손이 스르륵 내려와 그녀의 아랫배를 덮었다. 그러고는 여전히 그 안에 들어찬 것이 느껴질 만큼 집요하게 움직였다. 쓰다듬다가 슬쩍 누르기도 하고 더없이 소중한 것을 만지듯 손으로 쓸기도 했다. 서로의 숨소리 외에는 아무것도 들리지 않았다. 베아트리체는 자신을 끌어안은 팔을 감싸 안았다. 그러자 그에게서 장난스런 말이 튀어나왔다.

"네가 좋아할 줄 알았다."

얼굴이 확 뜨거워진 그녀는 투정 부리듯 입술을 삐죽였다.

"아파요."

"많이?"

"많이는 아니고……."

그 대답에 알렉산드로가 소리를 내서 웃기 시작했다. 그의 몸이 떨리자 그 진동이 안겨 있는 그녀에게 고스란히 느껴졌다.

"매번 이렇게 날 들었다 났다 하면서 애를 태우고."

"제가 언제요."

"다시 해 보자. 이번에도 아프면 다신 안 할게."

"아!"

그가 다시 은근슬쩍 하체를 뒤로 뺐다가 앞으로 밀며 움직였다. 그의 힘에 앞으로 밀려나는 그녀의 몸을 단단히 붙든 그가 다시 허릿짓을 시작했다. 베아트리체는 저지하지 않았다. 쾌락은 정확히 통증에 비례했다. 알렉산드로가 하자는 모든 창피한 것들은 그녀 역시 즐거웠다. 그래서 이번에도 못 이기는 척 따라 주었다.

이른 아침. 알렉산드로는 자신의 품에 안긴 아기 같은 얼굴을 보고 씩 웃었다. 지난밤이 너무 길었는지 세상모르고 잠들어 있었다. 원래 그는 일찍 일어나고, 그녀는 그보다 조금 늦게 일어났다. 그는 발소리를 낮춘 채 침실에 딸린 욕실에서 세안을 마치고 시녀에게 의복을 받아 입었다. 보통은 이쯤 돼서 눈을 뜨는데, 그녀는 미동도 없었다. 그가 침대에 누워 있는 왕녀를 흘긋거리자 시녀가 물었다.

"왕녀님을 깨울까요?"

알렉산드로는 고개를 저었다. 피곤하면 하루쯤 늦잠을 자도 되고, 하루쯤 일과를 미뤄도 되는 것이다. 어차피 그녀는 지나치게 바쁜 일상을 보내고 있지 않은가.

"깨우지 말고, 제임스와 아론에게 오늘은 그녀가 늦어도 알아서 일정을 정리하라고 해."

그가 소곤거리듯 작은 목소리로 명령했다.

"식사는 침실에서 할 수 있도록 준비하고."

"예, 알겠습니다."

시녀 역시 작게 속삭였다. 대공은 굉장히 부지런한 성격인 데다, 시중받는 것을 그리 좋아하지 않았기에 곁에서 수발드는 시녀가 없었다. 그래서 시녀는 보름간 왕녀의 침실에서 잠든 대공을 지켜보며 조금씩 그를 알아 가기 시작했다. 의외로 대공은 관대했다. 그리고 약혼녀를 꽤 살뜰히 아껴 주는 듯했다. 시녀는 어쩌면 그를 향한 소문들이 전부 사실은 아닐지 모른다는 생각이 들었다.

알렉산드로는 침실 문을 나서기 전, 여전히 꿈나라를 헤매는 베아트리체를 뒤돌아보았다. 이대로 나갈까 했지만 급히 몸을 돌려 약혼녀에게 향했다.

쪽.

이마에 소리가 날 만큼 크게 입을 맞췄는데도 그녀는 여전히 잠들어 있었다. 아쉬운 마음은 미소로 달랬다. 한결 가벼운 마음으로 그녀의 침실을 나설 수 있었다.

"아직도 자고 있다고?"

그는 자리에서 일어날 뻔했다. 만찬을 약속했던 후작은 갑작스런 마차 사고로 왕궁에 당도하지 못했고, 알렉산드로는 가벼운 마음으로 베아트리체에게 식사를 제안했다. 그런데 그녀는 여태껏 잠들어 있다는 것이다.

"어떻게 지금까지 자고 있을 수가 있지?"

이미 해는 넘어간 지 오래고, 벌써 달이 떠오르고 있었다. 물론 자도 된다. 그런데 어떻게 이 시간까지 잠만 잔단 말인가? 이해가 가질 않았다. 대공의 황당한 표정을 보고, 시종은 조심스레 의중을 물었다.

"각하께서 깨우지 말라 하셨다고 하여 그냥 돌아왔습니다만…… 가서 왕녀님을 깨울까요?"

알렉산드로는 손가락 끝으로 초조하게 식탁을 두드렸다. 분명 이상한 일이었다.

"아니, 됐다."

그는 그렇게 대답하고 저녁 식사를 시작했다. 하지만 머릿속은 온통 베아트리체로 가득 차 있었다.

'어젯밤이 너무 길었나?'

새벽 내내 이어진 정사였다. 잠들기 직전까지 그녀는 지친 기색이 역력했고, 완전히 곯아떨어졌으니 그럴지도 모른다.

'하루 이틀 그랬던 것도 아닌데.'

보름간 함께 그녀의 침실에서 잠들며 매일 밤 사랑을 나눴다. 밤새 꽤 긴 시간을 보냈지만, 베아트리체가 오늘처럼 저녁까지 잠들어 있는 건 처음이었다.

'요 며칠 조금 힘들게 일어나기는 했지.'

일어나기 싫은데 억지로 일어나는 게 분명해 보였다. 그냥 잠들어도 되었지만 그녀는 보육원이며, 의료원이며, 농경지도 보러 다니는 등 안팎으로 바쁘게 지냈다. 매주 2회 이상 베르토 자작을 만나는 데도 꽤 시간을 할애했다. 알렉산드로는 양갈비 스테이크가 코로 들어가는지 입으로 들어가는지 모르고 대충 식사를 마친 뒤 떨떠름하게 일어섰다.

"그럼 여태껏 한 끼도 식사를 하지 않은 건가?"

서재로 가는 와중에 뜬금없이 나온 물음에 시종은 어리둥절하여 되물었다.

"예?"

"왕녀님 말이다. 여태껏 아무것도 드신 게 없나?"

시종은 머리를 굴렸다. 침실 앞을 지키는 호위병이 말하길, 왕녀는 아침부터 줄곧 자고 있다고 했다. 그럼 여태껏 한 번도 깨지 않은 것이다.

"아마…… 그렇겠지요?"

그 대답을 들은 알렉산드로는 마치 미로에 갇힌 듯 이상한 기분이 들었다. 배가 고파서라도 잠에서 깨지 않았을까?

결국 그는 집무실에서 최대한 빨리 일을 마쳤다. 평소라면 서재에서 책을 뒤적거렸겠지만 두 번 고민하지 않고 침실로 걸음을 향했다. 하지만 침실에서 더더욱 놀라고 말았다.

"아직도 깨지 않았다고?"

제임스는 높아진 대공의 목소리에 쉿, 손가락을 입에 가져갔다.

'많이 피곤하신가 봅니다.'

입 모양으로 그렇게 말하자, 알렉산드로는 살며시 미간을 구겼다. 게다가 제임스가 덧붙여 속삭이는 말이 가관이었다.

"오늘 밤은 그냥 혼자 주무시는 게……."

"……."

그 말에 알렉산드로는 확 기분이 나빠져서 제임스를 아래위로 훑었다.

'그다지 뛰어난 외모는 아닌 호위 기사.'

그렇게 평을 내리긴 했지만 감히 어떻게 자신에게 혼자 가서 자라는 말을 할 수가 있단 말인가? 아무리 그녀의 호위라고는 해도 주제넘었다. 알렉산드로는 그에게 가까이 오라고 까닥 손짓해 귓가에 대고 물었다.

"네놈이 행여 내 약혼녀에게 부정한 마음을 품거나……."

거기까지 말하자 제임스는 당장 크게 손을 내저었다.

"각하, 단 한 번도! 저는 단 한 번도 그분을 그렇게 생각해 본 적이 없습니다!"

복도를 쩌렁쩌렁 울리는 그 목소리에 알렉산드로는 눈을 감았다.

"그분이 여인으로서 매력이 있다거나 하는 생각은 미세한 모래 알갱이 하나만큼도 해 본 적이 없으니 제발 그런 의심은 접어 주십시오!"

그의 결백은 증명되었으나 이상하게 조금 기분이 나빴다.

"……그래, 알았다."

이를 지켜보던 제이미 역시 힘차게 고개를 내저었다.

"각하! 저 역시 마찬가지입니다! 저도 단 한 번도 그분을 여인으로서는……!"

그 순간 복도에서 달려온 시녀가 그의 등짝을 내려쳤다. 그러고는 조용히 하라고 침실 문을 가리켰다. 아직 왕녀는 깨어나지 않았다. 밖의 소란스런 목소리를 듣고 일어났을지도 모르는데 침실은 여전히 조용했다. 이럴 수는 없다. 이건 뭔가 이상하다. 알렉산드로의 직감이 그렇게 말하고 있었다.

'혹시 누군가 침실에 들어 그녀를 납치해 간 건 아니겠지?'

뛰어 들어가듯 침실에 들어갔으나 베아트리체는 여전히 잠들어 있었다. 알렉산드로는 급하게 그녀를 깨웠다.

"어떻게 지금까지 자고 있을 수 있지? 어서 일어나 봐."

식사까지 거르고 잠들어 있으니 어디 이상이 있는 게 아닌가 싶었다. 이마에 손을 가져가자 체온이 조금 높았다.

"으음……."

아니나 다를까, 깃털 이불을 끌어와 목까지 뒤집어쓰는 게 추워서 무의식중에 하는 행동처럼 보였다.

"감기인가? 응?"

눈이 움찔움찔 떨리는 걸로 보아 서서히 잠에서 깨는 것 같은데 아무리 말을 걸어도 대답하지 않았다.

"좀 일어나 봐. 머리가 아파? 배는 고프지 않고?"

계속되는 물음에 그녀의 미간이 서서히 좁아졌다.

"의사를 부를까? 정신을 차리지 못하겠는 거야?"

알렉산드로는 그녀를 내려다보며 어깨를 붙잡아 살짝 흔들었다.
"일어나지도 못할 정도로 아픈가? 약도 전혀 먹지 않았고?"
결국 잔뜩 눈썹을 찌푸린 그녀는 짜증스럽게 이불을 얼굴까지 뒤집어쓰고 보란 듯이 팩 몸을 돌렸다.
"……!"
믿을 수 없는 반응에 경악한 알렉산드로는 그 자리에서 굳어 버렸다.

"그냥 피곤해서 그래요."
결국 베아트리체는 잠에서 깼고, 알렉산드로는 침대에 누워 있는 그녀를 뚫어져라 응시했다.
'아무런 이상이 없다.'
의사가 하는 그 말을 귀로 듣고도 여전히 찜찜한 기분이었다. 그녀가 그렇게 신경질적으로 인상을 쓰고 자신에게서 휙 등을 돌리는 모습은 단 한 번도 본 적이 없었다. 아까의 충격이 남아서 제대로 말도 나오지 않았다.
"요즘 조금 피곤했어요. 하암."
그녀는 하품을 하며 다시 침대에 누웠다. 아무렇지 않게 말했지만 알렉산드로는 여전히 마른침만 삼켰다. 그냥 본능이 먼저 숨죽이고 그녀의 눈치를 살피고 있었다.

"앗, 그러고 보니 오늘 마르티네즈 후작 부인과 오찬을 함께하기로 했었는데……!"

허둥지둥 자리에서 일어난 그녀를 보고 알렉산드로는 조심스레 말을 걸었다.

"……아론이 알아서 잘 처리했을 거야."

"미안해서 어떡하죠. 신신당부를 하셨는데."

"걱정할 것 없다. 겨우 오찬인걸. 그보다……."

알렉산드로는 불그스름한 그녀의 볼에 손등을 가져갔다. 의사는 분명 아무런 이상이 없다고 했는데 몸은 조금 뜨거웠다. 분명히 감기도 아니라고 했는데, 그가 돌팔이인가?

"정말 어디 아프지 않은 거지?"

베아트리체는 다시 전처럼 배시시 웃으며 그의 손을 붙잡았다. 짜증스럽게 팩 돌아눕던 표정과 완전히 달랐다. 다시 평소의 그녀였다.

"네, 멀쩡해요."

발랄한 그 대꾸에 알렉산드로는 천천히 마음을 놓았다. 그러자 이상하게 시선이 점점 그녀의 얼굴에서 아래로 내려갔다. 오늘따라 더욱 붉어 보이는 입술, 식은땀을 흘렸는지 머리카락이 엉겨 붙어 촉촉한 목덜미, 조금 벌어진 가운 사이로 얼핏 보이는……

"지금 일어나서 잠이 안 올 것 같은데, 서재에서 책 좀 보다가 잘게요. 먼저 주무세요."

알렉산드로는 우선 좀 씻어야겠다며 일어선 그녀의 앞을 저지했다. 짙어진 시선이 이리저리 헤매다 밤새 자신이 만든 가슴께 붉은 자국에서 멈췄다.

"그런데 몸이 왜 이렇게 뜨겁지? 보통 넌 이렇지 않은데."

알렉산드로는 스윽 가운을 걷어 내고 그녀의 허벅지를 짚었다. 움직이던 그의 손이 점점 위를 향했다.

"배도 고프지 않고 잠도 오지 않는다면……."

동시에 그녀의 몸이 점점 뒤로 눕혀졌다.

"나와 시간을 보내는 건 어때."

그 순간 베아트리체의 눈빛이 확 바뀌었다. 알렉산드로는 몸을 움찔했다.

"정말 해도 해도 너무하세요!"

찰싹, 하는 소리와 함께 자신의 골반을 짚은 손을 쳐 낸 그녀는 그의 가슴을 밀치고 벌떡 몸을 일으켰다.

"매일 밤 이러고 싶어서 그동안은 어떻게 참으신 거예요?"

'아니, 그동안 너도 좋아하지 않았느냐'고 변명을 하려던 그는 그녀의 얼굴을 보고 뚝 말을 멈췄다.

"오늘 오찬도 놓쳤다고요! 오리고기! 요리사가 오리고기를 해 준다고 했는데……."

베아트리체는 눈물까지 글썽였다. 침대 시트를 힘없이 내려치며 '먹히지도 않았는데 죽었을 오리가 불쌍하다'며 중얼거렸다. 알렉산드로는 황망한 얼굴로 그녀를 응시했다. 입은 벌어졌으나 아무런 말도 나오지 않았다. 자신이 아는 그녀가 아니었다.

'뭔가 이상해.'

어떤 강한 직감이 그를 스치고 지나갔다.

알렉산드로는 겨우겨우 그녀를 달래 주고 옆에서 죽은 듯이 눈을 감고 있었다. 크게 숨이라도 쉬었다가는 내쫓길 기세였다.

얼마 뒤, 그렇게 자 놓고도 베아트리체는 다시 잠들었다. 그는 고른 숨소리를 듣고 천천히 몸을 일으켰다. 새벽녘이었으나 찾아야 할 사람이 있었다. 살금살금 조용히 침실을 나서자마자 당장 그 의사를 불러오라 명했다. 서재에서 그를 기다리는 동안 알렉산드로는 초조하게 왔다 갔다 했다. 직감이 왔다. 아주 강한 직감이었다. 하지만 너무 기대를 한 자신의 설레발일지도 몰랐다. 그래서 그를 만나야 했다. 지금 당장.

얼마 지나지 않아서 의사는 부스스한 얼굴로 나타났다. 부인과에 정통한 의사였다. 처음 그녀의 몸을 진찰하고 한참이나 임신과 출산에 대해서 설명해 주었던 그 의사. 하필이면 왕궁 근처에 살고 있는 죄로 아직 해도 뜨지 않은 새벽에 불려 왔다.

"여자가 임신을 하면 어떻게 된다고 했었지?"

알렉산드로는 그를 보자마자 대뜸 그렇게 물었다. 의사는 헛기침을 몇 번 하고 설명을 시작했다.

"우, 우선 월경이 멈추고 2개월 즈음부터 입덧이 시작되고 3개월부터는 배가 불러 오기 시작합니다."

"다른 증상은? 갑자기 눈물을 흘리고 화를 내거나 그런 건? 하루 아침에 성격이 뒤바뀌는 경우도 있나?"

의사는 고개를 갸웃했다.

"그게, 증상은 개인차가 심해서 뭐라고 말씀드리기가 어렵습니다. 주로 음식에 관해서 많이 예민해질 수도 있지만……."

때마침 베아트리체의 곁에서 수발을 드는 시녀가 서재의 문을 두드렸다. 레이나였다. 그녀 역시도 불려 왔다. 잠이 완전히 깨지 않았지만 갑작스런 대공의 부름에는 도리가 없었다. 그는 레이나를 보자마자 가장 급한 것을 물었다.

"왕녀님께서 임신을 하신 건 아니냐?"

"예?"

레이나는 눈을 비비다 말고 황당무계한 얼굴로 대공을 응시했다. 왕녀는 이 왕궁의 모두가 알고 있기로 불임이었다.

'월경은 꼬박꼬박 하시긴 하지만.'

설마 대공이 그것을 모를까? 이 왕궁과, 아마 엘파사의 모두가 아는 사실인데 설마하니 그것을 모르고 약혼을 한 것인가?

"각하……."

알렉산드로는 조금 설레는 기분으로 그녀의 뒷말을 기다렸다. 시녀는 베아트리체의 일거수일투족을 알고 있을 터였다. 저도 모르게 가슴이 두근거렸다. 하지만 그녀에게서 나온 말은 그의 기대를 완전히 무너뜨렸다.

"실례지만 왕녀 저하께서는 회임이 어려운 몸으로……."

그 내용보다도 날씨를 말하는 듯 덤덤한 목소리가 그의 화를 불러왔다. 피가 머리까지 거꾸로 솟아오르는 기분이었다.

"이…… 망할!"

알렉산드로는 눈앞의 책상을 뒤엎었다.

34. 생일날의 선물 | 253

쾅!

거대한 책상이 바닥에 나뒹굴고 책이 모두 쏟아졌다. 책상 다리가 부서지고 촛대가 깨지는 소리가 요란했다. 레이나는 소리도 지르지 못한 채 완전히 잠이 깨서 오들오들 몸을 떨었다. 의사 역시 파리한 안색으로 두 손을 공손히 모으고 휘둥그레진 눈으로 대공을 응시했다. 그는 아직도 분이 가시질 않아서 가쁘게 숨을 내쉬었다.

"쳐 죽일 것들이 입만 열었다 하면 내 부인을 두고 불임이라고 떠들어 대느냐!"

대공이 이렇게 화가 잔뜩 난 모습은 처음이었다. 레이나는 의사와 시선을 맞추고 당장 바닥에 무릎을 꿇었다.

"대공님, 용서해 주십시오! 저는 잘 모릅니다. 저는 잘 몰랐습니다! 그냥 다들 그렇다고 하기에 그런 줄 알았습니다!"

"이, 이 분야는 아직 정확한 진료가 어려워서 그렇습니다, 각하."

둘의 변명을 들었지만 알렉산드로는 분이 가시질 않았다. 의자를 잡아 창문을 깨부수자 와장창, 큰 소리가 났다. 가슴이 터져 버릴 것 같았다.

"그 입을 아예 찢어 버릴 것을! 사지를 갈가리 잘라 버릴 것을!"

멀쩡한 여자를 석녀라고 떠들고 다닌 길버트를 생각하니 열이 솟구쳤다. 그가 지껄인 거짓말에 놀아났다는 사실도 참담했지만, 자신이 곁에 없었던 베아트리체의 지난 과거가 자꾸만 상상되어 미칠 것 같았다. 두 손이 분노로 파들거렸다. 혼자 얼마나 마음 졸였을 것인가. 둘이서 여기까지 오는 이 길이 얼마나 멀고 고되었던가……. 모두가 입을 모아 하는 말에 얼마나 속이 상했을 것이며, 고민했을 것이며, 가슴 아팠을 것인가!

그동안 쌓여 있던 울분이 터졌다. 알렉산드로는 덜덜 떨고 있는 레이나에게 성큼 다가섰다. 멱살을 잡아 일으켜 벽에 밀치자 그녀의 입술이 마구 떨리기 시작했다.

"네년이 베아트리체를 얼마나 우습게 알기에 그따위 막말을 지껄이느냐?"

레이나는 미친 듯이 고개를 저었다. 치아가 따닥따닥 부딪혀 말이 제대로 나오질 않았다. 자신을 집어삼킬 사나운 맹수를 보는 듯했다.

"아, 아, 아니, 아닙니다······."

"이 왕궁에서 왕녀를 두고 또다시 그따위 말을 지껄이는 이들이 있으면 너부터 목을 잘라 본보기로 삼겠다."

레이나는 얼마 전 그의 침실에서 명을 달리한 마리아 제녹스 후작 영애를 떠올렸다. 알음알음 듣게 된 소문으로는 그녀의 시체를 보고 시녀들이 뒤로 넘어갔다고 했다. 레이나의 얼굴이 눈물로 범벅이 되어 있었다. 자신도 그 영애처럼 될지 모른다는 두려움에 숨이 턱 막혔다.

"주제를 모르고 떠드는 이들은 전부 잡아 혀를 뽑고 머리를 잘라 네 것과 함께 성문에 나란히 걸어 놓을 것이다."

얼음장처럼 차가운 새파란 눈동자를 보니 목이 졸리는 듯 숨도 쉴 수 없었다.

"내 말을 알아듣겠느냐?"

한 글자 한 글자 힘을 주고 하는 말에 그녀의 전신이 후들후들 떨렸다. 당장 이 서재를 나가면 책임지고 모두에게 알려야 했다.

"알아들었느냐고 했다."

레이나는 사시나무처럼 떨며 고개를 끄덕였다. 대공은 그제야 손을 놓았지만 그녀는 목을 졸렸던 사람처럼 마구잡이로 숨을 헐떡였다. 알렉산드로는 한참을 서서 분을 삭였다.

'만약 임신이 맞다면 더없이 큰 경사다.'

그러니 지난 일 때문에 이렇게 화를 낼 필요는 없는 것이다. 그렇게 스스로를 진정시키고는 다시 레이나를 돌아보았다. 그러자 그녀가 어깨를 움찔하며 시선을 피했다.

"다시 묻겠다."

"예, 예!"

의사는 침을 꿀꺽 삼켰다. 진지하게 대공의 말을 듣고, 정말 왕녀가 임신인지 아닌지 확인해야 했다. 그렇지 않았다간 이 자리에서 저 손에 목이 졸려 죽을 것만 같았다.

"저하께서 임신을 하신 게 아니냐? 월경이나 뭐 그런 징후들이…… 그렇지 않느냐는 말이다."

의사는 시녀를 응시했다. 왕녀의 곁에서 수발들고 있으니 그녀가 알 것이다. 레이나는 또다시 자신에게 박힌 날카로운 시선에 더욱 깊이 고개를 숙였다. 대공의 침묵은 재촉보다 훨씬 더 사나웠다. 바늘이 온몸에 꽂히는 기분이었다. 레이나는 있는 힘껏 기억을 더듬어 저번 달 왕녀의 월경을 기억해 냈다. 그러고 보니…….

"마, 마, 맞습니다! 저번 달까지 일정했고, 이미 며칠 전 월경을 시작하셨어야 했는데 아직, 아직 소식이 없으십니다."

알렉산드로는 다시 의사를 주시했다. 그의 표정은 여전히 심각했다. 임신이 아니라고 하면 한 대 맞을 것 같아서 의사는 말을 고르고 골랐다.

"하, 하지만 아직 단정할 수는 없습니다. 극히 초반인지라, 사실, 사실은, 그, 그게……."

유산의 위험도 있다는 말을 해야 하는데 차마 입술이 떨어지지 않았다. 지금은 사실 임신이 맞는지도 알 수 없었다. 이렇게 일찍부터 대체 무슨 증거가 있길래 저러는지 그야말로 되묻고 싶었다.

"그럼 정확히 언제 알 수 있지?"

"적어도 보름은 더 기다려 봐야 합니다, 각하. 게다가 저하께서는 일전에도……."

알렉산드로는 그만 말하라는 듯이 손을 들어 올렸다. '일전에도 회임을 하신 줄 알았으나 결국 아니었다'는 말을 하려던 의사는 얼른 입을 다물었다. 그는 조용히 생각에 잠겼다. 대공이 말이 없으니 둘은 서로를 응시하며 불안에 떨었다. 큰소리를 쳐도 무섭고 아무 말이 없어도 무서웠다.

"그럼 확실해지기 전까지는 이 일을 함구해라. 내가 이미 알고 있다는 사실도 알리지 말고, 가서 캐묻지도 말고, 그냥 아무 일도 없는 것처럼 옆에서 기분을 맞춰."

"예, 알겠습니다."

"아, 알겠습니다."

둘은 드디어 이 서재에서 벗어날 수 있겠다는 생각에 안도의 한숨을 내쉬었다. 나가 보라는 명이 들리자 레이나는 다시 눈물이 찔끔 났다. 살았다는 생각에 온몸의 기운이 쭉 빠졌다. 문을 나서는 그녀의 뒤로 알렉산드로의 매서운 목소리가 꽂혔다.

"여기서 있었던 일은 네 무덤까지 안고 가야 할 것이다."

베아트리체는 그러고도 며칠을 침실에서 잠만 잤다. 평소라면 할 일이 있으니 꾸역꾸역 일어났을 텐데, 그녀는 아무런 일정도 없이 내키는 대로 행동하는 사람처럼 늘어져라 잤다. 식사 시간도 불규칙했다. 그녀는 옆에서 말을 거는 것도 싫어했고, 듣기 싫으면 이불을 뒤집어쓰고 팩 몸을 돌리는 일이 다반사였다. 그 덕분에 알렉산드로는 아침저녁으로 도둑처럼 숨어들어 자고 나가기를 반복했다.

그렇게 일주일이 지났다. 느지막이 일어난 그녀가 오늘은 서재에서 시간을 보내고 있었다. 베르토 자작에게 보고받아야 할 일도 있었고, 「약용식물도감」도 써야 했고, 호르헤 부원장에게 편지를 보내 의논할 일도 있었다. 게다가 맥코웰 공작과 칼스버그 공작, 그리고 던칸과 레나에게서 온 편지에 답장도 해야 했다. 그저 안부를 묻거나 평탄한 내용이 주를 이뤘지만 일주일이나 틀어박혀 잠만 자고 있었으니 꽤 많은 일거리처럼 느껴진 것이다. 조용히 의자에 앉아 손을 놀리던 그녀의 미간이 점점 좁아지기 시작했다. 분명 크게 거슬리는 일은 아니었다. 그런데…….

"저하, 심기가 불편하십니까?"

제임스가 급히 그녀의 표정을 살폈다. 알렉산드로조차 요즘 숨죽이고 그녀의 눈치를 살피느라, 제임스와 제이미 역시 무슨 일인지는 몰라도 덩달아 조심스러워졌다.

"아니에요."

베아트리체는 그렇게 대답하긴 했지만 표정은 여전히 좋지 않았다. 급기야 편지를 쓰다가 화난 사람처럼 종이를 찢어 버리고, 그것을 잔뜩 구겨 버리기도 했다.

"아무래도 정원을 산책해야겠어요."

기사들은 먼저 서재를 나선 그녀의 뒤를 따랐다. 날씨는 맑았고, 언제나 그렇듯 잘 관리된 꽃들은 흐드러지게 피어 있었다. 햇빛을 받은 싱싱한 꽃나무 사이를 걷던 베아트리체는 우연처럼 반대편에서 걸어오는 알렉산드로와 마주했다.

그녀가 일주일 만에 침실 밖으로 나와 서재에 갔다는 이야기를 듣고 얼른 쫓아온 것이다. 둘은 요즘 대화가 없었다. 침대에서 그녀는 등을 돌리고 잤고, 그럼에도 그는 딱히 불만을 표하지 않았다. 베아트리체는 괜히 그의 얼굴을 보기가 어색했다. 요즘 자신조차 이해 못 할 행동을 해 왔고, 한 침대를 쓰면서도 대화가 전혀 없으니 서로 멀리 떨어진 것 같은 기분이었다. 시종과 시녀들은 어느새 저 멀리에 있었다. 그들은 아론의 명을 받아 왕녀와 대공이 함께 있는 시간에는 멀리 떨어져 시중을 거의 들지 않았다.

"저하, 식사는 하셨습니까?"

알렉산드로는 아무렇지 않은 듯 평소처럼 말을 걸었지만 그녀는 그럴 기분이 아니었다.

"혹시 또 점심을 거르셨습니까?"

"……."

가까이에서 그를 올려다보니 더더욱 알 수 없는 오묘한 기분이 들었다. 변함없는 미소와 다정한 목소리는 그녀가 아는 알렉산드로였다. 그런데 왜 이렇게 타인을 보는 것처럼 생소하고 낯설지?

왜 이렇게 무기력하고, 졸리고, 별것도 아닌 일이 거슬리고 화가 나는 걸까.

"아직 식사 전이라면 오찬을 함께할까요?"

베아트리체는 그를 올려다보던 그대로 꼼짝 않고 멈췄다. 식사도, 정원 산책도 더 이상 원하지 않았다. 그냥 울컥해선 눈물이 날 것만 같았다. 대체 왜 이럴까?

"대공님, 우리 둘밖에 없는데 왜 자꾸 존대를 하시는데요? 멀어지는 기분이라서 싫단 말이에요."

어느새 그렁그렁한 눈망울로 그녀가 따지듯이 말했다. 알렉산드로는 얼른 말을 맞췄다.

"네 말대로 할게. 네가 하자는 대로 할게."

그녀의 이런 모습을 본 적이 없어서 더욱 확신이 들었다. '아무래도 네가 아기를 가진 것 같다'는 말이 속에서 계속 맴돌았다.

'아직 단정할 수는 없다고 했지.'

그가 어렵게 입술을 깨물었다.

"저요, 전 분명히 행복한데 대체 왜 이렇게 짜증이 날까요? 대공님이 보시기에도 뭔가 이상한가요?"

"글쎄……."

당장 울 것 같은 얼굴을 내려다보고 있으니 그야말로 진땀이 났다. 알렉산드로 역시 당황스러웠지만, 그녀는 지금 더욱 당황하고 있었다. 확실한 게 없어서 뭐라고 달래 줘야 할지 주저되었다.

'만약 아기를 가진 게 아니라면?'

자신이 기대를 한 줄 알고 그녀는 크게 실망하고 자책할 것이다. 알렉산드로는 대답 대신 그녀의 양손을 붙잡았다. 작고 부드럽고 연약하게만 느껴지는 그녀의 일부였다. 순간 의문이 들었다. 요즘 식사를 자주 걸러 조금 마른 그녀의 팔목과 어깨, 쇄골을 응시하니 의아함은 더 커졌다.

'이렇게 작고 가녀린 여자가 정말 아기를 낳을 수 있을까.'

이런 몸을 하고서 새 생명을 가질 수 있을까. 예전에는 그녀의 부푼 배를 상상하기도 했지만 지금은 전혀 상상이 되지 않았다. 속은 단단하지만 겉모습은 그렇지 않은 것이다. 베아트리체는 너무 작고, 너무 약하고, 너무 물러 보였다. 자신이 옆에 없으면 안 될 것 같았다. 반드시 곁에서 지켜 줘야 하는 여자였다.

"……그냥 네가 피곤해서 그런 게 아닐까?"

그러자 그녀가 글썽이던 눈물을 씩씩하게 닦아 냈다. 무슨 생각을 하는지 고개를 숙인 그녀의 뒤통수를 응시했다. 알렉산드로는 아무 말 하지 않고 어깨를 감싸 안아 주었다. 한동안 침묵을 지키던 그녀가 번쩍 고개를 들고 말했다.

"아무래도 저 임신한 것 같아요."

"……!"

"저번이랑 너무 달라요. 느낌이요."

그는 아무런 말도 나오지 않았다. 바로 그 순간부터 미친 듯이 가슴이 방망이질 쳤다. 머릿속이 하얗게 변했다. 눈을 감으니 단둘만 존재하는 세상에 와 있는 기분이었다.

"월경도 없고, 으슬으슬 너무 춥고, 기분도 너무 들쑥날쑥하고. 이건 임신 증상이에요."

의사는 아직 확실하지 않다고 했지만, 직접 그녀에게 들으니 작은 의심조차 들지 않았다. 알렉산드로에게 그녀가 하는 말은 다 진실이었다.

"하지만 아닐 수도 있으니까 그때 가서 너무 실망하지 마세요. 전에도 이랬던 적 있잖아요."

그는 있는 힘껏 그녀를 끌어안고 고개를 끄덕였다. 이 작은 몸으로 아기를 낳을 수 있을까 하는 의심이 더 이상은 들지 않았다. 그녀는 뭐든 다 해낼 수 있을 것 같았다. 제가 할 수 없는 것들도 해내는 사람이니까.

"기분이 뭔가 다르기는 한데, 어쩌면 아닐지도 몰라요. 그러니까……."

베아트리체는 그의 허리를 끌어안았다. 알렉산드로는 아무 말 없었지만 그의 기분이 어떨지는 예상할 수 있었다. 두근대는 심장 소리와 떨리는 몸, 그의 숨소리를 듣고 있으니 감동과는 별개로 피식 웃음이 터졌다.

"울지 마세요."

그가 너무 사랑스러웠다. 외부 일정이며 하고 싶었던 일들은 아무래도 잠시 멈춰야겠지만 이렇게 사랑스런 남자의 아기를 위해서라면 조금도 아쉽지 않았다. 그녀가 간절히 원하던 그의 아기였다.

'딸일까, 아들일까?'

그를 닮은 아기는 예쁘고 사랑스러울 것이다. 설렘으로 가득 차서 남은 시간들이 기다려졌다.

"저 앞으로 더 짜증 많이 낼 거예요."

알렉산드로는 고개를 끄덕였다. 그는 아직 황홀하고 벅찬 기분에 흠뻑 빠져 있었다. 그녀가 무슨 짜증을 어떻게 부린다 해도 전부 받아 줄 자신이 있었다.

"신경질도 부릴 거고, 괴팍해질지도 몰라요."

그는 이번에도 고개를 끄덕였다. 인형처럼 끄덕끄덕하고 있었지만 들리는 말에 귀 기울이고 있었다.

"아마 더 이상 사랑을 나누는 일도 하면 안 될 거예요. 대공님은…… 아무래도 안 될 것 같아요."

의사만큼 해박한 지식을 가졌으니 그녀가 하는 말이 맞을 것이다. 그는 여전히 고개를 끄덕였다. 모든 걸 감수할 수 있었다. 그럴 자신도 있었다.

"그리고 이제 혼자서 침실을 쓰고 싶어요."

"뭐?"

하지만 그건 안 되겠다. 알렉산드로는 대뜸 그녀의 몸을 떼어 내고 이상한 눈으로 주시했다.

"왜?"

그래도 침실은 공유할 수 있는 거 아닌가?

"설마 네가 싫다는 걸 내가 하자고 할까 봐?"

"그게 아니고, 여러모로 불편하실 거예요. 저도 불편할 거고……."

"뭐가 불편한데? 고칠게."

한 침실을 쓰는 건 그의 마지막 보루였다. 알렉산드로는 저도 모르게 신경을 곤두세웠다. 여기서 밀렸다가는 정말 따로 자고, 따로 일어나서 하루에 한 번 얼굴 보고 식사만 하는 사이가 될지도 모르는 일이었다.

'그건 부부가 아니야.'

답답한 마음에 그가 재촉했다.

"불편한 게 있으면 고친다니까? 제발 말을 해."

"그냥 사소한 거예요. 대공님은 시원한 걸 좋아하시는데 저는 점점 춥고, 아침에 일찍 일어나셔야 하는데 저는 늘어져라 잠만 자고 싶고…… 생활이 너무 다르니까요."

"내가 더 신경 쓸게."

하지만 그녀는 쉽게 물러서지 않았다.

"그냥 침실만 따로 써요. 남들도 다 그렇게 해요."

함께 있는 시간이 길어질수록 그에게 더욱 짜증을 낼 것 같아서였다. 임신부는 스스로 감당하기 어려울 만큼 기분이 오락가락했다. 아무리 다 받아 준다고는 해도 그 역시 피곤할 것이다. 그녀는 심각한 표정으로 알렉산드로를 설득했다.

"그렇게 하는 게 서로에게 좋을 거예요. 그리고 침실은 원래 따로 쓰는 게 맞잖아요."

알렉산드로는 더더욱 심각한 표정으로 그녀를 설득했다.

"그래, 네 말이 전부 맞다. 하지만 네가 임신했는데 우리가 침실을 따로 쓰면 태어날 아기에게 좋지 않아."

"아기한테 안 좋다고요?"

"딸이면 장차 황녀가 될 테고, 아들이면 황태자가 될 텐데 다른 이들이 뭐라고 생각하겠어? 안 그래도 말이 많은데, 후계 구도에서 벗어났다고 할 거야."

베아트리체는 고개를 갸웃했다. 그건 지나친 추측이 아닐까? 원래 귀족 부부들은 각자의 침실을 쓰고, 왕족들은 공동 침실을 따로 두는데.

'하지만 그의 말도 일리는 있어.'

후계 승계는 민감한 사항인 데다 전적으로 그의 영역이었기에 결국 그녀는 고개를 주억였다. 알렉산드로는 그렇게 침실을 지켜 냈다.

"근데 제가 하던 일들이 많아서 조금 걱정인데……."

"내가 알아서 할게."

"근데 우리 아직 예식 전인데 그건 어떡하죠?"

"그것도 내가 알아서 할게."

자신만만한 목소리에 그녀는 조금 안심했다. 예식은 정확히 1년 뒤였다. 그런데 그의 탄신일이 6개월 뒤였다.

'임산부는 보통 6개월은 지나야 크게 티 날 만큼 배가 부르지 않나?'

그러니 넉넉한 드레스를 입으면 눈에 확 띄진 않을 것이다. 임신을 했다는 사실을 숨길 이유도 없고, 숨기지도 않을 테지만 그 자리에는 그녀가 아는 많은 이들이 참석할 것이다. 그래서 크게 배가 부른 채 마주하기는 조금 민망할 것 같았다.

'그래도 아기를 낳고 난 뒤에 국혼이 있어서 정말 다행이야.'

처음도 아니고 두 번째 결혼이니 그녀는 예식에 크게 연연하지 않았다. 하지만 보통 귀족 연인들의 첫날밤은 진짜 첫날밤이 맞고, 남들과는 순서가 많이 바뀌었으니 결혼식만큼은 제대로 치러 주고 싶었다.

바로 1년 뒤.

알렉산드로에게는 생애 처음인 결혼식이자, 국혼이었다.

35. 뻗어 가는 가지

35. 뻗어 가는 가지

제국의 수도, 칼스버그 공작 저택.

칼스버그 공작님, 답신이 늦어 죄송해요.
말씀하신 대로 그렇게 해 주신다면 물론 저는 큰 영광이에요.
답이 늦었던 건, 부끄럽지만 사실은 제가 임신을 하였어요.
좋은 일이긴 하지만 아직 확실하지가 않아서 아버님께는 말씀을 드리지 못했어요.
조만간 몇 명의 의사를 더 불러서 확진을 받고…….

"세상에!"
칼스버그 공작은 그만 편지를 손에서 놓치고 말았다. 충격에 휩싸인 채 비틀거리다 의자의 손잡이를 잡고 간신히 일어섰다.
"이럴 수가……!"

그들의 결혼식은 아직 한참 멀었다. 그런데 벌써 임신이라니! 벌써! 칼스버그 공작은 배신감에 입을 다물 수가 없었다.

'내가 알렉산드로를 그렇게 가르치지 않았는데……!'

그의 눈앞에 고개를 푹 숙이고 묵묵히 아침 식사를 하던 알렉산드로의 얼굴이 휙 스쳐 지나갔다. 꿀 먹은 벙어리처럼 대꾸 한 번 않고 눈도 마주치지 못한 채 식사에만 열중했었다.

'아무리 계보에 이름을 올렸어도, 부인을 존중하는 마음으로 예의를 지키라고 그렇게 신신당부를 했건만!'

왕녀가 그를 꼬여 낸 건 아닐까, 하는 생각은 조금도 들지 않았다. 칼스버그 공작은 단호하게 고개를 저었다. 그녀는 절대 그런 성품으로는 보이지 않았다. 범인은 바로 그놈이다. 칼스버그 공작은 의자 손잡이를 내려쳤다.

"이 고얀 놈!"

벌떡 자리에서 일어난 그가 시종을 불러 주섬주섬 외투를 걸쳐 입기 시작했다. 그의 두 눈이 불타올랐다. 당장 이 분노를 누구에게 풀어야 할지, 분풀이의 대상을 알고 있었다.

'충동적이고 쓸데없이 추진력만 가득한 데다, 남의 얘기라고는 조금도 들어 먹지를 않는군!'

제 아비의 못된 점만 쏙 빼닮았다! 마차에 올라타 황궁에 들어서는 그 순간까지도 칼스버그 공작은 화가 나서 씩씩거렸다. 이제 이 일이 알려지면, 베아트리체는 품행이 조신하지 못하다고 세간의 입방아에 오를 게 분명했다. 그뿐인가? 귀족의 명예는? 가문의 명예는? 알렉산드로, 그를 가르쳤던 자신의 명예는? 태어날 아기는!

'고작 1년을 못 기다리고 그렇게 사고를 쳐?'

데리고 도망까지 갔었으니 그 애타는 마음이야 이해가 가지만, 그렇다고 해서 이렇게 덜컥 아내를 임신부터 시키면 어쩌자는 건가? 왕왕 그런 혼사를 치르는 이들도 있기야 했지만, 그레이엄 가문의 알렉산드로는 자신이 가르친 제국 최고의 명문가 영식이었다.

"안녕하십니까, 칼스버그 공작님. 지금 전하께서는 홀로 휴식을 취하고 계십니다. 아무도 방해하지 말라는 명령이 있었습니다."

칼스버그 공작은 서재의 문 앞을 지키는 기사를 있는 힘껏 노려보았다. 만면에 웃음을 띠고 다니는 평소와는 다르게 잔뜩 화가 난 그를 보고 기사가 몸을 움찔했다.

"저리 비켜!"

쾅! 문을 열고 들어서자 기사가 어쩔 줄 모르고 그를 만류했다.

"이보게, 그레이엄! 그레이엄!"

"공작님, 왜 이러십니까? 이렇게 서재에 함부로 들어가시면 안 됩니다!"

"그레이엄, 당장 이리로 나오지 못해!"

아주 오랜만에 서재에서 혼자만의 시간을 보내고 있던 던칸은 갑작스런 노성에 영문을 모르고 모습을 드러냈다.

'저 노인네가 왜 저렇게 화가 났지?'

목소리를 들으니 노기가 보통이 아니었다. 그동안 이런 일은 단 한 번도 없었기에 던칸은 저도 모르게 그의 눈치를 살폈다.

"무슨 일이십니까?"

"알렉산드로! 알렉산드로, 그 몹쓸 놈이 글쎄……!"

거기까지 말을 던진 칼스버그 공작은 크게 심호흡을 했다. 어리둥절한 기사를 한 번 바라보고, 뒤늦게 뛰어온 험프리를 연달아 응시한 그는 둘만 있을 수 있도록 자리를 물러 달라 부탁했다.

"험프리는 제 수족과 같은 심복이니 괜찮습니다."

기사들을 저지시키고 함께 서재를 나서려던 험프리는 던칸의 말에 자리를 지켰다.

"대체 무슨 일이십니까? 제 아들이 또 왜요?"

칼스버그 공작은 털썩 소파에 앉아 이마를 싸맸다. 간신히 진정했던 그는 알렉산드로를 연상시키듯 비슷하게 생긴 얼굴을 마주 보니 다시 확 열이 솟았다.

"예식이 아직 한참이나 멀었는데, 벌써 왕녀님께서 아기를 가졌다고 하는군! 벌써!"

숨을 멈춘 던칸은 두 손으로 입을 막았다.

"허억!"

새된 비명 소리가 새어 나왔다. 험프리 역시 깜짝 놀라고 말았다. 얼핏 듣기로, 왕녀는 불임이며 왕궁에서 그 사실을 모르는 이들이 없다고 했다.

'그런데 임신을 하셨다고?'

완전히 굳은 던칸을 앞에 두고 칼스버그 공작은 허공에 삿대질을 하기 시작했다.

"대체 누굴 닮아서 그렇게 말을 듣지 않는 건지! 난 알렉산드로를 그렇게 가르친 적이 없는데 역시 피는 속이지 못하는가 보군!"

'방탕하게 납치를 해서 도망갔을 때부터 알아봤다', '누구처럼 계획이라고는 쥐뿔도 없는 놈이', '대책도 없이 요즘 젊은이들 하듯이 멋대로 사고나 치고', '대체 부인을 뭘로 아는 거냐' 등 계속해서 폭탄 같은 발언이 쏟아졌다. 하지만 던칸은 완전히 굳어 미동도 하지 못했다. 그의 머릿속에는 자신이 '할아버지'가 된다는 사실만 가득했다. 귀여운 손녀가 '할아버지!' 하며 자신을 부르는 목소리가 계속해서 귓가를 울렸다.

'할아버지! 광산 사 주세요!'

'그래, 어떤 광산을 사 줄까? 다이아몬드 광산? 금 광산?'

그 달콤한 상상 속에 빠져서 이걸 어떻게 알게 된 건지, 그게 정말 사실인지 하는 물음이 늦어졌다. 그 순간 와장창 산통을 깨는 험프리의 조심스런 말소리가 들려왔다.

"공작님, 불경한 말이지만 베아트리체 왕녀 저하께선 회임이 어려운 몸이라 합니다. 그러니 사실과 정황을 먼저 파악해야 할 것 같습니다."

던칸은 그제야 뻣뻣하게 긴장한 고개를 돌렸다. 하지만 차마 되묻지 못했다. 내가 할아버지가 되는 게 정말 아닌 거냐는 의심의 물음이 나오질 않았다.

'제발 사실이었으면.'

이 기적 같은 일이 알고 보니 잘못 전달되었다거나, 농담이었다거나 하는 실망스런 진실이 아니기를 빌고 또 빌었다.

"이것 좀 보시게나! 왕녀님께서 직접 보낸 편지에 이렇게 '회임을 했다'고 써 있질 않나!"

칼스버그 공작은 품속에 감춰 두었던 구겨진 종잇장을 꺼내 눈앞에 펼쳐 들었다. 던칸은 잽싸게 그것을 낚아채 읽기 시작했다. 우선 베아트리체의 글씨체가 맞았다!

'아직 한 명의 의사에게만 확진을 들었고, 몇 명을 더 불러서 확인을 한 뒤에 아버님께 알려야겠다. 하지만 아기를 가진 게 분명하다.' 그런 내용이었다.

"오오……."

던칸은 스르르 눈을 감았다. 베아트리체가 불임이라고 했던 알렉산드로의 말은 떠오르지도 않았다. 그는 쓰러지듯 소파에 몸을 맡기고 편지를 소중히 가슴에 안았다. 몸에 힘이 쭉 빠졌다. 정말 며늘아기가 임신을 한 것이다.

'내가 곧 할아버지가 된다……!'

믿기지 않았다. 눈물이 찔끔 나왔다. 던칸은 이제 정말로 소원이 없었다. 그저 예쁜 손녀를 낳을 때까지 건강하게, 그리고 아들 부부가 오래도록 건강하게 잘 사는 모습만 지켜볼 수 있다면 더는 바라는 게 없었다. 아니지, 손녀가 결혼식을 할 때까지만, 에반의 장남과 행복하게 잘 사는 것까지만 지켜보면 좋겠다.

'쿠피히트가의 그놈이 무례하고 저급한 인간이면 어떡하지?'

그러면 당장 혼약을 무를 것이다. 손녀가 원치 않으면 절대로 결혼시키지 않을 것이다. 원한다 해도 서운할 것 같았다. 누구에게 보내도 아까울 내 손녀가 결혼을 한다니, 아이쿠…….

'근데 왜 저 노인네에게 먼저 말을 한 거야?'

글썽글썽 속눈썹을 적시려던 눈물은 그 순간 쏙 들어갔다. 던칸은 다시 스르르 눈을 뜨고 그를 응시했다.

"……그런데 그걸 왜 내게 먼저 말하지 않고, 공작께 먼저 말한 거지?"

며늘아기가 대체 왜, 자신에게 먼저 알리지 않고 고작 한 번 봤을 뿐인 칼스버그 공작에게 이 중대한 사실을 알렸단 말인가? 이 정도면 회임을 했다는 건 기정사실이구만.

"아직 모르셨나 보군, 그레이엄."

칼스버그 공작은 손으로 수염을 쓰다듬기 시작했다. 그가 받은 편지는 답장이었다. 자신이 베아트리체에게 보냈던 편지는 이런 내용이었다.

어서 국혼을 보러 가고 싶구만.
왕녀님께서는 친정이 없으니, 내가 손을 잡고 버진 로드를 걸어 주리다.
물론 그 영광을 내게 준다면 말이오.

베아트리체는 가족이 아무도 없었다. 그랬기에 그녀의 손을 잡고 들어갈 사람이 없었던 것이다. 신부의 부친이 없으면 적당히 인품과 학식이 훌륭한 이에게 부탁해 그 자리를 대신하는 게 관례였다. 그래서 그 정황을 짐작한 칼스버그 공작은 신부의 아버지 역할을 자청했다. 영광을 달라는 건 겸손한 말이었다. 칼스버그 가문은 제국에서 손꼽히는 유서 깊은 가문이었다. 그레이엄 대공의 장인 역할을 맡기에 그보다 더 명예로운 이는 이 제국에 없었다.

'그런데 이 고얀 놈이 이렇게 초를 쳐?'

결혼식은 아직 1년 남았다. 아기를 먼저 낳고 결혼식을 한단 말인가? 그것도 좀 우스운 일이 될 것이다.

"내가 왕녀님의 손을 잡고 결혼식의 성스러운 길을 걷기로 했으니 당연히 내게 먼저 말을 했겠지."

하지만 설명을 듣고도 던칸은 어이없는 표정으로 칼스버그 공작에게 되물었다.

"공께서 왜요?"

소름 끼칠 만큼 뻔뻔한 그의 얼굴을 보고 칼스버그 공작은 그 의도를 짐작했다. 아니나 다를까, 던칸은 황당무계한 소리를 지껄였다.

"공작께서 왜 내 며늘아기의 손을 잡고 결혼식장에 들어간다는 말입니까? 내가 두 눈을 시퍼렇게 뜨고 있는데."

칼스버그 공작은 깊은 깨달음이 담겨 있는 한숨을 내쉬었다.

'내가 알렉산드로를 잘못 가르친 게 아니었다.'

콩 심은 데 콩 나고 팥 심은 데 팥 나는 법. 알렉산드로를 아무리 탓해 봐야 소용없다. 아비가 지금 저 모양인데, 아들이 제정신일 리가 있나…….

"이보게, 그레이엄."

칼스버그 공작은 피곤한 얼굴로 목뒤를 주물렀다. 머리가 지끈거리고, 막무가내인 인간과 얼굴 보고 대화를 하는 게 점점 지치기 시작했다.

"단순히 지식이 부족한 이들을 무식하다고 말하는 게 아닐세."

"갑자기 무슨 말씀이십니까?"

"함께 대화가 안 되는 사람이 바로 무식한 사람이지."

칼스버그 공작은 가슴을 퍽퍽 때렸다.

"사회의 질서를 모르고, 상식처럼 여겨지는 것을 모른 척하면서 막사는 인간들이 진짜 무식하다는 소리일세!"

대체 어느 결혼식에서 신랑의 아버지가 신부의 손을 잡고 들어간단 말인가? 그랬다간 신부에게 큰 흠이 있다고 수군거릴 게 뻔했다.

"참 갑갑하군, 갑갑해! 아주 아비나 그 아들이나 참 대단한 부자야!"

신경질적으로 휙 몸을 돌려 앉은 그는 험프리에게 따뜻한 차를 부탁했다. 심기가 어지러워 마음을 가라앉히고 생각을 좀 해 보려는 의도였다. 일단 베아트리체가 이렇게 임신을 했으니, 알렉산드로가 황제가 될 계획의 양상이 어떻게 바뀔지 계산해 봐야 했다. 침묵이 내려앉았다. 던칸은 다시 손녀를 떠올리느라 정신이 없었고, 칼스버그 공작은 '그래도 체신을 깎아 먹었다.'고 쯧쯧, 혀를 찼다. 묵묵히 자리를 지키던 험프리가 고심하는 칼스버그 공작을 돌아보며 말했다.

"이런 말씀 드리기는 송구스럽지만, 차라리 잘됐는지도 모릅니다, 공작님."

두 명의 시선이 일제히 험프리를 향했다.

"한편에선 왕위 계승자로서 왕녀 저하의 정통성을 의심하는 목소리가 있었습니다. 그러니……."

왕녀의 임신 소식으로 왕궁의 권력 구도가 바뀔 것이라는 설명이었다. 칼스버그 공작은 고개를 주억였다.

"그래, 그런 것 같더군. 대공이 말하길, 차라리 연회가 없는 편이 왕녀님에겐 더 나을 것이라고 했으니 오죽하겠나."

직접 왕궁에 갔을 때, 그 역시 그런 분위기를 느꼈다. 베아트리체는 친정도 없는 데다, 엘파사 출신의 귀족들은 더욱이 그녀의 편이 아니었다. 하지만 이 이야기를 처음 듣는 던칸은 두 눈을 부라렸다.

"누가 그따위 망발을 지껄인단 말이냐?"

그가 제임스에게 전해 듣는 소식은 그저 왕녀가 뭘 하는지, 뭘 좋아하는지에 대해서였다.

"대체 어떤 명분이 더 필요하다는 거지? 내가 직접 왕관을 씌워 줬는데 말이야."

감히 자신이 인정한 왕가의 후계자를 부정하느냐는 서늘한 목소리에, 험프리는 금세 입을 다물었다. 던칸은 요즘 옛날의 모습을 점점 되찾아 가고 있었다.

"그게…… 엘파사 왕가는 대대로 백금발과 푸른 눈동자를 가진 이들만을 인정해 왔습니다."

험프리는 말을 이으면서 불안한 눈으로 던칸을 주시했다.

"하지만 왕녀님께서는 소생이 불분명하고, 그 어떤 정통성도 갖지 않았다는 게 그들의 주장입니다."

순간 던칸이 벌떡 자리에서 일어나 허리춤에 양손을 얹고서 길게 심호흡을 했다. 험프리는 조마조마했다.

'로웬 스너번이 죽은 지도 얼마 되지 않았는데…….'

던칸은 진짜 화가 나면 소리를 내지르는 대신 조용히 칼을 꺼내는 사람이었다. 그가 팔짱을 낀 채로 한참 창밖을 바라보았다.

"그들은 오로지 혈족 세습만을 지지하는가 보군."

생각보다 평탄한 목소리에 험프리는 내심 안도했다. 칼스버그 공작 또한 어렵게 찾아온 평화의 시대를 저 인간이 다시 망쳐 버리는가 싶어 놀랐던 가슴을 쓸어내렸다. 하지만 던칸의 말은 거기서 끝이 아니었다.

"그렇다면 이 통일 제국 또한 인정하지 않는다는 뜻이 아닌가?"

던칸이 비릿한 미소와 함께 둘을 돌아보았다.

"그들은 지금 찬탈자 그레이엄은 제국의 황가가 될 수 없다는 주장을 하고 있는 것이지?"

"전하, 그런 뜻이 아닐 겁니다!"

험프리는 기겁하고 그를 말리기 시작했다.

"그들은 영지민들과 돈독한 관계를 유지하는 영주들입니다. 그러시면 안 됩니다! 그리 심각한 문제도 아니라고 합니다!"

"이보게, 그게 무슨 비약인가?"

던칸은 진한 미소를 지으며 책상으로 다가섰다.

"비약이 아닙니다. 그들은 지금 그레이엄이 제국의 황제가 되는 것을 반대하고 있는 겁니다."

빈정대듯 능청스레 대꾸한 그가 깃펜에 잉크를 묻혔다.

"그러니 제가 직접 인정한 왕가의 후계자를 우습게 아는 것이지요. 아무리 생각해도 그렇게밖에는 해석이 안 됩니다."

술술 써 내려간 편지가 급하게 완성되었다. 던칸은 종이를 말리기 시작했다. 잉크가 마른 것을 확인하고 편지를 접어 인장까지 찍은 그가 험프리에게 편지를 전했다.

"에반에게 보내라. 내가 직접 왕궁으로 가 봐야겠다."

"예?"

"엘파사 출신의 잘난 귀족들이 무슨 말을 하는지 면전에서 보고 직접 귀로 들어 봐야겠어."

쿠피히트 가문은 수도에서 가장 가까운 그레이엄의 사병들을 관리했다.

"이보게, 그레이엄. 지금…… 사병을 이끌고 왕궁으로 가겠다는 뜻인가?"

"뭐 안 될 것 있습니까?"

가볍게 싱긋 웃은 던칸이 후련한 얼굴로 털썩 의자에 앉았다. 편지를 받아 든 험프리는 괜한 말을 해서 일을 이렇게 크게 만든 자신의 입을 후려치고 싶었다.

"그레이엄, 일단 진정하게. 좀 진정하고 천천히 인과 관계를 따져 보지."

"이미 모든 게 확실합니다. 따져 볼 건 고리타분한 그 귀족들뿐입니다."

"자네가 이렇게 무작정 왕궁으로 갔다가는 왕녀님께서 놀랄 수도 있어. 수도로 돌아온 지 얼마 되지도 않았잖은가?"

"아닙니다. 제가 가서 정황을 살피고 와야겠습니다. 설마하니 겨우 목숨을 건진 패전국의 변방 영주들이 감히 우리 가문의 새아기를 두고 그따위 소리를 지껄인다는 걸 믿을 수가 없습니다. 그러니까, 직접 가서 봐야겠습니다."

부득부득 이를 갈며 하는 말에 칼스버그 공작은 큰 한숨과 함께 눈을 감았다. 이러다간 아무래도 스트레스 때문에 단명할 것 같았다. 던칸은 당장 가서 다 죽여 버리고 오겠다는 뜻이 확고했다.

"대체 알렉산드로가 무슨 생각으로 그들을 그렇게 내버려 두는지 도저히 이해할 수가 없습니다."

"마음에 들지 않는다고 다 죽여 버리면 그 영지는 누가 맡는단 말인가? 영지민들이 반란이라도 일으키면?"

"그래 봐야 소작농들이 아닙니까? 전부 농노로 만들어 버리면 그만입니다."

던칸의 눈이 희번덕거렸다.

"그까짓 영지민들이 무서워 그 영주들을 내버려 뒀다니, 며늘아기가 마음이 불편해서 어디 아기를 낳을 수나 있겠습니까?"

"자네가 직접 가면 더 큰 스트레스일걸세. 그 왕녀님은 그러러니 하고 별걱정 없이 잘 살고 있어. 딱히 불만이 없는 사람이니 그냥 내버려 두고 제발 여기 있게. 내 부탁이야."

던칸은 콧방귀를 뀌었다. 그는 원래 자신이 듣고 싶은 것만 골라서 듣는 사람이라 칼스버그 공작이 하는 말은 지금 귀에 들리지 않았다.

"제 손녀의 안위가 달린 일입니다. 멍청이처럼 가만히 당하고 있을 수는 없습니다."

"손녀라고 써 있었나? 편지에 그런 말은 없었던 것 같은데?"

"제가 신전에 그렇게 기도를 올리고 있습니다."

"어이쿠."

칼스버그 공작은 처음 신전을 운운했던 자신의 입을 꿰매 버리고 싶었다.

'저 작자한테 종교는 너무 위험한 수였어.'

던칸은 지금 기도하면 전부 이뤄질 거라는 근거 없는 믿음을 갖고 있었다.

"좀 진정하게. 나도 차라리 자네가 눈앞에 없으면 마음이야 편하겠지만, 왕녀님을 생각하면 이대로 보내 줄 수가 없어. 그냥 여기서 정무나 보고 신전이나 다니시게."

"신전은 왕도에도 있습니다. 손녀를 위해서라도 절대……."

"이보게, 나중에 결혼식에 가서 손녀를 보면 되지 않겠나? 왕녀님의 손을 잡고 결혼식장에 들어가는 일도 내가 양보하겠네."

관대한 양보의 말에도 던칸은 고개를 저었다. 그는 다른 꿈을 꾸고 있었다.

"이번은 제가 공작님께 양보하겠습니다."

던칸은 손녀의 결혼식을 염두에 두고 있었다. 칼스버그 공작은 그때까지 살 수 있으리란 보장이 없지만, 자신은 또 기회가 있는 것이다. 그러기 위해서는 일단 손녀를 만나야 했다. 던칸은 결연한 의지를 다졌다. 그는 원래 한 번 마음먹은 일은 절대 포기하지 않는 끈질긴 사람이었다.

"아무도 저를 말릴 수 없을 겁니다."

던칸은 저렇게 말하고 정복 전쟁을 시작했다. 험프리가 망연자실한 얼굴로 던칸을 응시했다. 왕녀의 정통성으로 인한 잡음은 그리 심각한 문제는 아니고 그저 쉬쉬하며 몰래들 하는 이야기라고 했다.

'말하지 말았어야 했는데.'

괜히 얘기를 꺼내서 불을 지핀 격이다. 대공은 던칸의 방문을 절대로 반가워하지 않을 것이다.

'정말 '방문'일까……?'

불안한 예감이 들었다. 아직 왕녀는 임신 초기고, 지금 가면 던칸은 손녀 얼굴을 확인하고 돌아오려 할 것이다. 짧은 방문이 아닐 거라는 예감이 들었다. 그 와중에 팔짱을 끼고 생각에 잠겨 조용하던 던칸이 또 놀랄 만한 얘기를 꺼냈다.

"아무래도 신전을 국교로 삼아야겠습니다."

"으음?"

"전하……?"

던칸은 눈앞에 벌어진 기적에 경이롭다는 감상 말고는 할 말이 없었다.

"신께서 응답하신 겁니다. 저의 간절한 기도에."

불임이라던 며느라기가 임신을 했다. 이건 그의 상식으로는 신이 존재한다는 증거였다.

'그뿐인가?'

신은 이미 그의 소원을 몇 차례나 들어주었다. 죽은 줄 알았던 여식은 사지 멀쩡히 살아 있었고, 남색을 하던 아들은 여자를 사랑하기 시작했다.

'신께서 존재하신다.'

던칸은 더 이상 절대자의 존재를 의심할 수가 없었다. 이 모든 기적은 간절한 기도를 통한 신의 응답이었다.

"아니, 이보게. 물론 내가 권하긴 했지만 그게 절대 쉬운 문제가 아니야."

대륙에 여러 독립국이 있었던 만큼 종교도 다양했다.

"전 한다면 합니다. 두고 보십시오."

기왕 하는 김에 종교적 통일까지 이뤄 내는 것도 나쁘지 않았다. 또다시 기도의 힘으로 손녀가 태어나면 제국 전역에 신전을 세워야겠다.

"수도를 떠나기 전에 하루빨리 처리해야겠군요."

험프리는 입을 떡 벌린 채 아무런 말도 하지 못했다. 던칸은 전쟁과 통일, 무력을 앞세운 지배자였다. 그 외에는 전혀 관심이 없는 사람이었는데, 설마하니 저런 일을 결심할 줄은 정말 몰랐다.

"어허, 그레이엄. 이건 번갯불에 콩 구워 먹듯 할 수는 없다는데도 그러나."

"압니다. 그러니 제가 공작님을 황궁으로 부른 게 아닙니까?"

"……."

"손녀의 탄신일에 맞춰서 발표할 수 있도록 잘 준비해 주십시오."

던칸은 넋이 나간 표정의 험프리를 응시했다.

"험프리, 너도 들었느냐?"

"예……."

영혼 없는 대답이 돌아왔다. 칼스버그 공작은 혀를 내둘렀다. 이렇게 일사천리로 던칸이 마음을 먹을 줄은 감히 예상도 하지 못했다.

'내 평생, 어쩌면 그 이상, 백 년이 걸릴지도 모르지만…….'

종교는 그 자체로 많은 영향을 끼친다. 국교가 생기면 아주 많은 것들이 달라질 터였다. 귀족들은 신의 이름으로 많은 돈을 가난한 이들에게 나눠 줄 테고, 나아가서는 평민들에게 글을 가르칠 수도 있다.

'어쩌면 노예 해방까지 가능할지도 몰라.'

통일된 제국은 이제부터 시작이다, 단언했던 말은 현실이 되었다.

'정말 새로운 제국이 시작되는군.'

신전의 교리는 '모든 사람을 사랑하라'였다. 신전이 힘을 쓰지 못했던 건 귀족들이 등을 돌렸기 때문이지만 던칸이 눈길을 주기 시작했으니 앞으로는 달라질 것이다. 칼스버그 공작은 조용히 읊조렸다.

"그레이엄, 당신 정말…… 큰 인물이 되겠군."

제국의 새로운 시작은 전부 그가 이뤄 낸 것이다.

어느덧 넉 달이 넘었다. 베아트리체는 임신 사실을 깨닫고 나니

다시 평온해졌다. 전처럼 짜증을 부리지도 않고, 울다가 웃다가 하는 일도 줄었다. 배 속에 아기가 있어서 이렇게 기분이 오락가락하는구나, 인정하니 신기하게도 기분이 안정되었다. 가끔 짜증을 내긴 했지만 그 덕분에 알렉산드로는 더없이 편안한 나날을 보내고 있었다.

"정말 아들일까?"

그는 제법 부푼 그녀의 배에 귀를 대고 있었다. 매일 밤 반복하고 있었지만 물론 아직 아무것도 들리지 않았다. 겨우 넉 달이 조금 넘었는데, 배는 눈에 띌 만큼 커 보였다. 의사들은 이상한 일이라고 했지만 알렉산드로의 아들이라면 그럴 수도 있겠다고 입을 모았다. 저분의 아드님이라면, 당연히 산모의 배도 저렇게 클지도 모른다는 것이다.

"물론 딸이라도 좋지만."

"쿠피히트 공작님을 생각하면 아들인 게 좋겠죠?"

에반의 아내, 아델 역시 임신했다. 베아트리체와 비슷한 시기였다. 아들일지, 딸일지는 알 수 없지만 이미 여식이 둘이나 있기에 에반은 아들을 바랐다. 그리고 그에게 전해 듣기로는, 던칸이 멋대로 혼약서를 써 놓았다고 했다. 그레이엄가의 장녀와 쿠피히트 가문의 장남을 이어 주기로.

"여식은…… 여식은 둘째로 낳아도 되니까요."

푹신한 침대에 누워 천장을 응시하던 베아트리체의 목소리가 낮게 가라앉았다. 알렉산드로는 그녀가 어떤 생각을 하고 있는지 어렵지 않게 짐작했다.

'레나가 그리운가 보군.'

35. 뻗어 가는 가지 | 285

허무하게 떠난 아기가 다시 보고 싶은 것이다. 첫째는 여자아이라는 제 누이의 말 그대로 그 아기를 가슴속에 묻어 두려 하는 듯했다.

'그러니 아들이길 바라는 거겠지.'

알렉산드로는 아무 말도 하지 않았다. 그 역시 비슷한 마음이긴 했지만 이왕이면 그녀를 닮은 딸이었으면 좋겠다. 어느 쪽이든 상관없지만.

"아버님도 아들을 원하실 거예요."

던칸은 여식은 낳아도 쓸모가 없다고 생각하는 사람이었다. 베아트리체는 행여 딸을 낳았다가 던칸이 역정을 내지는 않을까 조금 걱정스러웠다. 그녀에게 내내 다정하긴 했지만 던칸은 전적이 있었다.

"내일 도착하신다고 했죠?"

"그래."

알렉산드로는 저도 모르게 짜증스러운 표정을 했다. 왕궁을 떠난 지 얼마나 되었다고 또 온다는 건지. 기를 쓰고 말렸으나 막무가내였다.

"내가 당부를 해 놓겠지만, 식사를 하자거나 차를 마시자거나 하면 그냥 피곤하다고 하고 만나지 마라."

거리감이 느껴질 만큼 극진한 그의 존대는 밖에서 충분히 들으니, 베아트리체는 둘뿐일 때 편한 말투를 고집했다.

"그리 쓸모 있는 얘기를 하시는 분은 아니니까."

그녀는 그의 머리카락을 만지다 말고 피식 웃었다. 손가락 사이를 스치는 부드러운 머리칼을 느끼고 있으면 마음이 편안했다.

"저한테는 잘해 주시는데요."

"그래도 귀찮을 테지. 대체 무슨 생각으로 사병까지 이끌고 온다는 건지 정말 알 수가 없다."

엘파사 출신 귀족들은 더 이상 그 누구도 후실을 들이자거나 왕녀의 정통성이 의심된다는 이야기를 일절 꺼내지 않았다. 그들에게는 무도회에서 있었던 일이 굉장한 충격이었다. 제녹스 후작가는 그들의 짐작대로 반역죄를 뒤집어쓰고 죽었다는 사실이 확실해졌다.

알렉산드로의 은근한 언행 때문이다. 게다가 베아트리체가 황후가 된다고 단언했으니 더 이상 정통성에 대해서 멋대로 왈가왈부할 수 없었다. 처음부터 쉽게 가는 길도 있었지만 알렉산드로는 제녹스 후작 영지라는 의외의 소득을 얻었기에 만족스러웠다. 베르토 후작가 다음가는 대영지였다.

"베르토 자작이 네게 또 편지를 보냈다던데."

"네."

알렉산드로는 몸을 일으켜 앉았다. 쿠션을 허리에 받치고 멍하니 천장을 응시하는 그녀를 보니 청순한 모습이 믿기지 않을 만큼 아름다웠다. 이러니 자꾸 자신이 온갖 남자들을 의심하게 되는 것이다.

"못 본 지 오래되었다고요."

그녀는 몸이 너무 피로해서 주로 침실에서 시간을 보냈다. 정원을 산책하는 시간도 있었지만 날이 갈수록 허리가 아파서 일어나기도 싫을 정도였다. 아무리 생각해도 정말 배가 빨리 불러 오는 것 같았다. 이제 넉 달이 넘었는데, 남들은 한 7개월쯤 되어야 이만큼 배가 커질까 싶을 정도였다.

"임신한 유부녀가 두문불출한다고 편지를 보낸다니, 아무래도 속내가 음흉하다."

베아트리체는 저도 모르게 코웃음을 쳤다. 그가 어떻게 저런 생각을 하는지 황당했다.

"베르토 자작은 이제 겨우 16살이에요. 저랑 10살 차이가 나요, 알렌."

"……."

"10살 차이가 나는데 저한테 어떤 음흉한 마음을 품을 수 있겠냐고요. 만약 여자가 10살 어린 남자와 결혼하려면 지참금을 받기는커녕 도리어 돈을 내야 할걸요."

사실이었다. 귀족 가문의 혼사는 보통 신랑보다 신부의 나이가 훨씬 어렸다. 간혹 신부의 나이가 더 많은 경우도 있긴 했지만 세간의 입방아에 오를 만큼 흔치 않은 일이었다.

"아무튼 아버님은 신경 쓰지 마라. 얼른 돌려보낼 테니까."

알렉산드로는 침대에서 완전히 몸을 일으켜 침실 안을 어슬렁거리기 시작했다. 그에게는 매일 밤이 너무 길게 느껴졌다. 사랑을 나누던 시간이 싹 사라지니 쉽게 잠이 오지 않는 것이다. 넉 달이 넘었으니 이제 익숙해질 법도 한데 갈수록 밤은 길어졌다.

"베르토 자작이 쓴 편지는 어디에 있지?"

그녀의 침실 이곳저곳을 살피던 그는 작은 탁자 위에 놓인 편지를 보고 인상을 구겼다. 분명 베르토 자작의 편지였다. 책상에서 읽은 것도 아니고, 침대 바로 옆에 있는 탁자에 있는 걸 보니 둘이 얼마나 친한 사이인지 짐작되었다. 알렉산드로는 급한 손놀림으로 편지를 열어젖혔다. 벌써 첫 문장부터 엉큼했다.

"친애하는 왕녀님께?"

기막힌 헛웃음이 터졌다. 곧 결혼을 앞둔, 임신한 남의 여자에게 '친애'라니?

"어이가 없군."

보통 이성에게 보내는 편지는 다 그렇게 시작했다. 아무리 나이 많은 노부인에게 보내는 편지라 해도 그게 예의였다. 하지만 알렉산드로는 여자에게 편지를 보내 본 적이 없어서 그의 상식으로는 도무지 이해가 되지 않았다.

'대량 재배는 순조롭게 진행 중, 눈향나무는 잘 자라고 있고, 시중의 약방에서 파는 피임약의 가격이 많이 내렸다. 이대로만 진행된다면 다른 약재의 가격을 내리는 일도 어렵지는 않을 것…….'

쭉 편지를 읽어 내리던 그는 추신에서 멈춰 섰다.

다시 뵙는 그날을 고대하며…….
왕녀님의 순산을 기원하는 베르토 후작 가문의 장남 조나스 올림.

그는 찜찜한 마음을 감추지 못하고 뚫어져라 편지지를 응시했다.
'점을 왜 여섯 개나 찍었지?'

늘어진 말줄임표에 차마 글로 쓰지 못한 애모의 마음이 담겨 있는 듯했다. 게다가 조나스라니. 그녀가 그의 이름을 허락했다는 사실에 가슴이 들끓었다.

'이제 겨우 성인이 된 애송이가 어떻게 이따위 야릇한 편지를 여자에게 보낸단 말인가.'

하여간 하나같이 짐승 같은 남자들이 문제였다. 알렉산드로는 고개를 내저었다. 정말 개탄할 일이다. 아무래도 자신이 황제가 되는 그날부터 방탕한 젊은 귀족 영식들을 반드시 처벌해야겠다는 다짐을 했다. 특히 가정이 있는 유부녀에게 이따위 편지를 쓰거나 눈길을 보내는 남자들은 능지처참을 해야 마땅했다. 편지를 접어 침대에서 먼 곳에 가져다 둔 그는 베아트리체가 조용하자 다시 슬그머니 옆자리로 향했다.

"그래도 네가 식사를 가리지 않아 정말 다행이다."

들은 바로는 임신 중에 심하게 음식을 가리는 경우가 많다고 했다. 하지만 그녀는 먹는 데는 그리 큰 문제가 없었다. 더 두고 봐야 한다고 했지만 지금까지는 천만다행이었다. 여전히 멍하게 천장을 바라보던 그녀가 뜬금없는 말을 꺼냈다.

"아무래도……."

"음?"

알렉산드로는 그녀가 무슨 생각을 하는지 알 수 없었다. 초점 없이 고정된 시선은 움직이지 않았다.

"아무래도 남자아이일 것 같아요."

그녀는 딸이든 아들이든 상관없었다. 사실은 딸을 원했다. 하지만 알렉산드로와 던칸을 위해서는 아들이어야 했다. 내일 마주할 던칸에게도 그렇게 말해야 했다. 며느리가 가문의 어머니와 아버지에게 '배 속의 아기는 남자아이일 거예요' 하고 말하는 건 이 사회의 고착된 문화였다. 베아트리체는 그것을 연습하고 있었다.

"남자아이일 거예요."

그렇게 말은 했지만 많이 서글펐다. 아직 성별을 알 수 없는 배 속의 아기에게 미안했다.

"쉿……."

알렉산드로는 그녀의 손가락 사이사이를 얽어 깍지를 끼고 마주 보았다. 글썽글썽한 그녀의 얼굴을 내려다본 그가 귀에 대고 속삭였다.

"만약 여자아이라면 엄마가 하는 말을 듣고 서운해할지도 몰라."

울컥했던 그녀는 한순간에 피식 웃음이 터졌다. 두 팔을 뻗어 그의 목을 끌어안자 든든한 남편의 두 손이 그녀의 등을 감싸 안았다.

"아들이든 딸이든 네가 걱정하지 않게 할게. 여식을 낳는다 해도 괜찮아."

그녀는 지금 부친이 온다는 말에 저렇게 심란해하는 게 분명했다. 이러니 더욱 반갑지 않았다. 알렉산드로는 당장 던칸이 오면 그냥 빨리 돌아가라고 말해야겠다고 단단히 다짐했다.

"아버님께 단단히 일러둘 테니 나한테까지 실망하지 마라. 정말 여식이라도 좋으니까. 응?"

그녀는 고개를 끄덕였다. 하지만 마음속 깊은 곳에서는 다른 생각들이 무럭무럭 자라났다. 아마 이 아기가 딸이라면 황녀가 될 테니 다른 영애들의 삶처럼 고단하진 않을 것이다. 적어도 황녀에게는 남편을 거부할 권리와 하고 싶은 것을 할 수 있는 자유가 주어질 테니까. 반쪽짜리였던 왕녀 베아트리체는 그럴 수 없었지만 배 속의 아기는 그럴 힘이 있을 것이다.

'하지만 다른 여아들은?'

한 번 남의 아기를 키워 봤던 그녀는 도저히 배 속 자신의 여식만을 염려할 수가 없었다. 베아트리체는 여기저기서 보았던 이 세상의 많은 약자들을 떠올렸다. 아기 레나는 그중 가장 큰 부분을 차지한 한 명이었고, 알렉산드로의 누이인 레나와 하이디 역시 그들 중 한 명이었다. 노예였던 클로이와 반쪽짜리 왕녀 베아트리체 또한 마찬가지였다. 베아트리체는 생전 처음으로 이 사회를 뒤바꾸어 보고 싶다는 강렬한 욕망을 가슴에 품기 시작했다. 여자였기에, 노예였기에 자신이 겪었던 불평등이 사라지길 원했다. 그녀 자신은 견디고 살아왔을지언정 후손들이 그렇게 살기를 바라지는 않았다. 자신의 처지에는 감히 바랄 수 없는 것이었으나, 베아트리체는 이루지 못할 소원들을 품기 시작했다.

'태어날 아기를 위해서.'

어딘가에서 태어날 모든 아기들을 위해서 이 세상이 좀 더 나은 곳이 되기를 바랐다.

―왕녀님도 겁내지 말고 뭐든 매달려 보시게. 우리는 세상을 바꿀 만한 힘이 있는 사람들이 아닌가?

바로 그 순간, 한 줄기 섬광이 번뜩 머릿속을 스치고 지나갔다.

'세상을 바꿀 만한 힘이 있는 사람들.'

이제 자신도 그중 한 명인 것이다.

'설마.'

제국의 다수 중 한 명인 노예로 태어나 평등을 꿈꾸는 건 아주 어려운 일이었다. 대부분은 아예 그런 사회가 존재하리라는 상상조차 하기 어려웠다. 하지만 베아트리체는 그런 사회가 존재한다는 걸 알았기에, 노력하면 이룰 수 있는 사회에서 살아왔기에 노예임에도 글자를 익히려고 애썼다.

'이게 내가 전생을 기억하는 이유가 아닐까?'

그녀는 눈을 빛냈다. 내일 도착하는 자신의 시아버지, 던칸 그레이엄을 떠올리니 거세게 심장이 뛰었다. 영 종잡을 수 없는 사람이라서. 바라는 걸 말한다고 들어줄지는 미지수였다.

'하지만 어떻게 될지는 아무도 몰라.'

그녀는 가슴이 터질 듯한 불안함을 사랑하기로 했다. 기회는 언제나 소중하니까.

그러자 마법처럼, 불안함은 설렘으로 바뀌었다.

알렉산드로는 한밤중에 시끌벅적한 소리를 듣고 결국 침실을 나섰다. 베아트리체는 이미 세상모르고 잠들어 있었다.

"무슨 일이냐?"

제임스와 제이미가 한껏 난감한 표정을 하고 자초지종을 설명했다.

"전하께서 지금 왕궁에 도착하셨는데, 은근히 왕녀 저하를 뵙고 싶어 하시는 눈치라 하여 제가 다녀온 길입니다."

알렉산드로는 입술을 꾹 깨물었다.

"이미 주무신다고 말씀드렸더니 두 번 묻지 않으시고 침실로 가셨습니다."

창피스러워서 얼굴이 뜨거웠다. 이 새벽에 도착했으면 그냥 조용히 주무실 것이지 대체 뭐라고 떠들었기에…….

"각하, 그런데 왕궁에 기사들을 전부 수용하기가 조금 어렵습니다. 전하께서 미리 일러두신 인원보다 훨씬 많은 사병을 이끌고 오신 듯합니다."

난처한 기색의 제임스를 보니 알렉산드로는 뒷목이 당겼다. 질끈 눈을 감았다. 던칸은 정말 말이 통하지 않는, 대화가 어려운 사람이었다.

'친자식인 나도 꼴 보기 싫은데, 그녀라고 보고 싶을 리가 없지.'

절대로 부친과 아내가 마주치는 일이 없도록 해야겠다.

"아버님께 내일 아침 식사를 함께하자고 전해라. 그리고 제임스 경."

갑작스런 정중한 부름에 그 역시 진지한 얼굴로 답했다.

"예, 각하."

"그대는 황궁을 지키던 수행 기사였지. 지금은 아버님의 명을 받고 내 아내를 호위하고 있고."

"그렇습니다."

"여전히 그러한가?"

"예?"

제임스는 질문의 정확한 의도를 몰라 슬그머니 고개를 들고 알렉산드로를 응시했다.

"노선을 정확히 해라."

자신을 꿰뚫어 보는 듯 날카로운 눈빛에 심장이 덜컹거렸다.

"내 명령을 따르는 나의 사람이 될 것이냐, 아니면 끝까지 아버님을 따를 것이냐?"

제임스는 자신의 옆에 있던 제이미를 응시했다. 뭐라고 대답을 해야 할지 난감했다. 제이미 역시 마찬가지였다. 던칸은 지는 해였고, 알렉산드로는 떠오르는 해였다. 하지만 이대로 대공님을 따르겠다고 말했다가는 충성심도 명예도 없는 기사라고 내쳐질 것 같았다.

'그렇다고 전하를 따르겠다고 말할 수는 없다.'

알렉산드로는 중간이 없고 흑백이 아주 명확했다. 자신의 사람이 아니라고 여겨지는 이들에게는 가차 없었다. 그는 자비로운 기사가 아니었다. 우물쭈물하는 둘을 지켜보는 알렉산드로의 미간이 점점 좁아졌다. 침묵은 가시가 되어 제임스의 온몸에 박혀 왔다. 그 순간 그의 머릿속에 기막힌 기지가 떠올랐다.

"명령을 받았으니, 저는 마지막 죽는 날까지 저하의 명을 따르는 왕녀님만의 기사가 되겠습니다."

제이미는 제임스의 놀라운 순발력에 감탄하는 동시에 얼른 뒤따랐다.

"저, 저도 끝까지 왕녀 저하를 따르겠습니다."

그러자 알렉산드로의 눈썹이 슬며시 위로 올라갔다. 마음에 들지 않으면서도 마음에 드는 답변을 들은 것이다.

"그렇다면 행여 아버님께서 베아트리체를 부르시거든 먼저 나를 찾아라."

"예, 반드시 그렇게 하겠습니다."

신신당부를 하고 침실로 돌아서려던 알렉산드로가 다시 우뚝 멈췄다.

"제임스 경, 제이미 경."

한시름 놓았다고 숨을 돌린 제임스와 제이미는 어깨를 움찔했다. 다시 불려 간 둘은 이번에는 어떤 말을 하려고 그러나 눈치를 살폈다. 그런데 알렉산드로에게서 나온 물음은 전혀 예상치 못한 것이다.

"둘은 아직 미혼인가?"

"그렇습니다, 각하."

"예, 각하."

예상하고 있었는지 쉽게 고개를 끄덕인 그가 덧붙였다.

"그럼 여자를 찾아서 결혼해라. 영지와 작위를 내려 줄 테니."

제임스는 휘둥그레진 눈으로 제이미를 응시했다. 제이미는 더 커진 눈으로 그를 마주 보았다. 저도 모르게 손으로 허벅지를 꼬집었다. 아팠다.

'꿈이 아니구나.'

전쟁에서 승리해 돌아왔을 때조차 얻지 못한 작위를, 왕녀를 모신다는 대답 한 번에 얻게 된 것이다.

"사랑하는 여자를 찾아서 결혼 서약을 해라. 부인 말고 다른 여자는 절대 훔쳐보지 않겠다고 네 목숨을 걸고 부모 앞에서 맹세를 하고 오면 그 즉시 작위를 내리겠다."

"각하……."

둘은 감격해 말을 잇지 못했다. 앞으로 평생 왕녀님을 위해 목숨을 바쳐 충성을 다해야겠다는 각오가 생겼다. 그러거나 말거나, 알렉산드로는 침실로 돌아가기 전 힐끗 그들을 돌아보고 덧붙였다.

"최대한 빨리 결혼해라."

왕궁에 도착한 던칸은 더없이 편한 마음으로 낯선 침실에 누웠다.

눈을 감으니 며늘아기에게 물어보고 싶은 것들이 마구 떠올랐다.

'딸인지 아들인지는 새아기 너도 아직 모르겠지? 그래도 예상이 가는 바가 있느냐? 누가 감히 네 정통성을 운운했는고? 어디 불편한 곳은?'

아직 어떤 대답도 듣지 못했으나 상상만으로 너무나 행복했다.

'아직 5개월이나 더 기다려야 한다니.'

던칸은 무사히 손녀를 낳는 걸 확인하고 한 3년쯤 더 왕궁에 머무를 생각이었다.

'아니지, 3살이면 한창 귀여울 텐데.'

그때 떠날 수는 없다. 손녀가 '할아버지'라고 부르고 말도 하는 것까지 지켜본 뒤에, 직접 승마도 알려 주고 검술도 알려 주고 화살 쏘는 것도 알려 주고 책도 읽어 줘야 하는데…….

'아들이라도 너무 실망한 티를 내지 말자.'

손자라면 후계를 이을 수 있을 테니 다행인 셈 치면 되는 것이다.

'잘 키우면 알렉산드로를 닮지 않을지도 몰라.'

전에는 칼스버그 공작에게 교육을 전부 맡겨서 그랬을 것이다.

'이번에는 내가 직접 손녀를 가르쳐야지.'

그냥 황궁에 돌아가지 말까, 하는 욕심도 생겼다.

'쯧, 내가 없어도 잘 돌아갈 텐데.'

욕이야 먹겠지만 못 들은 척하면 되지 않겠는가. 던칸은 미소와 함께 잠들었다. 오늘이 그의 일생에서 가장 행복한 날이었다.

던칸은 평소 꿈을 잘 꾸지 않았다. 흉악한 악몽 말고는. 한데 오늘은 이상하게 생생하고 기분 좋은 꿈을 꾸고 있었다.
'아니, 여기가 대체 어디야?'
그는 지금 생전 처음 보는 꽃동산에 와 있었다. 이름 모를 온갖 꽃들로 가득한 그 동산에는 던칸 혼자뿐이었다. 걷다 보니 마음이 편안했다.
'여긴 마치…… 천국 같군.'
전쟁도, 반역도, 칼과 방패 어느 것도 필요하지 않은 곳이었다.
'참 아름다운 곳이야.'
따사로운 햇살과 선선하게 불어오는 바람이 선물처럼 느껴졌다. 그는 그 동산을 걷고 또 걸었다. 한참을 걷다 보니 뭔가가 발에 치였다.
'어이쿠, 이게 뭐지?'
앞으로 고꾸라진 던칸은 무릎을 부여잡고 일어나 주위를 살폈다. 걸려 넘어진 건 커다란 늙은 호박이었다.
'웬 호박이 여기 있담.'
들어 올리지도 못할 크기의 거대한 호박이었다.
'이걸 보지도 못하고 걷다 넘어지다니. 쯧쯧, 얼마나 정신을 빼놓고 걸었으면.'
게다가 호박은 넝쿨째 마구 감겨 있었다.

'이걸 가져갈까……'

그런 생각이 갑자기 들었다.

'이걸 가져가서 레나에게 보내 줄까?'

냉랭한 여식이긴 하지만 이걸 보내 주면 참 좋아할 것 같았다.

'며늘아기에게 주기에는 너무 큰 호박이야.'

현실에서의 그라면 절대로 하지 않을 헛된 생각이었으나, 꿈속의 던칸은 그냥 그런 생각을 했다.

'그럼 이 동산을 한 바퀴 돌고 와서 나중에 호박을 가지러 와야겠군. 레나도 좋아하겠지?'

그렇게 호박을 뒤로하고 다시 꽃동산을 걸었다. 걷다 보니 이번에는 자신의 몸을 집어삼킬 듯 거대한 구렁이가 나타났다. 던칸은 당장 인상을 찌푸렸다. 구렁이가 얼마나 고집스럽고 말을 안 듣는지 크게 경험한 바가 있었던 것이다.

'구렁이는 됐다!'

호박보다 더 싫었다. 구렁이를 피해 한참을 도망갔으나 끈질기게 쫓아왔다.

'구렁이는 저리로 가거라! 난 이제 구렁이는 원하지 않아!'

하지만 이 구렁이는 들은 척도 하지 않고, 허락도 없이 던칸을 위에 태웠다. 그리고는 동산의 곳곳을 누비며 아름다운 광경을 보여주었다. 그러자 던칸은 생각이 바뀌었다.

'너는 참 말을 잘 듣는 구렁이로구나.'

위대한 명마처럼 자신의 말을 잘 듣는 구렁이가 참 기특해졌다.

'내가 아는 어떤 구렁이와는 달라.'

그래서 던칸은 이 구렁이의 머리를 쓰다듬어 주며 말했다.

'그래도 이제는 날 따라오지 말고 가서 놀거라. 난 구렁이라면 정말로 사양이다.'

하지만 구렁이는 계속해서 옆을 따라붙었다. 던칸은 피식 웃으며 고개를 내저었다.

'고집스럽기는 참 누굴 닮았는지.'

결국 포기한 그는 자신이 있는 곳을 이리저리 둘러보기 시작했다.

'아니, 이게 무슨 냄새지?'

아주 달콤한 향기가 그의 코끝을 스쳤다. 꽃향기 같았다. 그 진한 향을 따라가자 거대한 나무가 한 그루 보였다. 꽃동산에 홀로 우뚝 서 있는 나무 한 그루. 멀리서 봐야 한눈에 들어올 것처럼 아주 커다랬다. 게다가 마른 가지에는 분홍색 꽃이 잔뜩 펴 있었다. 초록색 잎은 하나도 없이, 그저 꽃송이만 주렁주렁 피어 있었다.

'저 꽃나무로구나!'

그는 보물을 발견한 아이처럼 급하게 뛰어갔다. 그러자 분홍색 꽃잎이 마구 떨어져 있는 나무 아래까지 금세 다다랐다. 던칸은 크게 숨을 들이쉬며 향기를 있는 힘껏 머금었다.

'아주 아름다운 나무야.'

그가 저도 모르게 가장 가까운 가지로 손을 뻗자 마법 같은 일이 벌어졌다. 분홍색 꽃이 마구 떨어져 내리고 헐벗은 나무는 푸른색 잎으로 가득 찼다. 그리고 작은 열매들이 곳곳에서 생겨나기 시작했다.

'대체 어떻게 된 일이지?'

깜짝 놀란 던칸은 주춤주춤 걸음을 뒤로 물렸다. 꽃나무는 어느새 주렁주렁 풍성한 과일나무로 변했다.

툭.

가지 사이에서 열매 하나가 툭 떨어져 데굴데굴 굴러 던칸의 발치까지 다가왔다.

'이건…….'

들어 올려 보니 그것은 탐스럽게 익은 복숭아였다. 보자마자 던칸은 반색했다.

'저거야!'

본능이 말했다. 바로 저것을 원한다고!

'옳지, 이걸 가져가야겠군!'

던칸은 복숭아를 소중하게 가슴에 품었다. 복숭아야말로 그가 진정으로 원하는 것이었다. 누군가에게 빼앗길라 가슴에 소중히 품고 하나가 더 탐나서 가지에 손을 뻗었다. 이상하게 두 개를 갖고 싶었다. 그러자 또다시 마법 같은 일이 벌어졌다.

'아니, 이게 무슨 일이야!'

나뭇가지가 스스로 의지를 가진 것처럼 사방으로 이리저리 뻗어 가기 시작했다. 끝을 모르고 뻗어 가는 가지 때문에 순식간에 꽃동산은 아름드리나무로 가득했다.

'으윽.'

옆에 있던 구렁이가 던칸을 허리로 감았다. 구렁이에게 감긴 그는 그 순간까지도 가슴에 품은 복숭아를 놓치지 않았다.

'보, 복숭아! 복숭아를 하나만 더……!'

그리고 그는 벌떡 몸을 일으켰다.

"허억!"

급하게 사방을 둘러보니 그곳은 복숭아나무가 차지한 꽃동산이 아니라 침실이었다. 던칸은 저도 모르게 자신의 품을 이리저리 살폈다.

"내 복숭아는……?"

하지만 어디에도 소중한 그의 복숭아는 없었다. 믿을 수 없는 상실감에 경악한 그는 바로 그 순간 그게 꿈이었다는 걸 깨달았다. 힘이 쭈욱 빠졌다.

"나 참."

기묘한 꿈이지만 허무했다. 품속에 안았던 복숭아의 감촉과 구렁이가 너무도 생생했다. 사방으로 뻗어 나가던 나무의 가지들이 아직도 눈앞에 아른거렸다.

"별 황당한 꿈을 다 꾸는군."

던칸은 다시 자리에 누웠다. 부드러운 침구가 온몸을 감싸 안은 포근한 느낌에 눈을 감고 다시 잠을 청했다. 이상하게 흐뭇한 미소가 지어졌다. 그런 꿈이었다.

베아트리체는 꼭 하루에 삼십 분씩 산책을 했다. 그래서 뒤늦게 던칸이 왕궁에 도착했다는 말을 듣고, 겸사겸사 시간을 내어 달라 요청을 했다. 둘은 예상외로 정답게 대화를 나누었다.

"정통성을 의심한다니요. 아무도 제게 그런 말을 하지 않아요."

반쪽짜리 왕녀는 왕족의 핏줄이 아니라는 이야기는 옛날부터 들어 왔던 얘기라 새삼스럽지도 않았다. 하지만 지금은 그 누구도 면전에 대고 말하지 않았다. 모두들 그녀의 눈에 들기 위해서 열심이었다.

"그렇다면 다행이구나. 네게 못되게 구는 이들은?"

"아무도 없어요. 탄신 연회에서도 다들 제 눈치만 보던걸요. 다들 친절해요."

뒤에서 뭐라고 하는지는 몰라도 앞에서 귀부인들이 그녀에게 하는 태도는 아주 공손했다. 절절매는 모습을 보고 있자면 민망할 정도였다. 특히 임신 사실이 알려지자 귀족들은 그냥 죽은 듯이 지내고 있었다. 그들에게는 더 이상 대공과 얽힐 명분이 없었다.

"정말이냐?"

여전히 미심쩍다는 던칸의 물음에 그녀가 웃으며 답했다.

"네, 아버님."

"흠흠."

던칸은 하나뿐인 며느리에게 듣는 아버님이라는 호칭이 퍽 듣기 좋았다.

'딸자식도 그렇게 안 부르는데.'

아들은 가끔 필요한 게 있을 때만 아버지라고 불렀다.

'부인의 신분을 돌려 달라든지, 빨리 황궁으로 돌아가라든지 하는 말을 할 때만.'

편지로 받아 볼 때부터 좋았지만 직접 들으니 아주 만족스러웠다.

"나중에라도 누가 괴롭히거든 꼭 내게 말해야 한다."

던칸은 귀여운 며느리를 부르는 호칭으로 이 정도면 나쁘지 않다고 생각했다.

"아가."

바람에 날리는 여린 이파리처럼 부드럽고, 조심스럽지만 따스하고.

"아가, 알았니?"

"네, 꼭 말씀드릴게요. 나중에 혼내 주세요."

시계탑에서의 일 때문에 감히 자신을 동정하는가 싶었지만 던칸은 그것이 동정심이라 한들 마음에 들었다. 자신의 일생을 안타깝다고 여기는 이가 있어서 다행이다. 후회한다고 말할 수 없는, 차마 용서를 빌지 못하는 그 과거를. 아무리 후회한들 정작 그는 피해 보지 않았고, 모든 것을 다 가졌기에 누구에게도 그렇게 말할 수가 없었다. 그래서 이런 자신을, 불쌍하다 생각하는 사람이 한 명쯤은 있어서 큰 위로가 되었다.

하지만 던칸은 티를 내지 않았다. 죽는 날까지 짊어져야 하는 자신의 굴레라고 생각할 뿐. 싫든 좋든 자신은 여전히 던칸 그레이엄이었다.

"왕궁은 전보다 훨씬 보기 좋구나. 성벽도 그렇고 정원도 전보다 깔끔하군."

느릿느릿한 그녀의 걸음에 맞추려니 던칸은 저절로 사방을 둘러보게 되었다. 항상 빠른 걸음을 고수하던 그였지만 이렇게 천천히 걷는 것도 나쁘지 않은 것 같았다. 왔던 길을 뒤돌아보게 되고 지금 가는 길이 얼마나 아름다운지 살펴볼 수 있었다. 이 길이 맞다는 확신이 생기니 더 이상 자신이 어디에 있는지 헤맬 일은 없으리라. 앞으로도 천천히 걸어가야겠다.

'나 자신을 놓치지 않기 위해서.'

더 이상 혼자만의 목표를 위해 달려가는 삶이 아니니까.

"요즘 마음이 편해서 그런가? 어젯밤에 아주 생생한 개꿈을 꿨는데, 글쎄……."

던칸은 꿈속의 내용을 실감 나게 풀어놓았다. 베아트리체는 그가 이런 꿈을 꾼다는 것도 재밌었지만 이렇게 자세히 기억하는 것도 신기했다. 내용도 던칸과 어울리지 않게 참 우스웠다.

'구렁이를 타고 복숭아를 숨겨 왔다니.'

그녀의 웃는 얼굴을 지켜보던 던칸이 갑자기 걱정스러운 표정을 지었다.

"그런데……."

그는 가까스로 말을 멈췄다. 하마터면 '5개월도 되지 않았다면서 벌써 배가 산처럼 불렀다'는 말이 불쑥 나올 뻔했다. 던칸은 그 대신 다른 표현을 고민했다.

'반드시 머릿속을 먼저 거치고, 그다음에 입으로 말을 할 것.'

칼스버그 공작은 자신의 언행을 꼬집으며 임신부인 왕녀의 기분을 거스르지 말라고 당부하고 또 당부했다. 들을 당시에는 웬 유난이냐고 눈을 흘겼지만 실제로 배가 많이 부른 며느리를 보니 그 조언을 되새기지 않을 수 없었다. 그녀의 심기를 최우선으로 생각하고 말을 조심해야 했다.

"거동이…… 불편해 보이는구나."

던칸은 임신부가 얼마나 배가 나오는지 하는 것은 조금도 몰랐다. 소피아가 임신했을 때도 기사단 일이 바빠서 몇 번 본 적이 없었다.

'아직 5개월이 안 됐다고 하지 않았나?'

그런데 그의 눈에도 배가 꽤 불러 보였다. 이래서는 어떻게 남은

5개월을 더 보낼지 겁이 날 정도였다.

"그냥 점점 게을러지고 있어요. 거동이 불편할 정도는 아니에요."

"아가, 그렇다면 다행이다만……."

"곧 대공님의 탄신 연회가 있을 텐데 민망해서 어떡하나 그것만 조금 걱정돼요."

베아트리체는 별것 아닌 듯 말했지만 사실은 그녀 역시도 조금 불안했다. 하루가 다르게 몸이 무거워졌다. 배를 보고 마담 코코와 비비안도 놀랐지만 알렉산드로의 아들이라면 그럴지도 모른다고 고개를 끄덕였다.

'그래도 너무 배가 빨리 부르는 것 같은데…….'

의사들도 그냥 대공님의 아기이니 남다를 수 있다고만 말했다. 그녀 역시 그러려니 하고 있었지만 뭔가 찜찜했다. 둘이 공식적으로 침실을 함께 쓴 건 4개월 전이었는데 혹시 개월 수가 맞지 않는 건 아닐까.

'그래 봐야 2주 차이이긴 하지만.'

더 민망한 일이 생길까 봐 조마조마했다.

"그럼 연회를 열지 말라고 하마. 알렉산드로는 원래 생일 같은 건 잘 챙기지 않아서 바라지도 않았을 거다."

"아니, 그건."

"우리 아가는 아무 걱정 말거라. 내가 알아서 할 테니까, 흠흠."

그 순간 누군가의 다급한 인기척이 들렸다.

"저도 함께 산책을 해야겠습니다!"

알렉산드로였다. 서재 창밖으로 두 사람을 발견하고 정원으로 달려 나온 것이다. 제임스는 베아트리체가 먼저 던칸에게 만남을 요청했기에 알렉산드로에게 알리지 않았다. 급히 뛰어온 알렉산드로는 이마 위로 흐르는 땀을 닦을 새도 없이 둘 사이에 끼어들었다.

"언제 돌아간다고 하셨습니까?"

"……."

쯧쯧, 아비를 보자마자 하는 질문이라곤. 던칸의 짙은 눈썹이 꿈틀했다. 아침 식사 때는 문전 박대를 하더니, 왕녀의 앞에서 확인 사살을 하는 것이다. 던칸은 이렇게 약속했었다.

"……보름 뒤에."

어쩔 수 없다. 손녀가 너무나 보고 싶지만 아들이 저렇게 질색을 하니 얼른 떠날 수밖에. 여식도 보러 갈 수 없는 처지인데 아들까지 저렇게 있는 대로 불편하다 티를 내니 서운했다. 하지만 이 역시도 자신이 짊어질 몫이었다. 한껏 씁쓸한 그의 표정을 보고 베아트리체가 물었다.

"왜 그렇게 빨리 가세요?"

그녀는 사병들을 데리고 얼른 황궁으로 돌아가시라고 던칸의 등을 떠밀고 싶진 않았다.

"오시는 데도 일주일이 넘게 걸렸으니까, 좀 더 계시면 좋을 텐데."

"……."

알렉산드로는 자꾸만 자신의 왼쪽 옆구리를 찌르는 손길에도 입을 다물고만 있었다. 그의 왼쪽엔 아내가, 오른쪽엔 부친이 있었다.

"대공님은 너무 바쁘시고, 혼자 정원을 걷기는 너무 쓸쓸해요. 아버님이 조금만 더 머물러 주시면 안 되나요?"

던칸은 슬쩍 알렉산드로의 눈치를 살폈다. 여전히 아무 말 하지 않았지만 냉랭한 무표정이었다. 아들이지만 분위기가 서늘했다.

"……황궁에 정무가 밀려 있어서 그건 안 되겠다."

먼 곳을 보며 하는 말에도 베아트리체는 끈질겼다.

"칼스버그 공작님께 양해를 구하시면 되잖아요. 서신을 보내서 정무를 보실 수도 있고요."

하지만 두 남자는 여전히 어떤 대답도 없었다. 결국 그녀는 뚝 걸음을 멈췄다.

"네, 여태 해 온 것처럼 혼자 식사하고 혼자 산책하고 그렇게 할게요."

고집스런 알렉산드로의 얼굴에 점점 놀란 기색이 번졌다.

"말 상대가 없어서 외로웠는데 대공님은 바쁘시니까 어쩔 수 없죠. 이해해요."

덩달아 놀란 던칸도 보였다. 그녀는 이 기회에 속마음을 다 털어놓기로 했다.

"누가 저를 보러 오는 것도 달가워하지 않으시잖아요. 지금처럼 혼자서만 지내길 바라시니 그렇게 해야겠죠."

"그게 아니야."

알렉산드로는 고개를 내저었다. 설마 그녀가 이렇게 오해를 하는 줄은 꿈에도 몰랐다.

"네가 혼자 지내길 바라서가 아니었다. 그들이 멋대로 지껄이는 말에 속상할까 봐 그랬어."

그녀의 임신이 기쁜 건 그레이엄 가문의 이들뿐이었다. 아직 결혼식도 전인데, 수군거리거나 낮잡아 보는 말을 들을까 봐 알렉산드로는 왕녀님을 보러 오겠다는 많은 귀부인들의 요청을 철저히 차단했다. 그들은 있는 대로 친한 척을 했지만 그의 눈에는 영 곱게 보이지 않았다. 쓴소리를 듣고 혼자서 속이 상할까 봐 걱정되어서 베아트리체를 귀족들 틈에 내보낼 수가 없었다.

"식사도, 산책도 너무 불규칙해서 시간을 맞추기가 어려웠다. 그게 서운한 줄 정말 몰랐는데 앞으로는……."

"피곤해서 이만 들어가 볼게요, 아버님."

돌아서는 그녀를 두고 알렉산드로가 얼른 붙잡았다. 하지만 베아트리체는 그의 손을 냉랭하게 뿌리쳤다.

"지금은 혼자 있고 싶어요."

드물게 보이는 그녀의 무표정에 그의 심장이 뚝 떨어졌다.

"잠깐, 이러지 말고 대화를……!"

그가 끝까지 뒤따라가려는 것을 던칸이 만류했다.

"괜히 심기를 불편하게 만들지 말고 그냥 말을 따라 줘라."

알렉산드로는 단단히 붙잡힌 제 팔을 내려다보곤 멈칫했다.

"제가 지금 따라가면 아내가 정말 싫어하겠습니까? 따라가지 않으면 더 속상해하지 않을까요?"

알렉산드로는 처음 겪는 상황에 몹시 당황스러웠다. 던칸 역시 쥐뿔도 모르겠지만 의지할 사람은 그뿐이었다.

"이런 적은 처음이라 어떻게 해야 할지 통 모르겠습니다. 평소엔 그렇지 않은데, 가끔 저렇게 단호할 때는 저를 칼로 잘라 내듯이 뒤도 돌아보지 않고……."

"며늘아기가 마음이 심란해서 그럴 거다."

그는 아들의 경악한 표정을 보고 안쓰럽다는 듯 어깨를 다독였다. 부자간에 이런 스킨십은 생전 처음이라 던칸 역시 어색했지만 제법 그럴듯하게 해냈다.

"배가 저렇게 불렀는데 얼마나 힘들겠니. 우리는 모르니까 가만히 있자."

위로하듯 달래 주는 목소리도 처음이 어려웠지, 던칸은 익숙하게 해냈다. 자애로운 아버지인 척 아들을 향해 믿음직스럽게 조언했다.

"그냥 고집부리지 말고 전부 며늘아기가 하자는 대로 해."

그러자 알렉산드로가 당혹스런 얼굴로 그를 응시했다.

"그게 맞는 거겠지요?"

"그래."

하나뿐인 아들이 이렇게 절절매고 있는 걸 보니 던칸 역시 저절로 심각한 표정을 하게 되었다.

'쌤통이다. 이 괘씸한 놈.'

물론 속내는 달랐다.

알렉산드로는 꽉 닫힌 문을 응시했다.

"저어, 왕녀님께서 오늘은 혼자 주무시겠다고…… 하셨습니다."

믿을 수가 없었다. 임신 중이라 기분이 왔다 갔다 한다고 해도 이번은 너무 큰 충격이었다. 자신을 뿌리치던 손길이 아직도 생생했다.

'어떻게 이럴 수가.'

온갖 감정이 휘몰아쳤다. 서운하고, 섭섭하고, 그녀가 밉고, 그런데 미안하고. 뿌리쳐졌던 자신의 손과 닫힌 문을 번갈아 바라보던 그는 어찌해야 할 바를 몰랐다. 이런 일로 이렇게 싸워 본 적은 없었다.

'갑자기 아버님이 왕궁에 찾아온 게 문제였다.'

마음 같아서는 문을 뜯어내고 들어가서 대화로 풀자고 달려들고 싶었지만 그녀는 임신 중이었다. 결국 알렉산드로는 발걸음을 돌렸다. 몇 달 만에 가 보는 자신의 침실을 향해 터벅터벅 걸었다.

'어떻게 나를 침실에서 내쫓을 수가.'

도저히, 이대로는 도저히 잠들 수 없었다. 아무것도 할 수 없다. 고심하던 알렉산드로는 다시 휙 몸을 돌려 베아트리체의 침실로 향했다. 잔뜩 성난 얼굴을 보고 홀로 침실을 지키던 제이미가 조용히 문을 열어 주었다. 알렉산드로는 침실에 들어서자마자 그녀와 눈이 마주쳤다. 하고 싶은 말이 많았지만 그는 자신의 감정을 먼저 털어놓았다.

"하루 종일 아무것도 못 했다. 멍청이처럼 의자에 앉아만 있다가 왔어."

하지만 그녀는 반응이 없었다. 성큼성큼 침대로 다가간 그가 몸을 낮춰 눈높이를 맞췄다.

"글자도 눈에 안 들어오고 읽히지도 않고 써지지도 않아."

"……."

"네가 이러면 내 가슴이 찢어진다. 화가 나면 그냥 나를 때려. 제발 이런 식으로는……."

그제야 시선을 맞춘 베아트리체는 눈물을 글썽였다.

"대공님, 아무래도 뭔가 잘못된 것 같아요."

그녀에겐 마음이 불안한 다른 이유가 있었다.

"다들 저보고 7개월은 되어 보인대요. 배가 너무 많이 나왔대요. 아직 5개월도 되지 않았는데 이렇지는 않을 거래요."

그는 예상치 못한 말에 놀랐지만 차라리 다행이었다. 제게 실망해 돌아섰던 게 아니었다.

"정말 아기가 커서 그런 걸까요? 저도 임신은 처음이라 자세히는 모르겠어요."

알렉산드로는 우선 그녀의 옆에 앉았다. 흥분한 그녀의 어깨를 감싸고 끌어안았다. 무언가에 감싸인 느낌은 본능적으로 안락함을 이끌어 냈다. 베아트리체는 이제야 조금씩 안심이 되기 시작했다.

"나도 부인이 임신한 건 처음이긴 한데, 아무 이상도 없어. 어느 것도 이상하지 않아."

"그래도 배가 너무 많이 나왔대요······."

"의사를 더 부를게. 하지만 아무 이상도 없을 거야. 아기는 건강하고, 너도 건강해. 쑥쑥 자라고 있어서 그래. 날 믿어."

베아트리체는 그의 가슴에 머리를 기댔다. 그녀는 임산부가 어떤지에 대해서는 정확히 몰랐다. 개인차를 감안하면 뭔가 잘못된 것 같기도 하고 아닌 것 같기도 했다.

"날 믿어. 잘못되지 않을 거다. 잘못되게 내버려 두지도 않을 거다. 넌 멀쩡해. 전혀 이상하지 않아."

한껏 심각하던 그녀는 결국 피식 웃고 말았다. 알렉산드로는 임신이며 출산이며 여자에 대해서는 아무것도 모르는 남자였다. 그런데 저렇게 막무가내로 달래 주는 걸 보니 본인은 얼마나 속이 탈까 싶었다.

'가뜩이나 소심한 사람이.'

사랑스러웠다. 그리고 믿음직스러웠다. 날이 갈수록 그를 향한 마음이 커지고 있었다. 결국 그녀는 몸을 돌려 얼굴을 마주 보고 앉았다. 그의 허벅지 위에서 서로를 주시하는 야릇한 자세였다. 말없이 그의 얼굴을 빤히 쳐다보고 있으니 새삼스레 그런 생각이 들었다.

'잘생겼다.'

눈, 코, 입 전부 빼어나게 훌륭했다. 그의 얼굴을 보고 있으니 마음이 편안해지고 교양이 저절로 쌓이는 기분이었다. 근심이 저절로 날아갔다.

'어쨌든 이 남자를 닮았다면 여자아이든 남자아이든 걱정 없어. 아기도 멀쩡할 거야. 정말 아무 일도 없을 거야.'

찬찬히 훑어봤지만 역시 가장 아름다운 건 그의 새파란 눈동자였다. 그 푸른 눈동자 속에 자신이 비쳤다. 편안한 얼굴, 기분 좋은 미소.

"기분이 나아졌나?"

그 목소리를 듣고 있으니 점점 웃음기가 짙어졌다. 그녀를 품은 남자의 얼굴에도 따라서 미소가 떠올랐다.

"왜 웃는 거야."

영문을 모르고 웃고 있는 그를 보니 자신과 같은 기분일 거라는 생각이 들었다. 그는 행복해 보였다.

의사는 새벽녘에 자신을 부른 대공을 보고 대충 짐작했다. 그 난

감하고 심각한 표정을 보니 알 만했다.

'으휴…….'

왕궁에 있는 왕녀와 제국의 대공에 대해서 많은 말들이 오갔다. 이 둘이 진정으로 사랑해서 만났다는 소문은 아무도 믿지 않았다. 하지만 의사는 믿었다. 대공은 진정으로 왕녀를 사랑하는 것이 분명했다.

'그것도 아주 많이.'

알렉산드로는 한참이나 말을 잇지 못했다. 저렇게 고심하는 모습을 보니 애타는 심정이 고스란히 느껴졌다. 의사는 그가 뭘 물어보려 하는지 잘 알고 있었다. 대답도 준비했다. 결국 의사는 먼저 말을 꺼냈다.

"각하, 왕녀님께는 절대적인 안정이 필요합니다."

알렉산드로는 조용히 뒷말을 기다렸다.

"아직도 한 침실을 쓰신다고 들었습니다만, 왕녀님과 태어나실 왕자님을 생각해서……."

"지금 그런 얘기를 하자고 부른 게 아니다."

그는 답답함에 가슴을 두드렸다.

"왜 저렇게 빨리 배가 불러 오는 것이냐? 정말 아무도 정확히 아는 이가 없나?"

"아! 흠흠."

의사는 그제야 몸을 바로 하고 앉았다. 사실 그도 좀 이상하다는 생각을 하긴 했다.

'저런 경우는 정말 드물지.'

왕녀는 지금 4개월로 보기에는 배가 너무 불러서 그도 여러 방면으로 의심을 하고 있었다. 아주 희박한 확률의 수가 있기는 했다.

"혹시……."

"혹시 뭐?"

"굉장히 희귀한 경우이긴 합니다만……."

"사족은 빼고 빨리 말해."

"간혹 쌍둥이가 태어나는데, 혹시 그런 경우는 아닐까 합니다, 각하."

"쌍둥이?"

알렉산드로는 멍해졌다. 누군가에게 뒤통수를 후려 맞은 듯했다. 똑같이 생긴 형제 쌍둥이를 딱 한 번 본 적 있었다. 참 신기하다고는 생각했다. 똑같이 생긴 건 아니지만 제임스와 제이미 역시 쌍둥이였다.

"저도 실제로 본 적은 한 번뿐이지만 그럴 수도 있다고 봅니다."

'쌍둥이라고.'

제 자식들이 쌍둥이라는 사실이 얼떨떨하면서도 묘했다. 게다가…….

"아직 확실하진 않지만…… 만약 그렇다면 미리 경하드립니다. 쌍둥이는 행운의 상징이니까요."

쌍둥이는 제국 노스테로스의 건국 신화였다. 늑대의 젖을 먹고 자란 버려진 쌍둥이 아스트리데, 오헤레도스 형제가 바로 이 제국을 세웠고, 이들의 이름을 받아 건립된 새로운 제국 New Osteross이 오늘날 노스테로스였다. 전혀 예상치 못한 길조에 당황한 알렉산드로는 뭐라고 쉽게 말을 잇지 못했다.

"정확한 건 8개월이 넘어야 알 수 있습니다만, 제 생각에는 맞는 것 같습니다."

의사는 축하한다는 말과는 달리 표정이 밝지 않았다. 그는 딱 한 번…… 쌍둥이를 가진 산모를 진찰했던 경험이 있었다. 그랬기에 말을 아꼈다. 겨우 한 번의 경험으로 결과를 판단할 수는 없는 일이었다.

"쌍둥이를 받았던 산파들과 의사를 데려와 보겠습니다. 그들이 저보다 많은 걸 알고 있을 겁니다."

그리고 날이 밝자마자 의사는 늙은 산파 몇 명을 데려왔다. 쌍둥이는 워낙에 희귀했기에 경험이 많은 의사들도 잘 모른다고 했다. 그들은 베아트리체의 배 모양과 개월 수를 듣더니 그럴 만하다고 입을 모았다. 일전에는 아들이라 그런 것이라더니, 금세 말이 바뀐 그들의 태도를 보고 알렉산드로는 미심쩍어했다. 하지만 베아트리체는 달랐다.

"세상에! 정말 생각도 못하고 있었어요!"

다른 이들이 하는 말 때문이 아니었다. 바로 전날, 던칸이 꿨다고 말해 줬던 꿈 때문이다. 그녀는 휘둥그레진 눈으로 알렉산드로의 어깨를 마구 때렸다.

"대공님, 대공님! 진짜 쌍둥이가 맞는 것 같아요!"

이곳 사람들은 실질적으로 눈앞에 보이는 것들을 믿었다. 따라서 꿈에도 별 의미를 두지 않았고 '태몽'의 개념도 전혀 없었다.

'근데 그건 태몽 같아. 구렁이와 복숭아.'

베아트리체는 자신의 배에 손을 얹었다. 전생에서 쌍둥이를 마주칠 때면 키워 보고 싶다는 생각도 했었다.

'그런데 내가 진짜 쌍둥이 엄마가 된다니.'

임신조차 어려울 줄 알았는데. 이보다 더욱 기적 같은 일은 없을 것 같았다. 그저 의미 없이 찾아온 행운이라기엔 엄청난 축복이었다. 결혼 전, 순서가 완전히 뒤바뀌긴 했지만 둘에게는 퍽 잘된 일이었다. 베아트리체는 언젠가 황후가 될 것이라는 자신의 위치가 흔들릴 염려가 없고, 알렉산드로는 언제 황궁으로 가도 후계 승계를 걱정할 필요가 없었다.

쌍둥이는 모두에게 내려진 축복이었다. 어쩌면 부끄러움 없이 살아온 지난날의 보상을 받는 게 아닌가 하는 생각도 들었다. 착한 일을 했더니 상을 받았다는 말처럼, 아기들은 선물처럼 다가왔다.

'그래, 그렇게 생각하자.'

그러면 앞으로도 지금처럼 살 수 있을 것이다. 나를 위해서, 타인도 함께 위하는 삶을.

36. 살아간다는 것

36. 살아간다는 것

알렉산드로는 기쁨을 감추지 못했다. 아직 한참 남았으나 벌써 쌍둥이가 태어난 것 같았다.

"아들과 아들일까? 아니면 딸과 딸?"

그는 동그랗게 부푼 배에 대고 세상에서 가장 행복한 고민을 하고 있었다.

"아니면 딸과 아들? 아니면, 아니면……."

젖혀진 소파에 편히 앉아 있던 그녀가 싱긋 웃었다. 한껏 신난 알렉산드로는 거의 하늘로 날아갈 기세였다. 이 기회에 슬쩍 운을 떼었다.

"대공님. 저, 아버님이 왕궁에 더 오래 계셨으면 좋겠어요. 산책도 같이하고, 말 상대로요."

"그래, 그렇게 말씀드릴게."

놀라울 정도로 순순한 대답이 나왔다. 하긴, 지금 그는 구름 위에 둥둥 떠 있었다. 심지어 회의도 가기 싫다, 영주들도 만나기 싫다며 하루 종일 침실에서 배 속 아기와 대화하고 싶어 했다. 그의 이런 반응은 처음이었다.

"쌍둥이는 딱히 누가 형이고 동생인지 순서를 따지지 않는다더라."
게다가 말투에 은근한 자랑이 섞여 있었다.
"성별이 같은 쌍둥이는 그냥 친구처럼 지내게 된다던데."
우리 아기들은 쌍둥이라고 한참이나 산파에게 쌍둥이에 대해서 묻고, 하루 온종일 쌍둥이라는 말을 숨 쉬듯 내뱉었다. 제임스와 제이미를 붙들고 쌍둥이의 일생에 대해서 한참이나 이야기를 들었.
"만약 황녀가 두 명이면 그중 누구를 쿠피히트가의 장남과 결혼시키지? 설마 둘 다 같은 이를 좋다고 하면 그때는 어찌해?"
심각하게 중얼거리는 걸 듣다 보니 기막혔다. 헛웃음이 터져 나왔다.

'저렇게 좋을까.'
적어도 20년은 뒤의 일을 저렇게 미리부터 고민하는 모습이 우습기도 했지만 동시에 마음이 짠했다. 저렇게 아기를 좋아하는데 그동안 일절 내색도 하지 않고 참았으리라 생각하니 고맙고 미안하고 뿌듯한 마음이 동시에 덮쳐 왔다.
"응? 자매일까, 형제일까, 남매일까? 너는 어떻게 생각해?"
"글쎄요……."
복숭아는 딸을 의미할 텐데, 구렁이가 아들이 맞는지 확신이 서지 않았다.
'아들이어야 할 텐데.'
그래야 던칸이 실망하지 않을 것이다. 왕궁까지 먼 길을 찾아온 건 손자를 보기 위해서니까.

'하지만 걱정해 봐야 아무 소용없는 일이지.'

그녀는 씩씩하게 웃었다.

"태어나 봐야 알 수 있겠죠?"

아들이든 딸이든 아기는 부모에게 큰 사랑을 받을 것이다. 할아버지는 어떨지 모르겠지만, 베아트리체는 아기들을 사랑해 줄 자신이 있었다. 하루하루가 다르게 미약한 태동이 느껴졌다. 배 속에 품고 있는 새 생명들은 경이로웠다.

불편하고 무거운 몸을 자각할 때마다 아기 레나가 떠올랐다. 힘없는 자신이 미처 지켜 주지 못한 미약한 생명. 당장 눈앞에 보이지 않는 외진 곳에 있을, 보호받지 못하고 기댈 곳 없는 무력한 생명들.

새 생명을 갖고 보니 더 이상 혼자서 사는 삶이 아니었다. 왕녀는 더욱더 큰 꿈을 키워 나가기 시작했다. 배 속에서 자라나는 아기들과 함께.

"아버님이 더 오래 머무르신다니 정말 좋아요."

베아트리체는 오늘도 두 남자를 양옆에 두고 산책을 하고 있었다. 알렉산드로는 그녀의 허리를 안아 주었고, 던칸은 그녀의 어깨를 감싸 주었다. 대화는 주로 던칸과 주고받았다.

"……나도 예쁜 며늘아기를 오래 보게 돼서 기쁘단다."

쌍둥이라는 말에 던칸은 기쁨도 놀라움도 내비치지 않았다. 그는 그저 먼 곳을 응시했다. 말이 나오지 않을 만큼 감격스러웠다. 지금까지 살아 있어서 다행이라고 생각했다. 저무는 해와 떠오르는 달까지 자신을 위해 존재하는 것 같았다. 그만큼 삶이 황홀했다. 세상에 감사하고 모든 게 아름다워 보였다. 그중에 가장 예쁜 건 물론 며늘아기였다.

"아, 잠시만요. 허리가…….."

그런데 그녀가 돌연 걸음을 멈췄다. 살포시 미간을 구기고 색색 숨을 내쉬었다.

"아이고, 아가. 또 허리가 아프고 막 배가 뭉친 것 같고 그런 게냐?"

그런 모습을 볼 때마다 던칸은 발을 동동 굴렀다.

'내가 업어 주면 좋을 텐데.'

마음 같아서는 자신이 업고 정원을 산책시켜 주고 싶지만 그녀는 반드시 운동이 필요하다고 했다. 던칸은 안쓰러운 눈으로 베아트리체를 응시했다. 배는 나왔는데, 팔다리는 툭 치면 쓰러지게 생겼다. 얼굴색도 파리한 게 영 좋아 보이지 않았다.

잠깐 걷는 것도 얼마나 불편해 보이는지, 걸음을 멈추고 허리를 짚고 잠시 멈췄다 가기를 반복할 때마다 던칸은 속이 타들어 갔다.

"아가, 식사는 잘하는 게냐?"

"벌써 몇 번째 물어보시는 거예요, 아버님."

알렉산드로의 부축을 받은 그녀는 웃으며 대답했다.

"잘 먹고, 잘 자고 있어요. 아주 건강해요."

다시 천천히 걷기 시작했지만 던칸은 불안했다. 저러다 휙 쓰러지는 건 아닌가 무서울 정도였다. 근육이라고는 조금도 보이지 않는 마른 몸에 하필 그녀는 너무 작고 어려 보여서 더욱 걱정이었다.

'업어 줄 수도 없고! 내가 대신 걸어 줄 수도 없고!'

뭐라도 해 주고 싶은데 해 줄 수 있는 게 없어 안타까웠다. 기도는 열심히 하고 있었지만 지금 당장 도움이 되지 않았다.

"아가, 내게 뭐 바라는 건 없느냐? 네 마음에 걸리는 일이나 싫어하는 가문은? 보석은 더 갖고 싶지 않니? 듣자 하니 네가 땅을 좋아한다던데……."

가만히 듣고 있던 알렉산드로는 속으로 코웃음을 쳤다. 부친이 저렇게 꼼짝 못하는 사람이 자신의 아내라는 사실이 몹시 통쾌했다.

'속이 다 시원하군.'

아기들이 듣는다며 답지 않게 조신하고 사근사근한 말투를 사용하는 행태도 우스웠다. 임신은 아내가 했는데 태교는 부친이 하고 있었다.

'저 꼴을 매일 볼 수 있단 말이지.'

그렇다면 왕궁에서 오래 머물겠다 해도 그리 싫진 않았다. 게다가 던칸은 빚지고는 절대 못 사는 사람인데, 아무리 물어본들 그녀는 소원이랄 게 없는 사람이었다. 전에도 뭐든 다 해 줄 기세로 소원을 물었으나 그녀는 바라는 게 없다고 했다. '남의 소원을 이뤄 주세요.' 하고 소원을 비는 게 그녀였다. 그러니 부친은 평생 빚진 마음으로 살 것이다.

"아기들을 낳기 전이라도 뭐든 해 주마."

아니나 다를까, 그는 자신만만하게 말했다.

"바라는 게 있거든 말만 하렴. 뭐든지 괜찮단다."

던칸은 진심이었다. 귀족들은 며느리가 가문의 후계를 낳으면 보석이며 토지며 많은 것을 선물했다. 관례였다. 쌍둥이를 임신한 며느리에게 던칸은 뭐든 해 줄 수 있었다. 아직 아기를 낳지 않았어도, 가진 재산의 반을 달라 해도 줄 수 있었다.

'쌍둥이뿐인가?'

시계탑에서 자신을 말려 준 그녀가 아니었다면 이 순간 이 벅찬 행복도 누리지 못했을 것이다.

'레나와 대화도 나누지 못했을 거고, 줄리아에게 가문을 돌려주지도 못했겠지.'

힘든 시간도 언젠가는 지나갈 것이라던 말이 맞았다. 던칸은 진심으로 하루하루가 감사하고 행복했다. 다가올 내일이 기다려졌다. 살맛 난다. 인생에는 그를 황홀하게 만들어 주는 기적 같은 일들이 도사리고 있었다. 살아간다는 건 정말 아름다운 일이다. 가슴 벅찬 그의 입술이 주인의 허락 없이 제멋대로 움직였다.

"유언장에 네 이름을 남겨 주마. 어차피 레나의 이름은 적을 수가 없으니 말이다."

내뱉고 보니 그리 나쁜 제안이 아니었다. 던칸은 고개를 끄덕였다.

"그래, 그렇게 해 주마."

"네?"

베아트리체는 휘둥그레진 눈으로 던칸을 올려다보았다. 유산을 분배하는 유언장에 적히는 이름은 가문의 직계뿐이었다. 하지만 출가한 여식과 며느리는 아니다.

"너도 이제 그레이엄가의 일원이 아니냐? 별난 일도 아니니 그렇게 놀랄 것 없다. 흠흠."

어깨를 으쓱한 던칸은 오늘따라 나비가 많이 보인다는 둥, 벌은 없어서 다행이라는 둥 딴소리를 했다.

"아버님."

정말 무슨 소원이든 다 들어줄 기세에 베아트리체는 던칸의 옷깃을 붙잡았다. 그의 시선을 자신에게 옮긴 그녀는 그러고도 어렵게 주저했다. 입술을 뗄락 말락 하다가 작은 한숨을 내쉬었다.

"왜? 아가, 무슨 일인데 그러냐?"

"사실은…… 사실은 소원이 있어요, 아버님."

그녀는 이제 많은 것들을 바랐다. 많은 소원이 있었으나, 지금 던칸에게는 그중에서 가장 해내기 어려운 것을 말할 수 있을 것 같았다.

"오, 그래? 뭔데?"

예상대로 던칸은 반색했다. 알렉산드로는 도리어 놀라서 그녀의 허리를 잡은 손에 힘을 주었다.

"무슨 소원? 나한테는 없다며? 나한텐 아무것도 바라지 않는다며!"

"어서 말해 보거라, 아가. 뭐든 들어주마."

던칸은 흐뭇한 얼굴로 베아트리체를 바라보았고, 알렉산드로는 조급하게 말을 이었다.

"왜 나한테는 말하지 않고 아버님께는 말하는 거지? 설마하니 내가 네 소원을 못 들어줬을까?"

"그래, 알렉산드로가 들어주지 못하는 소원도 난 들어줄 수 있단다."

"아버님은 곧 실권에서 물러나실 거다. 네가 원하는 게 뭐든 나한테 먼저……."

"노예를 해방시켜 주실 수 있나요?"

두 남자는 그 순간 귀를 의심했다. 전혀 예상치 못한 그녀의 소원을 듣고 얼음처럼 모든 행동을 멈췄다.

"노예가 없는 세상."

주제 파악을 잘하고, 제 분수를 알아 숨죽이고 살던 왕녀의 가슴에는 어느새 뜨거운 열망이 도사리고 있었다.

"그게 제 가장 큰 소원이에요."

할 말을 잃은 던칸의 눈앞에 누군가의 웃는 얼굴이 빠르게 스쳐지나갔다. 귀족들이 농노를 이용해 재산을 불리고, 패전국에서 데려온 이들을 전리품으로 삼아 성장한 이 제국에서, 이런 풍딴지같은 말도 안 되는 생각을 하는 사람을 또 한 명 알고 있었다.

'이 망할 노친네가 내 며느리한테 대체 또 무슨 말 같지도 않은 소리를 떠들고 간 거야?'

이따위 것을 소원이라고 말하는 건 절대로 그녀의 잘못이 아니었다. 칼스버그 공작이 다녀가고부터 이런 괴상한 생각을 하는 것이다.

'그 인간이 내 며느리 칭찬을 할 때부터 알아봤어야 했는데.'

던칸은 일단 임신한 며늘아기가 놀라지 않게 입을 다물고 말을 골랐다. 생각을 하고 말을 하자. 상대는 예쁜 손녀를 낳아 줄 며늘아기다. 배가 크게 불러 걷는 것도 힘들고, 신경도 예민하다. 그런데 멍청이 같은 아들놈이 잔뜩 인상을 찌푸리고 되물었다.

"지금 무슨…… 헛소리를."

어떻게 저런 사나운 표정을 짓고 며늘아기를 다그친단 말인가? 그는 지레 놀라고 말았다. 당하는 며느리보다 옆에서 보는 자신이 더 충격이었다.

"대체 왜 그런……!"

던칸은 조용히 손을 뻗어 있는 힘껏 아들의 팔을 꼬집었다.
'그 입 다물어!'
있는 힘껏 시선을 쏘아 주었다. 그러자 알렉산드로도 뒤늦게 정신을 차렸는지 씁쓸하게 말을 삼켰다.

"지금 당장 노예를 전부 해방시켜 달라는 게 아니에요. 얼마나 긴 시간이 걸릴지는 모르겠지만 천천히 준비해서 차근차근 일을 진행하면 수습이 어렵지 않을 거예요. 제국은 이미 대륙을 통일했잖아요. 이제는……."

"알았다."

칼같은 그 대답에 베아트리체는 멍하니 굳어 버렸다. 설마하니 던칸이 이렇게 쉽게 긍정의 대답을 해 줄 줄은 꿈에도 예상치 못했다. 솔직히 믿기지 않았다.

"지금…… 진심이세요?"

"그래."

빤히 그의 얼굴을 들여다보고 있으니 던칸이 자애로운 미소를 지으며 그녀의 어깨를 감싸 주었다.

"일단 넌 그런 걱정은 하지 말고, 마음 편히 쌍둥이를 낳는 데 집중하거라, 아가."

그 말을 듣고 나니 던칸이 어떤 생각을 하는지 알 것 같았다.

'일단 이 순간을 넘기려는 게 분명해.'

이렇게 빤히 속이 들여다보이는 사람이 또 있을까?

"저랑 약속하셨어요."

"그래."

순순한 그 대답을 들으니 칼스버그 공작이 했던 말이 맞는 것 같앉다.

'다루기 쉽다더니, 진짜였어.'

그녀는 쐐기를 박았다.

"그레이엄은 약속을 어기지 않는다고 했어요. 그러니까 꼭 들어주셔야 해요."

"……."

그냥 말부터 내뱉었던 던칸은 다시 생각에 잠겼다. 아무래도 농담이 아니었던 모양이다.

'이를 어쩐다…….'

하지만 곰곰이 생각해 보니, 며늘아기가 바란다는데 영 못해 줄 일은 아니었다. 여자한테 작위와 직책까지 주었는데, 노예 해방이라고 어려울까? 일단 칼스버그 공작이 들으면 얼씨구나 춤을 출 것이다.

'그리고 알아서 방안을 강구하겠지.'

한마디로, 그가 알아서 할 것이다. 게다가 모든 후폭풍은 황제가 될 알렉산드로가 감당할 일이다. 자신은 그저 신전이나 다니면서 손녀에게 동화책이나 읽어 주면 될 터였다. 거기까지 생각하니 진짜 해 줄 수 있을 것 같았다.

"그래, 내가 약속했다."

던칸은 이 왕궁에 도착해서 처음으로 어깨를 당당히 폈다. 며늘아기의 산책 동무일 뿐인 자신이 드디어 그녀를 대신해 줄 수 있는 일이 생긴 것이다.

"그게 네 소원이라면 내가 죽기 전에 반드시 이뤄 주마."

"……!"

알렉산드로는 깜짝 놀라 던칸을 응시했다. 저 일을 저렇게 쉽게 얼렁뚱땅 결정해도 되는 건가? 의논도 없이?

'대책이라도 있으신가?'

그런 게 있을 리가. 알렉산드로는 금방 자신의 생각을 부정했다. 생각 없이 일부터 저지르는 무식한 인간이라고 욕하던 칼스버그 공작의 불퉁한 목소리가 귀에서 들렸다. 틀린 말이 아니었다.

"아버님, 이건 이렇게 급하게 결정할 수 있는 일이 아닌……."

"캐묻지도 않고 뭐든 다 해 줄 수 있다고 하시니 정말 대단하세요. 아버님은 진짜 멋진 분이세요."

알렉산드로는 휙 고개를 돌려 베아트리체의 옆모습을 주시했다. 그녀가 내뱉는 말에 입이 저절로 떡 벌어졌다.

"정말 멋지세요! 제가 아는 사람 중에 가장 대단하시고 존경스러워요. 새삼 반했어요."

"……."

"절대로 그 누구도 이뤄 주지 못할 거라고 생각했던 큰 소원이었는데 이렇게 화통하게 들어주실 줄은 몰랐어요."

소녀처럼 반짝반짝 눈을 빛내던 그녀가 조심스레 던칸의 손을 붙잡았다.

"저요, 정말 감격했어요. 게다가 아버님은 말을 번복하는 분이 아니시잖아요."

"그런 옹졸한 짓은 절대 하지 않지."

"그러니까요! 너무너무 대단하세요. 아버님이 최고예요!"

"그럼 이제 마음 편하게 지낼 수 있겠니?"

"네!"

베아트리체는 그의 팔짱을 꼭 끼고 머리를 기댄 채 정원을 걸었다.

"아버님이 곁에 있으니까 정말 든든해요. 한 번 한 약속은 꼭 지켜 주시는 분이니까요."

"그럼, 약속은 지키라고 있는 것이지. 아무 걱정 마라, 아가."

전보다 훨씬 느린 속도에 맞춘 던칸의 걸음은 거북이처럼 느렸지만 머릿속은 그렇지 않았다. 며늘아기가 마음이 편하다니 벌써 아주 큰일을 해낸 기분이었다. 뻔히 예상되었던 대륙 통일의 순간보다 더 감격스러웠다.

"하!"

알렉산드로는 두 손을 허리춤에 얹고 그들의 뒷모습을 노려보았다. 황당해서 말문이 막혔다. 세상에 이럴 수가 있나?

'뭐?'

제가 아는 사람 중에 가장 멋져?

'언제는 세상에서 나를 제일 사랑한다더니.'

누가 자신을 절벽에서 떠밀어 버린 것 같았다. 배신감에 가슴이 활활 타올랐다. 이럴 수는 없다.

'내게는 저런 입에 발린 소리는 하지도 못하는 사람처럼 굴었으면서!'

쿵짝이 잘 맞는지 둘은 주거니 받거니 마치 자신에게 들으라는 것처럼 커다란 목소리로 대화를 나눴다.

"그뿐이냐? 아가, 네가 쌍둥이를 낳는다면 소원이 몇 개든 들어주마."

"사실은 저 이제 소원이 정말 많아요, 아버님."

"그래, 뭐든 전부 다 이뤄 주고, 황녀가 태어나면 네 동상도 세워

주마."

"황녀요? 황자가 아니고요?"

던칸은 모든 것을 통달한 사람처럼 보이는 깊은 미소와 함께 고개를 저었다.

"아들은 그만 됐다. 손자보단 손녀를 보고 싶구나."

그는 그렇게 말하고 먼 곳을 응시했다. 베아트리체는 어렴풋이 그 마음을 이해했다. 아무래도 잘해 주지 못한 여식을 향한 미안하고 그리운 마음이 아닐까 싶었다. 조용히 뒤에서 씩씩거리던 알렉산드로가 급하게 뛰어왔다. 이대로 두고 봤다가는 자신을 뺀 저 둘이서만 더 친해질 것 같아서였다.

"널 닮은 아기라면 딸이든 아들이든 난 상관없다."

"하하, 그래. 그렇겠지."

던칸은 그런 알렉산드로를 돌아보며 짙은 미소를 지었다. 그는 진심을 담아 한 글자 한 글자 또박또박 말해 주었다.

"손자든 손녀든 사실 난 이제 상관없단다, 아가."

그는 사랑스런 며늘아기에게서 시선을 돌리고 제 아내의 눈치를 보느라 바쁜 아들을 응시했다. 눈이 휘어지도록 만면에 웃음기를 띤 던칸은 이를 악물고 말했다.

"알렉산드로, 반드시 널 쏙 빼닮은 아들을 낳아서 열심히 길러 봐라. 반드시."

신께 간절히 청할 또 한 가지 바람이 생겼다.

"그렇게 되길 내가 기도해 주마."

알렉산드로와 똑같은 손자도 보고 싶어진 것이다.

'너도 한번 당해 봐라, 이 불효막심한 놈.'

던칸은 그렇게 새로운 기도 제목을 정했다. 신은 자신의 소원을 들어줄 터였다.

"하하하!"

다가올 날들이 기다려졌다.

알렉산드로는 섭섭한 마음을 간신히 정리하고 집무실에 앉아 있었다.

"테인만 백작이 물자 교류 요청서를 보내왔습니다. 영지의 특산물이 찻잎인데, 제국의 수도에 특판 할 수만 있다면 첫 물량은 무상으로 보내겠다고 합니다."

여러 영주들에게 물자 교류 요청서가 쏟아졌다. 귀족들은 그레이엄과 개인적인 연이 닿을 일이 없다는 걸 깨달았는지 이쪽으로 관심을 돌렸다. 갑작스럽게 많아져서 꼼꼼히 살펴보지 않을 수 없었다.

"이들은 수도 귀족들에게 지대한 관심을 가졌나 보군."

주로 내미는 것은 귀족의 사치품이었다.

'수도까지 가는 길목을 넓히고 왕궁의 이름으로 독점 판매권을 달라고 해 볼까.'

영주들을 전부 죽이지 않기를 잘했다. 덕분에 관리가 수월했다. 그는 엘파사를 토대로 제국의 앞날을 생각했다.

'통행료는 나중에 받으면 되겠지.'

제국의 수도에서 엘파사까지 가는 길을 만들면, 다른 영지와 영지를 잇는 길을 만들 수 있는 명분이 될 것이다. 공역은 꽤 오래 걸리겠지만 폐쇄적인 변방 영주들에게 성문을 열고 교역을 시작하라는 명령을 내릴 기회였다. 알렉산드로는 일 처리에 바빠 어떻게 하루가 가는지도 몰랐다.

어느덧 끝이 보였다. 부지런히 움직이던 알렉산드로의 손길이 일순간 뚝 멈췄다.

'내가 못 미더웠나.'

아내가 생각났다. 그녀는 왜 자신에게 먼저 말하지 않고 던칸에게 먼저 그런 얼토당토않은 소원을 말했을까. 물론 노예 해방 같은 건 전혀 생각해 본 적 없었다. 칼스버그 공작이 가끔 그런 얘기를 하긴 했지만, 알렉산드로는 공작가의 장남으로 태어난 남자였다. 그의 상식으로 노예들은 불가결한 존재였다. 태어나기 전부터 존재해 왔으니까. 하지만 던칸이 그렇게 하겠다고 했으니, 게다가 그녀가 그것을 '소원'이라고 말했으니…… 고민을 해 봐야겠다. 그런데 못내 서운했다.

'내게는 소원이 없다고 했으면서.'

보름달을 보며 각자의 소원을 빌었던 그날. 무슨 소원을 빌었냐고 했더니 트리거의 소원을 이뤄 달라고 빌었다고 했다. 서로의 소원을 이뤄 주는 내기를 하고서 얻어 낸 그녀의 소원은 생전 처음 만난 줄리아를 살려 달라는 것이다.

'그런데 갑자기 노예를 해방시켜 달라고.'

이번에는 진짜 그녀가 바라는 소원이었다. 그런데 진정으로 원하는 것이 정말 노예 해방이란 말인가? 알렉산드로의 손끝이 느릿하게 책상을 두드렸다. 솔직히 고민스러웠다.

'하필 왜 그런 것을 바라는지.'

이해할 수 없었다. 망령에 사로잡혀 있는 것은 아닌가. 그녀는 더 이상 노예가 아닌데. 설득을 해 봐야겠다. 그런 다짐을 하는 찰나였다.

똑똑, 누군가 문을 두드렸다. 집무실의 그를 방해할 수 있는 사람은 베아트리체와 의사뿐이었다. 둘 다 아직 한 번도 찾아온 적은 없지만 왠지…… 의사일 것 같았다. 이상한 예감이었다.

"왕녀님을 진찰하고 있는 의사라 합니다."

시종이 조심스레 말을 전했다. 순간 알렉산드로는 알 수 없는 불안감에 휩싸였다. 자신을 찾아온 지금의 행복이 어쩐지 너무 쉽다는 생각을 몰래 해 본 적 있었다. 티를 내면 달아나 버릴까 봐, 아무한테도 불안을 내비치진 않았지만 그 또한 이 감격스런 행복을 온전히 믿지는 못했던 것이다. 불행했던 과거를 가진 누구나 그렇듯이.

"급한 일이라고 하는데, 들일까요?"

삶을 황폐하게 만들었던 지난날 수많은 일들이 눈앞을 스쳐 지나갔다. 본능은 그의 앞에 드리운 검은 그림자를 먼저 알아보았다.

알렉산드로는 예상대로 아주 심각한 얼굴을 한 의사를 마주했다.

의사는 시선을 이리저리 옮기며 안절부절못했다.

"각하……."

베아트리체를 처음부터 진찰했던 의사였다. 그녀가 불임이 아닐 수도 있다고 말했고, 임신을 했을지도 모른다고 말했던 의사. 왕궁 근처에 사는 죄로 자주 서재에 불려 다니던 그는 왕녀와 대공이 서로를 진심으로 사랑하고 있다는 사실을 잘 아는 이였다.

"이를 말씀드려야 할지 한참을 고민했습니다만……."

알렉산드로는 아무런 재촉도 하지 않고 의사를 기다렸다. 급한 마음은 있었으나 무슨 말을 할지 두려웠기 때문이다. 의사의 표정이 지나치게 어두웠다.

"각하, 우선 저는 쌍둥이를 가진 산모를 딱 한 번 보았습니다."

그래서 그는 경험이 더 많은 산파와 다른 의사를 불러 진찰하게 했다.

"그들이 말하길 왕녀님의 상태는 쌍둥이를 가지신 게 분명하다고 합니다."

쌍둥이는 그 자체로 기적과 같았다. 대공이 내심 얼마나 후계를 원하는지, 얼마나 기뻐했는지를 생생하게 지켜봐 왔기에 의사는 이 사실을 말하지 않으려 했다.

"그런데 이들이 하나같이 말하기를……."

하지만 대공은 배 속의 아기보다 자신의 부인을 더 끔찍하게 사랑했다. 그래서 숨겨서는 안 된다고 결심했다. 만약 왕녀가 죽는다면 대공은 자신도 죽일 것이다.

"쌍둥이를 낳는 산모들 중 열에 다섯은 출산 중에 목숨을 잃었다고 합니다……."

알렉산드로는 충격적인 말을 듣고도 뭐라 대꾸가 없었다. 처음 의사를 마주하고부터 그는 한마디의 말도 없었다. 말을 듣기는 한 건지, 넋이 나간 눈동자에는 초점이 없고 얼굴에는 그 어떤 표정도 보이지 않았다. 하지만 책상 위 대공의 손이 떨리고 있는 것을 목격했다.

무거운 침묵이 내려앉았다. 의사는 너무 긴장한 나머지 자신의 숨소리조차 의식했다. 대공이 지금 무슨 생각을 하는지 예상조차 할 수 없었다.

이윽고 한참의 시간이 흐른 뒤. 꼼짝 않던 알렉산드로의 입술이 인형처럼 움직였다.

"……네가 본 산모는 어떻게 되었느냐."

높낮이가 전혀 없는 질문에 의사는 입술을 깨물었다. 차마 대공의 눈을 보며 대답을 할 수가 없어 눈을 질끈 감았다.

"피를 너무 많이 흘려서……."

결국 목숨을 잃었다. 알렉산드로는 탄식과 함께 눈을 감았다. 의사의 뒷말은 듣지 못했다. 들리지 않았다. 그것이 꼭 베아트리체가 그렇게 될 것이다, 하는 말처럼 들려 도저히 받아들일 수가 없었다.

'내가 왜.'

그는 자기 자신이 미워 죽을 것 같았다. 알렉산드로는 아내가 임신을 했다는 사실에 너무 심취한 나머지 출산이 얼마나 고된 일인지는 한 번도 생각지 못했다. 피곤하고 힘들다고 했을 때부터 짐작했어야 했는데. 그럼 굳이 처음부터 아기를 갖고 싶다는 마음조차 품지 않았을 텐데. 멀쩡한 사람들은 다들 가정을 이루고 아이들을 낳았다. 그래서 은연중에 누구나 할 수 있는 쉬운 일일 거라고 생각했다.

그는 자신을 채찍질하듯 눈을 질끈 감았다. 그러자 그녀의 목소리가 귀에서 울렸다.

―저도 모르겠어요. 저를 낳으면서 돌아가셨대요.

"하……."

가슴이 뻥 뚫린 기분이었다. 망연자실한 알렉산드로는 제대로 생각을 할 수가 없었다. 누군가 자신의 심장을 죄 파먹은 것처럼 욱신거렸다.

"열에 다섯, 열에 다섯이라고……."

사랑하는 이와 함께라면 행복만 있으리라 믿었던 이 세상이 자신을 배신한 기분이었다. 벼랑 끝에서 떠밀렸다. 그는 지금 추락하고 있었다. 발밑에 자신을 지탱할 그 무엇도 느껴지지 않았다……. 반은 죽고, 반은 산다. 그녀의 목숨을 두고 확률은 무의미했다.

주사위 놀이를 하듯 결과를 기다릴 수 없었다. 그에게는 선택의 여지조차 없는 일이었다.

알렉산드로는 끔찍하게 괴로웠다. 전부 자신의 잘못처럼 여겨졌다.

'내가 너무 간절하게 아기를 바라서일까?'

그래서 하필이면 그녀가 쌍둥이를 임신한 것일까? 아니, 그때는 흘려들었으나 출산 중에 죽는 이들은 꽤 있다고 했다.

'차라리, 차라리 불임인 게 나았다.'

쌍둥이를 가졌다는 말을 듣고 한껏 들떴던 자신의 목을 졸라 버리고 싶었다. 원망스러웠다. 또다시 이런 고비를 안겨 준 삶도, 자신도 원망스러웠다. 누군가 제 뒤통수를 치고 심장을 도려낸 기분이었다.

왜. 왜 하필이면 그녀를 두고 자신에게 이런 시련을 내리는가.

차라리 내 목숨이라면 이겨 낼 수 있겠는데, 나 자신보다 훨씬 소중한 그녀의 목숨을 두고는 도저히…… 받아들일 수가 없었다. 분노가 치솟았다. 세상을 향한 원망이었다.

"……네놈이 그걸 행운의 상징이라고 하지 않았느냐?"

뒤늦게 자신을 향한 시선에 의사가 머뭇거렸다. 화살은 그에게도 향했다.

"열에 다섯은 죽는데, 분명 행운의 상징이라고 지껄였다. 네놈은 그것이…… 그것이 행운이라고."

노기로 한껏 달아오른 두 눈이 벌겠다. 알렉산드로의 입술이 파들파들 떨리는 걸 보고 의사는 당장 바닥에 무릎을 꿇었다.

"내 아내가 죽을지 모르는데, 그것을 행운이라고 말하며 감히 나를 모욕하였느냐?"

그는 납작 엎드려 자신의 잘못을 빌었다.

"모두들 말하지 말라 말리는 것을 도저히 입을 다물고 있을 수가 없어서 말씀드리는 겁니다, 각하……!"

"네 부인이 죽어도 그걸 행운이라 하는가 보자."

"제, 제가 본 쌍둥이 산모는 단 한 명뿐이라 그렇게 위험한 일인 줄은 몰랐습니다. 정말 꿈에도 몰랐습니다!"

제국에서는 아내를 여러 명 두는 게 가능했다. 며느리는 후계를 잇기 위한 수단이었고, 출산 중에 목숨을 잃어도 친정에 위로금과 사례를 보내면 그만이었다. 가문의 후계는 며느리의 목숨보다 훨씬 귀했기에 쌍둥이는 행운의 상징이 되었다. 잔뜩 분노하던 알렉산드로는 어느새 처참한 표정이 되어 있었다. 무릎을 꿇은 의사의 앞에 앉은 그가 떨리는 음성으로 물었다.

"아기를…… 아기를 낳지 않을 방법은 없느냐?"

의사는 그만큼 처절한 얼굴로 대공을 응시했다.

"출산을 하지 않고 아기를, 아기를…… 하…….."

알렉산드로는 차마 말을 끝내지 못하고 천장을 올려다보았다. 자신을 이런 선택밖에 할 수 없도록 몰아가는 삶이 저주스러웠다. 그는 마음을 다잡았다.

"출산을 피할 방법이 있겠지. 고작 5개월도 되지 않았는데."

의사는 대공을 봐 왔기에 지금 어떤 심정으로 저런 말을 하는지 알 수 있었다. 안타까웠다. 자신이 감히 이런 감정을 품어도 될지 모르지만 그가 불쌍했다. 그래서 의사는 그레이엄 가문을 향한 두려움을 뒤로한 채, 한 사람을 사랑하는 남자의 마음으로 답을 알려주었다.

"……임신을 중단하는 약이 있습니다."

"대공님, 안색이 좋지 않으십니다."

제이미는 그의 눈치를 살피다 조심스레 말을 건넸다.

"요즘 일이 많다더니, 어젯밤엔 왕녀 저하의 침실에도 들지 않으셨고요."

정작 그녀는 조용하건만 제이미가 더 섭섭해했다. 그러나 대공은 뭐라 대답이 없었다. 멍하니 넋이 나간 듯한 황폐한 눈빛을 보고 제이미는 그를 다그치길 그만둘 수밖에 없었다. 알렉산드로는 답이 없는 문제에 직면해서 이틀간 혼자 밤을 지새웠다. 사방이 꽉 막힌 곳에 혼자 서서 날아오는 화살을 온몸으로 받아 내는 기분이었다. 난자당한 가슴은 텅 비어 버렸다.

전쟁터에서도 담담했는데, 이런 고통과 괴로움은 생전 처음이었다. 묵묵히 제이미를 지나쳐 그녀의 침실로 향하려던 알렉산드로는 자리에서 우뚝 몸을 멈춰 세웠다. 천천히 다시 몸을 돌린 그가 제이미와 눈을 맞췄다.

"제이미 경."

"예?"

"경의 모친은 잘 계시나."

새삼스런 질문에 제이미는 내심 당황했다. 하나 대공의 눈빛이 몹시 진지했기에 그는 긴장을 풀고 진솔하게 대답했다.

"제 어머니께서는 산고로 생을 달리하셨습니다, 각하."

대공은 눈 한 번 깜빡이지 않고 이야기를 들었다. 어떤 표정 변화도 없었다. 다만 불거진 목울대가 크게 울렁이는 모습이, 마치 커다란 가시를 삼킨 사람처럼 속이 따가워 보였다.

"저와 제임스는 건강하게 태어났지만…… 어머니께서는 난산으로 고생을 하셨다고 합니다. 저희는 쌍생아이기도 했고요."

제이미는 착잡하긴 했지만 오래된 일인 만큼 무덤덤했다. 게다가 여자들이 그렇게 목숨을 잃는 경우는 드물지 않았다.

"안타까운 일이지만 출산이 대부분 그렇답니다."

대공은 그제야 눈을 감고 긴 숨을 내뱉었다. 짧은 침묵 끝에 그가 다시 눈을 뜨고 명령했다.

"시녀에게 차를 내오라고 전해라."

왕녀님은 이 시간에 차를 즐기지 않는다고 반문하려던 제이미는 대공의 표정을 보고 얼른 고개를 숙였다.

"예, 알겠습니다."

그가 침실로 들어섰다. 내실까지의 짧은 통로가 무척이나 길게 느껴졌다. 걸음이 무거웠다. 어둠 속에 오직 그 혼자만 남은 기분이었다. '출산이 대부분 그렇다.'

쾅!

알렉산드로는 저도 모르게 벽을 내리쳤다. 어떻게 그녀의 목숨이 그렇게 쉬운 변명으로 대체될 수 있는 건지 세상이 원망스러웠다. 여자가 어머니가 되는 과정이 아무리 고귀한 일이라 한들 그에겐 더 이상 그렇지 않았다. 그토록 바라던 아기였건만…… 그게 그녀의 목숨을 담보로 하는 일인 줄은 몰랐다.

알렉산드로는 자신의 무지가 창피스럽고 죄스러웠다. 그래서 모든 걸 감내하리라 다짐했다. 평생 그녀의 원망을 듣는다 하더라도…….

급히 화장실을 다녀온 제임스가 왕녀의 침실 문을 돌아보았다.

"방금 무슨 소리지?"

쾅, 하고 뭔가 큰 소리가 난 것 같았다. 제이미는 대공이 사라진 왕녀의 침실 문을 바라보며 머리를 긁적였다.

"대공님께서 방금 오셨는데 뭔가 기분이 좋지 않으신 모양이더라. 그게……."

제이미는 대공과 있었던 뜻 모를 대화를 설명했다. 이야기를 듣던 제임스의 눈이 점점 커다랗게 변했다. 갈수록 경악으로 물드는 얼굴을 바라보던 제이미가 당황스럽게 되물었다.

"혹시 내가 뭘 잘못 말했나?"

제임스는 답답한 자신의 쌍둥이 형제를 한 대 내려치고 싶었다.

"너…… 대체 머리는 왜 달고 다니는 거냐. 왕녀님께서 지금 쌍둥이를 임신하고 계신 걸 모르냐?"

"당연히 알지. 그게 왜?"

"됐다. 앓느니 죽지."

정말 영문을 모르겠다는 표정을 보고 제임스는 퍽퍽 가슴을 내리쳤다.

"대공님께서는 지금 왕녀님을 걱정하시는 거잖아. 정말 모르겠어?"

"아!"

뒤늦게 탄성을 내지른 그는 양손으로 머리를 부여잡았다. 그때 복도의 끝에서 시녀가 나타났다. 찻주전자와 찻잔도 함께였다. 혼란에 빠져 있던 제이미는 뒤늦게 문을 열어 주며 말했다.

"대공님과 함께 계시니 조용히 놓고 나오거라."

"예, 기사님. 익히 전해 들었습니다."

시녀가 침실 안으로 사라지자 제임스는 설명을 해 달라는 듯이 의문이 섞인 눈으로 제이미를 바라보았다. 왕녀는 지금 임신 중이라 차는 즐기지 않았고, 그전에도 이 시간에는 차를 즐기지 않았다.

"대공님께서 준비해 달라고 하셨어."

바로 그 순간, 제임스의 눈동자가 빠르게 좌우로 굴렀다. 그러다 화들짝 놀라 움찔했다.

"뭐야, 또 왜 그래?"

당황한 표정을 감추지 못하고 안절부절못하던 제임스는 쉽게 답을 내놓지 못했다. 그 반응에 제이미는 뭔가 자신이 놓친 게 있는가 되짚었다. 그가 고심하던 찰나, 시녀가 침실에서 나왔다. 한적한 왕궁의 복도를 살핀 제임스는 급히 시녀를 멈춰 세우고 물었다.

"네가 가져간 차는 대공님께서 미리 일러둔 것이냐?"

시녀는 흠칫 놀라며 어깨를 떨었다. 당황한 입술은 아무런 말도 하지 못했다. 제임스는 바로 그 모습에서 해답을 얻을 수 있었다.

"하지만 이미 꽤 임신이 진행되었는데, 어떻게 쌍생아를 사산시킬 수 있지?"

"뭐?"

"저, 저는 모릅니다."

"제임스, 너 지금…… 뭐라고?"

제이미가 한걸음에 다가와 제임스의 멱살을 쥐었다. 그사이 팔을 붙들렸던 시녀는 뒷걸음질을 치며 사라졌다.

"무슨 헛소리를 하는 거냐? 감히 그따위 불경스런 말을 입에 올리다니 지금 제정신이냐?"

"……."

제이미는 차마 말을 잇지 못하는 형제를 뚫어져라 응시했다. 그런데 그의 머릿속에 그려지는 건 자신의 쌍둥이 형제가 아니라 대공이었다. 그레이엄 대공은 원래 무자비하고 냉혹한 기사였으나 왕녀를 무척이나 아끼며 깊은 애정을 숨기지 않았다. 그 순간 한 줄기 섬광이 스쳤다. 동시에 대공이 어떤 의도를 가진 건지, 그리고 그가 결정한 게 무엇인지…….

"제이미!"

제임스는 제이미의 몸을 잡아챘다. 빠른 동작이라 하마터면 큰일 날 뻔했다. 무작정 침실 문을 열고 들어서려던 것이다.

"이거 놔! 대공님께서 지금 말도 안 되는 생각을……!"

기겁한 제임스는 제이미의 입부터 틀어막았다. 행여 누가 들을까 두려웠다. 그가 몸부림치는 것을 간신히 제압한 제임스가 신음하듯 말했다.

"너……! 언제부터 이렇게…… 힘이 세졌냐."

그러자 제이미가 사나운 눈으로 그를 노려보았다. 이런 상황에서 지금 그런 말이 나오느냐는 표정이었다. 겨우 그를 침실 문에서 떼어 놓은 제임스가 속삭였다.

"걱정 마, 제이미."

제이미는 어렸을 때부터 눈치가 없었다. 상인이 되기는 글렀으니 그나마 몸이라도 쓸 만해서 다행이라는 말을 내내 들으며 자라 왔다. 하나 제임스는 달랐다. 그는 자신이 모시는 이가 어떤 사람인지 진즉에 파악했다. 물론 대공의 행동에 놀라기는 했지만 그리 크게 걱정이 되지는 않았다. 자신에게 향한 의문 어린 시선에 제임스가 어깨를 으쓱했다.

"왕녀님이시잖아?"

 베아트리체는 늦은 시간에 침실을 찾은 알렉산드로를 보고 안타까운 표정을 지었다.
 "얼굴이 하루 만에 수척해졌어요. 그렇게 일이 많으신 거예요?"
 시종의 말로는, 일 때문에 밤을 새워야 한다고 했다. 이런 적은 처음이었기에 조금 의아했으나 혼자 집무실에 있다는 말에 두 번 묻지 않았다.
 "아니, 웬 차를 직접 들고 오셨어요. 일도 많으시다면서."
 알렉산드로는 시녀에게 건네받은 찻주전자가 담긴 트레이를 침대 옆 테이블에 올려놓았다. 쪼르륵 옅은 갈색의 찻물이 찻잔에 차올랐다.
 "이젠 괜찮습니다."
 대답을 하면서도 시선은 찻잔에 꽂혀 있었다. 특유의 향긋하고 묵직한 내음이 침실을 맴돌았다. 베아트리체는 자연스레 그에게서 찻잔을 받아 들었다. 당장 마시기에는 너무 뜨거워서 손에 들고만 있었다. 그러자 코밑에서부터 올라오는 뜨거운 열기와 향기에 취하는 것 같았다.
 "향이 좋아요. 대공님이 직접 따라 주신 거라서 그런가 봐요."
 장난스런 말에도 알렉산드로는 입술만 살짝 움직였을 뿐 웃지 않았다. 그의 메마른 가슴에는 웃음기라고는 조금도 남아 있지 않았다. 피폐하고 절망한 상처 입은 순정. 그것만 남아 있었다.

"많이 지쳐 보여요, 알렌."

알렉산드로는 찻물을 응시했다. 맑고 투명한 물속에는 아무것도 모르는 채 자신을 염려하는 아내의 얼굴이 비쳤다. 그녀는 아무것도 모르고 있는 게 분명했다. 모두가 잔뜩 기뻐했던 쌍둥이들을 낳고도 무사할 수 있을지, 그런 것은 생각지 않았을 것이다. 그녀는 원래 남들에게 좋은 것만 생각하는 사람이었다.

"조금 피곤해서 그렇습니다."

알렉산드로는 그렇게 말하고 찻물을 후, 불어 주었다. 물결이 요동치고 그녀의 얼굴은 흐트러졌다.

"둘뿐인데 왜 또 존댓말이에요?"

"서로를 존중하기 위해서 존대를 잃지 않는 게 좋을 듯합니다. 앞으로도."

그는 뭔가 큰 결심을 한 것처럼 보였다. 그러나 베아트리체는 고개를 내저었다.

"존중한다는 건, 존대를 하거나 하대를 하는 것과는 달라요."

그녀는 저도 모르게 죽은 길버트를 떠올렸다. 그는 깍듯하게 존대를 유지했으나 그녀를 존중하지 않았다. 실상은 하대하는 시녀보다도 못하게 여겼다.

"대공님께서 저를 얼마나 존중해 주시는지 이미 잘 아는걸요. 존중하는 건 어떤 말을 하느냐가 아니라 상대방에게 귀를 기울이는 거예요."

찻잔에 입술을 가져가던 그녀가 지나가는 말투로 가볍게 대꾸했다.

"대공님은 항상 제 의견을 물어보시잖아요."

그러면서 소녀처럼 웃었다. 배가 크게 부른 모습이 예전하고 달랐지만 순진한 그 눈빛만은 변한 게 없었다. 그녀의 웃음에 섞인 그를 향한 깊은 신뢰가 알렉산드로를 뒤흔들었다.

"잠깐."

결국 베아트리체의 손목을 붙들고 행동을 저지한 그가 미간을 좁혔다. 오해한 그녀는 급히 찻잔을 내려놓았다.

"대공님, 일이 그렇게 피곤하세요? 제가 잔뜩 벌여 놓은 일이 너무 많아서 그렇게 고생을……."

"아니, 그런 게 아니야."

고개를 흔든 그가 괴로운 표정으로, 하지만 단호하게 못 박았다.

"절대로 너 때문이 아니다."

베아트리체는 뭐든 자신의 탓으로 돌렸다. 그가 가문을 뛰쳐나온 일도 자신의 탓이고, 임신이 어렵다는 것도 자신의 탓이고, 그의 부인이 될 수 없다는 것도 노예로 태어난 자신의 탓을 했다. 남을 탓하고 미워하는 건 그녀에겐 없는 일이다.

"그럼 왜……."

일렁이는 눈동자. 날 좋은 하루의 하늘처럼 새파란 눈동자가 금방이라도 눈물을 쏟아 낼 것 같았다. 입술을 떼었다 붙였다 하는 모습이 보통 심각한 게 아니었다. 베아트리체는 직감적으로 무언가 큰일이 그에게 생겼음을 알아챘다.

"대공님, 이리 앉아 보세요."

그녀는 자신의 옆을 두드렸다. 이상하게 행동이 굼뜬 그를 보고 재촉했다.

"빨리요."

침대 옆자리가 조금 내려앉고, 묵직한 그의 존재감이 옆을 채웠다. 그녀는 시선을 맞추기를 종용했다.

"저를 좀 보고 얘기해요. 무슨 큰일이라도 있으세요?"

"……."

베아트리체는 결코 나약한 사람이 아니었다. 여려 보일지언정 단단한 저 눈동자를 보고 있자면 그가 했던 날카로운 결심이 단숨에 무너질 것 같았다. 그리고 자신을 좀 안아 달라 애원하고 기대고 싶었다. 차마 말하지 못한 것들이 너무 많았다. 입을 열었다가는 처참하게 부서진 자신의 마음이 전부 그녀에게 쏟아질 것 같았다. 그녀에 비하면 알렉산드로는 오히려 자신이 더 연약한 존재처럼 느껴졌다.

"무슨 일이 있는지는 모르겠지만, 대공님."

사랑하는 여자의 작은 손이 그의 커다란 손등을 덮었다.

"다 잘될 거예요. 어떤 일이든 전부 다 잘 풀릴 거예요."

상처 입은 가슴에 따듯하고 부드러운 느낌이 와닿았다. 그는 야생 동물처럼 흠칫 놀라고 말았다.

"대공님은 어떤 일이라도 다 잘해 내실 거예요. 좋은 생각만 하면 좋은 일만 생길 거예요. 그러니까 걱정 마세요."

자신을 향한 단단한 위로의 말을 듣는 순간이었다. 알렉산드로는 속이 울컥했다.

"……그러는 네 인생이 어땠는데?"

"네?"

"그렇게 좋은 생각만 하면서 살았던 네 인생이 즐거웠나? 언제 네 불행이 피해 간 적 있나? 아니, 피해 갈 수 없는 일들이 네가 빌면 따라오지 않던가?"

뒤틀린 웃음을 보인 그는 분노한 사람처럼 따지듯 말을 이어 갔다.

"삶은 그렇지 않아. 네 앞날은 아무도 몰라."

그가 지나온 삶 역시 평탄하지 않았다. 물론 노여웠으나 사람과 세상을 원망하지 않았다. 알렉산드로는 그때나 지금이나 마음에 들지 않는 이들을 무릎 꿇릴 수 있었고 뭐든 할 수 있는 힘이 있었다. 그는 무력하지 않았다. 한 번도 무력한 적 없었기에 사람들이, 이 세상이 원망스럽지는 않았다.

"아무리 좋은 앞날만 빌며 산다고 해도 어떤 일이 벌어질지, 어떤 끔찍하고 기막힌 일이 벌어질지는 모르는 거다."

하지만 사랑하는 이를 만나고부터는 달랐다. 특히 베아트리체의 과거를 마주하면서 그는 이 세상과 사람들에게 악이 받쳤다.

"네 것이라 하더라도 운명은 항상 네 뒤통수를 치려고 숨죽이고 있고."

그녀를 대신해서 복수하겠다는 일념 하나로 그는 지금 보이지 않는 목적지를 향해 힘껏 내달리고 있었다.

"이 세상은, 삶과 죽음은 결코 네가 정할 수 있는 게 아니야."

알렉산드로는 지금 이 순간 이 모든 게 비극처럼 느껴졌다.

"행운은 그저 기적처럼 벌어지는 일일 뿐, 아무리 네가 선량한 삶을 살았다 한들 아무도 보장해 주지 못해."

할 말을 잊은 베아트리체는 기막힌 얼굴로 그를 응시했다. 황당하지만 동시에 알렉산드로를 이해했다. 그가 살아온 날들을 생각하면 내심 저런 생각을 할지도 모른다고 저절로 고개를 끄덕이게 되었다.

"베아트리체, 너를 괴롭게 했던 일들, 그 사람들을 절대 잊지 마

라. 평생 잊지 말고 살아."

놀란 그녀의 얼굴을 보고도 알렉산드로는 굉장히 확고했다. 그 역시도 쉽게 하는 얘기가 아니었다. 잔뜩 찌푸려진 미간에서 깊은 고뇌가 읽혔다.

"네게 닥쳤던 불행을 생각해. 그런 일은 언제라도 또 벌어질 수 있다. 나를 용서하지 않아도 좋아."

알렉산드로는 뒤늦게 찻잔에 손을 가져갔다.

"많이 식었으니 이제 마셔도 되겠다."

설교하듯 언성을 높였던 방금 전과 달리 별 감흥 없는 목소리였다. 여전히 가슴은 크게 들썩였으나 가까스로 자제한 그는 차라리 그녀와 눈을 마주치지 않기로 했다. 한껏 진지한 그의 얼굴을 보는데…… 베아트리체는 분위기에 맞지 않게 피식 웃음이 나올 것 같았다.

"대공님 말이 다 맞아요. 저도 그렇게 생각해요."

베아트리체는 찻잔을 받아 들고 무덤덤하게 대화를 이어 갔다.

"착한 사람은 상을 받고 악한 사람은 벌을 받고…… 그런 건 사실 이 세상에 없죠. 앞날이 어떻게 될지는 아무도 모르고…… 맞아요."

알렉산드로는 조금씩 숨이 진정되었다. 그녀가 자신의 말을 따라 주려는 듯하니 차라리 다행이었다.

"그래, 그러니까……."

"하지만 사람은 언젠가 죽을 걸 알면서도 열심히 살잖아요. 그건 인생에 어떤 좋은 일이 생기고, 그로 인해서 기쁘고 보람찬 마음을 얻기 위해서 가는 과정이 아닌가요?"

"지금 그런 얘기를 하자는 게 아니야."

"대공님을 따라갔던 건 저한테 큰 모험이었어요. 무서워서 피했다면 제 인생은 전과 달라지지 않았을 거예요. 그래도 만족하고 살았겠지만 지금이 더 좋아요. 혼자가 아니니까요. 대공님도, 레나 언니도, 아버님도, 칼스버그 공작님도, 그리고 우리 아기들도……."

알렉산드로는 시선을 피했다. 자신을 따라온 그녀에게 큰 위험이 있었다는 걸 인정했기 때문이다. 후계를 갖지 못한다면 결국엔 황후의 자리에서도 평생을 시달릴 것이다. 그녀는 결혼도, 부와 권력도 바라지 않던 사람이다. 그런 그녀가 자신을 위해 좋아하는 걸 하며 살고 싶다던 소박한 바람, 생의 목적을 꺾었다. 이기적으로 자신이 밀어붙였으나 어쨌든 그조차 감수하고 자신의 옆을 택해 주었다.

"이뤄지지 않을 소원을 빌라면서요. 저도 이제는 그런 것들을 원해요."

알렉산드로는 비 맞은 강아지처럼 처량한 얼굴을 하고 그녀를 응시했다.

"주제넘은 꿈을 품으라고 했던 건 대공님이잖아요."

그래, 분수에 맞지 않는 것도 소원하며 살라고 닦달을 했던 것도 자신이었다.

"그러니까 앞으로 끔찍한 일이 벌어질 거라고 염려하고 걱정하고 싶지 않아요. 전부 다 잘될 거예요."

하지만 철석같이 운명을 믿겠다는 말에는 동의할 수 없었다. 그것은 그녀의 과거가 증명했다.

"답답한 소리!"

"대공님이 답답해도 어쩔 수 없어요. 이건 제 인생이에요."

목에 핏대가 선 그를 보면서도 베아트리체는 별것 아닌 듯이 어깨를 으쓱했다.

"벌어질 일은 벌어질 테고, 고민은 그때 가서 할 거예요. 인생은 짧으니까 전 앞으로 좋은 일만 생길 거라고 믿으면서 살래요."

"그렇게 믿고 살아온 네 인생에 무슨 좋은 일이 있었는데? 지금 형편이 나아졌다고 네가 겪었던 모든 일들이 사라지나? 절대로 그렇지 않아!"

알렉산드로는 잔뜩 인상을 구겼다. 눈시울이 벌겋게 달아오른 모습이 여간 분에 찬 것이 아니다.

"너를 속이고, 농락하고, 조롱하던 이들 중에는 여전히 잘 살면서……!"

"쉿, 아기들이 들어요."

베아트리체는 흥분한 그의 가슴에 손을 얹었다. 그러자 그의 입에서 기막힌 헛웃음이 터졌다.

"하……."

"다 잘될 거예요. 제가 약속해요. 저는 운이 좋았어요. 앞으로도 계속 그럴 거예요, 알렌."

베아트리체는 말을 마치고 다시 찻잔에 입을 가져갔다. 하지만 알렉산드로가 그녀의 손을 붙잡았다. 급한 그 손짓에 찻물이 튀었다.

"앗!"

그를 향해 눈을 흘기려던 베아트리체는 갑작스레 나온 말에 놀라고 말았다.

"네가 죽는다면?"

더없이 진지한 얼굴이었다. 당장 죽음을 예견한 사람처럼 그의 목소리에는 엄숙함이 깔려 있었다.

"행여 네가 출산 중에 죽는다면! 이제 네 목숨에는 내 것도 함께 있는데, 뻔히 알면서 감히 그런 소리를 하는 건가!"

베아트리체는 그제야 그가 무슨 말을 들었는지 짐작했다. 알렉산드로는 출산이나 임신 같은 여자의 일은 조금도 몰라서, 이제야 그 사실을 알게 된 것이다. 이곳에서 출산 중에 산모가 죽는 경우는 꽤 흔했다. 그녀의 어머니도 그렇게 목숨을 잃지 않았던가.

"저는 죽지 않을 거예요."

"네가 불사신이야?"

"풋, 진짜 그럴지도 몰라요."

그의 얼굴에는 여전히 노기가 가득했다. 참았던 웃음이 터진 그녀는 뒤늦게 흠흠, 헛기침을 했다. 알렉산드로는 굉장히 화가 난 상태였다. 베아트리체는 그의 볼에 손을 가져갔다. 하지만 굳은 표정은 조금도 달라지지 않았다.

"제가 얼마나 끈질긴 목숨인지 아세요?"

눈썹 사이로 짙은 주름이 졌다. 얼굴에는 신경질이 가득 배어 있었으나 겨우겨우 말을 참고 있는 게 눈에 보였다.

"몇 번이나 저를 죽이려던 남자가 있었는데, 결국 오늘까지도 죽이지 못했어요."

그녀는 옛날 일을 떠올렸다. 참 많은 죽을 고비를 넘겨 왔다. 한껏 몸을 낮추고 살아왔기에 넘어갔고, 몇 번은 운이 좋아서, 몇 번은 그저 간신히 죽음을 피했다. 강한 이들이 살아남는 줄 알았다. 하지만 지금 와서 보니 살아남는 이들이 강한 것이다. 견디고 견뎌 온 고된 삶을 포기할 기회도 있었지만 그녀는 버텼다.

"그 남자는 지금…… 제가 죽을까 봐 발을 동동 구르고 있어요."

그의 어깨가 눈에 띄게 움찔했다. 화들짝 커진 눈을 보니 전혀 예상도 못한 눈치였다.

"설마 지금 나를 말한 건가?"

알렉산드로는 옛날 일이라면 까마득했다. 그에게 그녀와의 기억이 처음 시작된 날은 계곡에서 깊은 대화를 나누던 그날이었다. 그 전의 일들, 특히 자신의 행동들은 별로 기억에 남지 않았다.

"몇 번이나…… 죽이려고 하지는 않았다."

답지 않게 그의 말끝이 흐릿했다. '몇 번이나' 그랬던 건 절대로 아니라고 강조하듯 입술이 달싹였다. 베아트리체는 웃음기를 감추지 못했다.

"이것 봐요. 진짜 인생이 어떻게 될지는 아무도 몰라요. 나쁜 일이 있을 수도 있지만 그보다 기적 같은 일이 벌어질 수도 있어요."

"네 목숨을 놓고 그렇게 말할 수는 없어."

단호한 대답이 퉁겨지듯 튀어나왔다. 베아트리체는 어떻게든 그의 생각을 돌릴 수 없겠구나 짐작했다. 그녀는 푹 한숨을 내쉬었다. 이대로 알렉산드로를 불안에 떨게 하며 남은 5개월을 보낼 수는 없었다. 제 앞에선 발톱을 숨기고 있지만 그는 위험한 남자였다. 바로 그 순간, 베아트리체는 직감처럼 그의 시선이 박힌 곳을 따라갔다.

그가 가져온 찻잔이었다. 믿을 수 없는 끔찍한 예감이 그녀를 강타했다. 목뒤부터 어깨까지 싸늘한 오한이 스쳤다.

"대공님."

그녀의 목소리에 서린 엄숙한 기운은 그에게도 전해졌다. 웃음이 완전히 가신 베아트리체는 해명을 요구하듯 그를 응시했다. 시선이 부딪쳤다. 그녀가 눈짓으로 찻잔을 가리켰다.

"……아니죠?"

처음 보는 차가운 눈빛이 그의 가슴에 꽂혔다. 알렉산드로는 심장이 내려앉는 것만 같았다. 그녀의 얼굴에 서린 비난과 경멸이 읽혔다. 도망치고 싶지만 반대로 지금이야말로 솔직해야 하는 순간이었다.

"맞아."

"……!"

냉정해진 머리가 그를 서늘할 정도로 침착하게 만들었다.

"지금도 위험하지만 쌍둥이를 해산하는 것보다는 훨씬 낫다고 했다. 초산이라면 이루 말할 수 없이 큰 고통을 겪을 거라더군."

베아트리체는 믿을 수 없는 그의 행동에 화가 났다. 하지만 자신이 사랑하는 남자의 괴롭게 일그러진 표정을 보니 도저히 화를 낼 수가 없었다.

"난…… 전혀 몰랐다."

알았을 리가 없다. 베아트리체는 그의 눈가에 손을 가져갔다. 여기까지 결심하는 동안 혼자 겪었을 고뇌를 생각하니 가슴이 아팠다.

"정말 미안해. 미안하다."

그는 누구보다도 그녀의 임신을 반겼고 아기들을 기다리던 사람이었다. 손가락 끝에 느껴지는 물기와는 달리 그의 목소리는 냉정하기 짝이 없었다.

"네가 결정해."

결정. 베아트리체는 고개를 저었다. 그녀에겐 선택의 여지가 없는 일이었다. 이미 오래전에 결정한 일이므로.

"저는 아기를 원해요. 대공님을 닮은 아기를요."

그녀는 알렉산드로의 옷깃을 끌어당겼다. 손쉽게 딸려 온 그의 상체에 얼굴을 기대고 몸을 안겼다. 그러자 그의 두 손이 그녀의 어깨를 안았다.

"심지어 둘이나 되는데요. 분명히 굴러들어 온 복덩이예요."

"난 그렇게 태어난 쌍둥이를 사랑해 줄 자신이 없다."

아기 레나를 그렇게 예뻐했던 과거를 생각하면 못 믿을 말이었다. 베아트리체는 픽 웃으며 설레설레 고개를 내저었다.

"대공님은 우리 아기들을 세상에서 가장 사랑할 남자예요."

"너만큼은 아니야."

단호한 대답이 튕겨지듯 나왔다.

"너만큼 사랑할 사람은 내겐 없어."

"대공님."

"더 생각해 봐. 그리고 다시 결정해."

알렉산드로는 원래부터 고집스런 남자였다. 이번에도 완고했다. 가까운 거리에서 그를 올려다보던 베아트리체는 입술이 바싹 말랐다. 그의 마음을 돌리기가, 그를 설득시키기가 무척 어려워 보였다.

"저를."

알렉산드로는 그녀에게 집중했다. 결국 그녀는 아껴 두었던 마지막 수를 던졌다.

"제가 하는 말을…… 믿으세요?"

"네 말은 뭐든 믿지. 하지만 이번만은."

"자기가 믿고 싶은 것만 골라서 믿는 남자는 싫어요. 실망할 거예요."

실망한다는 말에 알렉산드로는 조개처럼 입을 다물었다. 부인에게 실망스러운 남편은 절대로 되고 싶지 않았다.

"네 말은…… 네가 하는 말은 거의 다 믿어. 하지만 이번은 논외로 치자."

"그럼 만약에 제가 그 누구도 믿지 못할 말을 하면요? 불가사의한 일을 경험했다고 말하면 믿으실래요?"

"믿을게."

"약속하셨어요."

알렉산드로는 말보다는 행동으로 보여 주는 사람이었다. 어깨를 쥐었다 놓는 짧은 손길은 여러 말보다 든든한 약속이었다.

"제가 왜, 어떻게 글자를 익혔는지…… 보고 배운 지식들이나 요즘 말하는 이상한 사상들이 대체 어디서 난 건지 궁금하지 않으세요?"

그건 귀가 솔깃했다. 안 그래도 칼스버그 공작이 그녀의 글솜씨가 특별히 뛰어나 의문이라는 말을 했었다. 노예로 태어나고 자란 사람이 갖기에는 비범한 재주라는 것이다. 알렉산드로 역시 그녀를 알고부터 그 점이 의아하긴 했었다. 단정하고 예쁜 글씨체와 한 편의 설명문을 완성하는 데 익숙한 지적인 능력은 상식적으로 그녀가 가질 수 없는 일이었다.

"아무한테도 말하지 못한 비밀이 있어요."

베아트리체는 그의 가슴에 머리를 기댄 채 부른 배에 손을 얹었다. 알렉산드로는 그녀와 시선을 맞추려고 고개를 한껏 아래로 했다.

"아마 제 어머니가 살아 계셨어도 말하지 못했을 거예요. 레나 언니한테도, 아기들한테도 평생 말하지 못할 저만의 비밀이요."

지금 말하는 게 진심인가? 그녀에게 정말 비밀이 있었단 말인가? 의심이 들긴 하지만 베아트리체는 간이 콩알만 해서 거짓말을 못했다.

"정말 말하지 않으려고 했어요. 특히 대공님은 너무…… 가끔 너무 무섭단 말이에요."

"내가 언제 그런 행동을 한 적이 있었나?"

알렉산드로의 일방적인 기억 속에는 항상 그녀에게 언행을 조심하던 자신만 있었다.

"대공님이 저를 마녀라고 화형이라도 시키면 어떡해요?"

"무슨 말도 안 되는 소리를…… 그래서 비밀이 뭔데. 화형당할 만큼 큰일인지 한번 들어 보지."

"생일날 여쭤봤잖아요. 다시 태어난다면 우리가 서로를 기억할 수 있을지."

베아트리체는 그때 전생에 관한 것도 말하려고 했다. 그런데 갑자기 닥친 이들 때문에 결국 흐지부지되었다. 이렇게 말하게 될 줄은 몰랐지만 지금이 가장 좋은 기회였다. 그녀는 언제나 마음속에 있던 것들을 천천히 꺼내 놓았다.

"사방이 어두웠어요. 그게 무서워서 간신히 눈을 떴죠. 저는 원래 어두운 걸 별로 안 좋아하잖아요."

"그런데 왜 옷만 벗기면 그렇게 불을 끄라고……."

"지금은 그런 얘기를 할 타이밍이 아니에요. 아무튼, 눈을 다시 떴더니 익숙한 것들이 보이는 거예요."

의자, 책상, 사람들.

"이상했어요. 다시는 볼 수 없어야 맞는 거니까. 왜냐하면 저는 분명히…… 죽었거든요."

베아트리체의 길고 긴 이야기의 시작이었다.

"처음에는 사람들이 하는 말을 알아듣지 못했어요. 제가 쓰던 언어하고는 완전히 달랐으니까요. 하지만 시간이 지나면서 적응이 되기 시작했고, 말을 알아들으면서부터 확신하게 됐어요. 믿을 수 없는 일이지만……."

"……."

"내가 다시 태어났다는 걸."

알렉산드로의 표정은 기묘했다. 하지만 그녀를 멈추지 않고 집중해서 경청했다. 이에 힘을 얻은 베아트리체는 자신이 전생의 삶을 기억한다는 사실과 그곳이 어떤 곳이었는지, 그리고 억울하게 죽으며 자신이 어떤 것들을 떠올렸는지를 차차 설명했다. 한동안 그녀의 목소리만이 침실을 울렸다. 꽤 오랜 시간이 지나고, 마침내 모든 이야기가 끝나자 알렉산드로가 놀란 표정으로 입을 열었다.

"네가 그런 세상에서 태어나서 살았었다고? 그리고 마차 같은 것에 치여 죽었고?"

알렉산드로는 눈앞에 닥친 일과 자신이 화를 내던 이유까지 뒤로하고 그녀의 이야기에 빠져들었다.

"그 몹쓸 놈은 벌을 받았나?"

"저도 몰라요. 범인이 잡혔는지 안 잡혔는지는. 어쨌거나 전 죽었으니 다 상관없는 일이죠."

"……."

"그리고 그런 건 생각할 여유도 없었어요. 그냥 후회만 가득한 채로 눈이 감겼거든요. 공부하느라 고생했던 건 좋은 직업으로 보상을 받았는데, 지나간 시간은 무엇으로도 보상이 되지 않더라고요."

눈앞에 죽음이 닥친 순간, 그녀를 사로잡았던 후회야말로 다시 태어난 그녀를 지탱하는 모든 것이 되었다.

"그렇게 허무하게 죽는 줄 알았다면 그냥 오늘 하루만이라도 하고 싶은 걸 하면서 살걸, 하는 그런 후회가 들더라고요."

"그렇게 다시 눈을 뜨니 네가…… 너였다고?"

"네, 좀 행복하게 살아 보려고 마음을 먹었는데 노예로 태어났지 뭐예요."

"……."

그것도 참 그녀다웠다.

"기왕 다시 태어나는 거, 대공님처럼 원하는 대로 뭐든 이룰 수 있는 신분을 갖고 태어났으면 얼마나 좋았을까요?"

알렉산드로는 그제야 소원조차 제대로 빌지 못했던 노예의 심정을 헤아렸다. 그녀의 신분은 자유로운 삶을 살던 여자조차 제대로 꿈꾸지 못하게 만들었다. 신분이란 그런 것이다.

'그랬기에 살아남았겠지.'

누구보다 신분에 익숙해졌으므로. 베아트리체가 말한 것들이 진실인지 하는 의심은 없었다. 그보다 알렉산드로는 그녀가 살았다던 그 세상이 신비했다. 이 이야기는 한 번도 상상해 본 적 없는 내용이 담긴 책을 읽는 것처럼 흥미로웠다.

"그래서?"

"네?"

"태어나서는 어찌했느냐고."

특히 이 이야기에는 그가 모르는 그녀의 지난 일대기가 담겨 있었다.

"네가 어릴 적 얘기를 해 봐. 한 번도 말해 준 적 없지 않나."

"그야…… 듣는 사람에겐 즐거울 게 하나도 없는 얘기니까요. 눈치 보고, 일하고, 혼나고. 그게 전부예요."

"그래, 즐거울 게 하나도 없겠군. 그런데 잘도 귀족으로 사는 것보다 나은 삶이라고 했었나?"

"대공님."

베아트리체는 몸을 비틀어 앉았다.

"귀족 영애들은 자기 남편을 직접 선택하는 경우가 아주 드물어요. 아주아주 드물다고요."

그녀가 자신을 끌어안은 무지한 영식을 탓하듯이 올려다보았다.

"원치 않는 남자랑 평생을 사는 건 여자에겐 정말 끔찍한 일이에요."

남녀 관계에서 여자가 얼마나 약자인지 모르세요? 이어진 물음에 알렉산드로는 말을 삼갔다. 그는 할 말이 없었다.

"그나마 저는 팔려 갈 미색이 없어서 얼마나 다행이었는데요. 좀 예쁘장한 여자 노예들은……."

급격히 어두워진 안색에 알렉산드로는 말을 돌렸다.

"내 눈에는 네가 제일 아름다워."

"지금이야 예쁜 드레스를 입고 있는 힘껏 꾸몄으니까 그렇죠. 이렇게 입고 이만큼 꾸몄는데 안 예쁠 여자는 없어요."

그녀는 현실적이고 객관적이었다. 하지만 금방 발랄한 목소리가 튀어나왔다.

"사실 요즘, 제가 봐도 좀 예뻐 보일 때가 있긴 해요. 마담 코코랑 비비안이 하도 칭찬을 해서 그렇게 보이나?"

"예쁘니까 예뻐 보이는 거지. 조금만 덜 예뻤어도 불안하지 않겠는데. 어느 저속한 놈이 납치라도 해 갈까 봐 온갖 남자들이 전부 의심스러워."

어느새 그의 목소리가 평소처럼 부드러워졌다. 약간의 장난기가 섞인 말투에서 베아트리체는 한결 마음이 놓였다.

"어릴 때는 즐거울 게 전혀 없었는데…… 그래도 귀족 영애가 되는 것보단 나았다니. 최악보단 차악, 진흙 길보단 자갈밭이 나았다는 뜻이로군."

"전혀 없진 않았어요."

알렉산드로는 그녀의 길어진 머리카락을 쓸었다. 왜 그렇게 고생스러운 삶을 살았을까, 나는 왜 너를 이렇게 늦게 만난 걸까. 안타깝고 애절한 마음이 가득한 손짓이었다.

"행복은 선택이거든요. 행복하려고 마음먹으면, 그럼에도 불구하고 내가 행복하다는 걸 인정하면 아침에 눈을 뜨는 순간부터 즐거워요. 사는 게 그렇게 변해요."

베아트리체는 그녀의 과거가 그리 싫지만은 않았다.

"별것 없는 아침 햇살도 아름답게 보여요. 정말 이상하게, 어릴 때는 좋은 기억만 있어요."

베아트리체는 긴 이야기에 목이 타기 시작했다. 옆에 두었던 찻잔, 그리고 찻주전자를 차례로 응시하자 알렉산드로가 먼저 몸을 일으켰다.

"시원한 물을 가져오라고 할게."

대답을 듣지도 않고 시녀를 불러 물을 받아 오는 일련의 행동이 재빨랐다. 그는 이 이야기의 끝을 알고 싶었다. 물론 과정까지도.

"네가 어릴 때 이야기가 더 듣고 싶다."

"별것 없는데."

"그 별것 없는 이야기를 해 줘."

"뭐부터 말할까요?"

"말을 배우고, 거기부터."

깊은 한밤중이었다. 이 왕궁의 모두가 잠든 사이, 오직 둘만 또렷한 정신으로 대화를 계속 이어 갔다. 서로에게 꽉 닫혀 있던 상자를 열어 보여 주고 그 안으로 들였다.

"……가까스로 글자를 익히니까 사는 게 훨씬 나아졌어요. 청소 같은 건 누구나 할 수 있는 일이지만 글을 읽고 쓰는 건 저만 할 수 있으니까요. 대체할 수 없는 노예가 된 거죠."

"그럼 지금도 전생의 그 글자들을 쓸 수 있나?"

"네, 기억나요."

거칠 것 없는 대답에 그가 급하게 일어나 종이와 깃펜을 가져와 내밀었다.

"내 이름을 한번 써 봐. 알렉산드로."

그녀는 어려울 것 없이 슥슥 써 내려갔다. 처음 글자를 익힐 때도 표음 문자인 한글로 변환해서 익혔다. 그게 훨씬 쉬웠기에 아직까지 한글을 기억하는 것이다.

"하."

알렉산드로는 마법으로 만든 개구리를 보듯이 그녀가 쓴 글자를 내려다보았다. 정말 전생을 살았었나 보다. 그녀가 말하는 게 정말로, 정말인가 보다. 놀라움이 가득한 눈으로 그녀를 빤히 들여다보다가 그는 끝없는 질문을 더 했다.

"전생에서도 남자를 만났나?"

"소개팅? 그건 뭐지?"

"뭐? 사귈 남자를 중개받아?"

"네가 직접 얼굴을 보고 만난다고? 그것도 길거리의 찻집에서……!"

세상에 그런 천박한 짓거리를……. 그가 가슴을 쓸어내리며 고개를 내저었다. 아무래도 그녀가 살던 전생의 그 세상은 자신이 상상도 하지 못할 음전치 못한 경망한 곳인 게 틀림없었다. 집요한 그의 마지막 질문이 이어졌다.

"그럼 결혼은?"

"……항상 모든 얘기가 결혼으로 마무리되는 걸 보면 대공님도 참 한결같다니까요."

"말 돌리지 말고. 결혼은."

"못 했어요."

가벼운 대꾸에 그는 그제야 마음을 놓았다. 한껏 집중하느라 숙였던 상체가 다시 뒤로 기대어졌다.

"진심으로 결혼을 하고 싶은 남자도 만나지 못했고…… 결혼, 임신, 출산 같은 건 직업을 얻는 데 열중하느라 꿈도 꾸기 힘들었어요."

그래서 지금도 그렇게 '일'하는 걸 좋아하나. 알렉산드로는 저도 모르게 슬슬 고개를 내저었다. 다시 생각해도 놀라운 이야기였다. 믿고 안 믿고는 어느새 뒷전이었다.

"지금 제 꿈은 대공님을 닮은 아기를 낳아서 평생 다 같이 행복하게 사는 거예요."

"……."

"문제는 대공님이 너무 고집스러워서 마음을 돌리기가 어렵다는 거죠. 평생 행복할 자신은 있는데."

'고집스럽기는 너도 마찬가지'라는 말이 목 끝까지 차올랐지만 그는 입술을 꾹 다물었다. 알렉산드로는 바로 저 고집스런 면을 좋아했다. 그건 그녀가 자유 의지로 앞날을 고민하고, 원하는 바를 이루며 자신의 삶을 살아간다는 증거였다. 그의 한 손이 저절로 베아트리체의 배를 짚었다. 그녀가 원한다는 아기들이 지금 함께 있었다. 옛날, 저 혼자서 그녀에게 설레다가 매일 밤 상상하곤 했었다. 심지어 상상했던 것보다 훨씬 크고 딱딱했다.

"제가 얼마나 겁이 많은지…… 잘 아시잖아요."

"알다마다."

알렉산드로는 베아트리체의 이야기를 듣고 나서야 비로소 그녀에 대해 완전히 알 것 같았다. 그녀의 선택과 삶을 지탱하는 힘이 어디서 왔는지, 무작정 좋은 일만 생길 거라는 긍정적인 저 태도가 어디서 비롯되었는지. 불의의 사고로 목숨을 잃었으니 다시 태어난 삶은 분명 소중했으리라.

'잃고 싶지 않았겠지.'

그런 상황에 처해 보지 않았으니, 그냥 그녀가 말하는 대로 믿는 게 전부였지만 알렉산드로는 그마저도 수긍했다.

"아마 대공님이 조금만 덜 잘생겼다면 절대로 따라가지 않았을 거예요."

"일찍도 말하는군."

떨떠름하게 대꾸하자 다시 그녀가 눈을 반짝였다.

"제가 두 번 태어나서 본 제일 잘생긴 남자인데요. 반하지 않을 수가 없었어요."

나긋한 손길이 뚜렷한 눈썹에서부터 콧대를 따라서 입술까지 그리고 내려왔다.

"제 입장에 있었다면 누구라도 또 결혼을 원할 수는 없었을 거예요. 그런데 대공님이 바라셨잖아요. 아주 간절하게."

폭 안긴 그녀가 연신 달콤한 말을 내뱉었다.

"대공님, 저한테 가장 소중한 게 제 목숨인데요. 대공님이랑 우리 쌍둥이를 제 목숨을 걸 만큼 사랑해요."

"……."

"그러니까 우리 아기들을 내버려 두고, 사랑하는 남자를 두고…… 절대로 죽지 않을 거예요. 절대로."

아기들은 그 혼자만의 것이 아니었다. 그녀가 만들어 낸 생명이었다. 아찔한 소름이 돋았다. 알렉산드로는 잘못된 선택을 하려 했던 자신을 후회했다.

"제가 또 보기보단 강단도 있고 끈기도 있잖아요."

그녀의 장난스런 말투에 피식 웃음이 나왔다. 동시에 알렉산드로는 그녀가 자신을 뒤로하고 혼자 이별했던 그날의 모든 것을 생생하게 기억해 냈다.

'헤어져도 잘 먹고 잘 살겠다던 여자인 것을 잊었나.'

그 잔인한 말도 눈물 한 방울 흘리지 않고 할 수 있는 여자였다. 겁도 많으면서 아기를 데리고 혼자서 야반도주를 할 만큼 배짱은 두둑했다. 들꽃 같은 얼굴, 사탕같이 달콤한 입술은 결코 그가 원하는 말을 뱉지 않았다. 알렉산드로의 심장이 무섭게 뛰기 시작했다.

이야기가 여기까지 나왔으니 어떤 일이 벌어졌다간 그녀는 첫 번째로 자신을 의심할 것이다. 원망을 들을 수는 없다. 미움받고 싶지 않았다. 하지만 그녀를 두고 주사위 놀이하듯 확률 싸움을 할 수도 없었다. 괴로운 선택의 순간이었다. 혼란스런 그를 다독이듯 베아트리체가 말했다.

"제가 살았던 곳에서는 출산이 이곳에서처럼 위험한 일은 아니었어요. 아는 것들을 산파들한테 말하면 분명히 큰 도움이 될 거예요. 전 절대 죽지 않아요. 그냥 믿어 주세요."

이제는 베아트리체가 그에게 귀를 기울이고 있었다. 존중, 그것을 실천하기 위해서.

"목숨을 제가 얼마나 소중하게 생각하는데요. 절대로 죽지 않을 거예요."

야무지게 다물어진 입술, 반짝이는 눈동자. 알렉산드로는 그녀가 하는 말들은 뭐든 믿어 왔다.

"저는 뭐든 이겨 낼 수 있어요."

별 볼 일 없던 꽃도 예쁘다고 말하면 예뻐 보였고, 거추장스러워 싫어했던 드레스도 그녀가 입으니 좋았다. 행복하게 만들어 준다던 그녀의 말대로 행복은 그에게 찾아왔다.

"무슨 일이 생겨도 살아남을 거예요."

언제부터인가 그녀 때문에 그의 세상이 달라지기 시작했다.

"운명은 뒤통수를 칠 수도 있죠. 인생은 대공님을 힘들게 할 수도 있어요. 하지만 저는 아니에요."

이번에도 역시 그에겐 별로 근거 없는 말이었으나……

"운명 말고, 남들이 하는 얘기 말고, 저를 믿으세요. 대공님이 사랑하는 사람이요."

믿어졌다.

"보세요. 정말 운이 좋아요. 사랑하는 남자의 아기를 둘이나 갖게 되었는데요."

사랑하는 여자는 남은 인생을 함께할 동반자였다. 아내는 그가 의지할 수 있는 유일한 사람이었다. 알렉산드로는 베아트리체가 이만큼 확신을 가지고 있는 줄은 전혀 몰랐다. 그녀 역시 겁났을 텐데…….

"제가 간절하게 원해요. 대공님을 닮은 아기를요."

그래도 이 여자를 사랑하게 되어서 정말 다행이라는 생각이 들었다. 안도의 한숨에는 죄책감도 담겨 있었다.

"낳는 게 솔직히 조금 무섭긴 한데, 저는 저를 믿어요. 그러니까 대공님도 저를 믿으셔야 돼요."

"겁내지 마라."

알렉산드로는 사랑하는 여자를 끌어안았다. 그녀의 향기, 감촉, 목소리. 그녀의 모든 게 그의 가슴을 채웠다.

"네가 죽으면 나도 따라갈 거니까……."

혼자라도 아기를 열심히 키울 생각을 하셔야죠. 그런 말이 맴돌았지만 베아트리체는 아무 말도 하지 않았다. 그저 그의 두꺼운 등짝 뒤로 손을 뻗어 안아 주고 다독여 주었다. 이 남자를 위해서라도 반드시 건강하게 아기를 낳아야 했다.

알렉산드로는 외로운 사람이었다. 이런 투정쯤은 얼마든지 받아 줄 수 있었다. 그 역시도 그래 왔으니까. 완벽하지 않은 둘은 서로를 필요로 하는 공간이 있다. 이번에는 그녀의 차례였다. 그의 두려움을 덜고, 단단하게 만들어 주어야 했다.

"사실 저는 배 속의 아기나 대공님보다도 저를 더 사랑해요."

알렉산드로는 고개를 끄덕였다. 그러길 바랐다. 바로 그런 모습에 반했으니까. 그녀는 자기 자신을 가장 사랑해도 된다.

"나는 두 번째여도 돼."

세 번째는 좀 질투가 날 것 같다.

"대공님도, 아기도 물론 사랑하지만…… 아기는 다시 가질 수도 있고, 사랑은 또 찾아올 수도 있잖아요."

감격스러움은 거기서 그쳤다.

"저는 제 목숨이 제일 중요해요. 그러니까 절대로 죽지 않을 거예요."

순식간에 찬물을 맞은 알렉산드로는 몸을 떼어 내고 그녀를 응시했다.

"사랑은 또 찾아온다고……?"

"그냥 말이 그렇다고요."

"사랑이 또 찾아와?"

"그냥 비유하자면요. 표현이 그렇게 나왔어요."

"또 누가 널 찾아왔지? 내가 끝이 아닌 건가?"

"아무래도 제가 말실수를……."

"설마 베르토 자작?"

"아이, 참! 대공님!"

알렉산드로는 시녀들을 불러 찻잔과 주전자, 찻물이 조금 쏟아진

시트를 치우라 명했다. 그동안 베아트리체를 공주님처럼 안아 들고 있었다.

"무겁죠?"

"전혀."

"에이, 매번 듣기 좋은 말만 하시고."

"네가 못하니 나라도 해야지."

그는 평소와 크게 다르지 않았다. 하지만 베아트리체는 미묘하게 섞인 비꼬는 어조를 읽어 냈다.

"아버님께 하는 말들이 놀랍긴 하더군. 네가 칭찬을 그렇게 후하게 할 줄 아는 사람인 줄 몰랐는데."

나지막한 목소리였지만 의도는 분명하게 전해졌다. 베아트리체는 피식 웃음을 터뜨렸다. 그녀는 자신이 할 수 있는 가장 야들야들한 목소리를 내며 그를 올려다보았다.

"저는 정말 운이 좋아요. 이런 멋진 남자를 만났으니까요."

그녀의 몸짓이 짐짓 애교스러웠다. 그의 가슴에 푹 머리를 기댄 채 똘망똘망한 눈으로 속삭였다.

"이번에도 제 말에 귀를 기울여 주신다니, 정말 기뻐요."

새가 지저귀는 듯 간질간질하고 귀여운 목소리가 그를 자극했다.

"대공님께 베갯머리송사라도 해 볼 걸 그랬죠? 매번 곯아떨어져서 기회가 없었는데."

생전 처음 보는 그녀의 나긋나긋한 태도에 알렉산드로는 조금 당황스러우면서도 기분이 점점 나아지는 걸 느꼈다. 그의 가슴팍을 만지작거리던 그녀가 덧붙였다.

"오늘 한번 해 볼까요?"

알렉산드로는 별다른 말이 없었다. 하지만 베아트리체는 그가 지금 어떤 상태인지 쉽게 알 수 있었다. 그의 몸은 매번 솔직했다. 대단히 흥미로운 얘기였지만 알렉산드로는 그보다 마음에 깊이 담아 둔 일이 하나 있었다.

"세상에서 제일 멋진 남자가 있지 않나. 아버님이 최고라고 했던가?"

그리고 말을 내뱉자마자 후회했다. 또다시 멋대로 주절거린 자신의 입술을 꿰매고 싶었다. 창피스럽게 부인에게 왜 자꾸 이런 치졸한 질투심을 내보이는지.

"소원을 이뤄 주신다니까 그런 말이 막 나오더라고요. 그래도 저한테는……."

"이제 소원은 내게만 말해."

그러자 그녀가 입을 딱 다물었다. '소원이 많다'는 말을 했던 걸 기억하는데, 조용해진 그녀를 보고 알렉산드로가 재촉했다.

"뭐길래 그래?"

그러자 믿을 수 없는 반응이 돌아왔다.

"단둘이 있을 때 말하고 싶어요. 베갯머리송사를 해 보고 싶다고 했잖아요……."

부끄러운 듯 시선을 피하며 말끝을 흐리는 것이다. 불그스름해진 그녀의 뺨을 보는 순간 알렉산드로는 심장이 쿵쾅쿵쾅 뛰기 시작했다.

'지금 이게, 이게 무슨 뜻이지?'

몇 개월간 금욕하던 그에게 '단둘이 있을 때', '베갯머리송사', '해 보고 싶다'는 어감은 꽤 자극적이었다. 커다란 상상의 날개가 펼쳐

지기 시작했다. 날개가 거세게 펄럭이며 불끈 솟아올라 어느새 딱딱해졌다. 드디어 그녀의 마음과 자신의 마음이 하나가 되는 날이 찾아온 듯했다. 단둘이 있을 때만 할 수 있는 일들이 오직 하나뿐이던가?

단둘에서 즐겁게 시간을 보내는 방법은 아주 다양했다! 여러 가지 방법들을 떠올리자, 시녀들이 나가길 기다리는 시간이 1년처럼 길게 느껴졌다. 시녀들은 조용해진 알렉산드로를 느끼고 행동을 빨리했다. 대공의 침묵은 서두르라는 말보다 더 무서웠다. 등 뒤에 칼침이 꽂히는 것처럼 느껴졌다.

'저렇게 왕녀님을 좋아하시는 분이 식당 응접실에서는 대체 왜 그랬대.'

참 이해 못하겠다는 눈으로 다른 시녀를 힐긋 응시하자, 그녀 역시 눈으로 응답했다.

'레이나 말로는 대공님이 무시무시하게 왕녀님을 사랑한다던데. 아무래도 거기서 있었던 일이…… 어쩌면 왕녀님의 뺨을 때린 게 아니었나 봐.'

'아니, 그럼……!'

큰 깨달음을 얻은 그들이 부리나케 침실을 나섰다. 알렉산드로는 정리된 침대에 조심스레 베아트리체를 눕혀 주었다. 간신히 속내를 자제한 채 진지한 얼굴을 했다.

"목욕을 하고 올 건데, 설마 잘 건 아니지?"

"당연히 기다려야죠!"

야무진 대답에 힘을 얻은 그는 부리나케 욕실로 향했다. 생전 거부하던 시중까지 받아 최대한 빨리 목욕을 마치고, 단단히 마음을 먹은 채 다시 침실로 들어섰다.

"단둘이 있을 때만 하고 싶다던 일을 위해서 서두르긴 했지만 깨끗이……."

싱글벙글 웃으며 말을 걸었으나 그녀는 이미 잠들어 있었다.

"하."

아직 깊은 잠에 빠지지 않았는지 숨소리가 고르지 않았다. 하지만 그녀를 깨울 수는 없었다.

'어이가 없군.'

황당한 눈으로 그녀를 내려다보던 알렉산드로는 혀를 차며 옆에 가서 누웠다. 마음을 맞추고픈 상대가 자고 있으니 어쩔 수 없었다. 평화롭게 잠든 그녀의 모습을 보자 아쉬운 마음은 조금씩 사라졌다. 이마 위에 흐트러진 검은 머리카락을 넘겨 주고 있으니 참 신기하게도 갑자기 그런 생각이 들었다.

'그래, 노예 해방이 네가 원하는 것이라면 못 할 것도 없지.'

알렉산드로는 자신의 인생을 그녀에게 걸었다. 황제가 되겠다 결심한 건 오로지 베아트리체 때문인데, 진정으로 그녀가 원하는 걸 들어주지 못한다면 그게 다 무슨 소용인가? 아무리 어려운 소원인들 내가 못 들어줄까? 해 줄 수 있다.

'너를 위해서라면.'

무엇이든지 이뤄 주겠다. 굳은 결심을 한 그 순간이었다. 감겨 있던 그녀의 눈이 번쩍 떠졌다.

"자는 줄 알았죠!"

신난 목소리를 들으니 알렉산드로는 저절로 미소가 나왔다. 요즘 먹는 것도 예전만 못하고 거동이 불편해서 저렇게 밝은 모습은 정말 오랜만이었다. 짠하고 애틋했다. 이런 부인을 두고 내가 대체 무슨 생각을 했던 건가. 짐승만도 못한 자신이 한심하게 느껴졌다.

"잠든 게 아니었네."

"그럼요. 기다렸어요."

그는 손끝으로 예쁜 말을 하는 그녀의 입술을 쓸었다. 촉촉하고 부드러운 감촉이 전해졌다. 그러자 그녀도 똑같이 자신의 것을 어루만졌다. 입술이 움직였다.

"아버님께만 듣기 좋은 말을 해서 서운하셨어요?"

"매일 밤 네 옆에서 잠드는 내겐 아무 말도 없더니, 갑자기 아버님께는 왜 그런 소원을 말하는가 싶어서. 단지 그게 서운했다."

알렉산드로는 자신의 입술을 톡톡 건드리는 그녀의 손가락을 살짝 깨물었다.

"그깟 아부가 부러웠던 게 아니야."

"아!"

"내게는 언급조차 하질 않았지. 그런데 대체 언제부터 그렇게 원대한 것을 바라고 있었는가 했다."

그녀는 씩 웃으며 대답했다.

"언제는 제가 처지에 맞는 것만 원한다면서요. 그래서 답답하다고 하셨잖아요."

"답답하다고는 하지 않았다. 그냥 그렇다고 했지······."

점점 작아지는 목소리에 배시시 웃음이 나왔다. 그의 고개를 붙잡고 끌어당겼다. 쉽게 다가온 입술을 한번 베어 물고, 더 가까이 다가오려는 알렉산드로를 저지하며 물러섰다. 아쉽게 떨어진 입술 사이로 그의 숨이 터져 나왔다.

"저 이제 더 많은 걸 바랄 거예요."

알렉산드로는 홀린 듯이 그녀를 응시했다. 다시 훌쩍 다가온 그녀의 입술이 그의 것을 한번 맛보고 또 급하게 떨어졌다. 다급한 손이 그녀의 뒷머리를 당겼으나 저지당했다. 당장 그녀의 위로 올라타고 싶었으나 그럴 수는 없었다. 그사이 또다시 입술이 붙었다가 아쉬울 때 떨어져 나갔다. 자꾸만 애태우는 몸짓이 짜릿했다. 목이 타는 느낌이었다. 그는 점잖게 그녀를 타일렀다.

"불편할 텐데 이러지 말고……."

"앞으로 절대 후실을 들이시면 안 돼요."

알렉산드로는 처음 보는 그녀의 도발적인 눈빛에 시선을 떼지 못하고 넋을 놓았다. 어디든 만지고 싶어서 손이 근질거렸다. 하지만 풍만해진 가슴은 만지면 아프다고 했고, 탱글탱글한 엉덩이는 자신이 정신을 놓을 것 같았다. 배는 감히 손을 댈 엄두가 나지 않았고, 그나마 입술…….

"또 침실로 영애를 끌어들이거나 하면 가만두지 않을 거예요."

그녀의 손을 잘근거리며 고민하던 그는 자신을 의심하는 말에 벌떡 상체를 일으켰다.

"비약이다. 내가 언제 여자를 끌어들였다고. 그 여자가 멋대로 찾아와서……."

"대공님은 제 거니까."

그녀는 다시 손을 뻗어 단단한 상체를 끌어당겼다. 말을 잊은 채 멍하니 응시하는 그의 입술을 물고 눈을 감았다. 살며시 벌어진 사이로 그녀가 자신의 혀를 밀어 넣자, 그의 목에서 낮은 울림이 일었다.

"음……."

알렉산드로는 작은 그 행동에도 몹시 흥분했다. 입을 맞추면서 그녀가 이렇게 적극적인 경우는 흔치 않았다. 그녀의 머리 양옆으로 손을 지탱한 채 자신의 입술 사이를 헤매는 젖은 살덩이를 삼킬 듯이 빨았다가 비비기도 했다. 그의 행동이 점점 거세지자 베아트리체가 그의 가슴을 밀어냈다. 민망한 소리와 함께 입술이 떨어져 나갔다.

"하아, 대공님은 영원히 제 거예요."

뜨거운 그녀의 고백에 알렉산드로는 어쩔 줄 모르고 다시 목덜미에 입술을 묻었다. 그리고 얇은 드레스 사이를 헤치다가 멈칫하고 두 손을 꾹 쥐었다. 그가 멈추자 이번에는 그녀의 손이 움직였다. 쇄골부터 물 흐르듯 내려와 두툼한 근육을 따라서 복근까지 내려가자 그의 목울대가 크게 움직였다.

"그러니까 다른 이들도 한 여자만 부인으로 두게 해 주세요. 남편과 부인은 딱 한 명씩만 서로를 소유하는 거예요."

"알았다."

알렉산드로는 그냥 냉큼 대답했다. 그녀가 뭐라고 했는지 정확한 내용은 들리지 않았다.

"그렇게 할게."

그러니까 어서. 그는 숨죽이고 그녀의 행동을 기다렸다. 솜뭉치 같은 부드러운 손길이 복근과 그 근처를 훑고 있으니 정신이 아득했다. 아래에서 자신을 올려다보는 그녀의 발칙한 시선 때문에 미칠 것 같았다. 남자의 지배욕을 자극하는 구도였다. 그와 동시에 가장 중요한 부분의 주위를 아슬아슬하게 헤매던 손이 그 위를 살짝 스치자 딱딱한 허벅지가 움찔하며 입에서 앓는 소리가 터져 나왔다. 척추를 따라서 등줄기가 오싹했다. 황홀함에 정신을 못 차리는 사이, 얄미운 그녀의 목소리가 들렸다.

"이제 졸려요."

알렉산드로는 자신의 귀를 의심했다.

"잘 자요, 알렌."

지금……. 잘 자라고……? 그가 황망한 얼굴로 아내를 응시했다.

"아버님과 같이 조찬을 하니까 너무 좋아요. 아침부터 혼자 고기를 먹는 게 좀 민망했는데, 아버님도 고기만 드시거든요."

그렇게 중얼거리며 반듯이 누워 눈을 감는 그녀를 보고 그는 차마 말을 잇지 못했다.

"특히 오리고기요. 대공님은 안 좋아하시는 오리고기."

그러면서 씩 입꼬리를 올려 웃는 걸 보고 알렉산드로는 고개를 갸웃했다.

'지금 설마…… 나를 농락한 걸까? 베갯머리송사로 나를 이용하고…….'

베아트리체는 절대로 그럴 리가 없는데, 그런 사람이 아닌데, 답답할 만큼 고지식하고 착한 여자인데.

"그럼 매정하고 답답한 부인은 이만 잘게요. 푹 주무세요, 내 사랑."

"……!"

알렉산드로는 입을 떡 벌리고 그녀를 주시했다. 답답하다고 큰소리쳤던 자신에게 하는 그녀의 복수였다.

"나한테 이러는 이유가 뭐지? 얌전히 잘 지내려던 사람에게 갑자기 불 지펴 놓고 왜…… 왜 이러는데."

"하암."

"갑자기 안 하던 짓을 시작하더니 이러는 이유가 뭐야. 이러는 법이 어디 있나!"

거의 울부짖는 그를 두고 베아트리체는 피곤한 척 하품을 한 뒤 몸을 돌렸다.

"네가 변했다. 완전히 나를 조련하고, 당돌하게 변했어. 지금은 정말 재앙이다……."

계속해서 애원하는 목소리에 그녀는 비실비실 웃음이 터졌다.

"나중에 다시 변하지 말고 제발 지금처럼 있어라. 예전처럼 부끄러워하지 말고 제발 이만큼만 적극적으로……."

드디어 모두가 고대하던 그날이 찾아왔다. 하지만 조금 급작스러운 감이 없지 않아 있었다.

"악! 아, 아버님!"

무거운 몸으로 평소와 다름없이 야무지게 식사를 하던 베아트리체는 갑작스런 진통에 배를 부여잡고 쓰러졌다. 하늘이 노랗게 변한다는 말을 실감했다.

"저, 저, 죽겠어요! 저 죽어요! 아악!"

"아이고, 아가!"

함께 식사를 하던 던칸은 경악한 얼굴로 헐레벌떡 자리에서 일어나 그녀를 부축했다.

"거기 누구 없느냐? 의사를 불러와라! 어서 의사를 불러!"

던칸은 고함을 내질렀다. 사색이 된 그는 의사를 기다리며 발을 동동 굴렀다.

"아가, 이제 겨우 9개월인데 이게 대체 무슨 일이냐!"

마찬가지로 허옇게 질린 베아트리체는 미처 주위를 살필 겨를도 없었다. 그녀는 던칸의 멱살을 억세게 잡아당겼다. 그리고 귓가에 속삭였다.

"아버님, 사실은 지금 9개월하고 보름 정도 된 것 같아요!"

"아니, 다들 9개월이라던데? 네 생일부터……."

"아무튼 그래요!"

지금 이 상황에 그게 뭐 그리 대수냐며 던칸의 팔을 퍽퍽 내리쳤다.

"알았다, 알았어. 그냥 아무 걱정 마라, 아가. 의사는 멀었느냐! 굼벵이 같은 것들이 왜 이리 늦는 것이야! 이러고도 나라의 녹을 먹는단 말이냐!"

도착한 의사들은 들것을 준비하느라 꾸물거렸다. 그들을 보고 답답해진 던칸은 결국 직접 그녀를 안고 침실까지 뛰었다.

"신이시여!"

그리고 복도에서 정성껏 기도를 올리기 시작했다.

"손녀든 손자든 욕심내지 않을 테니 며늘아기가 무사히 쌍둥이를 출산하게 해 주시고, 진통은 조금만, 기쁨을 그 배로 주십시오! 며늘아기가 무사히 아기들을 낳으면 제국 전역에 신전을 세워 드리겠나이다. 신전을 국교로 삼겠나이다!"

알렉산드로는 똑같은 말을 계속해서 외워 대는 던칸 때문에 크게 짜증을 냈다.

"시끄럽습니다! 제발 그만 좀 하세요! 아무런 도움도 되지 않습니다!"

동시에 베아트리체의 찢어지는 비명 소리가 문 너머로 들렸다. 그는 두 손으로 이마를 짚었다. 절망적이었다. 알렉산드로는 그날 자신의 선택을 뼈저리게 후회했다.

'그 약을 그냥 먹였어야 했는데.'

그랬으면 그녀가 저렇게 고통스러워하지는 않았을 것이다. 괴로운 상상들이 자꾸만 떠올랐다. 태어날 아기들은 관심도 없었다. 쌍둥이들도 미워 죽겠다. 왜, 하필이면…… 쌍둥이라 저렇게 고생을 하게 되었는지.

"아아아악!"

비명은 끊임없이 터져 나왔다. 천둥소리보다 더 크게 그의 온몸을 울렸다. 그녀가 저렇게 힘들어하는데 자신은 해 줄 수 있는 게 아무것도 없었다.

"신이시여, 제발 며늘아기가 무사히 쌍둥이를 출산하게 해 주십시오. 신전을 드릴 테니 쌍둥이와 며늘아기를 전부 살려 주십시오."

그 순간 알렉산드로는 다시 던칸을 향해 고개를 돌렸다. 간절한 그 표정과 목소리에 공감이 되기 시작했다. 할 수 있는 게 아무것도 없으니 기도라도 하고 싶은 마음. 그것을 알겠는 것이다. 알렉산드로는 부친이 하듯이 똑같이 신에게 기도하기 시작했다. 그는 신앙심이라고는 조금도 없는 사람이지만 지금 이 순간 기댈 누군가가 있기를 바랐다. 그래서 제발 그녀를 무사히 다시 자신의 품으로 돌려주길 간절히 빌었다.

"신이시여, 제발 그녀가 무사하길 바랍니다……."

그래도 알렉산드로는 양심이 있어서 그것만을 빌었다. 얼마 지나지 않아서, 침실에서 익숙한 높은 목소리가 들려왔다.

"황녀님입니다!"

침실에는 자신의 누나, 레나가 있었다. 그녀는 한 달 전 왕궁에 왔다. 혼자서 출산을 겪어 낼 베아트리체의 손을 잡아 주기 위해서였다. 알렉산드로는 처음으로 레나에게 감사했다. 그녀의 존재가 진심으로 고마웠다.

"오, 신이시여……."

정말 거기 계시는군요. 제 기도를 들어주셨습니다. 던칸은 혼절할 것 같았다. 그가 옆으로 비틀거리자 험프리가 얼른 몸을 붙잡았다. 그의 주변, 시종들과 기사들은 숨죽이고 눈치를 살폈다. 첫아기가 여자아이였으니 던칸이 잔뜩 실망했으리라 생각한 것이다.

'손녀가 태어났다.'

하지만 그들의 걱정과는 달리, 던칸은 제발 첫아이는 손녀이길 바랐다.

'내 손녀가, 드디어…….'

그레이엄가의 장녀가 태어나기를, 자신이 해 주지 못한 많은 것을 해 줄 수 있는 아이이기를 바라고 또 바랐다. 그러면 자신의 죄책감이 조금은 줄어들 것 같았다.

알렉산드로는 황녀님이라는 말을 듣고도 아무런 반응이 없었다. 던칸은 그런 아들 몰래, 뒤돌아 눈물을 훔치며 다짐했다. 며늘아기가 해 달라는 건 다 해 줄 수 있다, 정말 앞으로는 착하게 살아야겠다, 전역에 신전을 세워야겠다, 국교를 만들어야겠다, 평생 건강하게 살아 달라 기도해야겠다. 그리고…… 손녀를 사랑해 주리라.
 진짜 여식에겐 주지 못한 많은 것들을 대신 안겨 주리라. 훌쩍이는 던칸의 귓가로 그만큼 우렁찬 목소리가 또다시 들려왔다.
 "황자님입니다!"
 그러자 침실 밖에서 조용히 숨죽이고 있던 모두의 환호성이 터져 나왔다. 황자님이라는 한 마디에 전쟁에서 승리하고 돌아온 듯한 우렁찬 외침이었다.
 "황자님이랍니다!"
 "황자님이 태어났다고 합니다!"
 "각하, 경하드립니다! 황자님입니다!"
 모두들 한마음으로 아들이라 안도했다. 잔뜩 들떠 '황자님'을 외치기 시작했다. 경삿날처럼 보였다. 쌍둥이를 낳느라 고생하는 자신의 아내도, 먼저 태어난 여아도 아닌 황자가 태어난 덕분에 오늘은 경삿날이 될 터였다.
 "시끄럽다! 전부 입을 다물어라!"
 그러자 복도는 한순간에 조용해졌다. 알렉산드로는 모든 이들이 꼴도 보기 싫었다. 지금 베아트리체의 안위가 걱정되는 건 자신뿐 인가 싶었다.
 '망할 것들! 음험하고 멍청한 것들!'
 단단히 화가 난 그의 두 주먹이 부들부들 떨렸다. 그는 결심했다. 베아트리체에게 약속한 대로 일부일처제를 해야겠다. 본격적으로 여식에게 작위를 물려주도록 장려해야겠다. 그러면 저것들이 여식이라는 말에 실망하거나 가문의 후계를 이어 줄 여자를 감히 무시할 수는 없을 것이다. 알렉산드로는 속으로 이를 갈았다. 그리고 한참 뒤, 레나가 빼꼼히 침실 문을 열고 나와서 사방을 살폈다.

알렉산드로를 찾는 것이다. 그는 부리나케 그녀에게 달려갔다.

"누님, 내 아내는? 그녀는 살았습니까?"

레나는 저도 모르게 코웃음이 나왔다. 알렉산드로에게 처음으로 듣는 친근한 호칭과 존대였다. 주위의 듣는 이들도 무시한 채 자신을 '누님'이라 부른 걸 보니 어지간히 급했구나 싶었다.

'아무튼 별꼴을 다 본다니까.'

한껏 비웃으려던 그녀는 자신과 닮은 그의 얼굴에 서린 초조함과 두려움, 긴장을 읽어 내고 말을 삼갔다.

"왜 더 이상 목소리가 들리지 않는 건지…… 지금 무사합니까?"

저렇게 애타는 동생의 얼굴을 보고 있으니 그녀조차 눈이 시려 왔다. 이들이 여기까지 오기 위해 얼마나 고되고 먼 길을 걸어왔는가. 알고 있었다. 옆에서 지켜봐 왔다.

"무사해요. 정신을 잃기는 했지만."

알렉산드로는 숨을 멈추고 그녀가 하는 이야기를 들었다.

"그냥 잠든 거래요. 상태가 안정된 걸 보고 나왔어요. 의사들도, 산파들도 하나같이 살았다고 했어요. 괜찮을 거래요."

급히 달려온 던칸이 함께 듣고선 연신 감사하다는 말을 남발했다. 그는 이 세상 모든 것에 감사했다. 그 자리의 모두가 그런 생각을 했다. 모든 게 감사했다.

"아주 잘해 내셨어요."

그리고 이어서 나온 레나의 말은 다시금 알렉산드로의 눈시울을 뜨겁게 만들었다.

"왕녀님은…… 아주 강인한 분이세요."

하루 뒤. 베아트리체는 정신을 차리고 씩씩하게 수프를 떠먹고 있었다. 얼굴은 핼쑥했지만 표정은 달랐다. 아주 개운하고 밝았다.

"제가 말했잖아요. 다 잘될 거라고."

알렉산드로는 그녀가 대견하고 자랑스러워서 어쩔 줄을 몰랐다. 왕궁의 모두가 그랬다.

"그래, 널 믿었지. 정말 널 믿었다. 잘해 낼 줄 알았다."

아기 둘을 낳고 이만큼 건강한 산모는 생전 처음 봤다고 산파들은 하나같이 입을 모았다. 타고난 건강 체질이라며 아기를 열 명은 낳겠다고 호들갑이었다.

"근데 네 비명 소리가 어찌나 큰지, 난 도저히 두 번은 못 하겠다."

알렉산드로는 그녀에게서 숟가락을 가져가 후우, 하고 불어 먹여 주었다.

"둘째는 낳지 말자. 앞으로는 내가 조심해서 정확한 타이밍에……."

그 순간 베아트리체가 눈을 치켜뜨고 그를 노려보았다. 침실에는 둘만 있는 게 아니라 레나가 함께였다. 정작 레나는 옛날 둘의 도피 시절부터 단련돼서 들어도 못 들은 척, 보아도 못 본 척하는 데 선수였다. 그녀는 속으로 한껏 비웃었다.

'열부 났네.'

속으로 이죽대던 그녀는 목소리를 높여 비아냥거렸다.

"누가 들으면 대공님께서 출산하신 줄 알겠어요."

알렉산드로는 그녀를 힐긋 노려보았지만 베아트리체의 옆에서 큰 힘이 되어 주었기에 그냥 입을 다물었다. 자신이 해 주지 못한 것을 누나가 대신해 주었다.

'앞으로도 그렇겠지.'

줄리아는 자신이 키운 손자가 아닌 레나에게 작위를 물려주고 싶다는 의사를 표시했다. 그렇게 되면 그녀는 장차 맥코웰 공작이 되어 황궁을 드나들 것이다. 지금의 줄리아처럼. 작위를 가진 그녀는 수도 사교계에서 베아트리체의 든든한 한편이 되어 주리라.

알렉산드로는 사교계의 일은 전혀 아는 바가 없었다. 레나 역시 민가에서 자랐으니 마찬가지겠지만, 작위를 가진 데다 성격이 괄괄하니 아무도 그녀를 무시할 수 없을 것이다.

"누님께서 제 아내의 곁에서 큰 힘이 되어 주셨지요."

알렉산드로는 눈을 내리깔았다.

"이 빚은 평생 잊지 못할 겁니다."

레나는 능청스레 대꾸했다.

"내가 뭐 한 게 있나. 아가씨가 고생했죠. 이번에 보니까 난 그냥 혼자 살아야겠어요. 애 낳는 것도 너무 무섭지만 하루 종일 옆에 붙어 있을 남편이 더 무섭네요."

그건 알렉산드로를 두고 하는 말이었다. 여자들만 가득한 침실에서 잠시 쫓겨났다가 다시 들어오기를 몇 번씩 반복하고 있었다. 레나는 그녀와 단둘이 하고 싶은 말도 있고, 사생활도 나누고 싶었는데 알렉산드로가 도무지 떨어질 줄을 몰랐다.

"대공님, 이제 가서 좀 쉬세요. 못 쉬셨잖아요."

결국 베아트리체가 슬쩍 눈치를 주어 그는 어쩔 수 없이 자리를 비켰다.

'아기들을 보러 가야겠군.'

그가 향한 곳은 던칸이 있는 쌍둥이 침실이었다. 종종 가서 얼굴을 확인하고 나오긴 했지만 매번 잠들어 있어서 자세히 살펴보지는 않았다. 자신이 이 쌍둥이 남매의 아버지라는 사실도 아직은 얼떨떨했다. 딱히 베아트리체나 자신을 닮은 것 같지도 않았다.

"각하, 황자님과 황녀님은 지금 막 잠드셨습니다."

시종과 시녀들은 쌍둥이를 벌써부터 황가의 일원으로 취급했다. 예전이라면 바로잡았겠지만 알렉산드로는 일부러 그들이 그렇게 부르게끔 내버려 두었다. 베아트리체가 낳은 아이들은 그레이엄 황가의 첫 번째 황녀와 황자였다. 그 사실을 모두가 똑똑히 알기를 바랐다.

"며늘아기는?"

알렉산드로에게 향하는 인사말을 듣고, 던칸은 시선을 아기들에게 고정한 채 물었다.

"누……."

'누님'이라고 부를 뻔했으나 이곳에는 듣는 이들이 꽤 있었다. 알렉산드로는 급히 말을 정정했다.

"맥코웰 영애와 함께 있습니다."

"식사는?"

"저는 입맛이 별로 없어서 그냥 간단히 때웠습니다."

"너 말고. 며늘아기 말이야."

"아, 다행히 잘 먹고 있습니다."

던칸은 멀찍이 뒷짐을 진 채 고개만 빼꼼 내밀고 침대 안에 잠든 아기들을 보고 있었다. 너무 작아서 감히 손을 대기도 주저되었다.
 "참 신비하다."
 던칸은 그렇게 감상을 내렸다. 쌍둥이들은 남매라서 그런지 똑같지는 않았다.
 "눈을 뜬 것을 봤는데, 황자는 너를 닮은 파란색 눈동자이고, 황녀는 갈색이었다. 우리 며늘아기를 닮은 짙은 갈색."
 누가 보면 어디서 각각 다른 두 집안의 아기들을 데려온 줄 알 것이다. 던칸은 한배에서 태어난 쌍둥이인데 눈동자의 색마저 다를 줄은 몰랐다며, 참 신기하고 사랑스럽지 않느냐고 혼잣말로 중얼거렸다.
 '정말 태어났구나.'
 알렉산드로는 그제야 자신이 그토록 꿈꾸던 아버지가 되었다는 사실이 조금씩 와닿았다. 베아트리체가 건강하게 살아남은 덕에 쌍둥이를 향한 원망은 사라지고 아이들과 함께 있는 미래가 그려지기 시작했다. 자신과 그녀 사이에 둘을 각각 닮은 아이들이 있는 모습이 상상되었다. 가슴에서 무언가가 올라오다 턱 막혔다. 뭉클했다. 아내는 무사하고, 아기들도 건강하고, 자신은…….
 '아버지가 되었다.'
 책임져야 할 생명이 둘이나 더 늘었다. 무거운 책임감이 어깨를 짓눌렀다. 결코 싫지 않았다.
 '아니, 난 이날만을 기다려 왔다.'
 그녀의 말대로, 저 아기들을 가장 사랑해 줄 남자는 바로 자신이었다. 아주 어릴 때부터 있었던 말 못 할 꿈이었다. 완벽한 가정. 이

제 그는 지켜야 할 것들이 많이 생겼다. 열심히 살아야 할 이유가 늘었다. 알렉산드로는 천천히 다가가 한 명씩 살펴보기 시작했다.

먼저 태어난 여자아이는 새근새근 잠들어 있었고, 조금 늦게 태어난 남자아이로 눈을 돌리자, 마법처럼 꼬물거리던 생명이 눈을 떴다.

"……!"

새파란 눈동자. 던칸의 말대로 자신의 것을 빼닮았다. 알렉산드로는 눈을 뗄 수가 없었다. 아기는 시선이 고정되지 않아 이리저리 움직이다 다시 눈을 감았다. 하나 알렉산드로는 아기의 눈동자가 뇌리에 깊이 박혀 잊히지 않았다. 매일 거울로 보던 게 아기에게 똑같이 있었다. 짜릿한 무언가가 느껴졌다.

엘파사 왕가의 정통성이라던 푸른 눈동자가 뭐 그리 대단하다고 근친혼을 하며 이어 갔을까, 우습게 생각했던 지난날을 돌아보게 되었다. 자신의 증거를 똑같이 담은 새 생명은 경이로웠다. 드디어 베아트리체와 자신의 사랑의 결실이 세상에 태어났다는 실감이 났다.

그녀는 자신을 쏙 빼닮은 핏줄을 낳았다. 그녀가 낳은, 자신의 아기였다.

'나도 속물이군.'

인정하지 않을 수 없었다. 경이로웠다.

"흠흠, 내가 이름을 생각해 봤는데 말이다."

가문에 태어난 아기의 이름을 짓는 건 가주의 몫이었다. 그리 별난 것 없는 일이었으나 던칸은 자신이 이런 역할을 맡게 되었다는 사실이 낯설고 걱정스러웠다. 다행히 알렉산드로는 이상할 것 하나 없다는 듯 그의 다음 말을 기다렸다. 둘은 이 왕궁에서 함께 눈치 보며 지내는 동안 꽤 친밀감을 쌓았다.

"제국의 신화에 나오는 쌍둥이 형제의 이름을 주는 것은 어떠냐?"

알렉산드로는 고개를 끄덕였다.

"나쁘지 않습니다. 황자이니 그만큼 빼어난 이름을 줘야겠지요. 일단 아내에게 물어보겠습니다."

일단 아내에게 물어보겠다는 건 자신은 아기의 이름을 결정하는 데 조금도 뜻이 없다는 말이었다. 이미 예상한 일이었기에 던칸은 별스럽지도 않았다.

"그래, 알겠다."

하지만 던칸이 생각한 아이는 황자가 아니었다.

'며늘아기에게 먼저 말을 하는 게 낫겠군.'

신화 속 쌍둥이 형제 중 '널리 이름을 떨친다'는 뜻을 가진 아스트리데의 이름을 먼저 태어난 황녀에게 주고 싶었던 것이다.

'아스트리드.'

남자의 이름인 아스트리데를 아스트리드로 바꿨지만 여전히 황녀가 갖기엔 너무 진취적이고 남성스러운 이름이었다. 알렉산드로는 반대할지도 모른다. 하지만 던칸은 반드시 이 이름을 주고 싶었다. 마음 같아서는 이 제국과 황궁과 가문도 물려주고 싶었다. 하지만 황자가 함께 태어났으니 그럴 수는 없었다.

"……그럼 황자의 이름 후보로 프리드리히는 어떠냐?"

"애칭은 프레디가 되겠군요. 나쁘지 않으니 한번 물어보겠습니다."

알렉산드로는 그 이름에 좋은 감정이 있었다. 프레디라는 이름의 기사를 한 명 알고 있었다. 남들이 답답하다고 할 만큼 올곧은 성정을 가진 기사라 눈여겨보았고 작위를 내리기도 했다. 프레디는 괜찮은 남자다. 그 정도의 배포와 강직함, 성실함, 책임감을 가진 이는 드물다.

"그러고 보니 맥코웰 영애께서도 이제 결혼을 준비해야 하지 않겠습니까?"

"으음."

갑작스레 나온 말이지만 던칸 역시 고개를 끄덕였다. 하지만 도대체 누구와 엮어 줘야 할지 고민이 되었다. 일단 그녀는 나이가 많아서 그 나이 대의 미혼 영식들은 쭉정이들뿐이었다. 그렇다고 작위를 이어받을 레나가 누군가의 두 번째 부인이 될 수는 없었다.

"저는 모르겠습니다."

알렉산드로 역시 같은 생각이었다. 일단 누나의 결혼까지 참견하는 건 그의 일이 아니었지만 던칸과 레나의 상황이 이해가 갔다. '알아서 하겠지.' 하고 내버려 두었다가는 평생 혼인하지 못한 채 살지도 모른다. 누나 같은 여자를 대체 어떤 사지 멀쩡한 영식이 데려간단 말인가? 일단 그 성격이 가장 문제였다. 그녀의 앞날만 생각하면 암담했다. 멀쩡한 영애가 그 나이까지 미혼으로 남는 건 큰 흠이었다. 사회적 지위를 위해서라도 결혼은 하는 게 나았다. 두 남자는 정확히 같은 생각을 하고 있었다.

'나중에 며늘아기에게 슬쩍 물어보라고 해야겠다.'

던칸은 아직 레나와 소통하는 게 어려웠다. 하지만 앞으로는 더 나아지리라는 강한 예감이 들었다. 근거는 없지만 그냥 모든 게 잘 되리라는 예감이었다.

'아스트리드, 프리드리히.'

저 아이들이 쑥쑥 자라나는 걸 지켜볼 날들이 남았으니까. 그 앞날은 자신이 여태껏 살아온 과거의 그 어느 때보다 행복할 테니까.

살아간다는 것은…… 아름답다.

37. 끝에서 시작되는 이야기

37. 끝에서 시작되는 이야기

오늘은 바로 왕국의 왕녀 베아트리체와 제국의 대공 알렉산드로의 국혼이 있는 날이다. 며칠간 하늘에는 색색의 깃발들이 흔들리고 있었고 대륙은 온통 떠들썩했다. 던칸은 너그러움을 한껏 베풀어 노예들에게도 쉬는 날을 주었고, 고기와 술을 모두에게 나눠 주었다. 제국에서는 보름간 이어진 축제였다.

왕녀의 탄신일과 제국의 통일기념일, 그리고 대공과 왕녀의 국혼이 연달아 있었다. 알렉산드로는 베아트리체 왕녀의 남편으로만 남기로 결정했다. 국왕 대관식을 치르지 않기로 한 것이다. 어쨌든 그레이엄은 왕실 가문이 되었으며, 황위는 알렉산드로에게 이미 예견된 자리였다. 국왕이 아닌 섭정공으로 계속 지낸다 해도 달라질 것은 없었다. 자신의 아내이자 평생 제국의 황후로 살게 될 베아트리체에게 주는 선물이었다.

던칸은 이견을 내지 않았다. 아들이 국왕이 되겠다는 말을 했던 건 분명 그 당시 베아트리체의 신분을 되찾아 주려 자신에게 댄 핑계였을 뿐이다. 던칸은 이미 알고 있었다.

"긴장되시오?"

"괜찮아요, 공작님. 긴장되지 않아요."

제국의 귀족들은 처음 와 보는 왕궁이었다. 반도라스 공작과 안테노르 공작을 포함해 이 자리에는 많은 유명 인사들이 있었다. 칼스버그 공작의 부인과 아들, 손자와 손녀까지 있었다.

"설레기는 해요."

피식 웃음이 나왔다. 베아트리체는 자신이 다시 신부가 되어 결혼식의 성스러운 길을 걷게 되리라고는 꿈에도 생각해 본 적이 없었다.

'그런데 내가 또 결혼을 하네.'

인생이란 참 오묘했다. 알다가도 모를 것이다.

"다행이군. 그런데 이상하게 나는 왜 이리 긴장이 되는지."

"공작님도 설레시나 봐요."

가슴 떨리는 그 마음이 바로 설렘이었다. 그녀의 손을 붙잡고 새빨간 버진 로드를 걷고 있는 이는 칼스버그 공작이었다. 그는 너털웃음을 터뜨리며 고개를 끄덕였다.

"그래, 긴장이나 설렘은 한 끗 차이지. 내가 왕녀님께 한 수 배웠군."

그는 앞으로 많은 것들이 달라지고 새로운 세상이 펼쳐지리라 꿈꾸고 있었다.

"왕녀님은 이제부터 시작이오. 끝이 아니니 아쉬워 마시오."

베아트리체는 그 말에 공감했다. 끝은 곧 시작을 의미했다. 많은 것들이 새로이 시작될 것이다. 아직은 왕궁에서 자리를 지키고 있지만 언젠가 그들은 제국의 황궁으로 갈 것이다. 그리고 아스트리드와 프리드리히, 아이들은 자라날 것이다. 게다가 그녀는 꿈이 있었다. 하고 싶은 게 많았다. 비록 멀리 돌아왔으나…… 이 휘황찬란한 길은 이제부터 시작된다.

한 발자국씩 걸음을 떼고, 점점 그에게 가까워진다. 이 길의 끝에 알렉산드로가 서 있었다. 이미 조신한 신부는 아니라서 그의 손을 잡기 위해서라면 뛰어갈 수도 있었다. 하지만 그녀는 천천히 걸음을 옮겼다. 가까이 다가갈수록 빳빳이 굳은 그의 얼굴이 가까워졌다. 저렇게 상기된 표정은 본 적이 없었다. 베아트리체는 또 웃음이 터질 것 같았다.

'귀여운 남자.'

그녀의 생일과 제국이 통일한 날, 그리고 그들의 경사스런 국혼은 시기가 며칠 차이로 비슷했다. 그중에서 알렉산드로는 국혼을 가장 크게 하길 원했다. 결혼 예식 때문에 그가 잠을 못 잔다는 소리를 아론에게 건너 들었다. 알렉산드로가 평생을 목이 빠져라 기다려 온 날이었다.

그는 자신이 원하는 게 무엇인지 몰랐던 적도 있었으나, 지금은 확실히 알고 있었다. 그의 벅찬 표정을 보고, 칼스버그 공작은 그녀의 손에 힘을 주고 작게 속삭였다.

"우리 좀 천천히 가지."

그는 여전히 알렉산드로가 조금 얄미웠다. 그래서 거북이가 기어가듯 일부러 걸음을 늦췄다.

'쯧쯧, 정숙함은 개를 줬어.'

쌍둥이 남매는 유모에게 안긴 채 던칸의 옆에 있었다. 베아트리체는 던칸의 옆에 서 있는 줄리아 맥코웰과 레나 맥코웰을 보고 미소 지었다. 그들의 웃는 모습 역시 편안해 보였다. 아직 그레이엄과 맥코웰 가문 사이에는 풀리지 못한 여한이 있었지만, 오늘이 모두에게 행복한 경삿날인 것은 분명했다. 그녀는 두 가문 사이의 모든 것을 알고 있는 교집합이며 일부였다.

'내가 이들과 함께 있구나.'

던칸과 알렉산드로, 줄리아와 레나 그리고 아스트리드와 프리드리히 모두가 그녀의 가족이었다. 그토록 바라던 든든한 울타리 안에 자신도 함께였다. 많은 이들이 그녀를 지켜보는 앞에서 알렉산드로의 손을 잡기 위해 걸어가고 있었다. 소속감은 그녀의 뒤를 받쳐 주는 가장 튼튼한 버팀목이 될 것이다. 베아트리체가 지나가자 지켜보던 영애들이 경악한 얼굴로 수군덕거렸다.

"왕녀님의 저 목걸이 말이야. 세상에 저렇게 화려한 것은 생전 처음 봐."

"드레스는 어떻고? 마담 코코와 비비안이 왕궁 소속이라더니……."

"대체 저 목걸이에는 몇 개의 사파이어가 달린 거야? 저렇게 큰 캐럿은 본 적이 없는데, 그레이엄가에 숨겨진 보석 장인이 있는 게 분명해."

"나중에 꼭 여쭤봐야겠어."

많은 귀족들이 지켜보는 자리였다. 그리고 그들의 입에 오르내리는 게 당연하다 여겨질 만큼 베아트리체의 목에 걸린 패물은 화려하고 무거웠다. 36개의 사파이어가 달린 목걸이. 그 크기도 어디서 본 적이 없을 만큼 하나하나가 우람했다. 대체 알렉산드로가 어디서 이런 목걸이를 구해 왔는지 베아트리체조차 궁금했다. 너무 무거웠다.

'빨리 이것부터 벗어야겠다.'

1개를 가지고도 펜던트를 만들기 충분한 크기인데, 그것을 36개나 주렁주렁 달아 놓았으니 이해하지 못할 만큼 사치스러웠다. 국혼이 있기 며칠 전, 알렉산드로가 건넨 것이다. 과거 대륙에는 5개의 독립국이 있었으니, 그중 한 왕가에서 온 보물이겠거니 생각할 뿐이었다.

어느새 알렉산드로가 코앞에 있었다. 내밀어진 손을 잡고 단상에 올라서서 보니 그는 오늘따라 더욱 태양 같은 외모를 빛내고 있었다.

"사랑해요."

저절로 고백이 나오는 얼굴이었다. 저 얼굴로 태교를 한 덕분인지 아기들은 겨우 2개월이 넘었으나 벌써부터 떡잎이 남달랐다. 커 가는 모습이 기대될 정도였다. 그녀는 마음이 가벼웠다. 영원히 행복할 미래가 시작되고 있었다. 가끔 고달픈 일도 찾아오겠지만, 자신 있었다. 그럼에도 불구하고 행복하게 살 자신이, 어떤 고난과 역경이 닥쳐온다 해도 이겨 낼 수 있는 자신이 있었다.

"아버지와 어머니, 그리고 신께 약속합니다."

베아트리체는 초혼이 아니었기에 서약은 알렉산드로 혼자서 그녀의 몫까지 했다.

"오늘부터 내 삶의 마지막 날까지 우리는 함께할 것이며, 서로를 존중하며 오직 서로만을 사랑할 것을."

오직 서로만을 사랑하리라 약속했다. 부인을 여럿 들이는 여느 귀족 영식들의 맹세와는 달랐다.

"입맞춤으로…… 영원한 사랑을 맹세합니다."

이 결혼 서약은 이후부터 귀족들에게 유행처럼 번지기 시작했고, 훗날 알렉산드로가 일부일처제를 공언하는 데 큰 역할을 하게 되었다. 버려진 사생아 왕녀와 모든 것을 가지고 태어난 기사 출신 대공의 이야기. 음유 시인들은 대륙 전역에서 그들의 노래를 만들어 불렀다.

어떤 이들은 사랑이라 말했고, 전쟁을 겪었던 이들은 베아트리체의 비참한 운명을 가엾게 여겼다. 언제나 그렇듯 소문은 무성했다. 그렇게 제국의 대공 알렉산드로와 왕국의 왕녀 베아트리체의 국혼은 당대 가장 큰 화제가 되었다.

예식 뒤에는 연회가 있었다. 만개한 꽃들이 넘치는 정원에는 꽃보다 아름답고 향기로운 귀부인들이 가득했다. 베아트리체는 제국의 귀족들과 처음으로 마주하는 자리였지만 조금도 불편하지 않았다. 단단히 팔짱을 끼고 있는 맥코웰 공작 때문이기도 했지만, 그녀는 이제 누구에게도 괄시를 받을 수 없었다. 황제가 될 알렉산드로의 단 하나뿐인 부인이자, 1황녀와 1황자의 어머니였다.

"국혼을 경하드립니다. 저어, 그런데 왕비 전하라고 불러야 하나요? 아니면……."

이미 그레이엄의 후계를 낳았으니 그녀의 입지는 모두에게 공언된 셈이었다.

"아직은 이르지만, 황후 전하라고……?"

조심스러운 어느 영애의 질문에 베아트리체를 둘러싼 이들이 조용해졌다. 국혼은 했어도 즉위식은 없었기에 호칭은 아직 민감한 사항이었다. 게다가 오래도록 유일하게 '전하'라고 불리던 던칸이 이 자리에 있었다.

"저는 왕녀예요. 대공님께서 즉위식을 치르지 않으셨으니 여전히 베아트리체 왕녀인 게 맞지요."

알렉산드로는 이 왕궁에서 국왕이 되는 대신, 왕녀 베아트리체의 부군으로만 남겠다고 했다. 그녀는 왕족이니 대공비라 불리지 않는다. 베아트리체라는 이름은 그녀의 인생에서 아주 짧게만 불리었다. 왕녀가 되자마자 곧장 길버트와 결혼하여 재상의 부인이 되었기에 이름은 잊혔다.

'대공님은 곧 황궁으로 가시겠지……?'

언제가 되든 상관없지만 베아트리체는 황후가 되기 전까지, 되찾은 자신의 이름으로 더 오래 불리고 싶었다.

"처음 뵙겠습니다, 저하. 저는 반도라스 공작 가문의 클라라입니다. 국혼을 진심으로 경하드립니다."

여러 영애들 사이에서 단연 눈에 띄는 얼굴이었다. 일전에 만난 적이 있었지만 클라라는 전혀 기억하지 못했다.

"편하게 제 이름을 부르시면 됩니다, 저하."

큰 키, 청순하고 우아한 자태의 금발 미녀. 그녀는 여전했다.

"반가워요, 클라라."

다만 오늘은 몸에 달라붙지 않는 하늘하늘한 드레스를 입고 있었다. 당장 하늘에서 떨어진 천사처럼 보이는 아름다운 자태에 베아트리체는 저도 모르게 넋을 놓았다.

'그런데 이렇게 청순하고 예쁜 아가씨가 왜 그런 폭력적이고 무서운 남자와 결혼을 약속했을까.'

둘은 전혀 어울리지 않아서 당최 이해되지 않았다. 심지어 리오는 여전히 평민이었다. 길버트를 놓친 죄로 그는 작위를 수여받지 못했다.

'뭔가 말 못 할 사연이 있는 것은 아닐까.'

리오의 본래 성정을 알고 있는 베아트리체는 영 좋은 쪽으로는 생각할 수 없었다. 길버트와 살았던 자신처럼, 원치 않는 남자와 끔찍한 나날을 보낼 영애가 또 있다니.

'정말 안됐다…….'

클라라에 대해서 듣기만 했지, 직접 겪어 본 적은 없었다. 그녀를 잘 모르는 베아트리체는 안쓰러운 마음이 들었다.

"……클라라, 이 왕궁에서 얼마나 머물 예정인가요?"

클라라 역시 왕녀와 초면이지만 이상하게 마음이 쓰였다.

"저하, 아쉽지만 저는 내일이면 수도로 돌아간답니다."

주렁주렁 걸고 있는 장신구며 빛나는 드레스를 입었지만 키도 작은 데다, 어쩐지 자신을 바라보는 그녀의 표정이 영 밝지 않았다. 클라라는 왕녀를 보며 속으로 쯧쯧, 혀를 찼다.

'야수같이 흉포한 그 남자와 결혼을 했으니…….'

그가 아무리 왕녀를 사랑한다고는 해도 그 성격마저 변하지는 않았을 것이다. 대공은 제어가 불가능한 남자였다. 제멋대로인 데다 아주 무서웠다.

'그런 남자에게 목숨을 위협당하며 사느니 리오가 훨씬 나아.'

동정심과 더불어, 클라라는 왕녀와 동병상련했다.

'예식도 전에 황자를 낳았다지.'

그녀는 자신에게 와인을 권하는 시녀에게 손을 내저었다.

"클라라, 와인을 즐기지 않나요?"

"아주 좋아합니다만…… 지금은 곤란합니다, 저하."

결국 그녀는 반도라스 공작에게 결혼 허락을 받아 냈다. 여자로선 처음으로 맥코웰 공작이 작위를 받았기 때문이기도 하지만 가장 큰 이유는 따로 있었다.

"나중에 다시 왕궁에 초대해 주셔요. 왕녀님께 감사할 일도 있으니, 그때는 저희 가문의 보물 같은 와인을 가져오겠습니다."

클라라는 베아트리체 덕분에 손가락질을 면하게 되었다. 앞으로 배가 불러 와도 저택에 감금되듯 숨어 있을 필요가 없어졌다. 그 누구도 자신이 방정맞다 입방아를 찧지 못할 것이다.

"왕녀님을 처음 뵙는데도 꼭 오래 보았던 절친한 이처럼 편안합니다."

비슷한 점이 있어서일까요? 그 말은 참았다. 클라라는 3개월 뒤에 대대적으로 자신의 임신 사실을 알릴 생각이었다. 결혼은 내후년이지만 이제 걱정은 없어졌다.

"좀 더 일찍 만났다면 좋았을 것을요. 나도 아쉽네요, 클라라."

그래서 그녀는 베아트리체 왕녀가 마음에 들었다. 아주 어릴 때부터 발을 들였던 수도 사교계는 클라라의 놀이터나 다름없었다. 수도에 오면 호되게 신고식을 치러 주리라 했던 마음은 어느새 눈 녹듯 사라졌다.

'덕을 봤으니 잘해 줘야지. 게다가 그런 남자랑 사는데, 쯧쯧.'

'어떻게 그런 남자랑 살게 됐을까. 참 안됐어. 잘해 줘야겠다.'

비슷한 생각을 하고 있는 두 여자는 서로 다른 눈높이에서 시선을 교환했다. 클라라는 위에서, 베아트리체는 밑에서 서로를 응시했다. 시선은 중앙에서 부딪혔고 서로를 향한 안타까움은 배로 커졌다.

"며칠째 계속된 연회니까 잠깐 자리를 비워도 괜찮을 거예요. 저와 정원을 구경하겠어요, 클라라?"

"그렇다면 영광입니다, 왕녀 저하."

제국에서 가장 높은 신분을 가질 두 여자의 공식적인 첫 만남이었다. 훗날 기록에 남을 만큼 절친해진 둘은 이날을 절대로 잊지 못한다고 말했다. 야외 정원의 중앙에는 모두가 부러워하는 가장 높은 신분의 공작, 후작들이 모여 있었다. 엘파사 출신의 귀족들은 감히 넘볼 수 없는 모임이었다. 그리고 그 사이에서 가장 큰 목소리를 내고 있는 이는 바로 던칸이었다.

"이 예쁜 아기의 이름은 아스트리드라고, 물론 내가 지었네."

"오오, 전하. 혹시 대륙의 신화에서 따온 이름입니까?"

"그래, 그렇지."

던칸은 아기들 자랑을 할 때면 세상에서 가장 너그러운 사람 흉내를 냈다.

"이 대륙에서 가장 오래된 신화인 쌍둥이 형제, 아스트리데에게서 받은 고귀하고 드높은 이름일세!"

"역시! 장차 황자님이 되실 분의 품격에 어울리는 이름입니다."

"아니, 우리 아스트리드는 여자아이인데?"

"예? 아니, 어떻게 아스트리데의 이름을 여식에게 주셨지요? 뭔가 조금 어울리지가…….."

"뭐?"

"예?"

"지금 뭐라고 했지?"

"제, 제가 지금 뭐라고……?"

"어울리지가 않아? 지금 내가 지어 준 이름이 우리 아스트리드와 어울리지 않는다고 지껄였나?"

"아, 아닙니다. '어, 울지 않네?'라고 했습니다, 전하!"

"방금 내 귀엔 어울리지 않는다고 들린 것 같은데? 지금 감히 우리 그레이엄 가문의……!"

칼스버그 공작은 던칸이 애먼 후작을 쥐 잡듯 잡는 걸 보고 조용히 자리를 떠났다.

'휴, 드디어 저 무식한 인간에게서 벗어났군.'

칼스버그 공작은 도망치듯 이 무리에서 벗어났다. 오늘 처음 도착한 웬 불쌍한 후작 덕분이었다. 계속된 연회에서 던칸은 지치지도 않는지 매번 다른 이야기로 쌍둥이를 자랑했다. 아기들에게 저렇게 자랑할 게 뭐 그리 많은지 칼스버그 공작은 듣다가 질리고 말았다. 나중에는 숨을 쉬는 것조차 특별하다고 할 기세였다.

"쯧쯧."

모두가 부러워할지언정 칼스버그 공작에게는 그저 말이 통하지 않는 꼰대들의 모임이었다. 그는 원래 귀족들의 연회를 좋아하지 않았다. 자리를 벗어난 그는 신전에서 온 늙은 신관들의 무리를 보고 실소를 내뱉었다.

"그레이엄 전하야말로 살아 있는 신의 증거가 아니겠는가."

"그래, 완전히 새사람이 되었지."

"신께서 보여 주셨습니다."

"정말 신께서 오신 걸까요? 귀신은 아니겠지요? 언젠가 휙 제정신을 차리면 어쩝니까?"

"예끼! 망측한 소리."

그들은 요즘 던칸이 신의 부름을 받아 개과천선한 줄로 알고 있었다. 신관들에게는 던칸이야말로 신이 보여 준 기적이었다.

'왕녀님은 어디 있는 거지?'

칼스버그 공작은 베아트리체와 단둘이 얘기를 하고 싶었다. 그가 꿈꾸는 많은 것들, 특히 노예 해방을 대체할 제도에 대해서 토론하고 싶었다.

'말이 통하는 건 우리 왕녀님뿐이야.'

칼스버그 공작은 자신이 죽기 전에 노예 해방을 이루고, 대륙의 전역에 학교를 만들어 평민들의 의무 교육이 실시되는 것을 보고 싶었다. 그의 최종적인 꿈이었다. 조금 더 욕심을 부린다면, 이름은 '칼스버그 학술원'이라고 짓고 싶었다.

'빨리 황궁으로 와야 할 텐데…….'

그는 여러 가지로 베아트리체가 황궁으로 오는 날을 목이 빠져라 기다리고 있었다. 맥코웰 공작 역시 마찬가지였다. 그러나 안타깝게도 당사자는 전혀 다른 뜻을 지니고 있었다.

"각하, 아니, 전하. 아니, 폐하라고 불러드려야 할까요?"

"그만해라."

알렉산드로는 깐족거리는 크리스를 향해 한숨을 내쉬었다.

"네 가문의 이름을 걸고 자리했으니 체면을 지켜."

알렉산드로는 쌍둥이를 자랑하느라 여념 없는 던칸과 삼삼오오 모여 떠드는 무리를 눈으로 훑었다. 귀족들은 수없이 인사치레의 말을 건넸지만, 며칠간 계속된 연회에 이제는 사실 서로 간에 할 말도 없었다.

"흠흠. 알겠습니다, 각하."

크리스는 예민해진 알렉산드로의 눈치를 살폈다. 장차 황제가 될 친구에게 이런 표현은 부적절했으나 무엇 때문인지 그는 화가 난 것처럼 보였다.

"……사실 제가 드리고 싶은 말씀이 있는데, 각하께서 노여워하실까 차마 말을 꺼내기가 두렵군요."

"그럼 말하지 마라."

장난스런 크리스의 목소리에도 알렉산드로는 날 선 대답만 뱉었다. 짜증이 이만저만이 아니었다.

'대체 언제쯤 끝나는 거야.'

알렉산드로는 베아트리체가 출산을 하고도 거의 2개월이 넘도록 혼자서 침실을 쓰며 벌써 1년 가깝게 금욕하고 있었다. 쌍둥이 덕분에 오늘이 진짜 첫날밤처럼 느껴졌다. 급하게 행동한 결과 피가 바짝 마르는 기분이었다. 임신 전에는 고집을 부려 한 침실을 썼지만, 이제 알렉산드로는 진짜로 그녀를 이길 수가 없었다. 엄두도 나지 않았고 말씨름을 할 수도 없었다. 힘겹게 쌍둥이 남매를 낳아 준 아내에게 감히 멋대로 행동할 수 없었다.

하지만 알렉산드로는 오늘부터 그녀를 열심히 달래서 다시 침실을 합칠 계획이었다. 이런 그에게 연회는 참 쓸모없고 지루한 자리였다.

'제발 빨리 좀 끝났으면.'

벌써 며칠째 똑같은 얼굴들을 보고 있지 않은가. 모두에겐 축제와 같았지만 알렉산드로에겐 아니었다. 그의 시선은 본능적으로 연회장을 샅샅이 살피기 시작했다. 베아트리체를 좇고 있었다. 잠시 어딜 다녀온 듯하더니, 지금은 제국의 귀부인들 한가운데서 웃고 있는 그녀를 찾았다. 전부 초면일 텐데 벌써 적응을 했다는 게 놀라웠다. 맥코웰 공작과 레나가 곁에 있긴 했지만 베아트리체는 혼자서도 분명 잘해 냈을 것이다.

'잘만 웃고 있군.'

결혼식 당일 저렇게 신나게 귀부인들과 떠들고 놀고 있다니, 배신감이 들었다.

게다가 오늘은 아무 일도 벌이지 못할 터였다.

'피곤하다고 내내 노래를 불렀으니 오늘 밤은 쉬게 해 줘야겠지.'

어쩔 수 없는 일이지만 불통한 마음이 솟았다. 그 와중에 기막힌 광경이 목격되었다. 조나스 베르토 자작이 수줍은 얼굴을 하고 베아트리체에게 말을 걸고 있는 것이다! ……내내 왕궁으로 편지를 썼던 이다.

"베르토 후작, 그대의 영식은 대체 언제쯤 결혼을 할 예정이지?"

알렉산드로는 베르토 후작을 오늘 처음 보았다. 오래도록 병상에 누워 있던 그는 오늘 처음으로 연회에 등장했다.

"아, 아직은 나이가 어려 계획이 없습니다."

"이미 성인이 된 자식을 과소평가하는 것은 아닌가? 저만하면 앞가림도 잘하는 데다 모자람이 없어 보이는데."

알렉산드로는 조나스 베르토에게서 눈을 떼지 않고 말했다.

"빨리 제 몫을 할 수 있게끔 공께서 이끌어 주어야지. 어서 결혼을 시키게."

갑작스런 대공의 칭찬에 베르토 후작은 깜짝 놀랐다. 아들이 밖에서 인정을 받는 일만큼 부모에게 뿌듯한 일은 없었다. 게다가 대공이 제게 먼저 말을 거는 게 바로 그런 이유라니. 자랑스러웠지만 베르토 후작은 행여 자신을 떠보는 건 아닐까 간신히 진정했다.

"사실 조나스의 처지가 조금…… 부담스럽기도 하지요. 걱정하실 것 없습니다, 각하."

베르토 후작은 엘파사에서 왕위 계승자로 가장 명분이 있던 사람이었다. 그런데 미묘하게도 그의 아들이, 베아트리체 왕녀와 무척 친밀했다. 이런 상황에서 이제 막 성인이 된 베르토 자작이 서둘러 결혼해 가주가 되어 작위를 물려받는다면 의심을 살 것이다. 베르토 후작은 '베아트리체 왕녀가 세상에 없었다면 엘파사 왕위를 이었을 유력한 후보'로 거론되는 것조차 거북했다. 그는 아무런 욕심 없이, 그저 오래 살고 싶었다.

"각하께서 황궁으로 가시면 그때 고려하겠습니다. 염려하실 일은 없을 겁니다."

베르토 후작은 그렇게 대답했지만 대공은 여전히 뭔가 마음에 들지 않는 얼굴이었다. 알렉산드로는 요 며칠 온갖 사람들에게 둘러싸여 지내면서 느낀 바가 컸다. 베아트리체의 관심은 완전히 분산되어 있었다. 던칸과 쌍둥이, 줄리아와 레나, 칼스버그 공작과 호르헤, 아론과 트리거, 심지어 크산토스까지! 그녀의 관심을 받는 이들이 너무나 많았다. 그런데 여기에 수도 귀족들까지 가세했다.

'내 몫은 갈수록 줄어들고 있다.'

알렉산드로에게 향하는 그녀의 관심은 전보다 콩알만 했다. 믿을 수 없는 잔인한 현실이었다. 결혼을 하면 마음이 좀 놓이려나 했는데, 결혼을 하고 나니 그녀는 이제 더 많은 것을 신경 써야 하는 위치가 되었다.

'그런데 이 생활이, 황궁에 가면 더 심해질 거란 말이지.'

황궁에 가면 베아트리체는 황후가 된다. 그녀는 원래 아주 성실하게 자신의 역할을 해내는 사람이었다. 그러니 본격적으로 수도 사교계에서 활동할 테고, 자신을 향한 집중도는 더더욱 떨어질 것이다. 만약 그녀가 지금보다 더욱 피곤해지면? 그때는 또 침실을 따로 쓰자고 할지도 모른다.

'그건 안 돼.'

알렉산드로는 조용히 고개를 내저었다.

'이대로 왕궁에서 둘만 지내는 것도 나쁘지 않아.'

줄리아와 칼스버그 공작은 그레이엄의 가장 든든한 가신이고, 제국은 지금 걱정할 게 없었다. 귀족들은 요즘 너 나 할 것 없이 신전에 다니는 게 대유행이 되었다. 이런 상황에서 반란은 일어나지 않을 것이다.

'최대한 늦게 황궁으로 가자.'

아무래도 그래야겠다. 남들은 그가 내년쯤 황궁으로 간다, 올해 안에 간다 말이 많았지만 알렉산드로는 그렇게 마음을 먹었다. 최대한 오래 왕궁에서 둘만의 생활을 즐기기로.

'아버님도 빨리 황궁으로 돌려보내야겠다.'

요즘 보면 자신보다 던칸이 그녀와 보내는 시간이 훨씬 많았다. 알렉산드로는 속으로 혀를 찼다. 이럴 수는 없다. 이런 생활은 그가 원하던 것이 아니었다. 일단 그 전에 당장 처리해야 할 이가 눈앞에 있었다.

"난 예상보다 오래 이 왕궁에서 지내게 될 것 같네."

알렉산드로는 베아트리체를 향해 웃고 있는 조나스 베르토를 거의 노려보며 말했다.

"그러니 그대 영식의 결혼을 서둘러. 적절한 호의를 표하지."

베르토 후작은 깜짝 놀랐다가 감격스런 얼굴로 고개를 조아렸다.

'차별 없이 모든 귀족들을 대하겠다더니, 그 말이 사실이었구나.'

대공을 찾아갔던 엘파사 출신의 귀족들은 하나같이 그런 말을 들었다고 했다. 제국에서 온 기사 출신의 섭정공, 그레이엄을 믿을 수 있을까 긴가민가했지만 아무래도 사실인 것 같았다.

'소문과는 달리 참으로 관대하신 분이다.'

그의 행보가 그랬다. 당장 세금을 내린 일부터 공역을 늘리고 물자 교역에 힘쓰는 걸 보면 괜한 소리가 아닌 것이다.

"베풀어 주신 관대함에 진심으로 감사드립니다, 각하. 노파심에 드리는 말씀이지만 저희 베르토 가문은 그 어떤 불온한 생각도 품은 적 없으며, 앞으로도 영원히 그레이엄에게 맹세, 또 맹세, 또, 또 맹세……."

속이 타는 기분에 와인을 한 모금 마신 알렉산드로는 길어지는 베르토 후작의 말을 끊었다.

"알겠으니 최대한 빨리 결혼시키게."

"그렇게 하겠습니다, 각하."

정확한 대답을 들으니 안심이 되었지만 그래도 시선을 뗄 수가 없었다. 알렉산드로는 발그레한 얼굴로 베아트리체와 대화하는 조나스 베르토를 뚫어져라 응시했다. 그때 시선이 팔린 그에게 다가온 한 여인이 있었다.

"대공님."

수도 그레이엄 저택의 시녀장, 산드라였다. 먼 길을 달려 어젯밤 왕궁에 도착한 참이었다. 벌써 노년의 나이인 그녀가 이곳까지 한달음에 달려온 것은 다른 이유가 아니었다.

"아, 유모."

차마 무시할 수 없는 이의 등장에 알렉산드로는 간신히 눈을 돌렸다.

"내가 미처 얼굴을 보지 못했군. 예식은 지켜보았나?"

그레이엄 저택의 시녀장인 그녀는 어릴 적 대공의 유모였다. 맥코웰 가문에서부터 소피아를 따라와 그레이엄 저택에서 일하기 시작한 산드라는, 거의 유일하게 소피아의 멀쩡한 모습을 기억하는 사람이었다.

"예, 대공님. 전부 지켜보았지요. 제가 얼마나 이날을 기다렸는지……."

산드라는 말을 잇지 못했다. 전쟁이 전부 끝나고 저택으로 돌아온 알렉산드로는 굉장히 거칠었다. 말수도 현저히 적었으며 밤에는 매일같이 술을 마셨다. 웃는 모습이라고는 전혀 볼 수 없었다. 저택을 찾아왔던 공작 영애를 호되게 울려서 쫓아내기도 했고, 제법 예쁘장한 여종들에게도 짧은 눈길 한 번 준 적이 없었다. 결국 정략결혼 문제로 던칸과도 큰 마찰을 빚은 뒤, 알렉산드로는 도망치듯 기사들과 함께 세리머니를 떠나 버렸다.

'분명 어릴 때는 그런 성격이 아니셨는데…….'

산드라는 흉흉하게 변해 버린 알렉산드로의 모습에 큰 죄책감을 느꼈다.

"대공님께서 결혼을 하시는 모습을 보니, 이제 이 늙은이는 죽어도 여한이 없겠습니다."

그녀는 알렉산드로를 만나서 단단히 당부하려고 했다. 부인이 될 여자에게 어떤 마음가짐으로 대해야 하는지, 어떤 어투를 사용해야 하는지, 어떤 선물을 주고, 어떤 표현을 해 주어야 하는지. 진심으로 사랑하지 않는 여자라 해도 반드시 사랑하는 척을 해 줘야 한다는 사실을 뼛속 깊이 알려 주려고 했다. 아마 알렉산드로는 모르고 있으리라 생각한 것이다. 그것이 정식 부인에 대한 최소한의 예의인 것을.

그레이엄가의 불행한 여자는 소피아가 마지막이어야 한다는 굳은 다짐을 하고 예식을 지켜보았다. 그리고 산드라는 알게 되었다.

"대공님께서는 왕녀님을 진심으로 사랑하시는 것 같군요."

사랑에 빠진 남자의 눈빛은 결코 숨겨지지 않았다. 얼어 있는 것을 녹일 듯 따뜻한 햇살이 부서져 내리는 행복이 가득한 얼굴, 편안한 미소와 반짝이는 시선, 자신보다 여린 것을 만질 때 보이는 자상하고 부드러운 손길. 특히 쌍둥이를 내려다보는 표정을 보고 있자면 알렉산드로는 진심으로 이 세상과 주어진 모든 것들을 사랑하는 사람처럼 보였다.

절망하고 피폐한 감정의 날카로운 조각들이 전부 깎여 나간 것 같았다. 분노도 아픔도 없이 행복해 보였다.

'이제는 하늘에 계신 마님을 뵈어도 고개를 들 수 있겠구나.'

영원한 사랑을 맹세한 그의 목소리는 자신감이 넘쳤다.

"대공님께서 결혼하신 것보다 저는 그게 더 기쁩니다. 진정으로 사랑하는 분을 만나셨군요."

산드라는 오늘, 어릴 적 알렉산드로의 모습을 발견했다. 그는 잘 교육받은 여느 귀족가의 영식처럼 보였다. 던칸과는 달랐다. 왜 알렉산드로를 그렇게 키웠느냐고 마님에게 혼날 일은 없을 것이다. 산드라는 죄책감을 가득 덜었다.

"지금처럼 자상하게 그분을 아껴 주셔야 합니다."

"유모, 좋은 날에 눈물을 보일 필요는 없지."

"제가 주책이지요……."

정확히 1년 전, 알렉산드로가 기사들과 어울려 세리머니를 떠날 당시만 해도 '정말 결혼은 영영 하지 않겠구나.' 하고 낙심했었다.

'그런데 벌써 후계까지 보셨다니.'

감격스러웠다. 산드라는 손수건으로 얼른 눈물을 닦아 냈다.

"이왕 온 김에 왕궁에 머무르며 아기들을 봐주는 건 어떤가? 무리한 부탁이라면 어쩔 수 없지만."

알렉산드로는 유모와 좋은 기억이 많았다. 산드라는 엄하지만 다정하고 포근한 사람이었다.

"저야 영광입니다, 대공님."

"잘됐군."

고개를 끄덕인 그는 유모의 어깨를 두드려 주고 아론을 불러 그녀가 지낼 곳과 왕궁의 안내를 부탁했다. 눈은 다시 자신의 아내를 쫓았다. 혼자 있으면 가서 '좀 이르긴 하지만 침실로 가자.'고 말할 참이었다. 그는 지나가던 베아트리체의 시녀, 레이나를 붙잡았다.

"예, 각하."

대체 베아트리체는 어디에 있느냐고 물으려던 찰나였다.

"저하를 찾으시는 거죠?"

레이나는 이제 대공을 완벽하게 파악했다.

"그래."

"저하께서는 맥코웰 영애와 함께 분수대로 향하셨습니다."

불만스럽게 미간을 살며시 구긴 대공은 알겠으니 이만 가 보라고 명하며 덧붙였다.

"좋은 날이니만큼 너도 쉬어야겠지. 오늘은 왕궁에서 술을 마셔도 좋으니 마음껏 즐기라고 전해라."

"감사합니다, 각하."

레이나는 관대한 처사에도 별스럽지 않게 인사하고 뒤돌았다.

"아, 그리고."

"예, 각하."

얼른 다시 돌아선 레이나는 그의 이어질 명령을 기다렸다. 가만히 고개를 숙인 그녀의 머리 위로 믿기지 않는 말이 들려왔다.

"제이미 경은 많이 무디고 둔감하다."

"예?"

레이나는 깜짝 놀라 번쩍 고개를 들었다. 뜬금없는 이야기를 듣고 그녀가 놀란 데는 이유가 있었다.

"하나 괜찮은 남자인 건 내가 보증하지."

"……!"

"네가 서둘러라. 그를 놓치기 싫다면."

왕녀의 호위 기사를 자주 보는 레이나는 어느새 그를 마음에 품고 있었다. 눈치가 없긴 하지만 책임감이 강하고 성실했다. 알렉산드로는 놀라서 굳은 레이나에게 눈짓했다.

"뭘 하느냐? 이만 가 보지 않고."

레이나는 엉거주춤 다시 인사를 하고 돌아섰다. 시녀들에게 돌아가면서도 고개를 갸웃거리며 어떻게 대공님이 내가 그를 좋아하는 걸 알았을까 고심했다.

물론 대공님은 전혀 몰랐다. 그는 그저 베아트리체가 칭찬한 전도유망한 기사를 얼른 결혼시키고 싶은 마음뿐이었다.

"대공님께서 오늘은 술을 마셔도 좋으니까 마음껏 즐기라고 하셨어. 그렇다고 너무 취하지는 마."

시녀들에게 말을 전하자 대공님이 오늘따라 자비로우시다며 호들갑이었다. 하지만 대공과 왕녀를 가까이에서 모시는 시녀들은 이제 그들을 제법 파악했다.

"대공님은 소문처럼 그렇게 매서운 분은 아니셔. 오히려 정이 많으시고 아끼는 이들에겐 굉장히 관대하시지."

특히 대공은 성실하고 책임감이 강한 이를 좋아했다. 레이나가 임신한 왕녀를 성심성의껏 모시자, 대공은 은근히 태도가 변했다. 이제 레이나는 '그의 사람' 중 한 명이 되었다.

"대가도 후하게 쳐 주시고."

"맞아."

특히 대공은 왕궁 밖에서 인기가 좋았다. 자유 상거래를 지지한다는 정책으로 평민들의 삶은 훨씬 나아졌다. 민간 시장의 수가 늘며 크게 활성화되었고, 다른 영지에서 생산되는 물자들로 항상 북적였다.

"게다가 일편단심이잖아. 대공님은 멋있으셔."

시녀들은 예식에서 그가 맹세했던 결혼 서약에 대해서 한참을 떠들었다. '오직 한 여자만을 사랑하겠다.'는 귀족 영식의 맹세는 전무후무했다. 남색가라는 소문은 어느새 씻은 듯 사라졌다. 하지만 대공의 인기가 영 좋은 쪽으로만 영향을 끼친 건 아니었다.

"에휴, 이번 달에 「비밀의 마구간」 개정판이 나온다던데, 난 그거나 사야겠다. 책 사다 보면 월급은 있으나 마나 하다니까."

"요즘엔 「야수의 남자」가 더 인기래."

"「광폭한 대공님과 새침한 왕자님」도 재밌어. 궁중물인데 잘 썼더라."

"그 작가님이 왕궁에서 일하는 시녀라는 소문이 있어."

그레이엄 대공은 많은 이들의 영감을 불러일으켜 상상력을 자극하는 인물이었다. 덕분에 음지에서는 더욱 활발한 창작 활동이 이루어졌다. 우연히 이 사실을 알게 된 알렉산드로가 불법 서적을 전부 금하겠다고 노발대발한 것은 한참 뒤의 일이었다.

베아트리체는 자신을 부르는 많은 이들로 정말 바빴다. 클라라와 독대를 하고 오니, 이번에는 레나였다. 그녀는 베아트리체의 손을 단단히 붙잡고 단둘이 어디론가 향했다.

"아니, 정말. 반도라스 영애와 어딜 다녀오신 거예요? 기다렸단 말이에요!"

레나는 베아트리체와 단둘에서 하고 싶은 얘기가 있어서 잔뜩 벼르고 있었다. 둘은 인적이 없는 분수대까지 걸어왔다.

"언니, 왜 그러세요? 무슨 일이라도 있으신가요?"

베아트리체를 따르는 이들은 한참 뒤에 있었다. 둘은 깊은 연대감을 가졌기에 단둘이 있을 때 서로를 부르는 호칭은 전과 같았다. 레나는 자신보다 두 뼘은 작은 베아트리체의 어깨에 팔을 두른 채 귓속말을 했다.

"아가씨, 사실은 내가 청혼을 받았어요."

"세상에! 축하드려요! 안 그래도 아버님께서 걱정을 많이 하시던데, 정말 잘됐어요. 상대는 누구예요? 언니는 마음에 드세요? 대화는요? 서로 얘기를 나눠 본 적은 있으신 거예요? 대답은 벌써 하셨나요?"

잔뜩 신난 목소리의 그녀를 보고 레나는 긴장된 마음을 풀었다. 피식 웃음이 터졌다. 저렇게 두 손을 곱게 앞으로 모으고 눈을 빛내며 묻는 걸 보니 귀여웠다.

"언니, 얼른 말해 주세요. 대체 누구예요?"

"그게…… 세 명인데."

"세상에, 세 명! 세 명이나!"

저렇게 성실하게 반응하니 말을 할 맛이 났다. 레나는 어느새 창피함을 잊고 술술 털어놓기 시작했다.

"한 명은 인근 영주예요. 백작인데 나이가 사십 줄에 가까워요."

"아……."

단숨에 실망한 베아트리체는 고개를 저었다. 나이가 사십 줄이라니. 그 남자는 절대로 안 된다.

"다른 한 명은…… 칼스버그 공작님의 먼 친척이에요. 후작의 장남이라 결혼을 하면 곧 봉작을 받는다더군요."

"보셨나요?"

"아직 얼굴은 보지 못했는데, 재취 자리예요. 그분도 나이가 꽤 많아요. 칼스버그 공작님과 비슷한 연배로……."

"아……."

칼스버그 공작은 노인에 가까웠다. 베아트리체는 다시 단호하게 고개를 저었다. 그 남자도 절대로 안 된다.

"그럼 나머지 한 명은요?"

그녀는 세 명 중 남은 한 명에게 기대를 걸었다. 레나는 재력도 충분하고, 줄리아의 뒤를 이어 공작이 되기 위해 교육을 받고 있었다. 그녀는 부족할 게 아무것도 없었다. 마음에 들지 않는 결혼을 할 필요 없었다. 알렉산드로와 던칸은 여자가 미혼으로 평생을 살면 큰일이라도 나는 것처럼 호들갑이지만 사실 원치 않는 남자와 평생 사는 것보다 혼자 사는 게 훨씬 나았다.

"그는……."

레나는 그 남자를 떠올리고 살며시 웃음 지었다. 베아트리체는 그 순간을 놓치지 않았다. 바람에 꽃잎이 날리듯 그녀의 가슴에도 따스하고 몽글한 기운이 확 솟아올랐다.

"집안은 그리 뛰어나지 않아요."

"언니가 공작이 되실 텐데 남자의 집안이 무슨 상관이에요."

"자작 가문인데, 그는 홀로 백작 작위를 수여받았어요."

"능력 있네요. 혹시 기사 출신인가요?"

레나는 조심스레 고개를 끄덕였다. 베아트리체는 눈을 마주치고 '일단 합격'이라는 의미로 함께 고개를 끄덕여 줬다.

'기사라면 일단 몸이 좋을 거야.'

성격도, 재력도 중요하지만 눈에 보이는 것도 아주 중요했다. 화나고 서운한 마음도 일단 얼굴을 보면 좀 가라앉았다. 베아트리체는 알렉산드로와 살면서 남자의 외모가 얼마나 중요한지 뼈저리게 느꼈다.

"나이는요?"

술술 말을 뱉던 레나는 입술을 달싹이며 말을 주저했다. 그 반응을 보고 베아트리체는 지레 겁을 먹고 말았다.

"언니, 안 돼요. 제발 나이 많은 남자와 결혼하지 마세요. 세간의 이목만 견뎌 낼 수 있다면 차라리 혼자 사는 것도 나쁘지 않아요. 굳이 마음에 들지 않는 남자에게 팔려 가듯이 결혼하실 필요 없어요. 언니처럼 예쁘고 완벽한 여자가 뭐하러 그런……."

"그는 나보다 두 살이나 어려요."

"꺅! 두 살! 두 살이나 어린 청년이 청혼을!"

베아트리체는 그녀의 볼에 걸린 홍조와 꿈꾸는 소녀처럼 설레는 눈망울을 읽어 냈다. 알렉산드로와 닮은 레나는 이마저도 조금 비슷해 보였다.

"나이는 어리지만…… 함께 있으면 편안해요."

그 남자를 좋아하는 게 분명했다. 베아트리체는 드레스만 아니면 폴짝폴짝 뛰고 싶었다. 너무나 기뻤다. 남자가 누구든 일단 그녀가 좋다니 환영이었다. 진정으로 그녀를 행복하게 만들어 줄 남자인 게 분명했다.

"크리스 경이에요."

"……!"

베아트리체는 두 손으로 입을 틀어막았다. 그녀가 뒤늦게 탄성을 터트리며 레나의 팔을 마구 두드렸다.

"세상에, 세상에, 세상에!"

크리스는 레나의 비밀을 알고 있는 데다, 호위 기사인 만큼 둘은 지금 1년째 붙어 있었다. 게다가 알렉산드로와 내내 염문이 있었던 만큼 기사치고는 꽤 수려한 외모였다. 장난스럽긴 했지만 함께 있으면 지루하지 않고 아주 즐거운 사람이었다.

"그래서 뭐라고 하셨어요? 언니도 크리스 경을 좋아하시는 거지요? 대체 언제부터 그렇게 된 건가요? 아…… 세상에, 너무 기뻐요!"

자신의 결혼식 날이지만 이 소식은 그보다도 기쁘게 느껴졌다. 날아갈 것 같았다.

"그래서 말인데, 아가씨한테 부탁할 게 하나 있어요."

레나는 크리스의 상황을 이해했다. 알렉산드로에게 부탁을 받아 자신의 호위를 맡았으나, 일이 이렇게 될 줄은 그도 몰랐던 것이다.

"대공님과 전하께 우리 둘의 이야기를 좀 해 줘요."

던칸은 지금 좋은 가문의 영식을 물색 중이었다. 그에 비해 크리스는 그리 뛰어난 결혼 상대가 아니었고, 그렇다고 자신이 먼저 던칸에게 말하기에는 창피하고 어색했다. 게다가 알렉산드로에게는…… 도저히 입이 떨어지지 않았다. 크리스는 남동생의 절친한 친구였다.

"서로 잘 어울리는 것 같다고, 결혼을 했으면 한다고요. 이런 부탁을 할 사람은 정말 아가씨밖에는 없어요."

"네! 제가 책임지고 잘 말씀드릴게요. 걱정 마세요!"

베아트리체는 두 주먹을 불끈 쥐었다. 둘의 결혼식을 떠올리니 벌써 두근거렸다.

"아, 저도 부탁드리고 싶은 게 있어요."

그녀는 내내 마음속에 있었던 것을 말하기로 했다. 레나와 단둘이 있는 지금이 아주 좋은 기회였다.

"일전에 제게 남편이 될 남자가 세 명이 더 있다고 하셨잖아요."

레나는 고개를 끄덕였다. 지금은 보이지 않지만 그녀에게는 인연의 끈이 4개 있었다.

"그건 사실이 아니었다고 대공님께 말씀해 주실 수 있나요?"

진지한 표정을 한 베아트리체가 알렉산드로와 똑같은 새파란 눈동자를 마주 보며, 그에게 고백하듯 말했다.

"제 운명은 딱 한 사람, 대공님뿐이니까 더 이상 걱정하지 말라고 꼭 말해 주세요. 저는 일평생 대공님만 사랑할 거라고요."

"어머, 아가씨……."

기특하고 깜찍한 그 고백에 레나는 저도 모르게 눈썹을 살며시 구겼다. 이렇게 야무진 말을 하는 그녀가 너무 귀여웠다. 결국 레나는 한 품에 쏙 들어오는 몸을 덥석 끌어안았다.

'얼른 가서 말해 줘야겠어. 그 팔불출이 이 얘기를 들으면 또 얼마나 좋아할까?'

알렉산드로가 웃는 모습을 상상하자 레나 역시 저절로 웃음이 나왔다. 살며시 눈을 감았다가 뜨자 쌍둥이 조카들과 웃고 있는 알렉산드로, 던칸과 줄리아, 피터, 그리고 크리스의 얼굴이 머릿속을 스쳐 지나갔다. 더 이상 외롭지 않았다.

"우리 대공님은 정말 행운이에요. 아가씨를 만나서."

왕족인 베아트리체에게 이렇게 행동해서는 안 되지만 보는 이도 없는 데다…….

"앗!"

레나는 동그란 이마에 쪽, 소리가 나게 입을 맞췄다. 그러고도 그녀는 한참 동안 베아트리체를 끌어안은 손을 풀지 않았다.

연회가 끝나고 공식적인 첫날밤이 남았지만 그들의 경우는 여느 부부들과는 달랐다. 베아트리체는 남편보다 먼저 쌍둥이 남매를 확인해야 했다. 하루 종일 던칸이 안고 다녔던 통에 그녀는 오늘 미처 아기들과 시간을 보내지 못한 것이다. 남매를 돌보는 유모들은 베아트리체를 보고 작은 목소리로 속삭였다.

"저하, 아기씨들은 일찍 잠드셨어요."

"그렇다면 다행이구나."

"대공님께서 아침에도 오시고 저녁에도 또 오셔서 한참을 보고 가셨답니다. 오늘은 황녀님을 안아 주시고, 몇 번이나 말을 걸다가 가셨어요."

유모들은 앞다투어 던칸과 알렉산드로의 행적을 전했다.

"대공님께서 황자님의 이마에 입을 맞춰 주셨는데, 황자님께서는 통 깨어나지 않으시더라고요."

그중 한 명이 프리드리히에게서 시선을 떼지 못하고 덧붙였다.

"황자님은 정말 사랑스러우세요. 오늘도 어찌나 근엄하시던지,

예식 내내 한 번도 울지 않으셨어요."

"정말 점잖으세요. 이런 아기씨는 정말 처음 봅니다, 저하. 대공님을 꼭 닮으셨어요."

베아트리체는 색색 자고 있는 파란색 침대 위의 아기를 들여다보다 피식 웃고 말았다. 쌍둥이는 아직 어리지만 벌써부터 성격 차이가 극명했다. 프리드리히는 조용하고 무던하지만 아스트리드는 칭얼거림이 잦고 울음이 많았다. 외모만큼 극과 극으로 달랐다.

아니나 다를까, 아스트리드가 살며시 눈을 찡그리며 입술을 오물거리다 칭얼거리기 시작했다. 유모가 안아 올린 아기를 베아트리체가 받아 품에 안았다. 아스트리드는 안겨 있는 걸 좋아해서 품에 안고 있으면 다행히 금방 울음을 그치곤 했다.

"아스트리드."

자신을 닮은 어린 생명은 예쁘고 사랑스러웠다. 베아트리체는 통통한 볼에 살며시 입 맞췄다. 참 신기하게도…… 아기에게선 전생에 맡았던 엄마의 냄새가 나는 듯했다. 포근하고 마음이 안정되는 기분 좋은 향이었다.

베아트리체는 아스트리드가 조용해질 때까지 안고 있었다. 그러자 오늘 하루, 정신없이 바빴던 일들이 주마등처럼 눈앞을 스쳐 가고 드디어 마지막이 찾아왔다는 사실이 실감 났다. 아기는 그런 힘이 있었다. 지쳤던 몸과 마음이 품속의 작은 존재로 인해 다시 가득 채워지는 느낌이었다.

"벌써 잠들었구나."

보들보들한 이마에 다시 입 맞춘 뒤 침대에 눕힌 그녀는 이제야 자신을 기다리는 이에게 향했다.

  3층, 가장 내밀한 곳에 위치한 그 침실은 처음이었다. 알렉산드로가 열과 성을 다해 보수한 국왕의 침실이었다. 이미 가장 큰 침실이었으나 벽을 뜯어내 공간을 넓히고 실내 장식을 완전히 바꾸었다고 했다. 제임스는 침실 문을 열어 주며 조심스레 덧붙였다.

"대공님께서 오래 기다리셨습니다, 저하."

  베아트리체는 온몸이 천근만근이었다. 아기들을 보고 오니 하루가 완전히 끝난 것처럼 느껴져서 빨리 침대에 눕고 싶은 마음만 간절했다.

  '정말 피곤하다.'

  설레어야 할 첫날밤이지만 그들은 이미 수없이 많은 밤을 보낸 터였다. 1년의 공백이 있긴 했지만 설렘은 피로를 이길 수 없었다.

"응……?"

  어두운 실내에 꽃잎이 바닥에 깔린 채 길이 만들어져 있었다. 점점이 놓인 촛불만 그 주위를 밝혔다. 어깨가 축 늘어져 있던 그녀는 야릇한 분위기에 저도 모르게 눈이 점점 커졌다. 생전 맡아 보지 못한 어떤 향기가 침실을 뒤덮었다. 꽃향기 같지는 않은 것이…… 이상하게 후각을 자극했다. 저절로 뒷목을 긁게 되는 참으로 묘한 향기였다.

  처음 보는 망사 재질의 휘장이 침대를 둘러싸고 늘어져 비밀스럽고 기이한 분위기를 자아냈다. 이 침실을 보니 그가 얼마나 밤을 고대하고 있었는지 충분히 알 만했다.

"늦었군."

붉은 꽃잎이 잔뜩 뿌려진 침대 위에는 알렉산드로가 비스듬히 누워 전투적으로 자신을 기다리고 있었다. 벌써 나신이었다. 베아트리체는 그를 보고 주춤 걸음을 멈췄다.

"어유, 대공님."

피로가 갑자기 확 달아나는 기분이었다. 저렇게 열심히 자신을 기다리고 있을 줄은 미처 몰랐던 것이다. 그녀는 절레절레 고개를 저었다.

"오늘은 피곤하다고 아까 말씀드렸는데……."

"네가 전해 달라는 말을 들었다."

이글거리는 눈빛과 요염한 자세, 그가 준비한 모든 것들이 확고한 뜻을 전했다.

"운명의 남자는 나뿐이니 평생 나만을 사랑하겠다고 했다지. 그런 말을 전해 들었는데 어떻게 우리가 오늘 밤을 그냥 보낼 수 있겠어."

이를 악물고 말하는 것처럼 진한 감정이 풍겼다. 목이 빠져라 자신을 기다리고 있었을 그를 상상하니 새삼 미안하기도 하고, 조금 우습기도 했다. 비실비실 웃음이 새어 나왔다. 빤히 보이는 모든 행동들이 귀여웠다. 의사는 이제 조심할 필요 없다고 했으니 베아트리체도 이쯤 해서 다시 침실을 합칠 생각이었다.

"저 제대로 씻지도 않고 왔어요."

알렉산드로는 그 말에 빠득 이를 갈았다. 그녀는 목욕하지 않고는 절대로 사랑을 나누는 법이 없었다. 그러니 소세만 하고 왔다는 건 정말로 그냥 잠만 자려던 것이다.

'인정머리라곤 조금도 없군.'

무려 첫날밤인데, 사람이 저럴 수가. 알렉산드로는 피곤하다는 그녀의 말에 처음엔 그냥 그러려니 했다. 하지만 레나가 조용히 다가와 건넨 말에 화르륵 불타오르고 말았다.

─대공님, 전에 제가 왕녀님의 남편이 될 사람이 세 명 더 있다고 했던 건 헛소리였으니까 그냥 잊으세요. 왕녀님은 평생 우리 대공님만 사랑하면서 살 거라고 하시네요!

그러면서 '자신의 운명은 오직 대공님뿐'이라고 했다는 것이다. 베아트리체는 부끄러움이 많은 사람이었다. 특히 타인들 ─ 던칸, 레나 ─ 이 보고 있을 때 애정 표현하는 걸 아주 질색했다. 우리는 부부인데, 남들이 무슨 상관이냐고 아무리 말해도 어처구니없다는 눈으로 자신을 흘겨보기 일쑤였다. 그런 그녀가 레나에게 이런 말을 전해 달라는 건 오늘 밤 함께 사랑을 나누자는 뜻이었다.

'내가 과대 해석을 했던 건가?'

그럴 리가 없다. 순간 베아트리체가 그대로 몸을 돌릴 것처럼 말했다.

"가서 씻고 올게요."

저대로 침실을 나설까, 알렉산드로는 벌떡 일어나 다가가 그녀의 어깨를 붙잡았다.

"아니, 나갈 필요 없다."

그녀는 행동이 굼떴다. 아니, 평소엔 빠릿빠릿한데 씻는 데는 온종일 걸렸다. 그래서 침실 안에 욕조를 놓았다.

"욕조는 여기에도 있으니까."

"어떻게 욕조를 침실에 놓으셨어요?"

침실의 안쪽, 테라스와 가까운 곳에는 두 명이 들어가기에 알맞은 크기의 욕조가 있었다. 침대에서도 보이는 위치였다. 보통은 따로 문이나 벽을 만들지만, 이제 그는 누워서 그녀가 씻는 걸 지켜볼 수 있었다. 아론의 기가 막힌 아이디어였다. 이 왕궁에 그를 데려온 아내의 혜안이 놀라웠다.

"그러려면 이 드레스부터 벗어야겠지."

알렉산드로는 못 들은 척 그녀의 드레스를 벗겨 버렸다. 느긋한 척했으나 마음은 초조했다. 인내심은 자신의 옷을 벗어 던질 때 이미 모두 사라졌다. 장신구를 먼저 벗겨 주어야 했으나, 알렉산드로는 꼭 보고 싶은 광경이 있었다. 머릿속으로 이미 몇 번이나 상상했다. 새하얀 나신으로 이 목걸이와 왕관만을 걸치고 있는 그녀를.

"잘 어울려."

촛불 몇 개만이 안을 비춰 어스레한 가운데, 그녀의 목에 걸린 사피이어 목걸이가 눈부실 만큼 번쩍였다. 자칫 눈이 따가울 만치 광이 번뜩이는 보석들은 그녀의 왕관보다 존재감이 뚜렷했다. 알렉산드로는 하얀 피부 위에 줄줄이 이어진 사파이어를 손끝으로 따라갔다. 세어 보진 않았으나 정확히 36개였다. 이 대륙 그 어디에서도 이만한 보석은 구하기 어렵다. 아마 그들은 그래서 존재했나 보다.

"이 보석은 너를 위해서 있던 거다."

이제야 조금씩 마음이 풀리는 기분이었다. 내색하지 않았으나 알렉산드로는 여전히 복수를 생각하고 있었다. 당한 것은 반드시 갚아 줘야 하니까. 존재하는지 안 하는지 모를 신은 의지할 대상이 아니었다. 권선징악. 그녀의 복수는 바로 자신의 몫이었다.

"창피해요……."

알렉산드로의 짙은 시선이 끈적했다. 그의 눈길이 닿는 머리부터 발끝까지, 물 풀을 뒤집어쓴 것 같았다. 베아트리체는 저도 모르게 두 손으로 몸을 가렸다.

"가리지 마라. 정말 아름다우니까."

저 타오르는 눈빛 때문에 오늘이 첫날밤이라는 사실이 뒤늦게 와 닿았다. 그녀는 부끄러워서 고개를 돌리고 말았다.

"가리지 마."

그녀를 저지한 그의 표정이 사뭇 진지했다. 양 손목을 잡힌 베아트리체는 마른침을 삼켰다.

"더 보고 싶다, 너를."

그의 손에 힘이 들어갔다. 팽팽하게 당겨진 실처럼 긴장된 분위기에 숨조차 크게 쉴 수 없었다. 알렉산드로의 손이 천천히 움직였다. 그저 팔뚝을 타고 어깨를 짚는 동작이었으나 칼끝이 살갗을 스쳐 지나가는 것처럼 찌릿했다. 그가 천천히 한쪽 무릎을 꿇고 앉았다. 그녀의 고개가 그를 따라 점점 숙어지고, 가슴 조금 아래 부분에서 그가 그녀를 올려다보았다.

"네가 너무 그리웠어."

닿기 쉬운 위치에 그의 얼굴이 있었다. 베아트리체는 그의 부드러운 머리카락 사이로 손을 넣었다. 그들이 침실을 따로 쓴 지는 얼마 되지 않았고, 매일매일 식사를 함께하고 시간을 보냈으나…… 그녀는 그의 말을 이해했다.

"머리부터 발끝까지, 네 모든 게 전부 다 그리웠다."

베아트리체는 그대로 그를 끌어안았다. 맨 가슴에 와 닿는 그의 눈썹, 높은 코, 촉촉한 입술이 비벼지듯 움직였다.
"저도 그리웠어요, 알렌."
그녀는 있는 힘껏 그를 끌어안았다.

알렉산드로는 자신의 가슴을 베고 누운 그녀의 손을 만지작거렸다. 같은 왼쪽 손이었으나 아무리 비교해도 자신의 것과는 천지 차이로 달랐다. 손가락은 훨씬 가늘고, 그 촉감은 마치 고운 가루를 뭉쳐 반죽해 놓은 것 같았다. 세게 힘을 주면 뭉그러질 것 같아서 조심해야 했다.
"대공님, 저 목걸이는 하고 다니기엔 너무 무거워요."
자신의 몸 위로 부채처럼 넓게 퍼진 검은 머리카락이 눈에 들어왔다. 베아트리체는 모든 게 그와 달랐다. 단지 외적인 것뿐인가 하면, 성격에는 더더욱 큰 차이가 있었다. 그녀를 보고 있자면 답답해 죽을 것 같다가도 알렉산드로는 자신과의 그 모든 차이점들, 즉 그녀를 이루는 모든 것들이 아주 마음에 들었다. 처음부터 좋았느냐 하면 물론 그건 아니었다. 처음, 그리고 두 번째까지도 그녀의 존재는 자신에게 티끌만도 못했다. 있어도 그만, 없어도 그만인 여자였다.
"목이 떨어지는 줄 알았다고요."

"헛소리. 목이 떨어지기는."

그런데 어느 순간부터인가……. 그게 대체 언제부터였는지는 자각하기 어려웠다. 알렉산드로는 자신이 아닌 타인에게 이만큼 관심을 가져 본 적이 단 한 번도 없었다. 아니, 그 자신에게조차도 이만큼 관심을 기울여 본 적 없었다. 그의 이름은 알렉산드로였지만 그보다는 자신에게 주어진 지위, 그레이엄 가문의 후계자로 더욱 유명했다. 간신히 가문을 벗어나자 난세에 나타난 영웅이 되어 있었다. 그 자신의 목적과는 달리.

결국 알렉산드로는 알렉산드로로서 살지 못했다. 그녀를 알기 전까지는.

"대체 어디서 저런 보물을 구하신 거예요?"

베아트리체 역시 구정물 같은 인생을 살아왔다. 알렉산드로 자신만큼이나 뿌연 안개 같은 과거를 가진 여자를 알게 되었으나, 바로 그 순간부터 흐릿했던 그의 삶은 달라지기 시작했다.

"보물은 여기 있던 거다. 다만 아무도 몰랐던 거지."

왕국의 왕녀와 제국 대공의 국혼. 사람들은 각각 정점에 위치한 두 인물의 운명적인 만남이라고 했지만 알렉산드로는 그저 삶의 동반자를 만났을 뿐이다. 그것이 정략결혼이든, 국혼이든, 달과 별 아래 허허벌판에서 서로의 사랑을 확인했던 그날 밤이든, 예식은 그에게 별 의미 없었다. 하지만 알렉산드로는 가장 빛나는 자리에서 그녀를 맞이하고 싶었다. 모두에게 똑똑히 보여 주고 싶었다.

"그건 영원히 네 거야. 네가 죽으면 무덤에 같이 묻힐 거다. 아무한테도 남겨 줄 필요 없어."

그는 자신에게 벌어진 일에 악의를 품어 본 적 없었다. 하지만 자신보다 소중한 여자에게 벌어진 일에는 악의를 품게 되었다. 독이 묻은 화살은 모두에게 향했고, 물론 과거의 자신에게도 겨누어졌다. 그래서 그는 다시 한번 다른 사람이 되어 살기로 했다. 알렉산드로가 아닌 제국의 황제로.

"겨우 목걸이 하나에 그리 놀라선 안 돼. 앞으로는 더 많은 걸 갖게 될 테니까."

그녀는 세상을 발밑에 두어야 한다. 그녀는 그럴 자격도 있고, 돌려받아야 하고, 또한 되돌려 줘야 한다. 남들에게 비웃음을 사던 날들, 사실이 아닌 거짓에 고통받아야 했던 시간들, 무서운 눈초리들, 죽창 같은 목소리들.

"이 대륙의 역사에서 그 어떤 여자도 너보다 더 많은 것을 갖지는 못할 거다."

알렉산드로는 복수해 주고 싶었다. 자신이 모르는 그녀의 지난날, 많은 것을 빼앗겼던 과거를.

"넌 모든 걸 갖게 될 거야. 내가 이 세상을 네게 줄 테니까."

베아트리체는 그의 복근을 짚고 몸을 일으켰다.

"……대공님, 저한테 솔직히 말해 보세요."

아직 사위는 어두웠다. 하지만 사파이어와 똑같은 색을 가진 아름다운 그의 눈동자는 구별할 수 있을 정도였다.

"저 목걸이 진짜 어디서 난 거예요? 자꾸 이러시니까 찜찜해서 두 번 다신 못 하겠어요."

"그럼 하지 마. 어디 처박아 두고 갖고만 있든가. 네 마음대로 해."

알렉산드로는 자신의 얼굴과 목 위로 쏟아지는 그녀의 머리카락을 손으로 쓸다가 단번에 뒷머리를 휘어잡았다.

"아!"

고개가 살짝 뒤로 꺾이자 가는 목선이 그의 눈앞에 드러났다.

"한 번 더 하자."

그 아래로는 두드러진 쇄골과 꼿꼿이 선 유두가 유혹하듯 불거져 있었다. 저것을 입에 넣어야겠다. 알렉산드로는 급히 상체를 일으켜 그녀의 위를 점령했다. 푹신한 침대가 등에 닿았으나 베아트리체는 미처 이를 느낄 새도 없었다.

"악! 아파요!"

가슴을 꽉 움켜쥔 드센 손길에 베아트리체는 소리를 내질렀다. 하지만 잔뜩 흥분한 그는 이마저도 못 들었는지, 예민한 돌기를 유린하는 혀에 힘이 들어가 있었다. 강하게 빨아들이는 입술과 스치듯 닿는 딱딱한 치아에 정점이 뭉개질 것 같았다. 베아트리체는 그의 어깨를 마구 두드렸다.

"아파, 아파요!"

그는 멈추지 않았다. 악력은 줄어들었지만 조금도 멈출 기미가 없었다. 그는 첫날밤에 잔뜩 취해 있었다. 결국 그녀는 옆에 있던 쿠션을 집어 그의 어깨와 목, 얼굴을 가리지 않고 내려쳤다.

"그렇게! 하면! 아직! 아프다고! 내가! 말했는데!"

신나게 알렉산드로를 때리자 좀 분이 풀렸다. 순순히 맞아 주었기에 베아트리체는 씩씩거리며 그를 노려보았다.

"아프다고 했잖아요!"

금방 순해진 알렉산드로가 변명하듯 말했다.

"아까는 좋아하던데."

"아까는 한참…… 그랬던 중이었고!"

으휴! 한숨을 내쉬며 몸을 일으킨 그녀가 발밑에 떨어져 있던 드레스를 들어 올렸다. 무심한 얼굴로 볼썽사납게 구겨진 걸 이대로 입을 수 있을지 들여다보며 툭 내뱉었다.

"아무래도 침실을 합치는 건 다시 생각해 볼래요."

깜짝 놀란 그가 그녀의 팔을 잡았다.

"실수했다. 미안해. 조심하려고 했는데 잠시…… 눈에 보이는 게 없었어. 1년 만이잖아."

하지만 매몰차게 등을 보이고 돌아선 베아트리체는 그대로 다시 드레스를 입기 시작했다. 이대로 자신의 침실로 돌아갈 생각인 것이다. 알렉산드로는 얼른 그녀를 뒤에서 껴안았다. 그녀가 꼼짝하지 못하게 두 팔로 꽁꽁 싸매고 목덜미에 얼굴을 묻었다.

"네가 정말 그리웠다……."

그의 팔을 풀어내려 낑낑거리던 베아트리체는 그 말에 모든 행동을 멈췄다. 신방에 어울리지 않는 고요하고 쓸쓸한 침묵이 내려앉았다. 이제 막 부부로서 시작된 두 남녀의 풋풋하고 설레는 감정이 아니었다. 넘쳐흐를 만큼 농익어 서로를 잔뜩 물들인 두 사람의 관계는 첫날밤에는 어울리지 않았다. 알렉산드로는 지금 이 순간이 바로 기회라는 것을 깨달았다. 본능이 말해 주었다. 그녀에게, 그리고 자기 자신에게 솔직할 수 있는 기회였다.

"내 부친과 시간을 보내 주어 고맙다."

오늘은 완벽하게 발가벗은 그의 속내를 전부 뒤집어 낱낱이 보여 줄 수 있는 첫날밤이었다.

"친자식인 나도 못 하는 걸 네가 그렇게 해 줄 수 있다는 게 놀랍고…… 고마워."

베아트리체는 미세하게 떨리는 그의 목소리를 듣고 몸을 돌리려 했다. 얼굴을 마주하고 싶었지만 알렉산드로는 이를 허락하지 않았다.

"쌍둥이를 낳아 주어서 그것도 정말 고맙고. 나를 똑같이 닮은 2세를 네가 낳았다는 것도 여전히 놀랍다."

말소리는 계속해서 등 뒤에서 들려왔다.

"살아 있는지도 몰랐던 내 누님과 친해질 수 있었던 것도."

알렉산드로는 지그시 눈을 감았다. 그녀에게 고마운 일은 한두 개가 아니었다. 그는 어머니의 일기장을 찾았던 그날, 줄리아와의 만남을 떠올렸다.

"내가 잘못된 선택을 하려 했을 때 나를 말려 주었던 것도……."

"우리 얼굴 보고 얘기해요."

"그런데 참 이상하지."

"대공님……."

"다재다능한 네게 눈이 가면서도, 네가 그런 재능을 가진 게 정말 싫다. 주위 많은 이들을 챙겨 주는 네가 고마우면서도, 그들에게 심하게 질투가 나."

알렉산드로는 설마 자신이 이 모든 것을 털어놓을 날이 올 줄은 몰랐다. 첫날밤은 그런 날이었다.

"겨우 누님이 했던 말 때문에 이러는 게 아니야."

책임감이 강한 그녀가 쌍둥이를 두고서 다른 남자에게 눈길을 돌릴 일은 없을 것이다.

"너처럼 아름다운 여자를 아내로 두고 어떤 남자가 걱정하지 않을 수가 있을까?"

하는 이나, 듣는 이나 가슴이 터질 것 같은 뜨거운 고백이었다.

"차라리 누가 하는 말처럼 내 눈에 뭐가 씌어서 내게만 예뻐 보였으면 좋았을 텐데, 내가 무슨 별종도 아니고 내 눈에만 예뻐 보일 리가 없지 않으냐?"

알렉산드로는 자신 또한 그저 평범한 남자 중의 한 명일 뿐이라 생각했다.

"모두들 곁에 있고 싶어 하는 네가 빛나는 사람인 것을."

사랑은 사람을 눈멀게 한다고 했지만 그는 눈이 멀어도 좋으니 평생 사랑에 빠져 있고 싶었다. 마법 같은 감정이었다.

"사랑한다. 정말 많이……."

언제라도 황홀한 말이지만 이 순간은 특별했다. 매번, 매 순간 별것도 아닌 매일 같은 시간을 특별하게 만들어 주는 이 뜨거운 감정은 그 자체로 축복이었다. 사랑한다, 사랑하고 있다, 사랑하고 싶다. 사랑이 어떤 감정인지, 그것을 나눌 상대가 있을지도 확신하지 못했던 과거에는 상상조차 하지 못했다. 사랑한다는 말을 매번 진심으로, 숨 쉬듯 할 수 있는 사람을 만나리라고는. 감동에 젖어 눈물이 찔끔하던 그 순간.

"너무 자주 고백해서 쉬운 남자라고 생각하는 건 아니겠지."

변명하듯 중얼거린 낮은 목소리에 베아트리체는 피식 웃고 말았다.

"아……."

이 귀여운 남자.

"대공님, 우리 얼굴 보면서 얘기해요. 보고 싶어요……."

그녀가 자신의 품을 벗어나려 몸부림을 치자 알렉산드로는 모르는 척 더욱 세게 끌어안았다. 아예 긴 머리칼에 얼굴을 파묻고 눈을 꼭 감았다. 감정을 모두 털어놓아 후련하긴 했지만 얼굴이 화끈거려서 도저히 아내를 볼 수 없었다. 출산한 지 몇 개월 되지도 않은 아내에게 질투가 난다는 둥 왜 자꾸 헛소리를 해 댄단 말인가! 멍청이 같은 놈이라고 아마 욕을 하고 있을 것이다. 그가 평생 들어 오기를, 남자는 가족을 책임져야 할 가장으로서 슬픔과 두려움을 표 내지 말아야 하며 특히 부인 앞에선 남자답고 근엄하게 모든 의사 결정을 이끌어야 한다 했다. 의지할 수 없는 연약한 모습을 보여서는 안 되었다. 그 역시 기댈 수 없는 나약하고 모자란 남자로 그녀의 옆에 있고 싶지 않았다.

하지만 자신의 온갖 감정이 베아트리체에게 자꾸만 드러났다. 감출 수가 없었다. 사랑하는 사람에게 자신을 표현하려는 욕구는 도저히 숨겨지지 않았다. 이 간극이 갈수록 커져서 고민이었다.

"아이참, 얼굴 좀 보자니까요."

"지금은…… 창피해서 안 돼."

그 순간 크게 웃음을 터뜨린 그녀의 몸이 떨렸다.

"뭐가 창피해요, 귀엽기만 한데."

"귀엽다고?"

알렉산드로는 어리둥절했다. 게다가 참 이상하게도 그 말이 나쁘게 들리지 않았다. 의젓한 남편이 되고 싶었지만 아내에게 귀여움을 받는 것도…… 그리 나쁘진 않을 것 같았다.

'누가 나를 귀여워해 준단 말인가.'

이 세상에 오직 아내뿐이었다. 그렇게 생각하니 꽤 괜찮았다. 그녀에게 받는 칭찬과 응원, 사랑만큼 기분 좋은 게 없었다. 귀여움도 그 비슷한 맥락으로 들렸다.

"그래도 네게 듬직해야 할 텐데. 남자답게."

"어휴, 충분히 듬직해요. 그리고 전 남자다운 거 정말 싫어요."

"싫다고?"

"네, 싫어요! 지금의 대공님이 좋으니까 괜한 고민하지 마시고 셋 셀 동안 이거 놓으세요. 아니면 앞으로 1년간 절대로 침실을 합치지 않을 거예요."

단호한 목소리에 그의 팔이 조금 느슨해졌다.

"하나, 둘, 셋."

재빠른 속도에 경악한 그가 깜짝 놀라 얼른 몸을 돌렸다.

"그렇게 빨리 세는 게 어디 있어?"

"여기요."

알렉산드로는 헤실헤실 웃고 있는 그녀를 보고 저도 모르게 미간을 찌푸렸다. 대조적으로 그는 심각했다.

"설마…… 진심은 아니겠지?"

어쩌면 너무 제멋대로 굴어 귀찮고 짜증이 났을지도 모른다. 분명히 오늘은 피곤하니 아무것도 기대하지 말라고 했었는데, 알렉산드로는 모르는 척 신방을 그런 분위기로 꾸며 놓고 거사도 이미 치른 뒤였다.

"당연히 농담이었어요."

베아트리체는 주름진 그의 미간을 더듬었다. 그녀의 목소리가 전에 없이 부드럽고 상냥했다.

"저도 대공님이 없으면 못 살겠는걸요. 오늘부터 다시 함께 침실을 쓰자고 하려고 했어요."

그에게서 한껏 안도한 한숨이 새어 나왔다.

"사람을 들었다 났다 하면서 자꾸 이렇게 애간장을 태우고……. 상식적으로 숫자를 겨우 셋만 불러 놓고 그렇게 빨리 세는 게 어디 있나?"

그 말에 다시 웃음이 터진 그녀는 알렉산드로의 가슴을 뒤로 밀었다. 순순히 밀려난 그를 자신의 옆에 눕힌 뒤, 살금살금 그 위를 타 올랐다. 그녀의 무릎이 그의 물건을 스쳤다.

"아……."

도발적으로 씩 웃고 있는 베아트리체와 눈이 마주치자, 알렉산드로는 이게 지금 꿈인가 생시인가 했다.

'이런 표정도 지을 줄 아는 여자였나?'

정말 이런 눈빛을 할 줄 아는 여자였던가?

"그럼 대공님이 세 보세요. 천천히."

이 여자가 자신이 알던 그 여자가 맞는가 의심이 되었지만 차마 묻지 못했다. 그랬다간 다시 원래대로 돌아갈 것만 같았다. 서로에게 시선을 단단히 고정한 채, 그녀의 몸이 점점 아래로 내려갔다.

"빨리 세 보세요."

자신의 쇄골에서부터 복근을 지나 바로 그곳까지 가는 내내 그녀의 머리카락이 몸을 쓸었다. 간지러울 만큼 얕은 움직임이었으나 그에게는 못 견디게 자극적이었다. 저절로 침이 꿀꺽 넘어갔다. 그러자 그의 목울대가 크게 울렁였다. 무슨 말을 꺼냈다가는 이대로 멈출 것만 같아서 그는 숨까지 멈추고 긴장해 있었다.

베아트리체가 한 손으로 머리카락을 쓸어 반대로 넘겼다. 그러자 검은색 실크 같은 물결이 옆으로 쏟아졌다. 동시에 부드러운 곡선을 그리는 목과 어깨, 쇄골과 그 아래 앵두 같은 정점이 나타났다. 그 일련의 모습에 알렉산드로는 눈을 뗄 수가 없었다. 작은 손이 부드럽게 그의 기둥을 어루만지자 금방 뻣뻣하게 힘이 들어갔다. 시선이 마주치자 매혹적인 미소가 걸린 입술이 천천히 벌어졌다. 믿을 수 없게도, 그 사이에서 분홍색 혀가 먼저 나타났다. 그녀의 혀끝이 바로 가장 민감한 그 위에 닿으려는 순간이었다. 알렉산드로는 재빨리 상체를 일으켰다. 그녀의 허리를 붙잡아 자신의 옆에 누인 그는 멍한 얼굴로 중얼거렸다.

"아무래도 넌 베아트리체가 아닌 것 같다."

맞다면 그녀가 변한 것이다. 그녀가 이렇게 변했다면 정말 신께 감사할 일이다. 기적 같은 변화가 그녀에게 찾아온 것이다. 하지만 알렉산드로는 도저히 믿을 수가 없었다.

"정말 내 부인이 맞나?"

"풋, 저 맞아요."

"그럼 우리 둘만 아는 걸 얘기해 봐."

"뭘 말할까요?"

"내가 처음으로 사 줬던 선물."

제법 어려운 질문이었다. 베아트리체는 골똘히 생각에 잠겼다. 그냥 줬던 선물이라면 값비싼 물통도 있었지만 사 준 건 아니었다.

"루비 목걸이……?"

그러자 알렉산드로가 무섭게 정색했다.

"역시 넌 베아트리체가 아니로군."

그가 슬그머니 상체를 일으키고 어지러운 눈빛으로 이마를 감쌌다.

"내가 처음으로 사 줬던 건 카나리아 머리끈이다."

"그거 저한테 안 주셨잖아요……."

하지만 그는 들은 척도 하지 않았다.

"그 정원에서 함께 대화를 나눴던 일이 아직도 내 기억에 생생한데, 대체 넌 누구길래 내 아내의 얼굴을 하고 감쪽같이 날 속이려고 드는 것이냐?"

베아트리체는 입을 떡 벌린 채 그가 하는 말을 들었다.

"내 아내는 그런 간드러지는 목소리는 내지 못해."

더없이 진지한 표정을 보니 진짜 의심을 하는 것 같았다.

"요즘 들어 이상한 사상을 가진 사람처럼 말도 안 되는 것들을 해 달라 말하고."

거기까지 말하니 정말 심장이 두근거렸다. 베아트리체는 싸늘한 그의 눈빛에 절로 몸이 움츠러들었다. 잔뜩 굳은 그의 얼굴에서 무정한 입술만 움직였다.

"너 혹시."

그리고 그녀가 가장 염려하던 충격적인 물음이 뒤따랐다.

"마녀인가?"

"……!"

평범한 남자가 저런 오해를 했다면 콧방귀를 뀌었겠지만 알렉산드로는…… 그가 정말로 자신을 마녀라고 생각한다면 화형을 당할지도 모르는 일이었다. 어떻게 자신을 입증해야 하는가. 놀란 머릿속에는 당장 떠오르는 게 없었다. 날카로운 그의 눈빛에 뻣뻣이 굳은 그녀가 어깨를 떨었다. 그러자 알렉산드로는 피식 웃으며 그녀의 손을 붙잡았다.

"내 농담은 재미가 없었나? 네가 한 건 재밌었는데."

여전히 충격에서 벗어나지 못한 듯 베아트리체는 말을 잇지 못했다.

"장난이었어. 뭘 그렇게 놀라고 그래."

"그야 당연히…… 다른 사람도 아니고…… 대공님이니까요."

"내가 왜."

침대 위를 헤매던 시선은 뒤늦게 그를 응시했다.

"저를 진짜 마녀라고 생각해서 화형이라도 시키면 어떡해요."

상상만 해도 끔찍한 일이다. 그녀의 목소리가 떨렸다.

"아기를 낳으면서 생각이 많이 바뀌었을 뿐이에요. 전 마녀가 아니니까 제발 그런 오해는……."

"지금 내가 섭정공 그레이엄인가?"

툭 말을 끊은 알렉산드로는 장난스러운 표정을 멀끔히 지웠다.

"아니면 기사 출신의 대공? 그레이엄의 후계자?"

베아트리체는 그가 원하는 대답이 무엇인지 알면서도 쉽게 입 밖으로 낼 수 없었다. 그가 황위를 원하기 때문이다. 그건 매우 갑작스런 결정이었다. 조금도 관심이 없는 것처럼 보였는데, 어느 순간부터 그는 위만 바라보며 달려가고 있었다. 타오르는 불에 달려드는 나방처럼 오로지 그 목표를 위해서 의지를 불태웠다. 그녀는 알렉산드로가 갑자기 왜 황제가 되겠다고 결정했는지 그 이유를 전혀 몰랐다.

"설령 네가 진짜 마녀라 하더라도 어쩌겠어. 내가 네 남편인데."

그는 다시 손을 뻗었다. 그녀의 고개를 자신에게 기대게 만든 뒤, 어깨를 감싸 안고 천천히 도닥였다. 짧은 한숨과 어울리지 않는 자상한 말이 함께 나왔다.

"앞으로 우리가 있을 곳이 어디든 그건 절대로 변하지 않을 거다. 내가 뭐라고 불리든 그 이전에, 난 항상 네 남편이야."

"……갑자기 황제가 되겠다는 결심은 왜 하신 건데요? 저한테도 얘기해 주시면 안 되나요?"

알렉산드로는 자신의 얘기는 별로 입에 담지 않았다. 조르고 졸라야 속마음을 말했다. 그건 베아트리체 역시 마찬가지였으나, 그녀는 이제 자신이 그리는 것들을 함께 공유하고 싶었다. 하지만 이와 별개로, 태어나길 귀족이 아니었기에 그녀는 정치에 대해서 아는 게 별로 없었다. 영주들과 어떤 마찰이 있는지 등 정쟁에 대해서 조금씩 배워 가는 중이었다. 그러니 그가 말하기 싫다면 존중해야 한다고 생각했다. 그건 그의 영역이니까.

"저랑 그런 얘기는 하기 싫으세요?"

예상과 달리 대답은 의외로 쉽게 나왔다.

"너를 황후로 만들고 싶어서."

그는 말하기 싫었으나 그녀에게 오해를 받는 건 더더욱 싫었다.

"내가 다시 그레이엄이 되기로 한 건 너 때문이다. 지금 이 왕궁에 있는 것도, 장차 황궁에 가려는 것도 전부 너 때문이지."

베아트리체는 휘둥그레진 눈으로 그를 올려다보았다.

"이제 서로를 오해하는 건 질색이야."

모든 걸 말해 주겠다는 뜻이었다. 알렉산드로는 더 편하게 자리를 잡았다. 침대 헤드에 등을 기댄 채, 그녀의 손에 깍지를 끼고 진중한 목소리로 본심을 전부 털어놓았다.

"네가 과거에 당했던 모든 일에 복수하기 위해서다. 왕이든, 너를 조롱하던 이들이든."

알렉산드로는 그녀가 국왕의 핏줄이 아닐 거라고 확신했다. 글자를 읽고 쓰는 노예였기에 눈에 띄어 왕궁에 끌려왔다는 게 오히려

신빙성 있었다. 하나 그건 그가 사랑하는 그녀의 재주 중 하나였다. 작은 손으로 써 내려가던 예쁜 글자에 마음이 설레어 호르헤에게 보내야 하는 편지를 일부러 며칠씩 갖고 있기도 했었다. 베아트리체는 바로 그 이유로 베아트리체가 되었으며, 원치 않는 남자와 살아야 했고, 석녀라고 조롱당해야 했다.

그는 이 왕궁에 와서야 비로소 그녀의 모든 것을 이해했다. 머리를 기르지 않고 소년처럼 옷을 입었던 클로이가 결혼에 그토록 소극적일 수밖에 없던 심정을. 그래서 알렉산드로는 베아트리체를 지고한 자리에 앉혀 주고 싶었다.

"네가 황후가 되고 이 세상의 모든 걸 손에 넣는 모습을 보면 내 화가 풀릴 것 같아."

어두운 와중에 들린 낮은 그의 목소리 때문에 한기가 돌았다.

"억울하고 분한 마음이 좀 가실 것 같다."

자신을 안고 있는 알렉산드로의 손과 뺨에 닿는 그의 피부가 다른 사람처럼 어색하게 느껴졌다.

"제가…… 그런 걸 해 달라고 한 적 없잖아요."

아무리 사랑하는 남자라 해도, 서로 다른 환경에서 자라 온 타인이라는 사실을 그녀는 절실히 깨달았다.

"대공님의 복수심 때문에 저보고 황후가 되라니, 전 바라지도 않아요."

쌍둥이를 가졌다는 사실을 알고 얼마 되지 않아서, 삶이 원망스럽다며 분노하던 그의 모습이 떠올랐다. 알렉산드로는 진심으로 악에 받쳤던 것이다.

"대공님이 이런 마음인 줄 알았으면 절대로 이 왕궁에 돌아오지

앉았을 거예요."

그녀는 몸을 비켜섰다. 그가 낯설게 느껴졌다. 마치 줄리아를 죽이려던 그날처럼.

'인생의 절반을 전쟁터에서 기사로 살아온 남자니까.'

그래서 당한 만큼 갚아 주겠다는 복수를 꿈꿨는지도 모른다.

"왜? 드레스도, 보석도, 다 좋아하잖아."

"선물받은 건데 싫어할 사람이 어디 있어요?"

그렇게 대꾸를 하긴 했지만 그녀는 영 마음이 좋지 않았다.

'길버트를 죽인 건 대공님이라고 했지.'

길버트는 원래 말이 많은 남자였다. 그가 뭐라고 떠들다 죽었는진 몰라도 뭔가 큰 얘기를 들은 게 분명했다. 착잡한 기분에 한숨이 나왔다.

"왜 그래. 괜히 말했나?"

"그냥 속상해요. 전부 지난 일인데 저 때문에 그런 생각을 하셨다는 게."

"왜 네 탓을 해? 내가 결정한 일인데."

그의 말에는 어폐가 있었다. 베아트리체는 속상한 마음보다 실망이 더 컸다.

"저는 결혼도 했었고, 노예였고, 불임이라 의심도 받았었고, 흠이 가득하니까. 그래서 복수하고 싶으신 거잖아요."

"절대로 아니야."

단호한 대답에도 그녀는 영 이해할 수가 없었다.

"그럼 왜요?"

당사자는 바로 자신인데, 고작 그의 복수심 때문에 여기까지 끌려온 기분이었다.

"과거에 무슨 일이 있었든 저는 저예요. 있었던 일을 지워 버릴 수는 없어요. 과거가 어쨌든 저는 제가 좋아요. 저라서 좋고, 저로 태어나서 좋다고요."

노예로 눈떴지만 그래도 버릴 수 없을 만큼 그녀는 자신을 사랑했다. 삶에는 실망스러운 일도 많았지만 그것을 이겨 낼 수 있는 일도 가득했다. 그녀에게 세상은 그만큼 아름다운 곳이었다.

"대공님이 어떤 식으로 갚아 주든 저한테 바뀌는 건 없어요. 복수심은 대공님만 괴로울 뿐이에요. 그렇게 자신을 괴롭히지 마세요……."

그를 존중했다. 어떤 방향으로 앞장서서 자신을 데려가든지, 귀족으로 살았으니 그게 익숙하리라 생각하고 묻지 않았다. 황제는 이 제국의 정점이었다. 수많은 목숨이 그에게 달려 있었다. 그들의 삶이 자신처럼 고되고 힘들어질 수도, 어쩌면 자신보다 훨씬 나은 삶을 살 수도 있었다. 그런 자리를 꿈꾸는 만큼 응당 그에 맞는 동기가 있으리라 짐작했다.

"하지만 평생의 목표를 이루고자 하는 그 마음이 고작 복수심이라면…… 대공님을 움직이는 게 그런 치졸한 감정이라면 제가 사람을 잘못 봤어요."

"널 모욕하던 이들에게 전부 갚아 주는 게 내 목표가 맞아. 치졸해도 어쩔 수가 없다. 내 결심은 바뀌지 않을 테니까."

가만히 그를 들여다보던 베아트리체는 조금 낮은 목소리로 중얼거렸다.

"그럼 저는 여전히 대공님께 노예나 다름없네요."

알렉산드로는 눈썹을 구겼다. 그녀의 양어깨를 붙잡아 시선을 돌렸다.

"지금 무슨 말을 하는 거지? 아직도 네가 노예라고 생각하나? 설마 그래서…… 노예를 해방시켜 달라는 건가."

그러자 원망스러운 그녀의 눈빛이 그를 스치고 지나갔다. 더 이상 말하기 싫은 사람처럼 입을 꾹 다물었다. 알렉산드로는 긴 한숨을 내뱉었다.

"네가 이러면 난 잠을 못 잔다. 제발 말을 해. 게다가 오늘은 우리 결혼식인데."

"이래서 다신 결혼하고 싶지 않았어요."

"뭐?"

"노예는 그저 신분이지만, 이 신분이 없어져도 노예는 여전히 어디에나 있을 테니까요."

도무지 이해할 수 없는 말에 알렉산드로의 미간이 더욱 좁아졌다. 그녀의 어깨를 잡은 두 손에 힘이 들어갔다. 그러자 무표정한 얼굴이 그를 응시했다.

"바로 저 같은 여자들이요."

알렉산드로는 찬물을 뒤집어쓴 기분이었다. 바로 그녀가, 자신의 머리 위에서 한가득 찬물을 들이부었다. 시린 기운이 그를 잠식하고, 정신이 번쩍 들었다.

"아무리 높은 신분을 가졌다 한들 여자는 결혼하면 결국 남편의 노예처럼 살게 돼요."

덤덤한 그녀의 목소리는 알렉산드로에게 매서운 채찍질처럼 느껴졌다.

"제 의사는 중요치 않고, 의견은 무시당하고, 대를 이을 아들을 낳지 못하면 쓸모가 없죠."

"……!"

지금 베아트리체가 말하는 건 그녀의 과거였다. 바로 그가 부정하던 모욕적인 과거. 그것을 자신이 되풀이하고 있었다. 그녀를 모욕하고 있었던 것이다.

"왕녀가 되는 것도, 귀부인이 되는 것도 바라지 않았어요. 여자로서가 아니라 그냥 한 사람으로서 살고 싶었으니까요."

"……."

"그런데 굳이 신분을 돌려주고 저를 존중하겠다는 맹세는 왜 하셨나요?"

막힌 둑이 뚫린 것처럼 줄줄 흘러나온 그녀의 말에 알렉산드로는 놀라고 말았다. 그녀의 말은 충격적이었고, 한 마디 한 마디가 거세게 와닿았다.

'참 대단한 첫날밤이군.'

아마 신부에게 이런 말을 듣는 신랑은 자신밖에 없을 것이다. 이상하게도 속은 후련했다. 짧은 침묵이 맴돌았다. 그리 울적한 분위기는 아니었다. 그들에겐 서로의 생각을 맞춰 나갈 기회가 아직 있었다. 그 사실을 둘 다 잘 알고 있었다. 하지만 알렉산드로는 답지 않게 의기소침했다.

"그래서."

조심스런 그의 목소리가 그녀를 흔들었다.

"나 같은 남자와 결혼한 걸…… 후회하고 있나?"

물론 후회한다고 되돌려 주진 않을 테지만 그래도 걱정이 되었다. 알렉산드로는 그녀에게만은 좋은 사람이고 싶었다. 다행히 그녀의 답변은 조금 전의 대화에 어울리지 않게 발랄했다.

"에이, 그럴 리가 있어요."

베아트리체는 그의 허리를 꼭 끌어안았다. 그녀의 볼이 그의 가슴팍에 닿았다.

"후회했다면 애초에 이런 말을 꺼내지도 않았어요."

"그리고 나와 말을 하지 않으려고 했지."

"또 싸울까 봐 그랬죠. 우리 너무 자주 싸우는 거 같단 말이에요."

"우리가 언제 다툼이 있었나. 난 일방적으로 혼나기만 했는데."

말해 놓고도 그는 피식 웃음이 터졌다. 이런 짧은 말싸움, 혹은 일방적인 꾸지람이 어쩐지 끝이 아니리라는 예감이 들었다. 알렉산드로는 이 과정이 싫지 않았다.

"아무튼 무슨 말인지 알겠다."

가볍게 한숨을 내쉬자 속이 다 시원했다. 결론은 처음부터 딱 하나였다. 약간의 반항을 하긴 했지만 그에겐 이미 정해진 길이었다.

"아무래도 내가 더 노력을 해야겠군."

그는 이미 많은 것들이 변했다. 지금도 변해 가고 있으며, 앞으로도 변할 것이다.

―지금처럼 자상하게 그분을 아껴 주셔야 합니다.

다정하고 부드러운 아버지, 그런 남편. 그는 점차 자신이 어릴 적 꿈꾸었던 사람이 되어 간다는 사실이 느껴졌다. 어린 알렉산드로가 그랬듯이, 부인과 아이들은 그런 사람을 원하고 있었다. 사랑하는 이들에게 사랑받기 위해서라면, 그들을 행복하게 해 줄 수만 있다면 알렉산드로는 뭐든 감수할 수 있었다. 이런 변화는 오히려 기꺼웠다.

"내가…… 황제가 되지 않기를 바라나?"

그건 황후가 되고 싶지 않냐는 물음과 상통했다. 베아트리체는 어깨를 으쓱했다. 알렉산드로는 저도 모르게 흔들리는 가슴에 시선을 뺏겼다가 뒤늦게 다시 눈을 맞췄다. 지금은 그런 분위기가 아닌데 신체가 그를 배신했다. 다행히 눈치채지 못한 그녀는 진지한 목소리를 이어 나갔다.

"저는 프레디가 황제가 되지 않아도 돼요. 아스트리드가 그저 평민이라도 상관없어요. 그 애들은 아직 어리니까 어차피 아무것도 모를 거예요."

"쌍둥이 말고 너 말이야. 너는 내가 황제가 되지 않았으면 좋겠느냐고."

낮은 목소리가 그녀를 채근했다. 하지만 베아트리체는 딱히 그가 뭐가 되려 하든 상관없었다.

"대공님 인생인데 제가 뭐라고 해요? 그냥 원하는 걸 하면서 사세요. 저도 계속 그렇게 살 거니까 뭘 하시든 사실 상관없어요."

"……."

그가 어처구니없는 눈으로 쳐다보니 그녀가 번쩍 손을 들어 보였다.

"단, 당사자인 제가 원치 않는 복수는 이제 그만하시고요."

알렉산드로는 그녀를 따라 어깨를 으쓱했다. 복수는 사실상 전부 끝난 상황이었다. 제국의 대공과 왕국의 왕녀. 전 대륙을 들썩이게 만든 국혼. 그것이 그들의 첫날밤이었다.

자신을 여기까지 끌어들이고, 모든 일을 이렇게 벌여 놓고 지금 무슨 헛소리를 하느냐고 화를 낼 수도 있었지만 베아트리체는 그렇게 하지 않았다. 그녀는 폈던 손가락 다섯 개 중에 엄지를 접었다.

"1번, 전처럼 소박한 집에서 산다. 그럼 저는 약초꾼으로 다시 이름을 날리면 되죠. 전 그것도 좋아요. 개도 키우면서. 왕궁에선 개를 키울 수 없잖아요."

그녀는 섭정공, 대공, 기사, 그레이엄의 후계자가 아닌 알렉산드로를 바라보고 있었다.

"2번, 이 왕궁에 계속 있는다. 그럼 저는 왕녀로서 다시 교육원을 세우는 데 열중할 거고요."

그의 말대로 남편은 많은 책임을 떠안은 권력자가 아니라, 알렉산드로였다. 사랑하는 남자의 행복을 위해서 그녀는 일부러 가벼운 어투로 세 번째 손가락을 접어 내렸다.

"3번, 황궁에 간다. 그럼 저는 황후가 돼서, 더 많은 사람들이 행복한 세상을 위해 열심히 신전을 따라다니면서 아버님께 아부를 떨겠죠."

경쾌한 그녀의 목소리는 그를 피식 웃음 짓게 만들었다.

"그게 네가 원하는 건가?"

알렉산드로는 그녀가 노예 해방 같은 헛소리를 소원이라고 말했던 이유를 이제야 알 것 같았다.

"더 많은 사람들이 행복한 세상."

"네."

죽은 사람에게 하는 복수보다는 건설적인 꿈이지만, 그에게는 아직 먼 곳에 있는 낯선 이념처럼 들렸다. 하지만.

"그게…… 진심으로 네가 원하는 거라고."

베아트리체는 두말하지 않고 네 번째 손가락을 접었다.

"4번, 남쪽에 있는 그레이엄 영지에서 바나나 농장을 운영한다."

바나나 농장은 남쪽에서 유행처럼 번진 농작물이었다. 알렉산드로는 커다란 웃음을 터뜨렸다.

"하하하! 그건 대체 어디서 들었지?"

"저도 다 소식통이 있어요. 그리고 아직 하나 더 남았어요."

"나 참."

피식피식 웃음이 새어 나왔다. 이제 와서 모든 것을 버리고 돌아설 수는 없었다. 그도, 그녀도 아주 잘 알고 있었다. 그런데도 그녀가 자신에게 제안한 무책임한 답변들은 사랑스러웠다. 여러 가지 대답이 있었겠지만 알렉산드로는 그녀가 택한 뻔뻔한 선택지가 아주 마음에 들었다. 그레이엄 대공도, 기사단장도, 섭정공도 아닌 알렉산드로를 사랑한다는 멋진 대답이었다.

그가 가진 것을 떠나서 있는 그대로의 자신을 온전히 받아들이는 건 세상에 이 여자 하나뿐이었다.

사랑스럽다. 입 맞추고 싶다.

그녀의 온몸에 내 것이라는 진한 자국을 남겨 두고 싶다.

"5번, 전에 살던 집으로 돌아가서…… 읍!"

그는 자신이 원하는 것을 하기로 결정했다.

"……그래서 물자 교류 요청서가 쏟아지고 있지. 그들이 제일 관심을 가지는 건 사치품이야. 아무래도 몇몇은 통일 후에 수도 귀족

들처럼 정쟁을 하면서…….”

그는 감길락 말락 하는 그녀의 눈앞에서 손가락을 튕겼다. 딱, 소리와 함께 베아트리체의 놀란 두 눈이 번쩍 뜨였다.

“아이, 깜짝이야!”

“자지 마. 안 돼. 일어나.”

그녀가 침대 시트를 끌어안은 채 투정 부리듯 말했다.

“이제 정말 피곤해요…….”

“네가 왜?”

그가 자신의 팔을 베고 누워 있는 그녀를 보고 코웃음을 쳤다.

“피곤하려면 내가 피곤해야지.”

둘은 한바탕 격렬한 몸의 대화를 나눈 뒤 이번엔 진짜 대화를 나누고 있었다. 그녀는 시든 꽃처럼 푹 한숨을 내쉬었다. 그러곤 꾹 입술을 다물었다가 다다다 쏟아 냈다.

“누가 대공님을 붙잡고 막 흔든다고 생각해 보세요. 도토리나무에 달린 도토리를 다 털려고 나무를 붙잡고 막 흔든다고요. 터는 사람도 물론 힘들겠지만 붙잡힌 나무도 무척 피곤해요.”

내일은 마지막 연회였다. 그는 또 귀족들과 의미 없는 대화를 나누느니, 피곤하다는 핑계를 대고 침실에서 나가지 않을 생각이었다. 갓 결혼한 둘에겐 충분히 허용될 변명이었다.

하지만 그녀는 여기저기 어울릴 사람들이 많았다. 그래서 밖에 나가지 못하게 아예 잠을 재우지 않을 생각이었다. 알렉산드로는 아예 상체를 일으켰다. 그의 팔을 베고 있던 베아트리체는 억지로 함께 일으켜졌다.

“으응, 그냥 누워서 해요…….”

37. 끝에서 시작되는 이야기 | 455

누워서 얘기를 나누자는 뜻이지만 알렉산드로는 장난기가 돌았다.
"누워서 말고, 네 뒤에서 하고 싶은데."
베아트리체는 픽 웃고 말았다. 이런 야한 말장난에는 웃어 주지 않으려고 했는데 얼굴만 보면 웃음이 나왔다. 이 사람이 남편이라서 정말 다행이었다. 평생 이 남자와 함께라면 뭐든 즐거울 테니까. 인생에는 좋은 일만 있는 게 아니었다. 궂은일이 생겨도 함께 할 든든한 동반자를 찾았다. 다가올 미래를 그리자 당찬 포부가 새겨졌다.
"저, 이제 뭐든지 다 할 수 있을 것 같아요."
알렉산드로는 반색을 하고 되물었다.
"어떤 체위든지 전부 다?"
"지금 그 얘기를 한 게 아니에요!"
안타깝게도 이 둘은 항상 마음이 맞는 건 아니었다. 같은 상황에서도 다른 생각을 하고, 가끔은 완전히 다른 의견을 내기도 했다. 어처구니없는 눈으로 흘겨본 그녀가 먼저 웃음을 터뜨렸다. 알렉산드로는 제게 전해지는 몸의 떨림에 전염되어 함께 웃음을 터뜨렸다. 첫날밤이라는 게 실감 났다. 드디어 베아트리체의 남편이 되었다.
"아버님을 최대한 빨리 황궁으로 돌려보내고, 우리 둘만 왕궁에서 더 시간을 보내는 건 어때?"
그 역시도 자신이 꿈꾸는 것들을 그녀와 공유하고 싶었다.
"사실 우리가 그렇게 나이가 많은 것도 아니고, 황궁으로 가면 너도 나도 지금보다 훨씬 더 바빠질 테니까."
"좋아요. 저도 다시 「약용식물도감」을 써야 하고, 농경지도 더 알아봐야 하지만…… 지금 왕궁에서 보내는 이 시간이, 우리 인생에서 가장 한가한 때인 것 같거든요."

가벼운 그 대답에 알렉산드로는 한결 마음이 편안했다. 그는 침대 헤드에 등을 기대고, 그녀는 그에게 기대어 같은 곳을 바라보았다. 두꺼운 커튼 아래로 옅은 빛이 스며들어 왔다. 신방을 밝히던 양초는 이미 다 타 버린 지 오래였다. 많은 대화를 나누던 둘은 그제야 시간이 이렇게 지났다는 것을 실감했다.

"벌써 아침이군."

별로 한 것도 없는데. 그가 덧붙이자 베아트리체가 장난스레 대꾸했다. 뭘 더 얼마나 해요. 그 말에 알렉산드로는 웃으며 그녀의 볼을 잡고 살짝 흔들었다. 이렇게 첫날밤이 지나간 건 전부 네 탓이다. 아니, 첫날밤도 아닌데 대공님이 너무 기대해서 그래요. 잠시 옥신각신하던 둘은 침실 문을 두드리는 시녀의 노크 소리에 말을 멈췄다.

"각하, 아침부터 죄송하지만 맥코웰 영애께서 꼭 만찬을 함께하자고 말씀을 전해 달라 하십니다. 아주아주 중대한 발표가 있다고 하시는 바람에…… 좋은 시간을 방해해서 정말 미안하다는 말씀을 덧붙이셨습니다."

알렉산드로는 알았다는 짧은 대답과 함께 그녀의 머리 위로 고개를 기대었다. 높이가 좀 낮긴 하지만 가끔 기대어 쉬는 것도 나쁘진 않았다. 포근한 향기에 저절로 눈이 감겼다. 그녀의 머리카락 위로 짧은 키스를 남겼다.

"누님께서 무슨 일이지?"

"크리스 경하고 결혼하신대요."

"뭐?"

크게 경악한 그는 휙 고개를 들었다. 허공을 응시하는 표정이 더 없이 심각했다.

"반대하지 마세요."

"반대할 이유는 없지. 하지만……."

알렉산드로의 목소리가 비밀을 말하듯 조금 낮아졌다.

"크리스도 그 사실을 알고 있나?"

"장난치지 마세요. 둘은 진심이란 말이에요."

장난이 아니었다.

'일단 크리스와 합의가 되었다니 천만다행이군.'

안도한 그는 문제의 두 사람이 함께 서 있는 모습을 떠올렸지만 금방 고개를 내저었다. 크리스가 제정신을 차리고 결혼을 무르기 전에 최대한 빨리 둘의 예식을 성사시켜야 했다.

'짚신도 짝이 있다더니.'

누나와 친한 아내가 들었다간 화를 낼 것 같아서 입 밖으로 꺼내진 않았다. 밤을 꼴딱 새웠지만 이상하게 조금도 피곤하지 않았다. 심히 걱정되던 암담한 누나의 앞날에 그나마 해답이 보여서는 아니었다.

"이렇게 또 하루가 시작되었네요."

"그래."

함께 있으니 그저 마음이 편안했다. 물 위에 둥둥 떠 있는 것처럼 무게감이 조금도 느껴지지 않았다.

어스름하던 침실은 금세 밝게 차오르기 시작했다. 빛은 점점 더 강렬하게 드리웠다. 언제 어두웠냐는 듯이 흔적도 남기지 않았다.

하지만 어둠이야말로 빛의 증거였다.

  삶은 완전하지 않았다. 얻는가 하면 잃었고, 잃었다 하면 얻는 것들이 있었다. 항상 기쁘고 행복한 건 아니었고, 항상 슬프고 괴롭기만 한 것도 아니었다. 산을 오르고 내리는 것처럼 끊임없이 계속되었다. 앞으로도 울고 웃는 날은 반복될 것이다. 그래서 둘은 기쁨도, 슬픔도 똑같이 사랑하기로 했다. 그것이 그들이 선택한 삶이었다.

  "어제보다 오늘이 훨씬 낫다."

  알렉산드로는 달콤해 보이는 입술에 살며시 키스했다. 절로 미소가 지어졌다. 이 벅찬 감정이 바로 행복이었다. 입술은 촉, 소리와 함께 금방 떨어졌다.

  "그리고 내일은 오늘보다 더 낫겠지."

  알렉산드로는 반짝이는 베아트리체의 눈동자에서 그보다 더 빛나는 미래를 보았다. 근거는 없었지만 그런 예감이 들었다. 알렉산드로는 그녀와 같은 꿈을 갖기로 했다. 더 많은 이들이 행복한 세상을 꿈꾸는 이 여자와 함께라면, 그 역시 영원히 행복할 수 있을 것 같았다. 내일은 더 나은 하루가 될 수 있을 것 같았다.

  둘은 결심했다. 마음껏 행복하게, 영원히 사랑하리라. 그렇게 사랑받으리라.

에필로그. 그들이 남긴 것

에필로그. 그들이 남긴 것

국립 칼스버그 제1대학.

"……신학에서는 아직 밝혀지지 않은 많은 일들을 그렇게 규정합니다. 불가사의란, 결국 신께서 이 혼란한 세상을 꼬집기 위해서라고."

그녀의 진중한 눈빛은 눈앞의 좌중을 습관처럼 훑었다. 흥미, 열의라고는 학생들에게서 눈 씻고 봐도 찾을 수 없었다. 참 먹고살기 힘드네. 그녀, 엘레나 맥코웰은 하필이면 오늘의 마지막 강의를 맡았다.

내일은 베아트리체 황후의 탄생일이었다. 대륙의 마지막 왕녀였던 그녀의 생일은 국경일로 지정되어 제국의 국민들이라면 누구나 마땅히 누리는 휴일이었다. 당장 내일부터 시작될 긴 연휴를 앞두고 학생들은 지금 당장이라도 강의실을 뛰쳐나가고 싶은 마음에 엉덩이가 들썩거리는 듯했다.

"뭐, 여러분이 신을 믿지 않는다면 불가사의가 어쨌든 양심껏 열심히 살면 되겠죠. 더 이상 질문이 없다면 여기서 특강을 마치도록 하겠습니다."

그러자 의례적인 박수 소리가 뒤따랐다. 지루한 신학 교수의 특강이 드디어 끝났다. 수챗구멍을 빠져나가는 급한 물살처럼 와르르 강의실을 나서는 학생들의 뒷모습을 지켜보는 그녀의 입가에 씁쓸한 미소가 걸렸다.

"저어."

노트북을 챙기며 쯧쯧 혀를 차던 엘레나는 갑작스런 목소리에 힐끗 시선을 돌렸다. 신입생처럼 어려 보이는 여자아이들 몇 명이 수줍은 얼굴로 엘레나를 응시했다. 순식간에 엘레나의 얼굴에 화색이 돌았다.

"학생, 나한테 궁금한 게 있나요?"

혹시 학과 공부에 궁금한 게 있어서 왔을까? 돈이 되는 학문, 사랑하는 종교를 앞에 두고 인생을 가를 중요한 선택을 하느라 심한 갈등을 겪는 열정적인 신학도는 아닐까?

'꺄, 나도 드디어 제자를 맞는 건가!'

엘레나 맥코웰은 원래 설레발이 심한 성격이었다. 그녀의 설렘은 이번에도 산산이 부서졌다.

"교수님께서 점을 잘 치신다고 들었는데요. 특히 애정운……."

엘레나는 한숨과 함께 손으로 이마를 짚었다.

"휴우."

맥코웰의 성을 가진 이라면 다들 예언 능력이 있다고 생각한다.

'그런 게 있었으면 나도 티브이에 나와서 돈을 벌었지, 여기서 교

수를 하진 않겠다.'

하여튼 요즘 젊은것들은 때와 장소를 가리지 않고 예의도 말아먹었다고 한마디 하려다가 오늘의 강의 주제가 '존재의 거룩한 의미'라는 것을 깨닫고 간신히 마음을 다잡았다.

"점 같은 거 볼 생각하지 말고 그 시간에 내면의 양식과 성숙, 우아한 지적 교양을 쌓는 건 어때요, 학생."

신학 교수로서 얼굴에 똥칠을 할 수는 없었다. 친구들은 항상 그녀에게 신신당부했다. 학교에선 제발 한 번 더 생각을 거치고 말하라고. 입에 필터를 끼우라고.

"그런 의미에서 과제를 내줄게요. 물론 제출할 필요는 없어요. 학생을 위한 특별 과제니까."

"아……. 그러실 것까진 없는데요."

떨떠름한 학생들의 얼굴을 마주하고 엘레나는 모르는 척 빙긋 웃으며 역사서의 이름을 줄줄 꿰었다. 이 집안의 특성상 그녀 역시 조금 뻔뻔했다.

"「대륙통일역사기록서」, 「신성 레시아 제국의 건국」, 「제국의 통일과 신교의 역할」, 「변화, 혁명, 갈망」."

전부 요하임 칼스버그 대공의 집필서였다.

"교양서니까 들어 본 적 있겠죠? 역사는 당연히 배웠을 테니까."

학생들은 고개를 끄덕였다. 신학 교수의 입에서 역사가 거론되니 조금 얼떨떨했다. 신학에선 신의 대리자인 그레이엄 대제가 하늘의 부름을 받고 내려와 이 제국을 건국했다고 믿고 있었다. 물론 그것은 그저 '믿음'일 뿐이다.

"국경일을 맞았으니 역사 공부를 좀 더 해 보도록 해요. 애국심도 기를 겸. 알았어요?"

"네에."

"그럼 가 봐요."

학생들은 손을 내젓는 그녀에게 꾸벅 인사를 한 뒤 쪼르르 사라졌다. 신학 교수인 그녀가 이렇게 말할 수 있는 건 이곳이 신성 레시아 제국이기 때문이다. 신교를 국교로 삼은 이 제국은 그럼에도 불구하고 국민들에게 자유 의지로 신을 믿지 않을 권리를 남겨 두었다. 그것은 절대적인 존재인 신보다 훨씬 모자란 인간들의 선택을 존중하기 때문이다.

이 제국은 바로 그런 곳이었다. 사람들은 누구나 원하는 것을 공부하고, 노력하면 자신이 원하는 직업을 가질 수 있었다. 바다 건너의 다른 나라에서는 이 제국을 '모든 이들의 희망이 깃들어 있는 땅, 영원한 태양이 빛나는 나라'라고 불렀다. 운 좋게도 이 기회의 땅에서 태어난 엘레나 맥코웰은 대대로 유명한, 아주 오래된 귀족 가문의 여식이었다. 하지만 귀족 가문의 패밀리 네임은 이제 어떠한 권리도 없이 그저 의무만 가득했다.

이들에게는 평범한 사람들보다 훨씬 엄격한 도덕적 잣대가 주어졌고, 세무 조사 또한 정기적으로 받아야 했다. 남은 것은 단 하나. 오직 '명예'만이 훈장처럼 주어졌다.

하지만 명예는 얻기보다 지키기가 훨씬 더 어려운 것이다. 그럼에도 불구하고 얼마 남지 않은 귀족 가문들 중, 어느 누구도 그들의 패밀리 네임을 거부하거나 자랑스러워하지 않는 이들은 없었다. 명예란 바로 그런 것이다.

이 살기 좋은 나라에서, 명예로운 이름을 가지고 태어난 그녀는 안타깝게도 자신의 밥줄을 걱정하고 있었다. 평범한 여느 누구나 그렇듯이.

제국은 모두에게 평등했다. 그래서 특권층인 그녀 역시도 전혀 앞이 보이지 않는 깜깜한 자신의 미래를 걱정했다.

"에휴."

정교수가 되려면 아직 몇 년을 기다려야 한다. 그나마 교수가 되었으니 망정이지, 함께 신학을 공부하던 동기들은 여전히 제자리였다. 그들 중 가장 잘된 케이스는 바로 제인 반도라스였다. 신학도의 덕목은 금욕과 절제라는 얘기를 듣고 얼른 자퇴한 그녀는 정수기 판매에 뛰어난 두각을 드러내 벌써 다이아몬드인가 하는 배지를 달았다고 한다. 판매와 영업이 자신의 전공이라고 자랑할 만큼, 겨우 30대지만 남들보다 확연히 앞서갔다.

'걔도 참 대단하단 말이야.'

자원 부국인 신성 레시아 제국은 단연 광업과 농업 같은 1차 산업이 우세였다. 2대 교황 이후 쭉 교황을 배출한 맥코웰 가문은 돈이 되는 구석이 하나도 없었지만, 제인 반도라스는 사실 가업을 이을 수도 있었다. 원하는 공부를 하면 물론 입에 풀칠하며 살 수야 있겠지만, 가업을 이어 가는 친구들처럼 떵떵거리며 살 수는 없을 거라며 만류하던 부모님을 통쾌하게 이겨 내고 골드 미스로 성공했다. 지금은 5살이나 어린 연하의 남자 친구를 사귀는 중이었다.

학생에게 충동적으로 과제를 내준 엘레나는 도서관에서 자신이 말한 것들 중 한 책을 찾고 있었다.

'나도 정수기를 팔 걸 그랬나.'

그래도 걔만큼은 못했겠지. 그런 투덜거림과는 달리 책을 뒤적이는 엘레나의 손길에는 생동감이 넘쳤고 눈빛은 맑은 밤하늘처럼 반짝였다. 그녀는 자신이 원하는 곳에서 원하는 공부를 하고 있었다.

가난한 이들은 국가에서 살펴 주고, 꿈을 이룰 수 있도록 도와준다. 부자라고 불릴 만큼 돈은 많이 벌지 못할지라도 이 나라는 자신이 원하는 일을 평생 직업으로 삼을 수도 있는 곳이었다. 그럼에도 여전히 돈을 좇는 이들이 있고, 자아를 찾아 평생을 헤매는 이들도 있었다.

하지만 아무도 서로를 비난하거나 낮잡아 보지 않았다. 국가는 최대한 평등한 조건에서 개인의 선택과 자유를 보장했지만, 사람은 누구나 다를 수밖에 없었다. 100명은 100가지의 서로 다른 답을 찾아가기 마련이고 각자의 삶은 그 자체로 큰 의미를 갖는다는 것을 이 제국의 모두가 마음 깊숙이 받아들였다. '모든 사람을 사랑하라', 그것이 그들의 믿음이었다.

「황실 가문의 역사」

책을 내려다보는 검은 눈동자에는 나이에 맞지 않게 천진난만한 미소가 스쳤다. 새로운 논문 준비를 위해서 참고 서적을 정리하는 중이었다.

*제국력, 즉 신성 레시아 제국 건국 원력왕국 엘파사가 명목적으로 독립된 해를 기준으로 표기.

이 책에는 엘레나가 알고 있는 많은 이름들이 나온다. 조국의 역사서에서 소꿉친구들의 패밀리 네임을 보는 것은 결코 흔치 않은 일이지만 특별한 감흥은 없었다. 이들이나 저들이나, 길거리의 누구나와 똑같이 그저 제국의 국민일 뿐.

그레이엄 대제|Duncan Graham The Great.

신교와 신전, 신자들의 아버지.

독립국을 흡수하고 신성 레시아 제국을 건국한 신의 대리인, 첫 번째 교황이자 마지막 패왕.

던칸 그레이엄은 스스로 황제가 되기 위함이 아니라 신성 제국을 일으키기 위해서 쿠데타를 일으켰다.

던칸 그레이엄은 대륙을 통일한 패왕이었으며 역사상 가장 진보적인 사상을 가진 혁명가이자, 파격적인 행보를 이어 갔던 전설적인 인물이다.

그의 행보는 당시 제국 내부에서도 많은 반발이 있었으리라 짐작된다. 평생을 전쟁으로 보냈다는 말이 과언이 아닐 만큼, 전쟁은 그의 숙명이었다.

기록된 주요 업적으로는 군사적, 종교적, 지리적 통일과 제국 최초의 복지 시설 설치, 최초의 여성 봉작·봉직, 신교를 국교로 공인, 그리고 제국 최초의 여제 임명 등이 있다.

그레이엄 대제의 평가에 대해서는 많은 역사학자들의 설전이 있으나, 그의 과감한 정치적 행보가 오늘날 제국의 선진적 인권 존중 문화와 제국의 선전 구호인 '차별 없는 제국'의 포문을 열었다는 사실은 아무도 부정할 수 없다.

그레이엄 1세|Alessandro Graham Reassia.

최초의 통일 제국 황제. 제국의 영웅이자 뛰어난 정치가.

국방, 문화, 경제 등 다방면으로 제국의 큰 부흥을 이끌어 낸 가장 훌륭한 군주.

그레이엄 1세는 탄신일이 국경일로 지정될 만큼 오늘날까지 존경받는 군주이다.

왕국 엘파사를 21년간 섭정하였고, 요하임 칼스버그 대공이 사망한 제국력 22년에 통일 제국의 초대 황제로 추대되어 그레이엄 대제에게 황관을 받았다.

그레이엄 1세는 그레이엄 황가를 제국의 상징으로 만든 장본인이라 해도 과언이 아니다. 어린 나이에 참전해, 다섯 번의 전쟁에서 모두 대승을 이끌어 내며 성실한 애국자의 표본적 삶을 살았다.

그의 등장을 전후로 제국의 역사는 완전히 새로운 국면을 맞았다. 학자들은 그의 수많은 업적 중에서 그의 일생을 설명하는 대표 정책으로 이것을 꼽는다.

제국의 모든 노예 해방을 단행한 것.

그레이엄 1세는 자유 상거래를 지지하여 경제를 활성화시켜 상공업자를 키워 냈고, 수도를 제외하고도 제국 전역에 뛰어난 대도시들을 만들어 낸 장본인이다. 이 과정에서 1차 화폐 혁명이 일어났고, 이후 그레이엄 1세는 제국민의 엄청난 지지를 받으며 장원을 해체했다.

국교인 신교의 도움을 받아 징병제를 실시하여 결국 봉건 제도를 완전히 몰락시키고 노예 해방을 단행했다. 이전에는 문제가 되지 않았던 성차별이 사회적인 문제로 크게 대두될 만큼, 그레이엄 1세는 당시 시대 상황에 어울리지 않는 발전된 사고를 가졌다.

일부일처 제도의 확립, 여성의 교육과 취업 장려, 정치 참여 유도 등 그의 치세하에서 평등사상이 가장 크게 발전되었다. 그레이엄 1세는 평민들의 큰 지지를 기반으로 황실 가문의 입지를 다졌다. 오늘날 "귀족의 이름은 의무를 갖는다."는 성어를 통용시키고 실현한 참되고 순정적인 애국자이다.

뛰어난 용모였지만 남색을 했기에 평생 부인을 베아트리체 황후 한 명만 두었다는 설이 지배적이었으나, 최근 들어 그레이엄 1세가 베아트리체 황후에게 보냈던 낯 뜨거운 편지들이 공개되자 남색을 했다는 낭설은 순식간에 반박되었다.

그레이엄은 현재도 황실 가문이다.

명목뿐이지만 아무도 그레이엄의 폐위를 바라지 않는 건, 그들이 지금까지도 사랑받는 제국의 상징이 된 데는 그들이 이 땅과 이 땅에 남은 사람들을 위해서 남겨 두고 간 소중한 것들 때문이다.

'많은 사람들이 다 같이 행복한 세상'에 가치를 두고, 이를 위해서 애썼기 때문에 결국 지금의 제국이 만들어졌다.

베아트리체 황후 Beatrice Arpasia Graham Reassia.

대륙의 마지막 왕녀. 역사상 가장 호화스러운 삶을 누렸던 황후.

베아트리체 황후의 외가인 아르파시아 왕가는 대륙에 마지막까지 이름을 남긴 유일한 왕가이지만 그 기록은 알 수 없는 이유로 전혀 남아 있지 않다. 민간에서 떠돌던 야사에는 아르파시아 왕가의 모든 일가는 백금발과 푸른 눈을 가졌다고 했지만 이는 사실이 아니다. 초상화에 묘사된 베아트리체 황후는 검은 머리에 검은 눈을 가졌으며, 따라서 아르파시아 왕가 또한 검은색 머리와 눈동자를 가졌으리라 추측된다. 마지막까지 남아 있던 왕실 가문 아르파시아는 동대륙에서 왔던 이들의 일부가 노예로 잡히지 않고 북부에 정착해 왕가의 선조가 되었다는 설이 가장 유력하다.

인종 차별 금지는 사실상 베아트리체 황후로 인해 법으로 제정되었다. 세계사에서 가장 먼저 차별을 법으로 금한 제국이지만 그 전까지는 동대륙인이 큰 핍박을 받았으므로 아르파시아 왕조의 역사는 길지 않았을 것이며, 그레이엄 1세와 결혼 전까지 아르파시아 왕가의 영향력 또한 경미했으리라 짐작된다.

왕녀로 태어나 평생을 왕족으로 살았던 베아트리체 황후는 높은 지적 교육을 받았고, 실제로 아주 뛰어난 문장가였다. 황가의 여자들 중 가장 많은 편지들이 남아 있고, 그녀가 편찬한 서적은 당시에도, 지금에도 뛰어난 평가를 받았다.

하지만 찬란한 출생과는 달리 운명은 기구했다. 베아트리체 황후는 혁명의 날 이후로 1년간 잠시 신분을 잃고 제국의 전리품으로 끌려가게 된다. 하지만 그레이엄 대제에게 큰 반발심을 가졌던 엘파사에서 민란이 일어나 가까스로 신분을 되찾고 제국력 1년에 그레이엄 1세와 국혼을 하게 된다. 일부 귀족 가문의 기록에 그녀가 초혼이 아니었다는 언급이 있어 재혼이라는 의혹도 있다.

하지만 아르파시아 왕가의 남은 기록이 전혀 없어 확인은 불가하다. 당시의 시대 상황으로 미루어 보아 아마 초혼이었으리라는 설이 지배적이다.

남편인 그레이엄 1세의 섭정하에 있었던 엘파사는 명목상의 왕국이었으며, 실제로는 공국이나 다름없었다. 그레이엄 1세는 공식적으로 섭정이었고, 당주권은 베아트리체의 소유였으나 여왕의 칭호는 얻지 못했다. 그 이유는 당시 제국의 권위가 전 대륙을 좌지우지한 점, 최고 작위를 가졌던 그레이엄 1세의 실질적인 통치력, 그레이엄 대제의 간섭과 왕국의 군사적 무력함 때문이다.

베아트리체 황후는 그녀와 얽힌 일화가 수많은 야사에 기록되었을 만큼, 왕족이지만 평민 복지에 큰 관심을 기울였다. 가장 활발한 활동을 했던 왕국의 왕녀이자, 제국의 황후인 그녀는 공중 보건과 약학에 뛰어난 지식을 가졌고 제국의 보건 발달에 이바지했다.

베아트리체의 이름을 딴 국영의료원, '베아트리체 수도 의료원'이 설치되었으며 이를 필두로 제국의 전역에 공공 의료 기관인 보건소가 생겼다. 공중 보건의 개념을 확산시키고 의료 발전에 큰 기여를 했으며, 향후에 이뤄진 연구에서 그레이엄 1세 이후로 자유민의 평균 수명이 늘어났다는 사실이 밝혀졌을 만큼 지대한 공로를 남겼다.

하지만 베아트리체 황후가 이룬 업적과는 달리, 일부 학자들 사이에서는 그녀의 사생활과 관련된 비판이 있다. 왕족으로 태어나 평생을 왕궁과 황궁에서 살았으니 여느 황후들과 달리 낭비가 극심했을 거라는 의혹이다.

실제로 그녀는 너그러운 성품으로 유명했지만, 베아트리체 황후가 주인이었던 것으로 밝혀진 보물 사파이어 목걸이 〈왕의 눈물〉을 포함한 어마어마한 장신구들이 그녀의 능에 있었고, 그녀가 소유했던 보물들이 현재 황궁박물관의 3할을 차지할 만큼 호화스러운 생활을 누렸다.

평생 구휼 활동에 열심이었다는 역사적 사료가 의아할 만큼 황금으로 세워진 동상과 능원은 여전히 화려하다. 역대 가장 많은 보물을 가졌던 황후이기에 성품과는 달리 호화로운 보석을 좋아하는 취향이었으리라 짐작할 뿐이다.

하지만 취향으로 비난받기에는 베아트리체 황후가 세운 공로가 지대하다. 그레이엄 1세의 파격적인 치세하에서 큰 반발이 일어나지 않았던 이유 역시 바로 베아트리체 황후 때문이라는 귀족가의 증언 또한 존재한다. 그녀는 사교에 능숙해 당시 공작 가문은 물론 민간에서도 큰 지지를 받았다.

특히 반도라스, 맥코웰, 칼스버그 가문과 밀접한 관계를 쌓았고 그레이엄 1세가 장원을 해체하는 데 있어 귀족들의 동의를 얻어 낸 결정적 역할을 했다는 것. 오늘날 무상 의료의 기반을 세운 데다, 공중 보건의 큰 발전이 그레이엄 1세의 치세하에서 이루어졌고, 여기에 그녀의 공이 컸다는 점에는 이견이 없다.

현재는 뛰어난 외모로 평가되나, 인종 차별이 극심했던 당시의 미의 기준에는 크게 못 미쳤을 것으로 추정된다. 아스트리드 여제와 더불어 황가의 여자들 중 유일하게 황궁에 동상이 세워진 두 명 중 한 명이다. 가장 많이 사랑받았던 그레이엄 1세의 평생 유일한 부인이었다.

책을 내려다보는 엘레나 역시 베아트리체 황후와 같은 검은 머리에 검은 눈동자를 갖고 있었다. 당시의 초상화는 염료 기술이 그리 뛰어나지 않아 실제와 다를지도 모르지만 적어도 비슷한 외형일 터였다. 인종 차별이 극심했던 시대는 과연 어땠을까? 겪어 본 적이 전혀 없으니 알 길이 없었다.

 지금 자신이 누리는 모든 것들은 선조들이 이뤄 낸 것이다. 그 사실이 새삼 와닿아 괜히 머리카락을 만져 보았다.

 엘레나는 항상 국가와 애국심보단 눈앞에 닥친 자신의 일을 먼저 생각했다. 역사서에도 이름이 올라간 개국 공신에, 대대로 교황을 지냈던 빼어난 귀족 가문의 여식이지만 자신이 남들과 다르지 않다고 생각했기 때문이다. 따지자면 특권층인 자신마저 가슴 깊이 새긴 평등의 의미가 새삼 와닿았다. 바로 이 책 속의 인물들이 남기고자 했고, 직접 이뤄 낸 것이다.

 책장을 넘기다 보니 부록으로 붙어 있는 황가의 편지들이 뒤에 있었다. 정치적 이해관계가 들어찬 여러 편지들 중 대번에 그녀의 관심을 끌어낸 하나가 있었다.

「부인에게 띄우는 편지」

 "……알렉산드로 그레이엄?"

 그레이엄 1세였다. 거룩한 황가의 이름으로만 불리던 그의 진짜 이름은 굉장히 낯설었다. 게다가 친필 편지의 내용조차 절대 권위를 가졌던 터프한 황제가 썼다고는 믿을 수 없을 만큼 오글거렸다.

 "얼씨구."

 사랑이 넘치는 편지는 외로운 싱글녀의 가슴에 불을 질렀다. 제국을 뒤바꾼 이 인물들도 결국 평범한 사람인 게 분명했다. 쭉 읽어 내린 엘레나는 결국 떨떠름한 기분으로 책을 덮고 다른 서적을 찾기 시작했다.

 '왜 이렇게 두근거리고 난리야.'

 책장을 둘러보고는 있었으나 그레이엄 1세의 단정한 필체가 여

에필로그. 그들이 남긴 것

전히 눈앞에서 아른거렸다. 한 글자씩 신경 써서 쓴 애정이 듬뿍 담긴 편지였다.

제국력 7년, 황궁 무투회를 앞두고.

사랑하는 아내에게.
오늘 황궁에 도착했는데, 마음은 벌써 당신과 우리 아이들이 있는 왕궁으로 돌아가고 싶습니다.
길목에는 왕궁에선 볼 수 없던 익어 가는 산열매와 아름드리나무들이 늘어져 있어 내내 가슴이 설레었습니다.
우리가 함께 이 제국을 누비던 지난날이 떠올라 추억을 되새겼습니다.
공역이 전부 마무리되어 이제는 황궁까지 사흘밖에 걸리지 않지만, 혼자서 지내는 밤이 길어 심적으로는 전보다도 시간이 더디게 느껴졌습니다.
보석을 흩뿌려 놓은 것처럼 밝은 밤하늘 때문에 내내 당신의 사랑스런 눈동자가 떠올라 잠이 오지 않았습니다.
벌써부터 궁금하여 묻고 싶은 것들이 많습니다.
아스트리드는 오늘도 활쏘기에 열중해 수놓기를 멀리하는지, 프리드리히는 오늘도 샌님처럼 앉아서 책만 읽고 있는지, 당신은 내 생각을 하고 있는지.
행여 하루가 바쁘고 빠듯하다는 못된 핑계로 내 생각을 할 여유가 없는 건 아닌지 묻습니다.
아버님께서 부르신 건 예상대로 별일이 아니었습니다.
그저 쌍둥이 손자와 손녀, 그리고 며늘아기가 보고 싶은 고약한 노인의 거짓된 투정이었습니다.

아주 건강하고 식사도 잘하고 계십니다.

나는 우리 가족의 오손도손한 생활을 지켜 내기 위하여 힘껏 투쟁하다 돌아가겠습니다.

그러니 부인께서는 내 걱정은 하지 말고 왕궁에서 나의 몫까지 잘 지내고 계시길 바랍니다.

내일도 또 편지를 보낼 것이나, 조금 늦어질지도 모릅니다.

안팎으로 바쁜 당신이니 답장은 기다리지 않겠습니다만 그래도 답장이 오리라는 기대를 합니다.

겨우 나흘 머물다 오는 것을 유난스럽다 타박할 매정한 그 얼굴이 벌써부터 보고 싶습니다.

나흘을 머물다 가더라도 오며 가며 보름이 넘는 일정인데, 그것을 별것도 아닌 양 말하던 그 서운한 입술을…….

아무튼 당부한 대로 아이들에게도 읽어 줄 것을 고려해 점잖은 내용만을 쓰고 이만 줄입니다.

당신을 사랑하는, 알렉산드로 그레이엄.

−베아트리체 완결−

BLACK LABEL CLUB 024
베아트리체 5

1판 1쇄 발행 2017년 2월 23일
1판 4쇄 발행 2020년 12월 10일

지은이 마셰리
펴낸이 신현호
편집부장 예숙영
편집 박상희
편집디자인 한방울
영업·관리 김민원 조인희
물류 이순우 박찬수

펴낸곳 ㈜디앤씨미디어
출판등록 2002년 5월 1일 제117-90-51792호
주소 서울시 구로구 디지털로 26길 111 JnK디지털타워 503호
대표전화 (02)333-2513 팩스 (02)333-2514
전자우편 dncbooks@dncmedia.co.kr
디앤씨북스 블로그 http://blog.naver.com/dncbooks

ISBN 979-11-264-4044-3 (04810)
ISBN 979-11-264-2727-7 (세트)